HADÈS
&
PERSÉPHONE

Ce livre est une fiction.
Toute référence à des événements historiques, des personnages ou des lieux réels serait utilisée de façon fictive. Les autres noms, personnages, lieux et événements sont issus de l'imagination de l'auteur, et toute ressemblance avec des personnages vivants ou ayant existé serait totalement fortuite.

Ouvrage dirigé par Bénita Rolland
Traduit par Robyn Stella Bligh
Couverture créée par Regina Wamba of MaeIDesign.com

34-36, rue La Pérouse
75116 - Paris
www.hugopublishing.fr

ISBN : 9782755696301
Dépôt légal : août 2022
Imprimé en France chez Corlet
N° d'impression : 22070546

NEW ROMANCE®

SCARLETT ST. CLAIR

HADÈS & PERSÉPHONE

TOME 2
A TOUCH OF RUIN

Hugo Roman

Aux lecteurs de *A Touch of Darkness*.
Merci pour votre enthousiasme
et votre amour d'Hadès et Perséphone.

PREMIÈRE PARTIE

« La flèche du destin,
lorsqu'on l'attend, va lentement. »
Dante Alighieri, *Le paradis*

Chapitre I

UNE TOUCHE DE DOUTE

Perséphone marchait le long des berges du Styx, dont les vagues violentes jaillissaient à la surface noire de l'eau. Elle repensa à sa première visite aux Enfers et frissonna. Elle avait essayé de traverser le fleuve à la nage, ne sachant pas que les profondeurs étaient habitées par des cadavres. Ils l'avaient entraînée sous l'eau, tentant d'annihiler toute forme de vie, tranchant sa peau de leurs doigts décharnés.

Elle avait cru se noyer, puis Hermès était arrivé à sa rescousse.

Tout ça n'avait guère plu à Hadès, et il l'avait emmenée dans son palais pour guérir ses plaies. Plus tard, elle avait appris que les morts du Styx étaient des âmes anciennes qui s'étaient présentées aux Enfers sans pièce à donner à Charon pour payer leur passage. Condamnés à passer l'éternité dans l'eau, ils étaient l'un des nombreux moyens qu'Hadès avait mis en place pour protéger les frontières de son royaume, empêchant les vivants d'entrer et les morts de s'échapper.

Elle avait beau être mal à l'aise de marcher si près de l'eau, Perséphone trouvait le paysage magnifique. Le Styx s'étendait sur des kilomètres avant de disparaître à l'horizon, où se dressaient de hautes montagnes. Des narcisses blancs poussaient en abondance sur ses berges, luisant comme des flammes blanches autour de la surface noire de l'eau. Faisant face aux montagnes, le palais d'Hadès hantait l'horizon, s'élevant comme les bords tranchants de sa couronne en obsidienne.

Yuri, une jeune âme avec une crinière de boucles brunes et un visage au teint olive, marchait aux côtés de Perséphone. Elle était vêtue d'un péplum rose et de sandales en cuir. Le tissu de sa tunique contrastait fortement avec la noirceur de l'eau et des montagnes. Perséphone et elle étaient rapidement devenues amies et elles se promenaient souvent dans la Vallée d'Asphodèle, mais aujourd'hui, Perséphone l'avait convaincue de prendre un chemin différent.

La déesse regarda son amie, qui avait passé son bras sous le sien.

– Depuis combien de temps es-tu ici, Yuri ?

Perséphone supposait, étant donné la tenue de la jeune femme, qu'elle séjournait ici depuis longtemps.

– Je ne sais pas, dit Yuri en fronçant les sourcils. Longtemps.

– Tu te souviens comment étaient les Enfers, lorsque tu es arrivée ?

Perséphone avait beaucoup de questions concernant les Enfers durant l'Antiquité, car c'était cette version du royaume qui hantait encore Hadès, qui lui faisait honte et qui le poussait à croire qu'il ne méritait pas d'être vénéré et loué par son peuple.

– Oui. Je crois que je ne l'oublierai jamais, admit Yuri avec un rire gêné. Ça n'avait rien à voir avec ce que c'est maintenant.

– Dis-m'en plus, insista Perséphone.

Elle était curieuse d'en savoir plus sur Hadès et l'histoire des Enfers, mais elle craignait un peu de découvrir la vérité.

Et si elle n'aimait pas les réponses qu'on lui donnait ?

– Les Enfers étaient… lugubres. Il n'y avait rien. Nous étions tous sans couleur, agglutinés les uns aux autres. Il n'y avait ni jour ni nuit, seulement un ciel morne et gris, et nous ne faisions qu'exister.

Les âmes avaient donc été de simples ombres, de pâles figures d'elles-mêmes.

Lorsque Perséphone était venue aux Enfers pour la première fois et qu'Hadès l'avait emmenée dans son jardin, elle avait été furieuse. Elle avait perdu contre lui au poker, et il l'avait défiée de créer de la vie dans son royaume. C'était elle qui l'avait invité à jouer et elle n'avait pas réalisé les conséquences de son invitation ; elle ne savait pas qu'il avait accepté de se joindre à elle dans l'espoir de l'engager dans un contrat. Le défi qu'il lui avait imposé l'avait rendue encore plus furieuse quand elle avait vu son jardin, une magnifique oasis luxuriante, pleine de fleurs colorées et de saules verdoyants. Cependant, il lui avait vite montré que ce n'était qu'une illusion. Sous le Charme qu'il maintenait en permanence s'étendait un désert de cendres et de feu.

– Ça m'a tout l'air d'avoir été une punition, risqua Perséphone, en se disant que vivre sans but devait être véritablement terrifiant.

Yuri sourit légèrement en haussant les épaules.

– C'était notre sentence, puisque nous avions mené des vies quelconques.

Perséphone fronça les sourcils. Elle savait que, durant l'Antiquité, les héros étaient presque les seuls à espérer mener une vie pleine de joie aux Enfers.

– Qu'est-ce qui a changé, alors ?

– Je ne suis pas sûre, en fait. Il y a eu des rumeurs, bien sûr ; certains disaient qu'une mortelle, que Lord Hadès avait aimée, était morte et était venue vivre ici.

Perséphone grimaça. Elle se demanda si cette rumeur était fondée. Après tout, Hadès avait aussi changé de point de vue après l'article qu'elle avait écrit sur l'inefficacité des marchés qu'il proposait aux mortels. La critique de Perséphone l'avait touché au point qu'il avait lancé le Projet Alcyon, un centre de désintoxication dernier cri, spécialisé dans les soins gratuits pour les mortels qui souffraient d'addictions en tous genres.

Un sentiment sombre et froid remonta le long de sa colonne avant de se répandre dans tout son corps. Peut-être n'était-elle pas la seule à avoir inspiré Hadès ?

– Bien sûr, j'ai tendance à penser qu'il a simplement… décidé de changer, poursuivit Yuri. Lord Hadès observe le monde des vivants qui est peu à peu devenu moins chaotique, et les Enfers ont suivi la même trajectoire.

Perséphone doutait que ce fût aussi simple que ça. Elle avait essayé de convaincre Hadès d'en parler, mais il évitait toujours le sujet. Maintenant, elle se demandait si son silence avait moins à voir avec sa honte qu'avec son envie de garder secrets les détails de ses liaisons passées. Perséphone perdit bientôt le contrôle de ses pensées, qui furent envahies de turbulences, de doutes et d'angoisses. Combien de femmes Hadès avait-il aimées ? Avait-il encore des sentiments pour certaines d'entre elles ? Les avait-il emmenées dans le lit qu'il partageait désormais avec elle ?

Son estomac se noua. Heureusement, elle fut distraite en voyant un groupe d'âmes de l'autre côté de la rivière, sur un ponton.

Perséphone s'arrêta et les désigna d'un hochement de tête.

– C'est qui, Yuri ?

– De nouvelles âmes.

– Pourquoi attendent-elles sur les berges du Styx ?

De toutes les âmes que Perséphone avait rencontrées, celles-ci semblaient les plus… *mortes*. Leurs traits étaient tirés et leur peau pâle et grisâtre. Elles étaient serrées les unes contre les autres, le dos courbé, les bras croisés, parcourues de tremblements.

– Parce qu'elles ont peur, répondit Yuri d'un ton qui laissait sous-entendre que leurs craintes étaient fondées.

– Je ne comprends pas.

– La plupart des mortels ont entendu que les Enfers et leur roi étaient horribles; donc, quand ils meurent, ils ont peur.

Perséphone détestait entendre ce genre d'affirmation pour de nombreuses raisons, la principale étant que les Enfers n'étaient pas un lieu à craindre. Elle ressentit également de la colère contre Hadès, car il ne faisait rien pour changer la perception qu'avaient les mortels de son royaume et de lui-même.

– Il n'y a personne pour réconforter toutes ces âmes lorsqu'elles atteignent les grilles?

Yuri la regarda d'un air étrange, comme si elle ne comprenait pas que quelqu'un cherche à les apaiser ou à les accueillir.

– Charon leur fait traverser le Styx, et maintenant, elles doivent prendre le chemin du jugement, expliqua Yuri. Après ça, elles seront dirigées vers un lieu de repos ou de torture éternelle. Il en a toujours été ainsi.

Perséphone se pinça les lèvres et contracta la mâchoire. Elle était choquée de découvrir ces procédés archaïques alors qu'elles venaient de parler de l'évolution des Enfers. Rien ne pouvait expliquer pourquoi ces âmes n'étaient pas réconfortées à leur arrivée. Elle lâcha le bras de Yuri et marcha vers elles, hésitant un instant en les voyant trembler de peur.

Elle sourit, espérant les rassurer.

– Bonjour, je m'appelle Perséphone.

Les âmes ne se détendirent aucunement. Elle aurait dû se douter que son seul prénom ne pourrait les apaiser, puisqu'il ne signifiait rien pour la plupart de ces gens. Sa mère, la déesse olympienne de la Moisson, s'en était assurée. Par peur, elle avait maintenu Perséphone enfermée dans une prison de verre toute sa vie, l'empêchant d'être adulée et l'empêchant par là même de découvrir ses pouvoirs.

Un mélange d'émotions lui noua le ventre. Elle était frustrée de ne pas pouvoir aider, attristée d'être faible et furieuse contre sa mère, qui avait essayé de déjouer son destin.

– Tu devrais leur montrer ta Divinité, proposa Yuri, qui avait suivi Perséphone.

– Pourquoi ?

– Cela les réconforterait. Pour l'instant, tu ressembles à une âme quelconque. Mais en tant que déesse, elles auront de l'estime pour toi.

Perséphone s'apprêtait à protester, car si ces gens ne connaissaient pas son nom, elle ne voyait pas en quoi sa forme divine les rassurerait.

– Nous vénérons tous le Divin, ajouta Yuri. Tu leur offriras de l'espoir.

Perséphone n'aimait pas sa forme divine. Elle avait eu beaucoup de mal à se voir comme une déesse avant que ses pouvoirs n'apparaissent, grâce à Hadès, et sa perception d'elle-même n'avait guère changé depuis. Elle avait vite appris que c'était une chose d'avoir de la magie, une autre de s'en servir correctement. Toutefois, elle tenait à ce que ces nouvelles âmes se sentent les bienvenues aux Enfers et qu'elles voient le royaume d'Hadès comme un nouveau départ. Plus que tout, elle voulait qu'elles sachent que leur roi se préoccupait d'elles.

Perséphone ôta son Charme humain – sa magie était comme un drap de soie qui glissait sur sa peau –, et elle se tint bientôt dans un éclat céleste devant les âmes. Ses cornes de koudou blanches lui parurent étrangement plus lourdes maintenant qu'elle était sous sa véritable forme. Ses cheveux bouclés étaient passés d'un or cuivré à un jaune pâle, et ses yeux scintillaient d'un vert émeraude surnaturel.

Elle sourit de nouveau aux âmes.

– Je suis Perséphone, déesse du Printemps. Je suis ravie de vous voir ici.

Leur réaction fut immédiate. Elles cessèrent aussitôt de trembler et se mirent à genoux pour la vénérer. La gorge de Perséphone se noua et son cœur se mit à battre plus vite. Elle se précipita vers elles pour s'agenouiller à son tour.

– Oh non, je vous en prie, dit-elle en posant sa main sur la joue d'une femme âgée aux cheveux blancs et à la peau fine comme du papier. S'il vous plaît, relevez-vous, insista-t-elle en fixant les yeux bleus larmoyants de la femme.

Elle l'aida à se lever, mais les autres âmes restèrent au sol, la tête levée vers Perséphone, ébahies.

– Comment vous appelez-vous ?

– Elenor, répondit la femme.

– Elenor, répéta Perséphone en souriant, j'espère que vous trouverez les Enfers aussi paisibles que moi.

Ses paroles eurent l'effet escompté et elle vit que la femme se tenait plus droite. Perséphone s'adressa alors aux âmes une par une, jusqu'à ce qu'elles soient toutes debout.

– Peut-être que nous devrions marcher jusqu'au Pré du Jugement, proposa-t-elle.

– Oh, ce n'est pas nécessaire, interrompit Yuri. Thanatos !

Le dieu de la Mort apparut immédiatement. Il était aussi beau que ténébreux, la peau pâle, des lèvres rouge sang et des cheveux blond blanc qui lui arrivaient aux épaules. Ses yeux bleus étaient aussi foudroyants qu'un éclair par temps d'orage. Sa présence inspirait un sentiment de sérénité que Perséphone ressentit au plus profond de son être. Elle avait presque l'impression de flotter.

– Milady, dit-il de sa voix riche et mélodieuse en s'inclinant.

– Thanatos, répondit-elle en souriant jusqu'aux oreilles.

Thanatos avait été le premier à lui offrir un aperçu du rôle précaire d'Hadès en tant que dieu des Morts, lorsqu'elle avait visité l'Élysée. C'était son point de vue qui avait aidé Perséphone à mieux comprendre les Enfers et, si elle était honnête avec elle-même, qui lui avait permis d'accepter de s'offrir à Hadès.

Elle désigna les âmes regroupées et leur présenta le dieu, qui leur offrit un sourire timide.

– Nous nous sommes déjà rencontrés, dit-il.

– Oh pardon, s'exclama Perséphone en rougissant. J'avais oublié.

Étant le faucheur des âmes, Thanatos était le dernier visage que les mortels voyaient avant d'atterrir sur les berges du Styx.

– J'étais sur le point d'escorter ces nouvelles âmes au Pré du Jugement, dit Perséphone.

Elle vit Thanatos écarquiller les yeux, brièvement, et il regarda Yuri qui s'empressa de parler.

– Lady Perséphone est attendue au palais. Pourriez-vous les emmener à sa place, Thanatos ?

– Bien sûr, répondit-il en posant sa main sur sa poitrine. Avec plaisir.

Perséphone salua les âmes de la main tandis que Thanatos se tournait vers elles. Il ouvrit ses ailes pour les envelopper, puis il disparut avec elles.

Yuri passa son bras sous celui de Perséphone et voulut l'éloigner des berges du Styx, mais la déesse résistait.

– Pourquoi tu as fait ça ? demanda-t-elle.

– Fait quoi ?

– On ne m'attend pas au palais, Yuri. J'aurais très bien pu escorter les âmes au Jugement.

– Je suis navrée, Perséphone. Je craignais qu'elles te présentent des requêtes.

– Des requêtes ? répéta Perséphone en fronçant les sourcils. Quel genre de requêtes ?

– Des Faveurs, expliqua Yuri.

Perséphone gloussa en y pensant.

– Je ne suis guère en position d'accorder des Faveurs.

– Mais elles ne le savent pas. Tout ce que voient ces âmes, c'est une déesse qui pourrait les aider à obtenir une audience avec Hadès ou à retourner au monde des vivants.

– Pourquoi penses-tu ça ?

– Parce que j'ai été à leur place.

Yuri tira à nouveau sur le bras de Perséphone et, cette fois, la déesse se laissa faire. Un silence tendu s'installa entre elles, et Perséphone fronça les sourcils.

– Je suis désolée, Yuri. Parfois, j'oublie…

– Que je suis morte ?

Son amie souriait, mais la déesse se sentit petite et idiote.

– Ne t'en fais pas. C'est une des raisons pour lesquelles je t'aime autant, admit-elle. Hadès a bien choisi sa compagne.

– Sa compagne ? répéta Perséphone.

– N'est-il pas évident qu'Hadès a l'intention de t'épouser ?

Perséphone éclata de rire.

– Tu es bien optimiste, Yuri !

Sauf qu'Hadès avait rendu ses intentions très claires. « *Tu seras ma reine. Je n'ai pas besoin des Moires pour me le dire.* » Sa poitrine se serra et le souvenir des paroles d'Hadès lui noua la gorge.

Ses propos auraient dû la faire fondre, et le fait que ça n'ait pas été le cas la perturbait. Peut-être était-ce à cause de leur rupture récente ? Pourquoi était-elle aussi inquiète à l'idée qu'Hadès soit aussi sûr de leur avenir ?

Yuri ne se doutait pas de la bataille qui faisait rage dans ses pensées et dans son cœur.

– Pourquoi Lord Hadès ne te choisirait-il pas comme reine ? Tu es une déesse, tu n'es pas mariée et tu n'as pas fait vœu de chasteté, expliqua-t-elle avec un regard lourd de sous-entendus qui fit rougir Perséphone.

– Être une déesse ne me rend pas apte à être reine des Enfers.

– Non, mais c'est un début. Hadès ne choisirait jamais une mortelle ou une nymphe comme reine. Crois-moi, il a eu plein d'opportunités.

Un éclair de jalousie parcourut le corps de Perséphone, comme une allumette qui atterrit dans une flaque de kérosène. Sa magie surgit brusquement, exigeant d'être libérée. C'était un mécanisme de défense, et il lui fallut un moment pour le réprimer.

Ressaisis-toi, s'ordonna-t-elle.

Elle n'ignorait pas qu'Hadès avait eu d'autres maîtresses au cours de sa vie – l'une étant Menthé, la nymphe aux cheveux flamboyants qu'elle avait transformée en plante de menthe. Mais elle n'avait jamais envisagé que l'attirance qu'Hadès ressentait pour elle puisse être liée au fait qu'elle avait du sang divin. Des griffes noires s'emparèrent de son cœur. Comment pouvait-elle douter ainsi d'Hadès ? Il l'avait encouragée à accepter sa Divinité, l'avait vénérée pour qu'elle puisse regagner sa liberté et ses pouvoirs, et lui avait dit qu'il l'aimait. S'il voulait faire de Perséphone sa reine, c'était parce qu'il tenait à elle, pas parce qu'elle était une déesse.

N'est-ce pas ?

Perséphone fut bientôt tirée de ses pensées car Yuri et elle arrivaient dans la Vallée d'Asphodèle, où elles furent aussitôt entourées par les enfants qui la supplièrent de jouer avec eux. Après une courte partie de cache-cache, elle fut entraînée par Ophélia, Elara et Anastasia, qui voulaient son avis sur le vin, les gâteaux et les fleurs qu'elles envisageaient de choisir pour la Fête du Solstice d'Été qui approchait.

Le solstice marquait la nouvelle année ainsi que le décompte d'un mois jusqu'aux Jeux panhelléniques, source d'une excitation que même la mort ne pouvait étouffer. La fête étant aussi importante, Perséphone avait demandé à Hadès si elle pouvait se tenir au palais, et Hadès avait accepté. Elle avait autant hâte d'accueillir les âmes que ces dernières avaient hâte de s'y rendre.

Lorsque Perséphone retourna enfin au palais, elle se sentait encore perturbée. Ses doutes grandissaient et oppressaient ses pensées. Elle sentait sa magie pulser dans ses veines au point qu'elle était contracturée et épuisée. Elle demanda qu'on lui serve un thé et elle déambula dans la bibliothèque, espérant qu'un peu de lecture lui ferait oublier sa conversation avec Yuri.

Elle s'installa confortablement dans un gros fauteuil, devant la cheminée, et parcourut *Sorcellerie et pagaille*, que lui avait prêté Hécate. C'était un des devoirs que lui avait donnés la déesse de la Sorcellerie, qui l'aidait à prendre le contrôle de ses pouvoirs erratiques.

Hélas, ça ne fonctionnait pas aussi vite qu'elle l'avait espéré.

Perséphone avait longtemps attendu que ses pouvoirs se manifestent et, lorsque ce fut le cas, cela avait été lors d'une dispute virulente avec Hadès. Depuis, elle avait réussi à faire fleurir des plantes, mais elle avait du mal à maîtriser la bonne dose de magie. Elle avait également découvert que sa capacité à se téléporter n'était pas totalement au point et qu'elle n'atterrissait pas toujours où elle le voulait. Hécate lui disait que ce n'était qu'une question d'entraînement, mais Perséphone continuait de se sentir comme une ratée. C'était pour toutes ces raisons qu'elle avait décidé de ne pas utiliser ses pouvoirs dans le monde des vivants.

Elle attendrait de les avoir maîtrisés parfaitement.

Elle se préparait donc à son premier cours avec Hécate en étudiant, en apprenant l'histoire de la magie et en découvrant les nombreux pouvoirs terrifiants que possédaient les dieux ; elle attendait désespérément le jour où elle maîtriserait les siens aussi naturellement qu'elle respirait.

Soudain, sa peau se réchauffa et les poils de son dos, de son cou et de ses bras se hérissèrent. Elle avait beau avoir chaud, elle frissonna et son souffle accéléra.

Hadès n'était pas loin, son corps le savait.

Elle avait envie de grogner sous l'effet du désir qui bouillonnait dans son bas-ventre.

Dieux, elle était insatiable.

– Je savais que je te trouverais ici.

La voix d'Hadès venait d'au-dessus d'elle et elle leva la tête : il se tenait debout derrière son fauteuil. Ses yeux ténébreux cherchèrent les siens et il se pencha pour l'embrasser en posant une main sur sa joue. C'était un geste possessif, et son baiser fut si passionné que ses lèvres étaient à vif lorsqu'il finit par reculer.

– Comment s'est passée ta journée, chérie ?

Ce qualificatif affectueux continuait de lui couper le souffle.

– Bien.

Hadès sourit et regarda sa bouche en parlant.

– J'espère que je ne te dérange pas. Tu semblais obnubilée par ta lecture.

– Non, dit-elle rapidement avant de se racler la gorge. Enfin… c'est juste un travail que m'a donné Hécate.

– Je peux ? demanda-t-il en tendant la main.

Elle lui passa le livre et regarda le dieu des Morts faire le tour de sa chaise en feuilletant les pages. Son apparence avait quelque chose de diabolique, il ressemblait à un ouragan, vêtu de noir des pieds à la tête.

– Quand commences-tu ton entraînement avec Hécate ?

– Cette semaine, dit-elle. Elle m'a donné des devoirs pour me préparer.

– Hmmm.

Il resta silencieux, plongé dans le livre.

– On me dit que tu as accueilli les nouvelles âmes, aujourd'hui.

Perséphone se tint plus droite, ne sachant pas si Hadès était agacé.

– Je marchais avec Yuri quand on a les a vues sur les berges du Styx.

Hadès leva des yeux brûlants sur elle.

– Tu as emmené une âme en dehors d'Asphodèle ? demanda-t-il, surpris.

– C'est Yuri, Hadès. D'ailleurs, je ne sais pas pourquoi tu les isoles comme ça.

– Pour qu'elles ne causent pas de problèmes.

Perséphone gloussa, mais elle s'arrêta brusquement en voyant le regard d'Hadès. Il se tenait entre elle et la cheminée, et était illuminé comme un ange. Il était véritablement sublime, avec ses pommettes hautes, sa barbe soignée et ses lèvres charnues. Ses longs cheveux noirs étaient attachés en chignon sur sa nuque. Elle aimait cette coiffure, parce qu'elle adorait détacher ses mèches pour y plonger les doigts et les empoigner lorsqu'il était en elle.

L'air devint aussitôt électrique sous l'effet de ses pensées érotiques et elle vit Hadès inspirer brusquement, comme s'il avait deviné ses pensées. Elle se lécha les lèvres et se força à se concentrer sur leur conversation.

– Les âmes d'Asphodèle ne causent jamais de problème, dit-elle.

– Tu penses que j'ai tort, déclara-t-il sans avoir l'air surpris.

Après tout, leur relation avait commencé parce que Perséphone pensait qu'il se trompait.

– Je crois que tu ne t'accordes pas suffisamment de crédit d'avoir changé, et que tu n'accordes pas aux âmes le crédit d'avoir remarqué ce changement.

Il resta silencieux plusieurs minutes.

– Pourquoi as-tu accueilli les âmes ?

– Parce qu'elles avaient peur, et ça ne m'a pas plu.

La bouche d'Hadès tressauta.

– Certaines d'entre elles ont raison d'avoir peur, Perséphone.

– Celles-là auront peur de toute façon, que je les accueille ou pas.

Les mortels savent ce qui mène à un emprisonnement éternel au Tartare, pensa-t-elle.

– Les Enfers sont magnifiques, et tu tiens au bien-être de ton peuple, Hadès. Pourquoi les bonnes âmes devraient-elles avoir peur d'être ici ? Pourquoi devraient-elles te craindre ?

– Quoi qu'il en soit, elles me craignent toujours. C'est *toi* qui les as accueillies.

– Tu pourrais m'accompagner, proposa-t-elle.

Hadès continua de sourire de cet air narquois, mais son regard s'adoucit.

– Tu as beau ne pas aimer le titre de reine, tu n'as aucun mal à te comporter comme telle.

Perséphone se crispa, piégée entre sa peur d'affronter la colère d'Hadès et son angoisse d'être nommée reine.

– Est-ce que… ça te dérange ?

– Pourquoi ça me dérangerait ?

– Je ne suis pas reine, dit-elle en se levant pour marcher vers lui et reprendre son livre. Et je n'arrive pas à savoir ce que tu penses de ce que j'ai fait.

– Tu seras ma reine, déclara Hadès d'un ton féroce, comme s'il essayait de s'en convaincre lui-même. Les Moires l'ont déclaré.

Perséphone frémit, ses doutes réapparurent. Comment était-elle censée demander à Hadès pourquoi il voulait qu'elle soit sa reine ? Pire encore, pourquoi avait-elle besoin d'entendre sa réponse ? Elle se tourna et disparut entre les rangées de livres pour cacher sa réaction.

– Ça te dérange ? demanda Hadès en apparaissant devant elle, lui barrant la route.

Perséphone sursauta.

– Non, répondit-elle en le contournant.

Hadès lui emboîta le pas et elle remit le livre à sa place.

– Mais je préférerais que tu veuilles que je sois ta reine parce que tu m'aimes, pas parce que les Moires l'ont décrété.

Hadès attendit qu'elle le regarde pour répondre.

– Tu doutes de mon amour ?

– Non ! s'exclama-t-elle, surprise qu'il parvienne à cette conclusion. Mais… je suppose qu'on ne peut pas ignorer ce que d'autres peuvent penser de notre relation.

– Et que pensent les autres, au juste ?

Il était si près d'elle qu'elle sentait son parfum d'épices, de fumée et d'air hivernal, l'odeur de sa magie.

Elle haussa une épaule et la laissa retomber.

– Qu'on n'est ensemble que parce que les Moires l'ont prédit. Que tu m'as choisie seulement parce que je suis une déesse.

– T'ai-je donné des raisons de penser de telles choses ?

Elle le dévisagea, ne sachant quoi répondre. Elle n'avait pas envie de lui dire que Yuri lui avait mis cette idée en tête. Car cette idée était déjà là, elle y était depuis le début. Yuri n'avait fait que la nourrir, de sorte qu'elle prenait désormais plus de place, aussi sauvage que les lianes noires qui poussaient sous l'effet de sa magie.

– Qui t'a fait douter ?

– Je commence seulement à réfléchir à…

– Mes arrière-pensées ?

– Non…

– On dirait, pourtant, dit-il en plissant les yeux.

Perséphone fit un pas en arrière et sentit les étagères contre son dos.

– Je suis désolée de t'avoir parlé de ça.

– C'est un peu tard.

Perséphone le fusilla du regard.

– Tu vas me punir de dire ce que je pense ?

– Te punir ?

Hadès pencha la tête sur le côté et fit un pas en avant, plaquant son bassin contre le sien.

– Je suis curieux d'entendre comment tu penses que je devrais te punir.

Perséphone sentit son sang s'embraser, mais elle parvint à le fusiller du regard.

– Et je suis curieuse de t'entendre répondre à mes questions.

La mâchoire d'Hadès se crispa.

– Rappelle-moi ta question ?

Elle cligna des yeux. Lui demanderait-elle s'il l'avait choisie seulement parce qu'elle était une déesse ? Lui demanderait-elle s'il l'aimait ?

Elle gonfla ses poumons et plongea son regard dans le sien.

– Sans les Moires, est-ce que tu voudrais quand même de moi ?

Elle eut du mal à déchiffrer l'expression d'Hadès. Son regard était comme un brasier, faisant fondre son cœur et ses poumons. Elle retint sa respiration en attendant sa réponse, mais il resta silencieux et leva la main pour la poser sur sa joue. Le corps d'Hadès vibrait ; elle sentait la violence qui le parcourait et, l'espace d'un instant, elle se demanda s'il allait la libérer ou la réprimer

Toutefois, son toucher s'adoucit et il caressa sa joue en regardant sa bouche.

– Est-ce que tu sais comment j'ai su que les Moires t'avaient destinée à moi ?

Sa voix était rauque et à peine audible, c'était celle qu'il employait dans leur chambre, quand ils avaient fait l'amour.

Perséphone secoua lentement la tête, envoûtée par son regard.

– Je pouvais le goûter sur ta peau. La seule chose que je regrette, c'est d'avoir vécu aussi longtemps sans toi.

Sa bouche effleura la mâchoire, puis la joue de Perséphone. Elle retint son souffle et s'appuya contre lui, cherchant ses lèvres mais, au lieu de l'embrasser, il recula.

La distance qui les sépara soudain la fit vaciller et elle se retint aux étagères.

– C'était quoi, ça ? demanda-t-elle en lui lançant un regard assassin.

Il rit d'un ton lugubre.

– Les préliminaires.

Tout à coup, il tendit le bras et la souleva pour la porter sur son épaule.

– Qu'est-ce que tu fais ? cria-t-elle.

– Je te prouve que je te veux.

Il sortit de la bibliothèque et longea le couloir.

– Pose-moi, Hadès !

– Non.

Elle devinait son sourire. Il glissa une main entre ses cuisses et écarta ses lèvres pour plonger ses doigts en elle, et elle empoigna le tissu de sa veste pour ne pas tomber.

– Hadès ! gémit-elle.

Il rit, et elle le détesta. Elle saisit alors son chignon et tira sa tête en arrière pour l'embrasser. Hadès se laissa faire et la plaqua contre le mur le plus proche, lui offrant un baiser féroce avant de reculer pour grogner à son oreille.

– Je vais te punir jusqu'à ce que tu cries, jusqu'à ce que tu jouisses si fort sur ma queue que tu ne pourras plus douter de mon amour.

Ses paroles lui coupèrent le souffle et sa magie se réveilla, réchauffant sa peau.

– Tiens ta promesse, Lord Hadès, dit-elle contre sa bouche.

Tout à coup, le mur derrière elle céda et elle cria, sentant Hadès basculer. Il parvint néanmoins à les empêcher de tomber et lorsqu'ils eurent retrouvé l'équilibre, elle reconnut qu'il l'avait protégée en la serrant contre lui. Elle tourna la tête et découvrit qu'ils étaient dans la salle à manger. La table de banquet était occupée par les employés d'Hadès, dont Thanatos, Hécate et Charon.

Le mur contre lequel ils s'étaient appuyés était une porte.

Hadès se racla la gorge et Perséphone cacha son visage contre son torse.

– Bonsoir, dit-il.

Elle fut surprise qu'il puisse être si calme. Il n'était même pas essoufflé, pourtant, elle sentait son cœur battre à toute vitesse contre son oreille.

Elle pensait qu'Hadès s'excuserait et les téléporterait ailleurs, mais il n'en fit rien.

– Lady Perséphone et moi sommes affamés, et nous souhaitons être seuls.

Elle se figea et lui mit un petit coup dans les côtes.

Qu'est-ce qu'il fait ?

Brusquement, tous se levèrent, débarrassant leurs assiettes, leurs couverts et les énormes plats de nourriture qui avaient à peine été touchés.

– Bonsoir, Milady. Milord…

Ils sortirent de la salle à manger en souriant jusqu'aux oreilles, les yeux brillants de malice. Perséphone regarda le sol, mortifiée.

Une fois seuls, Hadès ne perdit pas de temps pour la pousser jusqu'à ce qu'elle soit contre la table.

– Tu n'es pas sérieux.

– Aussi sérieux que Zeus sur son trône, répondit-il.

– Dans la… salle à manger ?

– J'ai très faim, pas toi ?

Si.

Mais elle n'eut pas le temps de répondre car Hadès la posa sur la table, se plaça entre ses jambes et s'agenouilla, comme le ferait un serviteur devant sa reine. Elle remonta sa robe tandis qu'il promenait ses mains sur ses mollets, puis il embrassa l'intérieur de ses cuisses avant de s'emparer de son sexe.

Perséphone se cambra et retint son souffle quand Hadès plongea sa langue en elle, sa courte barbe frottant sa chair sensible d'une façon merveilleuse. Elle se tortilla sous lui et tendit les mains pour plonger ses doigts dans ses cheveux.

Hadès la retint plus fort, empoignant ses cuisses pour la maintenir en place. Elle poussa un cri guttural lorsqu'il suça son clitoris, jusqu'à ce qu'une explosion de plaisir parcoure ses veines.

Tout en elle brillait de désir, c'était l'extase, l'euphorie à l'état pur.

Elle fut interrompue par un coup frappé à la porte.

Perséphone se figea et essaya de s'asseoir, mais Hadès la maintint en place et poussa un grognement avant de lever la tête.

– Ignore-les, ordonna-t-il alors que son regard s'embrasait.

Il poursuivit sans ménagement, la pénétrant plus profondément, plus fort, plus vite. Perséphone tenait à peine sur la table. Elle respirait avec difficulté, se débattant comme pour revenir à la surface du Styx, cherchant désespérément de l'air tout en étant parfaitement ravie de vivre une mort aussi belle.

Mais on continua de frapper à la porte et une voix hésitante prit le relais.

– Lord Hadès ?

Perséphone n'arrivait pas à savoir qui c'était, mais la personne semblait nerveuse, et elle avait raison de l'être car le regard d'Hadès était assassin.

Il doit avoir le même regard lorsqu'il confronte les âmes, au Tartare, pensa-t-elle.

Hadès recula.

– Va-t'en, gronda-t-il.

Il y eut un court silence.

– C'est important, Hadès.

Perséphone nota l'inquiétude croissante dans la voix derrière la porte. Hadès soupira et se leva pour prendre le visage de Perséphone entre ses mains.

– Une minute, ma chérie.

– Tu ne vas pas lui faire de mal, si ?

– Pas trop…

Et, sans même un semblant de sourire, il disparut dans le couloir.

Perséphone se sentit ridicule, assise sur le bord de la table, et elle en descendit en ajustant sa robe. Elle se mit à faire les cent pas dans l'immense salle. La première fois qu'elle y était entrée, elle avait trouvé que tout ça était surfait. Le plafond parsemé d'immenses chandeliers, les murs décorés d'or et, en tête de table, le fauteuil d'Hadès semblable à un trône. De plus, Hadès dînait rarement ici, préférant manger ailleurs dans le palais. C'était une des raisons pour lesquelles elle avait choisi cette salle pour célébrer le Solstice ; toute cette beauté devait être partagée.

Hadès revint, l'air frustré. Sa mâchoire était crispée et son regard brillait d'une intensité qu'elle ne lui connaissait pas. Il s'arrêta à quelques pas d'elle, les mains dans les poches.

– Tout va bien ?

– Oui. Et non. Ilias m'a informé d'un problème qui doit être réglé rapidement.

Elle le regarda fixement, mais il n'en dit pas plus.

– Tu reviens quand ?

– Dans une heure. Peut-être deux.

Elle fronça les sourcils et Hadès effleura son menton pour qu'elle lève les yeux vers lui.

– Crois-moi, ma chérie, te laisser est la décision la plus difficile que je prenne, chaque jour.

– Alors ne me laisse pas, dit-elle en le prenant par la taille. Je peux venir avec toi.

– Ce n'est pas prudent, répondit-il d'une voix rauque, et elle fronça les sourcils.

– Pourquoi ?

– Perséphone…

– C'est une question simple, dit-elle.

– Non, ça ne l'est pas, rétorqua-t-il avant de soupirer et de passer sa main dans ses cheveux noirs.

Elle l'étudia, surprise, car il perdait rarement patience. Qu'est-ce qui l'inquiétait à ce point ? Elle envisagea d'insister, mais elle savait que ça ne mènerait à rien, donc elle céda.

– Très bien, dit-elle en faisant un pas en arrière. Je serai là à ton retour.

– Je me rattraperai, promit-il en fronçant les sourcils.

– Jure-le, dit-elle.

Le regard d'Hadès s'embrasa sous la lumière blanche des chandeliers.

– Oh chérie ! Tu n'as pas besoin de m'arracher une promesse. Rien ne m'empêchera de te prendre.

Chapitre II

UNE TOUCHE DE DUPLICITÉ

Le corps entier de Perséphone brûlait sous les flammes qu'Hadès avait allumées. Mais sans personne pour le contrôler, le feu s'était propagé, consumant tous ses membres. Elle chercha une distraction et s'aventura à l'extérieur, dans le jardin, où elle fut envoûtée par l'odeur de la terre humide et des fleurs sucrées. Elle caressa les pétales et les feuilles en déambulant, puis elle arriva à la limite du jardin, là où une prairie d'herbe jaunissante vacillait dans la brise.

Elle s'y engagea en courant et des fleurs orange s'épanouirent sur son passage. Elle n'avait pas besoin de se concentrer pour utiliser sa magie. Celle-ci irradiait d'elle, sans filtre, sans contrôle. Les dobermans d'Hadès la rejoignirent et jouèrent à se pourchasser jusqu'à ce qu'elle s'arrête en lisière du pré d'Hécate.

La déesse était assise en tailleur devant son chalet, les yeux fermés. Perséphone ne savait pas si elle méditait ou jetait un sort. Elle pencha pour la deuxième option et plaignit le pauvre mortel qui s'apprêtait à être maudit sans doute parce qu'il avait commis un crime haineux contre les femmes.

Elle s'approcha, mais Cerbère, Typhon et Orthos ne la suivirent pas.

– Déjà rassasiée ? demanda Hécate sans ouvrir les yeux.

Perséphone ne pardonnerait jamais à Hadès ce qu'il avait fait devant ses employés.

– J'en ai l'air ? marmonna-t-elle.

Sa frustration sexuelle la mettait de mauvais poil.

Hécate ouvrit un œil, puis l'autre.

– Ah, dit-elle. Tu veux t'entraîner, dans ce cas ?

– Seulement si je peux faire exploser quelque chose.

Un sourire discret étira les lèvres pourpres d'Hécate.

– Toi, tu vas méditer.

– Méditer ?

La dernière chose dont Perséphone avait envie était de se retrouver face à ses pensées. Hécate tapota le sol à ses côtés, et la jeune déesse soupira en s'asseyant. Son corps était crispé et ses mains étaient chaudes et moites.

– Ta première leçon, déesse : contrôler tes émotions.

– En quoi c'est une leçon ?

Hécate lui offrit un regard lourd de sous-entendus.

– Tu veux qu'on parle de tout à l'heure ? Ces portes se sont ouvertes à cause de ta magie. Personne ne les a ouvertes de l'intérieur.

Perséphone ferma la bouche et détourna le regard. Elle croyait que quelqu'un avait ouvert la porte, pas que sa magie l'avait réduite en poussière. Elle ne pensait pas cela possible, du coup, et elle avait encore plus honte maintenant.

– Ne sois pas gênée, ma chère. Ça arrive aux meilleurs d'entre nous.

Perséphone était intriguée.

– Toi aussi ?

Hécate éclata de rire.

– Non, ma chère. Mais je ne suis pas comme tout le monde.

Perséphone fronça les sourcils. Elle avait compris que ses émotions étaient liées à ses pouvoirs. Des fleurs poussaient lorsqu'elle était en colère et des lianes s'enroulaient autour d'Hadès dans des moments de passion, sans prévenir. Et puis, il y avait Menthé, dont les propos insultants avaient eu pour résultat que Perséphone l'avait transformée en plante, ou encore Adonis, qu'elle avait menacé dans le Jardin des dieux en changeant ses membres en branches. Et c'était sans parler du fait qu'elle avait détruit l'orangerie de sa mère.

– Ok, donc j'ai un problème, admit Perséphone. Comment me contrôler ?

– Avec de l'entraînement, répondit Hécate. Et beaucoup de méditation. Plus tu méditeras, plus ta magie et toi y gagnerez.

Perséphone grimaça.

– Je déteste méditer.

– Tu as déjà essayé ?

– Oui, et c'est ennuyeux à mourir. Tout ce qu'on fait c'est… s'asseoir.

Hécate esquissa un sourire en coin.

– Tu te trompes. Le but de la méditation est de reprendre le contrôle ; n'as-tu pas soif de contrôle, Perséphone ?

Hécate avait parlé d'une voix plus grave, presque séductrice, et Perséphone dut admettre qu'elle rêvait de ce que la déesse offrait. Elle voulait tout contrôler, sa magie, sa vie, son avenir.

– Je t'écoute… dit-elle.

Hécate sourit d'un air malicieux et reprit ses explications.

– La méditation consiste à concentrer son attention, un instant après l'autre, une chose à la fois, plutôt que de se laisser envahir par ce qui te dérange, ce qui menace de t'ensevelir et pousse ta magie à construire un bouclier protecteur autour de toi.

Hécate la guida dans plusieurs méditations, l'invitant à se concentrer sur sa respiration. Perséphone imaginait que ce serait apaisant, si seulement elle parvenait à empêcher ses pensées de vagabonder en direction d'Hadès. Elle jura à plusieurs reprises qu'il se tenait derrière elle. Elle sentait son souffle sur sa nuque, le frottement délicat de sa barbe sur sa joue tandis qu'il murmurait contre sa peau.

J'ai pensé à toi toute la journée.

Elle frissonna et son bas-ventre se contracta.

À ton goût, à la sensation de ma queue glissant en toi, à ta façon de gémir quand je te prends.

Perséphone se mordit la lèvre et une vague de chaleur déferla entre ses cuisses.

Je veux te prendre si fort que tes cris atteindront les oreilles des vivants.

Elle expira brusquement et ouvrit les yeux. Lorsqu'elle regarda la déesse, celle-ci haussa un sourcil et se mit debout.

– Finalement, faisons exploser des choses.

* * *

– Je vais être en retard! s'exclama-t-elle en rejetant la couette pour se lever.

Hadès poussa un grognement et tendit le bras sur le matelas, cherchant Perséphone.

– Reviens au lit, dit-il d'une voix endormie.

Elle l'ignora tout en courant à travers sa chambre, à la recherche de ses affaires. Elle trouva son sac sur une chaise, ses chaussures sous le lit et ses vêtements emmêlés dans les draps. Elle les en extirpa, mais Hadès s'en empara aussitôt.

– Hadès, gronda-t-elle en se penchant sur lui.

Il empoigna ses hanches et roula sur le côté pour la coincer sous lui. Elle éclata de rire en gigotant.

– Hadès, arrête! Je vais être en retard, et ce sera de ta faute.

Il avait tenu sa promesse, en rentrant aux Enfers vers trois heures du matin. Lorsqu'il s'était glissé dans le lit, derrière elle, il l'avait embrassée pour lui souhaiter bonne nuit et ne s'était plus arrêté. Après, Perséphone s'était endormie profondément et avait appuyé sur le bouton « snooze » de son téléphone lorsque son alarme avait retenti pour la réveiller.

– Je t'emmène, dit-il en baissant la tête pour l'embrasser dans le cou. Tu y seras en quelques secondes.

– Hmmm, gémit-elle en posant ses mains à plat sur son torse. Merci, mais je préfère prendre le chemin le plus long.

Il haussa un sourcil et la regarda d'un air menaçant avant de rouler sur le côté pour la libérer. Elle se leva, étudiant ses vêtements froissés en grimaçant.

– Laisse-moi t'aider, dit Hadès en claquant des doigts.

Perséphone se retrouva vêtue d'une robe fourreau noire et d'escarpins assortis. Elle baissa la tête et caressa le tissu légèrement brillant.

– Le noir n'est pas ma couleur préférée, dit-elle.

– Fais-moi plaisir, répondit-il en souriant.

Une fois qu'elle fut prête, il insista pour qu'elle accepte que son chauffeur l'emmène. C'est ainsi qu'elle se retrouva à l'arrière de la Lexus noire d'Hadès, conduite par Antoni, le cyclope qui travaillait pour le dieu des Morts. Il sifflait un air que Perséphone reconnut et qui venait de l'album *Corneille Blanche*, d'Apollon. Elle avait beau ne pas aimer la musique de ce dieu, elle avait passé sa soirée du vendredi à danser dans son club pour l'anniversaire de sa meilleure amie, Lexa Sideris. Dans cette boîte, seuls les morceaux de son propriétaire étaient autorisés. Elle avait désormais l'impression de les connaître par cœur, ce qui ne faisait qu'augmenter le dégoût qu'elle avait pour sa musique.

Elle s'efforça d'ignorer la voix de fausset d'Apollon et fut bientôt distraite par une série de messages écrits par sa meilleure amie.

Tu es officiellement célèbre.

Une vague d'angoisse l'assaillit, son amie lui envoya plusieurs liens vers des flashs info provenant de toute la Nouvelle Grèce et qui ne parlaient que d'Hadès et d'elle.

Elle cliqua sur le premier lien puis le suivant, et le suivant. La plupart des articles régurgitaient les détails de ses retrouvailles publiques avec Hadès en incluant des photos compromettantes. Elle rougit en revoyant les preuves de cette journée. Elle ne s'était pas attendue à ce que le roi des Morts apparaisse dans le royaume des vivants, et lorsqu'elle l'avait vu, elle avait eu l'impression que son cœur allait exploser. Elle avait couru vers lui et avait sauté dans ses bras, s'accrochant à lui, comme si elle était faite pour être dans ses bras. Hadès avait empoigné ses fesses et leurs bouches s'étaient scellées dans un baiser qu'elle sentait encore sur ses lèvres.

Elle aurait dû s'attendre à un ouragan médiatique, mais après l'anniversaire de Lexa, elle avait passé le week-end aux Enfers, séquestrée dans la chambre d'Hadès, où elle l'avait exploré et goûté. Elle n'avait plus repensé au royaume des vivants. Avec de telles photos, il allait être difficile de nier qu'il se passait quelque chose entre eux.

Le dernier message qu'elle reçut la fit paniquer.

TOUT CE QUE VOUS DEVEZ SAVOIR SUR LA MAÎTRESSE D'HADÈS

C'était son pire cauchemar.

Elle parcourut l'article et fut soulagée de découvrir qu'il ne contenait aucune information pouvant révéler qu'elle était la fille de Déméter ni même une déesse, mais cela restait préoccupant. L'article disait qu'elle venait d'Olympe, qu'elle avait commencé à étudier à l'Université de Nouvelle Athènes quatre ans plus tôt, commençant par la botanique avant de se spécialiser en journalisme. Il y avait quelques citations d'étudiants qui prétendaient « la connaître » – des pépites comme « ça se voyait qu'elle était hyper-intelligente » et « elle était toujours silencieuse » ou encore « elle lisait beaucoup ».

L'article proposait également une timeline de sa vie qui incluait son stage au *New Athens News*, ses articles sur Hadès et leur réconciliation devant le Coffee House :

Les spectateurs disent qu'ils n'étaient pas sûrs des motivations d'Hadès lorsqu'il est apparu dans le monde des vivants, mais il semblerait qu'il soit venu pour se réconcilier avec la journaliste, Perséphone Rosi, ce qui nous pousse à nous demander : quand leur romance a-t-elle commencé ?

Perséphone fut forcée de reconnaître combien la situation était ironique. Elle était journaliste d'investigation et elle adorait enquêter. Elle raffolait de venir à bout d'une question, de révéler les faits et de protéger les mortels de la colère des dieux, des demi-dieux et d'eux-mêmes.

Mais… là, c'était différent.

C'était sa vie privée.

Elle savait comment fonctionnaient les médias, elle était désormais un mystère à résoudre, et ceux qui enquêteraient sur ses origines étaient une menace pour tout ce pour quoi elle s'était battue.

Ils menaçaient sa liberté.

Je sais que tu paniques, écrivit Lexa. Arrête.

Facile à dire. Ton nom ne fait pas la une des journaux.

Son amie répondit aussitôt :

Techniquement, ce n'est pas le tien. C'est celui d'Hadès.

Perséphone leva les yeux au ciel. Elle ne voulait pas être réduite à être associée à quelqu'un. Elle voulait sa propre identité et que son travail soit reconnu ; mais sortir avec un dieu rendait cela impossible.

Elle pensa soudain à autre chose : *Qu'allait dire son patron ?*

Demetri Aetos était un directeur génial. Il croyait à la vérité et au fait de la révéler, quelles que soient les conséquences. Il avait viré Adonis qui avait traité Perséphone de garce et volé son travail. Il avait reconnu le stress qu'elle subissait lorsqu'il s'agissait d'écrire à propos d'Hadès, et lui avait dit qu'elle pouvait arrêter si elle le souhaitait… mais c'était *avant* qu'il sache qu'elle sortait avec le dieu des Morts.

Allait-il y avoir des conséquences ?

Dieux, elle devait cesser de penser à ça.

Elle se concentra sur son téléphone et répondit à Lexa.

Arrête d'éviter la MEILLEURE nouvelle de la journée. Félicitations pour ton premier jour !

Lexa avait été embauchée pour s'occuper de la branche évènementielle de la Fondation Cyprès, l'association à but non lucratif d'Hadès. Perséphone l'avait appris peu de temps après que le dieu des Morts avait annoncé la création du Projet Alcyon.

On avait proposé le job à Lexa le jour de son anniversaire.

– Elle aurait eu le poste de toute manière, avait répondu Hadès lorsque Perséphone lui avait demandé si c'était grâce à lui. Elle est parfaite pour le job.

Merci, ma chérie ! Je suis trop excitée ! répondit Lexa.

– Nous sommes arrivés, Milady.

Les propos d'Antoni attirèrent l'attention de Perséphone sur l'Acropole, et elle regarda par la vitre. Elle fit les gros yeux et son estomac se noua.

Une foule s'était réunie au pied des cent un étages du gratte-ciel. Les agents de sécurité étaient intervenus pour la maîtriser et avaient mis en place des barrières, et plusieurs employés, confus, se précipitaient dans le building, poursuivis par les cris de la foule. Comprenant qu'ils étaient là pour elle, Perséphone fut soulagée que les vitres du véhicule soient teintées. Mais cela ne l'empêcha pas de se ratatiner dans le siège en grognant.

– Oh non…

Antoni haussa un sourcil en l'observant dans le rétroviseur central.

– Quelque chose ne va pas, Milady ?

Elle le regarda dans les yeux, presque confuse.

Bien évidemment que quelque chose ne va pas !

Les médias, la foule ; ils menaçaient tout ce pour quoi elle s'était battue.

– Tu peux me déposer plus loin ? demanda Perséphone.

– Lord Hadès m'a ordonné de vous déposer à l'Acropole.

– Eh bien, Lord Hadès n'est pas ici et, comme tu peux le voir, c'est loin d'être idéal, soupira-t-elle en grinçant des dents.

Elle se força à inspirer et à se calmer.

– S'il te plaît !

Le cyclope obéit. Le court trajet laissa le temps à Perséphone d'invoquer une paire de lunettes de soleil et d'attacher ses cheveux en chignon – c'était un piètre déguisement, mais c'était mieux que de montrer son visage à tous les passants.

Antoni la regarda à nouveau.

– Je peux vous escorter à la porte.

– Non, ce n'est pas nécessaire, Antoni. Merci.

Le cyclope remua sur son siège, clairement mal à l'aise.

– Ça ne va pas plaire à Hadès.

Elle le regarda dans le rétroviseur.

– Tu ne lui diras pas, si ?

– Ce serait pour le mieux, Milady. Lord Hadès pourrait mettre à votre disposition un chauffeur pour vous emmener au travail et venir vous chercher, ainsi qu'une Aegis pour vous protéger.

Elle n'avait pas besoin d'un chauffeur ni d'un garde.

– S'il te plaît ! supplia-t-elle. Ne le dis pas à Hadès.

Elle avait besoin qu'il comprenne. Elle aurait l'impression d'être prisonnière, et elle avait passé dix-huit ans à tenter de s'échapper.

Il fallut presque une minute au cyclope pour céder, mais il finit par hocher la tête.

– Si vous le souhaitez, Milady, mais au moindre problème, j'appelle le patron.

Très bien, elle s'en contenterait. Elle tapota l'épaule du cyclope.

– Merci, Antoni.

Elle sortit de la voiture et marcha vers l'Acropole, tête baissée. Les cris de la foule s'amplifièrent lorsqu'elle approcha et elle s'arrêta pour l'étudier ; la foule avait grossi.

– Dieux, gémit-elle.

– Tu es dans de beaux draps, on dirait, dit une voix derrière elle.

Elle se tourna et découvrit un bel homme aux yeux bleus. *Hermès*.

Ces derniers mois, il était devenu l'un de ses dieux préférés. Il était beau, drôle et encourageant. Aujourd'hui, il était vêtu comme un mortel. Enfin, presque. Il restait surnaturellement beau, avec ses boucles dorées et sa peau bronzée. Sa tenue du jour était composée d'un polo rose et d'un jean foncé.

– De beaux… draps ? répéta-t-elle, confuse.

– C'est une expression qu'utilisent les mortels lorsqu'ils ont des ennuis. Tu ne l'as jamais entendue ?

– Non, répondit-elle.

Ce n'était pas très surprenant. Elle avait passé ses dix-huit premières années dans une prison de verre. Il y avait beaucoup de choses qu'elle n'avait pas apprises.

– Qu'est-ce que tu fais ici ?

– J'ai vu les infos, répondit-il en souriant. Toi et ton joujou êtes officiellement un couple.

Elle le fusilla du regard.

– Ton… *gros* joujou ?

Elle continua de le regarder d'un air assassin.

– Ok, d'accord. Ton joujou divin.

Perséphone abandonna et soupira en cachant son visage dans ses mains.

– Je ne pourrai plus jamais aller nulle part.

– C'est faux, c'est juste que tu ne pourras plus jamais aller nulle part sans être suivie par une foule.

– Personne ne t'a jamais dit que tu n'arrangeais rien ?

– Non, pas vraiment. Après tout, je suis le Messager des dieux.

– On ne t'a pas remplacé par les mails ?

Hermès fit mine de bouder.

– Et qui est-ce qui n'arrange rien, maintenant ? râla-t-il.

Perséphone se pencha à l'angle de l'immeuble pour observer à nouveau l'entrée. Elle sentit le menton d'Hermès sur son crâne tandis qu'il suivait son regard.

– Pourquoi tu ne te téléportes pas à l'intérieur ?

– J'essaie de garder une façade mortelle, ce qui implique que je n'utilise pas de magie sur terre.

Elle n'avait pas très envie d'expliquer qu'elle essayait encore de maîtriser sa magie.

– C'est ridicule. Pourquoi tu ne choisis pas la manière simple ?

– Qu'est-ce que tu ne comprends pas dans le fait de mener une vie de mortelle normale ?

– Tu es sérieuse ?

Bien sûr, Hermès ne pouvait pas comprendre. Il avait toujours existé en tant qu'Olympien. D'ailleurs, il avait commencé sa vie de la même façon qu'il vivait aujourd'hui, avec malice.

– Écoute, si tu ne veux pas m'aider…

– T'aider ? Tu me le demandes ?

– Pas si ça implique que je te dois une Faveur, s'empressa-t-elle de répondre.

Les dieux avaient tout : la richesse, le pouvoir, l'immortalité. Leur monnaie d'échange était donc le troc de Faveurs, qui étaient essentiellement des contrats dont on ne pouvait s'extirper et dont les détails étaient décidés dans le futur.

Perséphone aurait préféré mourir.

– Pas une Faveur, alors, dit-il. Un rencard.

Elle regarda le dieu d'un air agacé.

– Tu veux vraiment qu'Hadès t'étripe ?

– J'ai envie de faire la fête avec mon amie, rétorqua Hermès en croisant les bras. Qu'il m'étripe !

Elle le regarda en faisant mine de douter, puis elle sourit.

– Marché conclu.

Il dégaina un sourire étincelant.

– Vendredi, ça te va ?

– Fais-moi entrer dans cet immeuble, et je consulterai mon emploi du temps.

– Je gère, Sephy, conclut-il en souriant de plus belle.

Hermès se téléporta au milieu de la foule et les fans se mirent à crier comme s'ils mouraient. Hermès sortit le grand jeu, signant des autographes et posant pour des photos. Pendant ce temps, Perséphone longea l'immeuble et entra sans être vue. Elle se précipita vers les ascenseurs et garda la tête baissée en attendant parmi un groupe d'employés que les portes s'ouvrent. Elle savait qu'ils la regardaient, mais peu importe. Elle avait évité la foule, et elle pouvait se mettre au travail.

Lorsqu'elle arriva à son étage, Hélène, la nouvelle hôtesse d'accueil, la salua chaleureusement. Elle avait remplacé Valérie, qui travaillait désormais deux étages au-dessus, chez

Oak & Eagle Creative, l'agence publicitaire de Zeus. Hélène, plus jeune que Valérie, était encore étudiante ; elle était donc déterminée à faire bonne impression et avait le mérite d'être toujours souriante. Elle était par ailleurs sublime, avec des yeux bleus comme des saphirs, une cascade de cheveux blonds et des lèvres roses et parfaites. Mais elle était surtout très sympa, et Perséphone l'appréciait beaucoup.

– Bonjour, Perséphone ! dit-elle d'une voix chantante. J'espère que ça n'a pas été trop dur d'entrer.

– Non, pas du tout, répondit-elle en parvenant à maîtriser les tremblements de sa voix.

C'était sans doute le second plus gros mensonge de sa vie, après avoir promis à sa mère de ne pas approcher Hadès.

– Merci, Hélène.

– Tu as déjà reçu plusieurs appels ce matin. S'ils concernaient un sujet qui pouvait t'intéresser, je les ai transférés sur ton répondeur, mais s'il s'agissait d'une demande d'interview avec toi, j'ai pris un message, expliqua-t-elle en lui montrant un nombre incalculable de Post-it colorés. Tu les veux ?

Perséphone les étudia en faisant les gros yeux.

– Non, merci, Hélène. Tu es la meilleure.

La secrétaire sourit.

Perséphone s'apprêtait à rejoindre son bureau lorsque cette dernière l'interpella.

– Ah, au fait, Demetri a demandé à te voir.

Sa gorge se noua, comme si quelqu'un l'avait forcée à avaler un caillou. Elle parvint à déglutir et à sourire à la réceptionniste.

– Merci, Hélène.

Perséphone traversa la vaste salle où étaient alignés les bureaux de ses collègues, et elle rangea ses affaires avant de se servir un café. Elle attendit à la porte de Demetri, laissée ouverte, ne souhaitant pas le déranger alors qu'il était concentré sur sa tablette. Son patron était très beau, avec ses cheveux poivre et sel et une perpétuelle barbe de trois jours. Il aimait les vêtements colorés et les cravates à motifs. Aujourd'hui, il portait une chemise rouge et un nœud papillon bleu à pois blancs.

Une pile de journaux était posée sur son bureau, devant lui. Perséphone lut les titres en une :

LORD HADÈS EST-IL EN COUPLE AVEC UNE MORTELLE ?

UNE JOURNALISTE EST SURPRISE EN TRAIN D'EMBRASSER LE DIEU DES MORTS

LA MORTELLE QUI AVAIT CRITIQUÉ LE ROI DES ENFERS EST-ELLE AMOUREUSE ?

Demetri dut sentir sa présence car il finit par lever les yeux de sa tablette. L'article qu'il lisait se reflétait dans ses lunettes à monture noire et elle vit qu'il parlait également d'elle.

– Perséphone. Je t'en prie, entre et ferme la porte. Assieds-toi.

Le caillou tomba lourdement de sa gorge dans son ventre. S'enfermer dans le bureau de Demetri équivalait à retourner dans l'orangerie de sa mère ; son angoisse redoubla et elle paniqua à l'idée d'être punie. Elle eut une bouffée de chaleur, sa gorge se resserra et sa langue sembla s'épaissir… elle allait s'étouffer.

On y est, pensa-t-elle. *Il va me virer.*

Elle se sentit frustrée qu'il fasse durer le moment. Pourquoi l'inviter à s'asseoir ? Pourquoi lui faire croire qu'ils allaient avoir une simple conversation ?

Elle gonfla ses poumons et s'assit sur le bord de sa chaise.

– Comment tu as fait ? demanda-t-elle en regardant la pile de journaux. Tu en as pris un à chaque coin de rue ?

– Je n'ai pas pu m'en empêcher, répondit-il en souriant. L'info est fascinante.

Perséphone lui lança un regard agacé.

– Tu avais besoin de quelque chose ? finit-elle par demander, espérant changer de sujet, attendant qu'il lui dise que la raison pour laquelle il l'avait convoquée n'avait rien à voir avec les unes de ce matin.

– Perséphone… commença-t-il d'un ton tendre qui la fit grimacer.

Quoi qu'il s'apprête à dire, ce n'était pas bon.

– Tu as beaucoup de potentiel, poursuivit-il, et tu as prouvé que tu es prête à te battre pour la vérité, ce que j'apprécie énormément.

Il marqua une pause et Perséphone se crispa en se préparant pour le coup de grâce.

– Mais… dit-elle, devinant où allait cette conversation.

Demetri la regarda d'un air compatissant.

– Tu sais que je ne te le demanderais pas si je n'y étais pas obligé, dit-il.

Elle cligna des yeux en fronçant les sourcils.

– Me demander quoi ?

– Une exclusivité. Sur ta relation avec Hadès.

L'angoisse qui plombait son estomac remonta et se dissipa, crépitant dans sa poitrine et ses poumons. Elle se sentit pâlir.

– Pourquoi tu es obligé de me le demander ?

Elle avait parlé d'une voix tendue. Elle s'efforçait de rester calme, mais ses mains tremblaient déjà et elle serra plus fort sa tasse.

– Persé…

– Tu as dit que tu ne me le demanderais pas si tu n'y étais pas obligé, dit-elle en lui coupant la parole.

Elle en avait assez de l'entendre répéter son prénom. Elle en avait assez qu'il mette des plombes à en venir au but.

– Donc, pourquoi tu me le demandes ?

– Ça vient d'en haut, répondit-il. On m'a fait comprendre que soit tu nous livrais ton histoire, soit tu n'avais plus de travail.

– D'en haut ? répéta-t-elle avant de chercher le nom qu'elle voulait. Kal Stavros ?

Kal Stavros était un mortel, P.-D.G. de Epik Communications, un groupe qui détenait le *New Athens News*. Perséphone ne savait grand-chose de lui, sauf qu'il était un des sujets préférés des tabloïds, principalement parce qu'il était sublime. D'ailleurs, son nom signifiait littéralement « *couronné le plus beau* ».

– Pourquoi le P.-D.G. demanderait-il une exclusivité ?

– Ce n'est pas tous les jours que la petite amie du dieu des Morts travaille pour vous, répondit Demetri. Tout ce que tu toucheras se transformera en or.

– Alors laisse-moi écrire autre chose, dit-elle. J'ai une boîte vocale pleine de pistes.

C'était vrai. Les messages avaient inondé sa messagerie depuis qu'elle avait écrit son premier article sur Hadès. Elle avait peu à peu fait le tri, les rangeant dans des dossiers selon le dieu qui était critiqué. Elle pourrait écrire à propos de n'importe quel Olympien, y compris sa mère.

– Tu peux écrire autre chose, dit Demetri. Mais je crains qu'il nous faille quand même cette exclusivité.

– Tu n'es pas sérieux ?

Elle n'avait rien trouvé d'autre à dire, mais l'expression de Demetri confirmait qu'il ne plaisantait pas.

– C'est ma vie privée, insista-t-elle.

Son patron baissa les yeux sur la pile de journaux.

– Et elle est désormais publique.

– Je croyais que tu m'avais dit que tu comprendrais si je voulais arrêter d'écrire sur Hadès.

Elle vit les épaules de Demetri s'affaisser, et elle fut légèrement soulagée de constater qu'il semblait ne pas apprécier la situation lui non plus.

– J'ai les mains liées, Perséphone, admit-il.

Un bref silence s'installa entre eux, durant lequel elle chercha une issue différente.

– Alors c'est tout ? Je n'ai pas mon mot à dire ?

– Tu as un choix à faire. Mais il me faut ton article pour vendredi prochain.

Le sujet était clos.

Elle se leva et retourna s'asseoir à son bureau. Elle chercha désespérément un moyen de s'extirper de cette situation : autre chose que d'écrire l'article ou démissionner. Travailler pour le *New Athens News* avait été son rêve depuis le jour où elle avait décidé d'étudier le journalisme, en première année de fac. Elle avait été convaincue par leur devise qui était de raconter la vérité et de dénoncer les injustices.

Elle se demandait maintenant si tout ça n'était pas que du vent.

Elle envisagea également ce que dirait Hadès si elle lui disait que le P.-D.G. d'Epik Communications avait exigé une exclusivité sur eux. Cependant, elle ne voulait pas qu'Hadès mène ses combats à sa place. Elle ne supportait pas de savoir que ses patrons écouteraient Hadès à cause de son statut d'Olympien ancien et pas elle, qu'ils présumaient n'être qu'une simple mortelle.

Non. Elle trouverait une solution toute seule, et elle était certaine d'une chose : Kal Stavros regretterait son chantage.

Après être sortie du bureau de Demetri, Perséphone ne leva plus les yeux de son ordinateur. Elle avait beau paraître concentrée, elle était parfaitement consciente des regards curieux qui étaient sans cesse rivés sur elle. Elle avait l'impression que des araignées couraient sur sa peau. Elle se concentra de plus belle, parcourant les centaines de courriels dans sa boîte mail, écoutant les messages vocaux de gens qui prétendaient « avoir un scoop pour elle ». La plupart traitaient de comment Zeus ou Poséidon avaient transformé leur mère/sœur/tante en loup/cygne/vache pour des raisons plus abominables les unes que les autres, et Perséphone en vint à se demander comment Hadès pouvait avoir un lien de parenté avec les deux dieux.

Lexa prit des nouvelles d'elle à midi.

Tu vas bien ?

Non, les choses ont empiré, répondit Perséphone.

????

Je te raconte plus tard. Trop compliqué par message.

Tu veux picoler ?

Elle éclata de rire.

On travaille demain, Lex.

J'essaie juste d'être une bonne amie.

Perséphone sourit et changea d'avis.

Peut-être quelques verres, alors. D'ailleurs, on doit fêter TON premier jour à la Fondation Cyprès. Comment ça se passe ?

C'est génial, répondit Lexa. Plein de choses à apprendre, mais ça va être super.

Perséphone parvint à éviter Demetri le reste de la journée. Hélène était la seule à lui parler, et ce n'était que pour lui dire qu'elle avait du courrier, dont une enveloppe rose. Lorsque Perséphone l'ouvrit, elle découvrit des dizaines de petits cœurs découpés grossièrement.

– Tu as vu qui l'a mise dans ma boîte aux lettres ? demanda-t-elle à la réceptionniste.

L'enveloppe n'avait ni timbre ni adresse d'expéditeur. On l'avait donc déposée en main propre.

– Elle était là ce matin, dit Hélène en secouant la tête.

Bizarre, pensa la déesse en jetant le tout à la poubelle.

En fin de journée, Perséphone prit l'ascenseur jusqu'au rez-de-chaussée et vit que la foule était encore là. Elle étudia un instant ses options. Les vigiles pouvaient l'escorter, mais seulement jusque dans la rue, à moins qu'elle n'appelle Antoni. Elle savait que le cyclope viendrait avec plaisir, mais sa loyauté envers elle s'effriterait s'il voyait qu'on l'attendait encore après le travail, et elle ne voulait *vraiment pas* d'Aegis. Il y avait aussi le risque que sa magie surgisse si elle se sentait en danger, et elle n'était pas prête à révéler sa Divinité au monde, ce qui excluait donc la téléportation. Cela ne lui laissait qu'une seule solution : trouver un autre moyen pour sortir de l'immeuble.

Il y avait d'autres issues, il fallait seulement trouver celle qui n'était pas surveillée par des fans enragés. Cela pouvait paraître parano, mais ce n'était pas sans fondement. Les admirateurs des dieux étaient prêts à n'importe quoi pour voir, toucher et goûter au Divin, et cela incluait leurs partenaires.

Elle emprunta un long couloir et chercha une autre sortie.

Elle envisagea de passer par le garage, mais elle n'aimait pas la possibilité d'être coincée par une horde d'inconnus dans un lieu sombre à l'odeur d'essence et d'urine.

Peut-être une sortie de secours, pensa-t-elle, même si ça déclenchait une alarme. Les portes n'étaient pas accessibles de l'extérieur, donc il y avait peu de chances pour que la foule se soit amassée devant.

Impatiente de rentrer chez elle et de passer la soirée avec Lexa après cette horrible journée, elle pressa le pas. Elle arriva à l'angle du couloir et se heurta à quelqu'un, mais elle ne leva pas la tête, craignant d'être reconnue.

– P… pardon, bégaya-t-elle en se précipitant vers la sortie.

– Si j'étais vous, je ne passerais pas par là, dit une voix au moment où elle empoignait la barre métallique.

Elle se tourna et rencontra deux yeux gris, nichés dans un beau visage d'homme aux traits fins, avec des cheveux mi-longs en bataille, des pommettes saillantes et une bouche charnue. Il portait une blouse d'agent d'entretien grise, et Perséphone ne l'avait encore jamais vu.

– Parce que ça va déclencher une alarme ? demanda-t-elle.

– Non. Parce que j'en viens et que si vous êtes la femme qui fait la une des médias depuis trois jours, je crois que les gens qui sont dehors vous attendent.

Perséphone soupira, frustrée.

– Merci de m'avoir prévenue, dit-elle d'un ton lugubre.

Elle se dirigeait vers le couloir adjacent lorsque l'homme l'interpella.

– Si vous avez besoin d'aide, je peux vous faire sortir d'ici.

La jeune déesse était sceptique.

– Comment, exactement ?

Les coins de sa bouche s'étirèrent, mais c'était comme s'il avait oublié comment sourire.

– Ça ne va pas vous plaire.

Chapitre III

UNE TOUCHE D'INJUSTICE

Il avait raison. Elle détesta son idée.

– Je refuse d'entrer dans ce truc.

Ce truc étant un petit camion benne rempli de déchets.

Elle avait tort en disant qu'elle ne voulait pas sentir l'essence et l'urine. Elle aurait préféré largement ça plutôt que de baigner dans des poubelles à l'odeur rance.

Elle s'était sentie mal à l'aise en suivant le concierge au sous-sol, serrant fort les clés de chez elle dans sa main – *c'est comme ça que les gens se font tuer*, avait-elle pensé avant de se dire qu'elle regardait trop de séries policières.

Le sous-sol était plein d'objets divers et variés ; il y avait des meubles et des tableaux, une laverie, une cuisine industrielle et un local d'entretien où elle se tenait désormais, les yeux rivés sur son prétendu « moyen d'évasion », comme l'avait appelé l'homme à tout faire.

Il semblait trouver la situation plutôt amusante.

– C'est ça, ou vous passez par la porte, dit-il. À vous de choisir.

– Comment je peux savoir que vous n'allez pas me décharger au beau milieu de la foule ?

– Écoutez, vous n'êtes pas obligée de monter dedans. J'ai simplement pensé que vous aimeriez rentrer chez vous ce soir. Quant à vous abandonner au milieu de ces sauvages, je ne vois pas pourquoi quelqu'un devrait souffrir à cause de son lien avec un dieu.

À sa façon de parler, Perséphone eut l'impression qu'un dieu lui avait causé du tort, mais elle n'insista pas. Elle le regarda un moment en se mordant la lèvre.

– Ok, très bien, marmonna-t-elle.

L'homme l'aida à monter dans la benne du petit camion, elle s'installa à l'endroit où il lui avait libéré un espace. Il l'étudia d'un air inquisiteur en tenant un sac-poubelle en l'air.

– Prête ?

– Autant qu'on puisse l'être, répondit-elle.

Il la recouvrit avec des sacs et elle se retrouva dans le noir. Le véhicule se mit en marche. Le froissement du plastique bruissait dans ses oreilles et elle retint sa respiration pour ne pas sentir l'odeur de pourriture. Le contenu des sacs appuyait contre son dos et, chaque fois que les roues passaient sur une bosse, le véhicule sursautait et le plastique frottait ses bras comme la peau d'un serpent. Elle avait envie de vomir, mais elle fit de son mieux pour se retenir.

– Voilà votre terminus, dit le concierge en soulevant les sacs sous lesquels elle était cachée.

Perséphone fut accueillie par une bouffée d'air frais et elle se leva de son horrible cachette.

L'homme la saisit par la taille pour l'aider à descendre et elle fit un pas en arrière, mal à l'aise qu'il la touche.

Il l'avait emmenée au fond d'une allée qui donnait sur la rue Pégase. De là, son appartement était à vingt minutes à pied.

– Merci… commença-t-elle. Vous vous appelez comment ?

– Pirithoos, répondit-il en lui tendant la main.

– Pirithoos, répéta-t-elle en la serrant. Je suis Perséphone… mais je suppose que vous le savez déjà.

– Ravi de faire ta connaissance, dit-il en ignorant son commentaire et en choisissant de la tutoyer.

– Merci pour le véhicule d'évasion. Je te revaudrai ça.

– Non, surtout pas, rétorqua-t-il. Je ne suis pas un dieu. Je n'échange pas une Faveur contre une autre.

Il a clairement un passé avec le Divin, pensa-t-elle en fronçant les sourcils.

– Je voulais juste dire que je t'apporterai des biscuits.

Pirithoos lui offrit un sourire étincelant et, à cet instant, sous son air fatigué et triste, elle crut apercevoir l'homme qu'il devait être auparavant.

– À demain ? demanda-t-elle.

Il la regarda d'un air étrange avant de répondre en souriant.

– Oui, Perséphone. À demain.

* * *

Lorsque Perséphone arriva enfin chez elle, son appartement sentait le pop-corn et Lexa écoutait de la musique à fond. Ce n'était pas le genre de musique sur lequel on danse, mais plutôt le genre à invoquer les nuages, la pluie et la pénombre. Elle semblait justement s'adresser aux pensées les plus sombres de Perséphone, comme son désir de prendre sa revanche sur Kal Stavros.

Lexa l'attendait dans la cuisine. Elle avait déjà enfilé un pyjama qui laissait apparaître ses tatouages : les phases de la lune sur son biceps, une clé enroulée dans de la ciguë sur son avant-bras gauche, un superbe poignard sur sa hanche droite et la roue d'Hécate sur le haut de son bras gauche. Ses longs cheveux noirs étaient attachés en chignon sur le dessus de sa tête, et elle avait une bouteille de vin à la main.

– Te voilà, dit Lexa en transperçant Perséphone de ses yeux bleus et en désignant la bouteille. J'ai acheté ton préféré.

– Tu es la meilleure, répondit la déesse en souriant.

– J'ai cru que j'allais devoir signaler ta disparition à la police.

Perséphone leva les yeux au ciel.

– Je n'ai que trente minutes de retard.

– Et tu ne réponds pas à ton téléphone, rétorqua Lexa.

Perséphone avait été tellement focalisée sur le fait de rentrer chez elle sans se faire remarquer qu'elle n'avait même pas pris la peine de sortir son téléphone de son sac. Elle le consulta et vit quatre appels manqués ainsi que plusieurs sms de Lexa. Sa meilleure amie lui demandait si elle était en route, puis si elle allait bien, avant de lui envoyer des émojis absurdes pour attirer son attention.

– Si tu pensais vraiment que j'avais des ennuis, tu ne m'aurais pas envoyé des milliers d'émojis.

Lexa sourit d'un air narquois et ouvrit la bouteille.

– Ou alors, j'ai eu la présence d'esprit de vouloir agacer ton ravisseur.

Perséphone s'assit en face de Lexa, au bar, et but une gorgée de vin. C'était un cabernet riche et savoureux et elle sentit aussitôt ses muscles se détendre.

– Mais, sans rire, tu dois faire attention. Tu es célèbre, maintenant.

– Je ne suis pas célèbre, Lex.

– Euh… tu as lu les articles que je t'ai envoyés ? Les gens sont obsédés par toi !

– C'est Hadès qui est célèbre, pas moi.

– Tu l'es par association, rétorqua Lexa. Tout le monde ne parlait que de toi aujourd'hui ; qui tu es, d'où tu viens…

Perséphone poussa un grognement.

– Tu n'as rien dit sur moi, si ?

Après tout, Lexa était la meilleure amie de Perséphone.

– Tu veux dire, comme le fait que ça fait six mois que tu couches avec Hadès et que tu es une déesse qui se fait passer pour une mortelle ? dit-elle d'un ton léger.

– Ça ne fait pas six mois que je couche avec Hadès, se défendit Perséphone.

– Ok, cinq alors, rectifia Lexa.

Perséphone la fusilla du regard.

– Ce n'est pas une accusation ! Peu de femmes ne sauteraient pas sur l'occasion de coucher avec Hadès.

– Merci de me le rappeler, râla Perséphone.

– Je n'ai pas dit qu'il en profitait. C'est de sa faute si votre couple fait la une, de toute façon. Du point de vue des médias, tu es sa première partenaire sérieuse.

Sauf que la réalité était tout autre et si Perséphone savait qu'il y avait eu d'autres femmes dans la vie d'Hadès, elle ne savait rien des détails. Cela dit, elle n'était pas certaine de vouloir les connaître. Elle pensa à Menthé et frissonna.

Perséphone but une gorgée de vin.

– Je préfère parler de toi. Comment était ta première journée ?

– Oh, Perséphone ! s'exclama Lexa. C'est vraiment un rêve. Tu savais que le Projet Alcyon compte soigner cinq mille personnes la première année ?

Elle ne le savait pas, mais c'était génial.

– Et Hadès m'a fait visiter les locaux et m'a présentée à tout le monde.

Perséphone ne sut comment décrire ce qu'elle ressentit, mais ça n'avait rien d'agréable. Cela ressemblait à… de la honte. Elle aurait aimé être au courant qu'Hadès serait là pour le premier jour de Lexa, mais le dieu des Morts ne lui avait rien dit ce matin.

– C'est sympa de sa part, répondit-elle d'une voix distraite.

– Apparemment, il le fait pour chaque nouvel employé. C'est fou, je savais qu'il n'était pas comme les autres dieux, mais accueillir son équipe de cette façon… c'est juste… C'est tellement flagrant, qu'il t'aime! déclara Lexa en secouant la tête.

Perséphone la regarda dans les yeux.

– Pourquoi tu dis ça?

– Tout ce que j'ai pu voir, aujourd'hui, était une preuve de plus que c'est toi qui l'as inspiré.

– Comment ça?

– C'est… c'est un peu dur à décrire. C'est juste que… il utilise certains des mots que tu utilises quand il parle d'aider les gens. Il parle d'espoir, de pardon et de seconde chance.

Plus Lexa parlait, plus la poitrine de Perséphone se contractait sous la pression, au point qu'elle dut s'avouer jalouse.

Mais sa meilleure amie gloussa.

– Et puis, il y a les trucs… physiques.

Perséphone haussa les sourcils et Lexa éclata de rire.

– Non, pas ce genre de trucs! Je veux dire des objets, comme… des photos.

Maintenant, Perséphone était confuse.

– Des photos?

– Ben ouais. Il a des photos de toi dans son bureau. Tu ne le savais pas?

Non, elle ne savait pas qu'Hadès avait un bureau à la Fondation Cyprès, et encore moins qu'il y avait affiché des photos d'elle.

Comment avait-il eu ces photos? Elle n'en avait pas de lui, elle. Soudain, Perséphone n'eut plus du tout envie de parler de ça. Mais Lexa continuait:

– Je peux te poser une question?

Perséphone attendit, redoutant la question.

– Tu as toujours voulu être connue pour ton travail, alors pourquoi toute cette attention te dérange ?

Perséphone soupira.

– Parce que je veux être reconnue dans mon domaine. Maintenant, j'ai l'impression d'être une des possessions d'Hadès. Dans tous les articles, c'est Hadès par-ci, Hadès par-là. Presque personne ne m'appelle par mon prénom. On m'appelle *la mortelle*.

– Ils utiliseraient ton prénom s'ils savaient que tu es une déesse, proposa Lexa.

– Et je serais reconnue pour ma Divinité, et non pour mon travail.

– Mais où est le mal à ça ? Tu seras peut-être connue pour ta Divinité au début, mais ça pourrait t'amener à être connue pour ton travail.

Perséphone ne savait comment expliquer pourquoi il était important pour elle d'être connue pour son écriture, mais c'était ainsi. Elle avait passé toute sa vie à être nulle pour la seule chose pour laquelle elle était née et, même si ce n'était pas de sa faute, elle avait travaillé dur à la fac. Elle voulait que quelqu'un reconnaisse son travail universitaire et professionnel, pas qu'on dise seulement d'elle qu'elle écrivait à propos du dieu avec qui elle sortait.

– Si j'étais toi, je profiterais de cette vie divine sans me poser trop de questions, dit Lexa.

Perséphone pâlit, surprise.

– C'est plus compliqué que ça, Lex.

– Qu'est-ce qu'il y a de compliqué à être immortelle, riche et puissante ?

Tout, avait-elle envie de répondre, mais elle se retint.

– Est-ce que c'est si mal de vouloir mener une vie modeste et mortelle ?

– Non, mais tu as aussi envie d'être avec Hadès, remarqua Lexa.

– Je peux avoir les deux, rétorqua-t-elle.

D'ailleurs, ça avait été, et c'était encore le cas deux jours plus tôt.

– Mais ça, c'était quand Hadès était ton secret, dit Lexa.

Même si Perséphone et Hadès n'avaient ni confirmé ni nié leur relation, elle allait devoir la révéler au grand jour si elle voulait garder son emploi.

Perséphone fronça les sourcils.

– N'y pense pas trop, dit Lexa d'une voix douce en lui resservant du vin. Bientôt, les médias seront obsédés par un autre dieu et un autre mortel. Peut-être que Sybil décidera qu'elle est amoureuse d'Apollon.

Perséphone en doutait sérieusement. La dernière fois qu'elles en avaient parlé, Sybil avait clairement dit qu'une relation avec le dieu de la Musique ne l'intéressait pas.

– Je vais me doucher, dit la déesse.

Plus elle pensait à sa douche brûlante, mieux elle se sentait. Elle avait besoin de débarrasser sa peau de la sensation de cette journée, sans parler du fait qu'elle avait toujours l'impression d'être ensevelie sous des ordures dont l'odeur n'avait pas encore quitté son nez.

– Quand tu auras fini, on pourra regarder un film, dit Lexa.

Perséphone emporta son sac et son verre de vin dans sa chambre. Elle jeta son sac sur son lit et alla dans la salle de bains pour faire couler la douche. Elle attendit que l'eau se réchauffe et retourna dans sa chambre, sirotant quelques gorgées avant de poser son verre pour ouvrir sa robe.

Elle s'arrêta lorsqu'elle sentit la magie d'Hadès autour d'elle. Elle avait un parfum bien distinct, comme une trace d'hiver dans l'air. Elle ferma les yeux et se prépara à être téléportée. Ce ne serait pas la première fois qu'Hadès l'enlèverait sans la prévenir, mais elle sentit une main sous son menton, puis une bouche tout contre la sienne. Il l'embrassa comme s'ils n'avaient pas fait l'amour au petit matin, et lorsqu'il recula, Perséphone était à bout de souffle et avait oublié tout le stress de sa journée.

La paume d'Hadès était chaude contre sa joue, et il effleura ses lèvres avec son pouce en scrutant son regard.

– Tu es inquiète, chérie ?

Elle ouvrit les yeux et étudia Hadès d'un air méfiant.

– Tu m'as suivie aujourd'hui, n'est-ce pas ?

Il ne cligna même pas des yeux.

– Qu'est-ce qui te fait penser ça ?

– Tu as insisté pour qu'Antoni m'emmène au travail ce matin, sans doute parce que tu savais déjà ce que disaient les médias.

– Je ne voulais pas t'inquiéter, répondit-il en haussant les épaules.

– Alors tu m'as laissée traverser une foule enragée ?

Il haussa un sourcil d'un air entendu.

– Et est-ce que tu as traversé la foule ?

– Alors tu étais bien là ! l'accusa-t-elle. Je croyais qu'on était d'accord. Pas d'invisibilité.

– Je n'y étais pas, répondit-il. Mais Hermès, si.

Bon sang, Hermès.

Elle avait oublié de faire promettre au dieu de la Ruse de ne rien dire à Hadès à propos des fans. Il avait dû aller tout droit à Nevernight, un sourire étincelant aux lèvres, pour raconter à Hadès ce qui s'était passé.

– Tu pourrais te téléporter, proposa Hadès. Ou je pourrais te prendre une Aeg…

– Je ne veux pas d'une Aegis, déclara-t-elle. Et je préfère ne pas utiliser de magie. Pas… dans le monde des vivants.

– Tu veux dire, à moins de vouloir te venger ?

– Tu es injuste. Tu sais bien que ma magie est de plus en plus imprévisible. Et je n'ai pas super envie qu'on sache que je suis une déesse.

– Déesse ou pas, tu es ma maîtresse.

Elle n'avait pas souhaité se crisper, mais elle n'aimait pas ce terme. Lorsqu'elle vit les yeux d'Hadès se plisser, elle sut qu'il l'avait remarqué.

– Ce n'est qu'une question de temps avant que quelqu'un cherche à te faire du mal par désir de vengeance contre moi. Et je compte te protéger, Perséphone, dit Hadès.

Inquiète, elle frissonna, car elle n'y avait pas pensé.

– Tu penses vraiment que quelqu'un essaierait de me faire du mal ?

– Chérie, ça fait des siècles que je juge la nature humaine. Donc oui.

– Tu ne peux pas... je ne sais pas, effacer la mémoire des gens ? Faire qu'ils oublient tout... ça ? demanda-t-elle en les désignant tour à tour.

– C'est trop tard pour ça, dit-il avant de marquer une pause. C'est si terrible d'être connue comme ma maîtresse ?

– Non, s'empressa-t-elle de répondre. Mais je n'aime pas ce mot.

– Maîtresse ? Pourquoi ?

– Parce que ça semble passager. Comme si je n'étais rien d'autre que ton esclave sexuelle.

Il esquissa un sourire en coin.

– Alors, comment dois-je t'appeler ? Tu m'as déjà interdit de t'appeler ma reine ou Milady.

– Les titres me mettent mal à l'aise.

Comment expliquer pourquoi elle lui avait demandé de ne pas employer ces termes avec elle ? Sans doute parce que c'étaient des étiquettes auxquelles elle aurait pu s'habituer, ce qui impliquait qu'elle pouvait être déçue.

Cela la fit culpabiliser, mais les échos de leur séparation récente résonnaient encore douloureusement dans son cœur et l'incitaient à prendre des précautions.

– Ce n'est pas que je n'aie pas envie d'être connue comme ta maîtresse… mais il doit y avoir un meilleur terme.

– Petite amie ? proposa Hadès.

Elle éclata de rire.

– Pourquoi pas petite amie ? insista-t-il.

– Je ne sais pas… peut-être trop insignifiant.

Leur relation était trop intense et passionnée pour que Perséphone ne soit que sa petite amie.

Mais peut-être était-elle seule à ressentir cela.

Les traits d'Hadès se détendirent et il glissa son index sous son menton.

– Rien n'est insignifiant quand il s'agit de toi, dit-il.

Ils se regardèrent longuement et la tension sexuelle devint palpable. Perséphone mourait d'envie de s'emparer de lui, de sa bouche et de le goûter. Elle n'avait qu'à franchir la distance qui les séparait et ils s'embraseraient, ils seraient ensevelis dans leur passion et rien n'existerait plus en dehors de leurs corps.

On frappa à sa porte et elle revint à la réalité.

– Perséphone ! Je commande des pizzas ! Tu as des envies particulières ? demanda Lexa.

Elle se racla la gorge.

– N… non. Commande ce que tu veux.

– Alors ananas-anchois. Ça roule.

Le cœur de Perséphone battait encore la chamade. Il y eut un silence et Perséphone pensa que Lexa était partie.

– Est-ce que ça va ? demanda son amie après quelques secondes.

Hadès rit tout bas et baissa la tête pour presser sa bouche contre sa peau. Perséphone soupira et pencha la tête en arrière.

– Oui.

Nouveau silence.

– Tu as entendu ce que je vais commander ?

– Bon sang, prends une quatre-fromages, Lexa !

– Ok, ok, ça marche ! répondit-elle avec un sourire dans la voix.

Perséphone poussa Hadès en arrière et le regarda dans les yeux.

– Ne ris pas.

– Pourquoi ? J'entends ton cœur battre à toute vitesse. Tu as peur d'être surprise avec ton petit ami ?

Perséphone leva les yeux au ciel.

– Je crois que je préférais le terme *maîtresse*.

Il éclata de rire.

– Tu n'es pas facile à satisfaire.

Ce fut à son tour de sourire.

– Je te laisserais bien essayer, mais je crains qu'on n'ait pas le temps.

Le regard d'Hadès s'assombrit et il la serra plus fort.

– Je n'ai pas besoin de beaucoup de temps, dit-il en glissant ses mains sous sa robe. Je pourrais te faire jouir en quelques secondes à peine. Tu n'aurais même pas à te déshabiller.

Elle faillit l'obliger à relever le défi, mais elle se souvint qu'il l'avait laissée seule dans la salle à manger, la veille et, même s'il s'était rattrapé à son retour, elle avait envie de le punir.

– Je crains que quelques secondes ne suffisent pas, dit-elle. Tu me dois des heures de plaisir.

– Permets-moi de t'en offrir un avant-goût, alors.

Il la tint contre lui, pressant son érection contre son ventre, mais elle plaqua ses paumes sur son torse pour maintenir une distance.

– Peut-être plus tard, dit-elle.

– Je prends ça pour une promesse, acquiesça-t-il en souriant.

Sur ce, il disparut.

Perséphone se doucha et se changea. Quand elle sortit de sa chambre, elle trouva Lexa sur le canapé. Elle s'assit à ses côtés et se blottit sous la couverture avant de se servir dans le saladier de pop-corn.

– On regarde quoi ?

– *Pyrame et Thisbé*, répondit Lexa.

Elles avaient regardé ce film plein de fois, c'était une vieille histoire d'amour interdit, raconté de façon contemporaine.

– Je suis contente que tu n'aies pas répondu *Les Titans après la nuit*.

– Eh ! J'adore cette émission.

– Leur description des dieux est complètement bidon.

– Mais oui, on sait, dit Lexa. Ils ne font pas justice à Hadès. Mais si ça lui pose problème, dis-lui que c'est de sa faute. C'est lui qui refuse d'être pris en photo. Du moins, jusqu'à récemment.

Elles lancèrent le film, qui commençait par une présentation de deux familles ennemies, enfermées dans un territoire lointain. Pyrame et Thisbé étaient jeunes et pressés de s'amuser. Ils se rencontraient en boîte et, sous les lumières féroces du club, tombaient amoureux – n'apprenant que plus tard qu'ils étaient ennemis jurés. Le film en était au milieu d'une scène tendue entre les familles, celle où le frère de Thisbé meurt, tué par balle par Pyrame, lorsque quelqu'un sonna à la porte, faisant sursauter Perséphone.

– C'est sans doute le livreur de pizza, dit Lexa.

– J'y vais, répondit Perséphone en retirant la couverture. Mets sur pause !

– Tu l'as déjà vu mille fois !

– Mets sur pause ! gronda-t-elle d'un ton enjoué. Sinon je te transforme en basilic.

Lexa éclata de rire et arrêta le film.

– Ça pourrait être cool, en fait.

Perséphone ouvrit la porte.

– Sybil ! s'exclama-t-elle en souriant avant de froncer les sourcils.

Quelque chose n'allait pas.

Même en pyjama, avec les cheveux en queue-de-cheval, la jeune blonde était sublime. Sybil se tenait sous la lumière de leur porche, l'air épuisée, le visage couvert de mascara.

– Je peux entrer ? demanda-t-elle d'une voix rauque.

– Oui, bien sûr.

– C'est la pizza ? cria Lexa avant d'arriver. Sybil !

C'est alors que la jeune femme fondit en larmes.

– Tout va bien, chuchota Perséphone, essayant de la calmer.

Elle eut l'impression de déceler la souffrance et la confusion de Sybil alors qu'elle n'avait encore jamais, de toute sa vie, perçu les émotions de quelqu'un d'autre. Or celles-ci étaient comme des ombres recouvrant sa peau, des éclats de tristesse, des tonnerres de jalousie, ainsi qu'un froid sans fin.

Bizarre, pensa Perséphone. Mais elle ignora ces sentiments pour se concentrer sur Sybil.

Les trois jeunes femmes restèrent ainsi un moment, se tenant l'une l'autre en formant un cercle, puis Sybil commença à se calmer. Lexa fut la première à rompre l'étreinte pour lui servir un verre de vin. Perséphone l'emmena dans le salon où elle lui tendit une boîte de mouchoirs.

– Je suis tellement désolée, dit finalement Sybil en acceptant le verre d'une main tremblante. Je ne savais pas où aller.

– Tu es toujours la bienvenue, la rassura Perséphone.

– Qu'est-ce qui s'est passé ? demanda Lexa.

La bouche de Sybil tressauta et il lui fallut quelques secondes pour réussir à parler.

– Je… je ne suis plus un Oracle.

– Quoi ? s'exclama Lexa. Comment peux-tu ne plus être un Oracle ?

Sybil était née avec certains dons spirituels, dont l'art divinatoire et prophétique. Perséphone savait également que Sybil pouvait voir les Fils du Destin, qu'elle avait décrits comme étant des « couleurs » lorsqu'elle avait dit à Perséphone qu'elle et Hadès étaient faits pour être ensemble.

Sybil se racla la gorge et prit une profonde inspiration, mais sa voix tremblait encore.

– Je m'étais promis de ne plus pleurer.

– Sybil… chuchota Perséphone en lui prenant la main.

– Apollon m'a virée et m'a retiré mon don de prophétie, expliqua-t-elle en riant amèrement. Il s'avère qu'on ne peut pas rejeter un dieu sans en subir les conséquences.

Perséphone n'en revenait pas. Elle se rappelait ce que Sybil avait dit de sa relation avec Apollon. Tout le monde, même ses amis les plus proches, Xerxès et Aro, supposaient qu'ils étaient amants. Mais Sybil avait dit à Perséphone et Lexa qu'elle n'avait pas envie d'être en couple avec le dieu de la Musique.

– Il voulait autre chose que de l'amitié, et j'ai refusé. Je connais ses histoires passées, et toutes ont fini de façon désastreuse : Daphné, Cassandre, Hyacinthe…

– Attends, si j'ai bien compris, reprit Perséphone, ce dieu, ce gosse, a fait un caprice parce que tu ne veux pas sortir avec lui et il t'a ôté tes pouvoirs ?

– Chhhhut ! gronda Sybil en regardant tout autour d'elles, craignant clairement qu'Apollon n'apparaisse pour les punir. Tu ne peux pas dire ce genre de chose, Perséphone !

– Il peut bien essayer de se venger ! répondit-elle en haussant les épaules.

– Tu n'as pas peur parce que tu as Hadès, dit-elle. Mais tu oublies que les dieux ont tendance à punir ceux à qui tu tiens le plus.

Les propos de Sybil la firent grimacer et sa confiance diminua.

– Alors, tu n'as plus de boulot ? demanda Lexa.

Grâce à ses dons, Sybil avait étudié à l'Université du Divin, où elle avait appris à maîtriser ses pouvoirs et où elle avait été choisie par Apollon pour devenir sa chargée de relations publiques. Sans ses dons, le métier que Sybil avait passé quatre ans à étudier était inatteignable. Cela dit, même si elle avait gardé ses facultés, Perséphone n'était pas certaine que quelqu'un veuille embaucher un Oracle déchu, surtout si Apollon l'avait virée. Apollon était le dieu doré. Cela faisait sept ans d'affilée que le *Delphi Divine* le couronnait *Dieu de l'Année*, et il n'avait perdu le titre qu'une seule fois, parce que Zeus avait foudroyé le siège du journal en guise de protestation.

– Il ne peut pas faire ça ! s'écria Perséphone.

Elle se fichait pas mal que tout le monde adore le dieu de la Musique, il ne méritait pas d'être respecté ainsi s'il punissait les gens qui ne voulaient pas sortir avec lui.

– Il peut faire ce qu'il veut, répondit Sybil. C'est un dieu.

– Ça ne veut pas dire que ses actions sont justes.

– Juste, injuste, bien, mal ; ce n'est pas vraiment le monde dans lequel on vit, Perséphone. Les dieux punissent.

Les propos de Sybil firent frissonner Perséphone. Le pire, c'était qu'elle disait vrai. Les dieux utilisaient les mortels comme leurs jouets et les laissaient de côté lorsqu'ils s'énervaient ou s'ennuyaient. La vie n'était rien pour eux, parce qu'ils avaient toute l'éternité devant eux.

– Ça ne m'aurait même pas gênée de me faire virer. Mais qui va m'embaucher maintenant ? dit Sybil d'un ton lugubre. Je ne sais pas quoi faire. Je ne peux pas rentrer chez moi. Ma mère et mon père m'ont reniée quand je me suis inscrite à l'Université du Divin.

– Tu peux travailler avec moi, proposa Lexa en regardant Perséphone, comme pour demander « j'ai le droit ? ».

– Je vais en parler à Hadès, promit Perséphone. Je suis sûre qu'ils ont besoin de gens à la Fondation.

– Et tu peux rester chez nous, ajouta Lexa. Jusqu'à ce que tu sois à nouveau sur pied.

Sybil eut l'air sceptique.

– Je ne veux pas vous déranger…

Lexa gloussa.

– Tu ne nous dérangeras pas. Tu me tiendras compagnie quand Perséphone est aux Enfers. D'ailleurs, tu pourrais sans doute prendre sa chambre. Ce n'est pas comme si elle était souvent là la nuit, de toute façon.

Perséphone bouscula Lexa en faisant mine d'être outrée, et Sybil rit timidement.

– Je ne veux pas te prendre ta chambre.

– Mais si, autant qu'elle serve à quelqu'un, Lexa n'a pas tort.

– Bien sûr que je n'ai pas tort. Si je couchais avec Hadès, je ne serais pas dans ma chambre moi non plus.

Perséphone saisit un coussin pour frapper Lexa.

Elle n'aurait pas dû.

Lexa poussa un cri de furie et s'arma de son propre coussin, qu'elle agita sauvagement dans tous les sens. Mais Perséphone évita chaque coup, laissant Sybil encaisser le gros de l'assaut.

Lexa finit par lâcher son arme.

– Mes dieux, Sybil, pardon !

Toutefois, Sybil ne se laissa pas abattre, attrapant un coussin pour le balancer dans le visage de Lexa.

Elles furent bientôt prises dans une bataille de coussins féroce, courant les unes après les autres dans le salon, frappant et encaissant les coups jusqu'à s'effondrer toutes les trois sur le canapé, à bout de souffle, les joues rouges.

Même Sybil semblait s'être amusée, ayant oublié les dernières heures qu'elle venait de passer.

– Si seulement chaque journée était aussi joyeuse ! soupira-t-elle.

– Ce sera le cas, tu verras, promit Lexa. Tu vis avec nous maintenant.

Lorsqu'elles eurent remis les coussins en place, les pizzas arrivèrent. Le livreur s'excusa platement d'avoir mis autant de temps, expliquant que la circulation avait été chaotique à cause des manifestants.

– Les manifestants ? demanda Perséphone.

– Ce sont les Impies, répondit-il. Ils manifestent contre les Jeux panhelléniques.

– Ah.

Les Impies étaient un groupe de mortels qui rejetaient les dieux, choisissant l'équité, le libre arbitre et la liberté plutôt que le culte et le sacrifice. Perséphone n'était pas très surprise qu'ils soient contre les Jeux, mais leur manifestation était plutôt inattendue, étant donné qu'ils faisaient profil bas depuis quelques années. Elle espérait sincèrement que leurs protestations resteraient pacifiques et qu'il n'y aurait pas d'escalade de violence, car il y aurait beaucoup de mortels dans la rue, lors des festivités, y compris Perséphone, Lexa et Sybil.

Les filles s'installèrent pour finir le film et manger leurs pizzas, et elles évitèrent tout sujet en lien avec Apollon, même si ça n'empêcha pas Perséphone de chercher un moyen d'aider Sybil.

Les actions du dieu étaient inacceptables. N'avait-elle pas l'obligation de révéler les injustices à ses lecteurs ? Surtout lorsqu'elles étaient le fait des dieux ? Et puis, peut-être que si son article était bon, elle n'aurait pas besoin de rédiger cette exclusivité sur Hadès et elle.

Quelques heures plus tard, Perséphone était encore réveillée et ne pouvait pas bouger. Sybil avait posé sa tête sur ses cuisses pour dormir et Lexa ronflait paisiblement sur le canapé d'en face.

Au bout d'un moment, Sybil remua et chuchota d'une voix ensommeillée.

– Perséphone, je veux que tu me promettes de ne rien écrire sur Apollon.

Perséphone se figea en retenant son souffle.

– Pourquoi pas ?

– Parce qu'Apollon n'est pas Hadès, répondit-elle. Hadès se fiche de ce que pensent les gens, et il était prêt à t'écouter. Apollon n'est pas comme ça. Il chérit sa réputation. Elle est aussi importante pour lui que sa musique.

– Alors il n'aurait pas dû te punir, répondit Perséphone.

Elle sentit Sybil serrer la couverture dans ses mains.

– Je te demande de ne pas te battre pour moi. Promets-le-moi.

Perséphone ne répondit rien. Le problème était que son amie lui demandait une promesse, et que dans la bouche d'un dieu, c'était un pacte impossible à rompre.

Peu importe que Sybil ne sache pas que Perséphone était une déesse.

Elle ne pouvait pas le faire.

Son amie finit par lever la tête pour la regarder dans les yeux.

– Perséphone ? insista-t-elle.

– Je ne fais jamais de promesses, Sybil.

– C'est bien ce que je craignais, dit Sybil en fronçant les sourcils.

Chapitre IV

UNE TOUCHE DE MISE EN GARDE

Perséphone ne dormait pas, bercée par le souffle de Sybil et les ronflements de Lexa. Il était trois heures du matin ; elle devait se lever dans quatre heures, mais elle ne cessait de penser aux événements de la veille. Elle étudiait les avantages et les inconvénients concernant l'exclusivité demandée par Demetri et Kal. D'un côté, ce serait un moyen de contrôler l'information qui circulait sur elle, mais elle serait forcée de donner des détails sur sa vie privée. Pire encore, ils lui avaient ôté la possibilité de choisir, et elle détestait ça.

En même temps, pouvait-elle renoncer au job qu'elle avait tant désiré ? Elle était arrivée au *New Athens News* pleine de rêves de liberté, de réussite et d'aventures. Elle y avait goûté et, alors qu'elle venait de se libérer des chaînes de sa mère, elle se retrouvait acculée par une nouvelle contrainte.

Le cycle ne cesserait-il donc jamais ?

Et il y avait Sybil.

Perséphone ne pouvait pas laisser Apollon s'en tirer ainsi après avoir traité si mal son amie. Elle ne comprenait pas pourquoi Sybil ne voulait pas qu'elle écrive à son sujet. Le dieu devait répondre de son comportement.

Perséphone soupira. Sa tête était si pleine de questions qu'elle lui semblait prête à exploser. Elle se leva sans un bruit et se téléporta aux Enfers, dans la chambre d'Hadès. Si quelqu'un pouvait l'aider à se détendre, c'était le dieu des Morts.

Elle ne s'attendait pas à le trouver endormi, car elle avait supposé qu'il dormait rarement, sauf quand elle était là. Il était partiellement recouvert par les draps, et les flammes rougeoyantes de la cheminée dansaient sur les muscles de son torse. Il avait les bras tendus au-dessus de sa tête, comme s'il s'était endormi en s'étirant. Elle tendit la main pour caresser son visage et fut surprise lorsqu'il saisit son poignet.

Elle poussa un petit cri, de peur plus que de douleur, et Hadès ouvrit les yeux.

– Merde, jura-t-il en s'asseyant brusquement.

Il desserra son étreinte et l'attira vers lui.

– Je t'ai fait mal ?

Elle lui aurait répondu, mais il embrassait son poignet, et chaque baiser enfiévrait un peu plus son sang.

– Perséphone ? insista-t-il en levant les yeux vers elle, le regard débordant d'émotion.

Il semblait presque abattu et son souffle était court.

Elle sourit et coiffa en arrière une mèche qui tombait sur son front.

– Je vais bien, Hadès. Tu m'as surprise, c'est tout.

Il embrassa sa paume et la serra contre lui en se rallongeant.

– Je ne pensais pas que tu viendrais me voir ce soir.

Elle posa sa tête sur son torse chaud et solide et se sentit chez elle, à sa place.

– Je n'arrive pas à dormir sans toi, admit-elle, se sentant ridicule.

C'était la vérité.

Hadès caressa son dos de haut en bas, s'arrêtant de temps en temps pour empoigner ses fesses. Elle gigota contre lui et sentit son érection durcir entre eux.

– Ça, c'est parce que je te fais veiller trop tard.

Elle s'assit à cheval sur lui et entrelaça ses doigts avec les siens.

– Tout n'est pas une question de sexe, Hadès.

– Personne n'a parlé de sexe, Perséphone, remarqua-t-il.

Elle haussa un sourcil et fit onduler son bassin.

– Je n'ai pas besoin de tes paroles pour savoir que tu penses au sexe.

Il gloussa et s'empara de ses seins. Perséphone retint son souffle et s'accrocha à ses poignets, comme des menottes.

– J'avais envie de parler, Hadès.

Il haussa un sourcil d'un air amusé.

– Parle, dit-il. Je peux faire plusieurs choses à la fois… tu as oublié ?

Il s'assit et prit un téton dans sa bouche, à travers son tee-shirt. Elle avait envie de céder et de le laisser explorer son corps. Ses mains – ses mains *traîtresses* – glissèrent sur sa nuque pour plonger dans ses cheveux. Il sentait les épices et elle pouvait presque goûter sa langue aux parfums de whiskey.

– Je ne crois pas que tu réussiras à faire plusieurs choses en même temps, cette fois, dit-elle. Je connais ce regard.

Hadès recula la tête.

– Quel regard ?

Elle prit son visage entre ses mains, espérant l'empêcher de la distraire avec sa bouche, mais ses mains remontaient sous son tee-shirt, caressant sa peau qui se couvrit de chair de poule.

– Ce regard, répondit-elle comme si cela expliquait tout. Celui que tu as maintenant. Tes yeux sont sombres, mais ils ont quelque chose de… vivant. Parfois, je crois que c'est de la passion, parfois de la violence. D'autres fois, je pense que c'est le reflet de toutes tes vies passées.

Son regard étincela et il posa ses mains sur ses cuisses.

– Hadès, siffla-t-elle.

Il s'empara de sa bouche et la poussa pour s'allonger sur elle. Elle ne s'était pas trompée sur son goût – un parfum sucré et fumé. Elle avait besoin de plus et elle passa ses bras dans son dos, entourant sa taille avec ses jambes. Il ne rompit le baiser que pour explorer son cou et ses seins.

Perséphone le serra plus fort pour l'empêcher de descendre plus bas.

– Hadès, chuchota-t-elle. J'ai dit que je voulais te parler.

– Parle !

– À propos d'Apollon, dit-elle.

Hadès se figea et poussa un grognement étrange qui la fit frissonner. Il recula complètement, au point qu'ils ne se touchaient plus.

– Explique-moi pourquoi tu as le nom de mon neveu sur les lèvres ?

– C'est mon prochain projet.

Hadès cligna des yeux et elle fut persuadée d'y voir un éclat de violence.

– Il a viré Sybil, Hadès, s'empressa-t-elle d'expliquer. Parce qu'elle a refusé d'être sa maîtresse.

Il la regarda dans les yeux, dans un silence chargé de colère. Sa bouche était pincée et une veine pulsait sur son front. Il quitta le lit, nu, et elle passa quelques secondes à le regarder s'éloigner – à admirer ses fesses musclées.

– Où tu vas ?

– Je ne peux pas rester dans notre lit quand tu parles d'Apollon.

Le fait qu'il avait parlé de leur lit et non du sien ne lui échappa pas, et elle se sentit toute chose. Mais elle avait tout gâché en évoquant Apollon.

Elle se dépêcha de le rejoindre.

– Je parle de lui seulement parce que je veux aider Sybil !

Hadès se servit un verre.

– Ce qu'il fait est mal, Hadès. Apollon ne peut pas punir Sybil simplement parce qu'elle l'a rejeté.

– Apparemment si, répondit Hadès en buvant une gorgée.

– Il lui a ôté ses pouvoirs ! Elle n'a plus rien et elle n'aura pas d'avenir tant qu'Apollon ne sera pas dénoncé.

Hadès vida son verre et s'en servit un autre.

– Tu ne peux pas écrire sur Apollon, Perséphone, dit-il après un long silence.

– Je t'ai déjà dit que tu ne peux pas me dire à propos de quoi ou de qui j'ai le droit d'écrire, Hadès.

Le dieu des Enfers posa brusquement son verre.

– Dans ce cas, tu n'aurais pas dû me parler de ton projet, déclara-t-il d'un ton furieux qui réveilla la magie de Perséphone.

Elle devina également ce qu'il ne disait pas : *Tu n'aurais pas dû mentionner Apollon dans ma chambre.*

– Il ne s'en tirera pas comme ça, Hadès !

Elle n'ajouta pas qu'elle avait vraiment besoin de cet article pour lui servir de diversion auprès de son patron. Hadès dut sentir ses pouvoirs s'éveiller car lorsqu'il parla à nouveau, ses paroles étaient calmes et mesurées.

– Je ne dis pas que je ne suis pas d'accord avec toi, mais ce n'est pas à toi de rendre justice, Perséphone.

– Alors qui, si ce n'est pas moi ? Personne n'est prêt à le remettre en cause. Le public l'adore.

Elle ne comprenait pas comment ils pouvaient aimer Apollon et craindre Hadès.

– Raison de plus pour être stratégique, répondit Hadès. Il y a d'autres façons d'obtenir justice.

Perséphone n'aimait pas ce qu'insinuait Hadès et elle le fusilla du regard.

– De quoi tu as peur ? J'ai écrit sur toi, et regarde tout le bien qui en a résulté.

– Mais je suis un dieu raisonnable. Et c'est sans parler du fait que tu m'intriguais. Je ne veux pas qu'Apollon soit intrigué par toi.

Perséphone se fichait bien de ça, le dieu de la Musique n'arriverait à rien avec elle.

– Tu sais que je ferai attention, dit-elle. Et puis, est-ce qu'Apollon s'attaquerait vraiment à ce qui t'appartient ?

La bouche d'Hadès se pinça et il lui tendit la main.

– Viens, dit-il en s'asseyant dans le fauteuil, devant la cheminée.

Elle le suivit, comme envoûtée par ses paroles. Il entrelaça leurs doigts et l'attira à lui de sorte qu'elle se retrouve à cheval sur lui. Elle soutint son regard et l'écouta.

– Tu ne comprends pas le Divin. Je ne peux pas te protéger d'un autre dieu. C'est un combat que tu auras à gagner toute seule.

La confiance de Perséphone vacilla. Les dieux étaient limités par de nombreuses lois, dont les promesses, les contrats et les Faveurs, et toutes avaient une chose en commun : elles ne pouvaient être rompues.

– Tu es en train de me dire que tu ne te battrais pas pour moi ?

Hadès soupira et caressa sa joue avec son index.

– Chérie, je mettrais le feu à l'Univers pour toi.

Il l'embrassa de façon féroce, la laissant à bout de souffle en la tenant fermement contre lui.

– Je te supplie de ne pas écrire à propos du dieu de la Musique.

Elle se surprit à hocher la tête, paralysée par la vulnérabilité qui débordait des yeux d'Hadès alors qu'il n'avait pas été aussi désespéré de l'empêcher d'écrire sur lui.

– Mais… Sybil ? demanda-t-elle. Si je ne dénonce pas Apollon, qui va l'aider ?

Les traits d'Hadès s'adoucirent.

– Tu ne peux pas sauver tout le monde, ma chérie.

– Je n'essaie pas de sauver tout le monde, seulement les gens qui ont été blessés par les dieux.

Il l'étudia un moment avant de coiffer ses cheveux en arrière.

– Ce monde ne te mérite pas.

– Bien sûr que si, répondit-elle. Tout le monde mérite un peu de compassion, Hadès. Même dans la mort.

– Mais tu ne parles pas de compassion, dit-il en caressant sa joue avec son pouce. Tu espères sauver les mortels et empêcher les dieux de les punir. C'est aussi vain que de promettre de ramener les morts à la vie.

– Seulement parce que c'est ce que tu as décidé, rétorqua-t-elle.

Hadès détourna le regard et sa mâchoire se crispa. À l'évidence, elle avait touché une corde sensible. Son estomac se noua sous la culpabilité, car elle savait qu'elle se montrait injuste. Les Enfers étaient régis par des lois et un équilibre des pouvoirs qu'elle ne comprenait pas tout à fait.

Elle n'avait pas voulu le blesser, mais elle désirait vraiment que les choses changent. Elle saisit son menton et l'obligea à la regarder dans les yeux.

– Je n'écrirai pas à propos d'Apollon, dit-elle.

Elle vit son regard se détendre, mais son visage resta ferme.

– Je sais que tu veux que justice soit faite, mais tu dois me faire confiance sur ce point, Perséphone.

– Je te fais confiance.

L'expression d'Hadès était indéchiffrable et elle eut l'impression qu'il ne la croyait pas. Elle n'eut pas le temps d'insister, car il se leva en la prenant dans ses bras, soutenant son regard, et l'emmena au lit.

Il l'assit sur le bord, l'aida à se déshabiller et l'allongea sur le dos. Il s'agenouilla entre ses jambes et se baissa entre ses cuisses. Perséphone se cambra, pressant sa tête dans le matelas en empoignant les draps.

– Hadès ! s'écria-t-elle à bout de souffle.

Ses cris semblaient n'avoir aucun effet sur lui et il continua de la torturer, maintenant son rythme langoureux. Il écarta bientôt ses lèvres chaudes pour y plonger les doigts, la caressant au rythme de sa respiration jusqu'à ce qu'elle parvienne à jouir.

Lorsqu'il eut fini, il recula sur ses talons et se lécha les doigts en la regardant dans les yeux.

– Tu es mon repas préféré, dit-il. Je pourrais te savourer toute la journée.

Il saisit ses hanches et la tira jusqu'à lui, glissant en elle en un coup de bassin. Perséphone le sentit dans son sang, dans ses os et jusque dans son âme.

La pression s'accumula en elle et ses gémissements se changèrent en cris.

– Dis mon nom, grogna-t-il.

Perséphone s'agrippa aux draps qui lui collaient à la peau.

– Dis-le !

– Hadès ! cria-t-elle.

– Encore.

– Hadès !

– Supplie-moi, gronda-t-il. Supplie-moi de te faire jouir.

– Hadès, gémit-elle, à bout de souffle. S'il te plaît.

Il s'enfonça en elle.

– S'il te plaît quoi ? insista-t-il en reculant le bassin pour s'enfouir à nouveau.

– Fais-moi jouir.

Nouveau coup de bassin.

– Fais-le ! hurla-t-elle.

Ils jouirent ensemble et Hadès s'effondra sur elle pour l'embrasser goulûment dans un baiser qui avait encore le goût de son sexe. Il finit par la prendre dans ses bras pour se téléporter aux bains, où ils se douchèrent.

Il ne lui restait qu'une heure avant de devoir se lever, et Perséphone s'allongea pour se reposer. Hadès se blottit contre elle et la serra dans ses bras.

– Perséphone ?

– Hmmm ?

Elle était trop fatiguée pour parler et ses paupières se fermaient déjà.

– Prononce à nouveau le prénom d'un autre dans ce lit, et tu auras condamné son âme au Tartare.

Elle ouvrit brusquement les yeux. Elle voulait le regarder, voir la violence dans son regard et la poursuivre. *Comment pouvait-il être blessé à ce point ?* Est-ce que le dieu des Enfers craignait Apollon ?

Ayant formulé sa mise en garde, Hadès se détendit et son souffle devint calme et régulier. Ne voulant pas le déranger alors qu'il était si paisible, Perséphone se blottit contre lui et s'endormit.

Chapitre V

UN TRAITEMENT ROYAL

À midi, Perséphone raconta à Lexa la conversation qu'elle avait eue avec Hadès. Elles étaient à La Jonquille Jaune, leur café préféré, et avaient choisi une table au fond de la salle qui leur permettait de parler sans qu'on les entende. Le restaurant avait beau résonner du brouhaha des clients, Perséphone était parano à l'idée qu'on l'entende parler du dieu des Morts. Elle se pencha sur la table pour chuchoter.

– Je ne l'ai jamais vu aussi…

Inflexible. Obstiné. En général, il était au minimum prêt à l'écouter, mais à peine avait-elle prononcé le nom d'Apollon que la conversation avait été close.

– Hadès n'a pas tort, dit Lexa en reculant sur son siège et en croisant les jambes.

Perséphone dévisagea son amie, surprise qu'elle soit du côté du dieu des Enfers.

– Sans rire, tu crois vraiment que tu peux affecter la réputation d'Apollon ? C'est le Golden Boy de Nouvelle Athènes.

– Un honneur qu'il ne mérite pas, étant donné ce qu'il fait aux hommes et aux femmes qu'il prétend aimer.

– Mais… et si les gens ne te croient pas, Perséphone ?

– Je ne peux pas me soucier qu'on me croie ou non, Lex.

L'idée que les victimes d'Apollon soient ignorées à cause de sa popularité la rendait furieuse, mais ce qui l'agaçait encore plus, c'était que Lexa avait raison. Il était probable que personne ne la croirait.

– Je sais. Je dis juste que… ça pourrait ne pas se passer comme tu le souhaites.

Perséphone fronça les sourcils, confuse.

– Et qu'est-ce que je souhaite ?

Lexa haussa les épaules avant de lever les yeux sur Perséphone. Avec son maquillage smoky, son regard paraissait encore plus sauvage aujourd'hui.

– Je ne sais pas… enfin… tu espères faire entendre raison à un dieu qui ne tolère pas d'être rejeté. C'est comme si tu pensais changer le comportement d'Apollon avec tes mots, comme par magie.

Perséphone grimaça et vit le regard de Lexa se poser sur son épaule. Du coin de l'œil, elle vit quelque chose de vert et, lorsqu'elle tourna la tête, des lianes avaient jailli de sa peau. Perséphone les cacha brusquement avec sa main. De toutes les fois où sa magie avait réagi à ses sentiments, elle ne s'était jamais manifestée ainsi. Elle arracha les lianes dans un horrible picotement de douleur, et du sang coula sur son bras.

– Oh mes dieux ! s'exclama Lexa en fourrant une liasse de serviettes en papier dans les mains de Perséphone, qui les pressa contre la plaie. Est-ce que ça va ?

– Oui, très bien.

– Ça t'est déjà arrivé ?

– Non, répondit-elle en retirant les serviettes pour étudier sa plaie.

Elle était petite, comme si elle n'avait fait que s'érafler sur une épine, et elle saignait à peine.

Il fallait vraiment qu'elle poursuive ses leçons avec Hécate.

– C'est un truc de déesse ? demanda Lexa.

– Je ne sais pas.

Elle n'avait jamais vu les pouvoirs de sa mère se manifester ainsi, ni ceux d'Hadès. Peut-être était-ce simplement un énième exemple qui prouvait qu'elle était une piètre déesse.

– Tu vas le dire à Hadès ?

La question prit Perséphone par surprise, elle regarda son amie dans les yeux.

– Pourquoi je lui dirais ?

Lexa dressa la liste de toutes les raisons pour lesquelles elle devrait lui en parler.

– Parce que ça ne t'est jamais arrivé avant, parce que ça a l'air douloureux, parce que c'est peut-être en lien avec ton titre de déesse du Printemps ?

– Ou peut-être que ce n'est rien, rétorqua Perséphone. Ne t'inquiète pas, Lexa.

Un silence s'installa et Lexa tendit la main pour prendre celle de son amie.

– Tu sais que je suis juste inquiète pour toi, hein ?

La déesse soupira.

– Je sais. Merci.

Le silence revint, et Lexa finit par hausser les épaules.

– Je suppose que tout ça n'a pas d'importance. Tu as déjà promis à Hadès que tu n'écrirais pas sur Apollon… n'est-ce pas ?

Perséphone refusa de regarder son amie dans les yeux.

– Perséphone…

– Et Sybil ? On est censées la laisser souffrir ?

– Non, on est censées être ses amies, répondit Lexa.

– Ce qui veut dire que je devrais faire tout ce que je peux pour m'assurer qu'Apollon est dénoncé.

– Ça veut surtout dire que tu devrais faire ce que veut Sybil.

Perséphone fronça les sourcils. Sybil ne voulait pas que Perséphone s'en mêle. Or le silence faisait justement partie du problème. Combien de personnes avaient été blessées par Apollon et s'étaient tues ?

– Est-ce que tous les Divins ont la même soif de vengeance ?

Lexa avait posé la question l'air de rien, comme si celle-ci était rhétorique, mais elle ne plaisait pas à Perséphone.

– De quoi tu parles ?

– Tout ce que vous voulez, c'est punir, dit-elle en haussant les épaules. Apollon veut punir ses amants, donc tu veux le punir, et il te punira sans doute en retour. C'est dingue.

– Je ne veux pas le punir, répondit-elle d'un ton défensif.

Lexa haussa un sourcil.

– C'est vrai ! Je veux juste que les gens sachent qu'ils ne doivent pas lui faire confiance.

– De la même façon que tu voulais que les gens se méfient d'Hadès ?

– C'est différent.

Il était vrai que Perséphone avait commencé sa série sur Hadès avec l'intention de dénoncer les marchés injustes qu'il concluait avec les mortels. Mais avec le temps, elle avait appris que ses intentions étaient bien plus nobles qu'elle ne l'avait présumé au départ.

– Peut-être, mais est-ce que ce n'est pas justement ce qu'Hadès essaie de te dire ? Apollon ne réfléchira pas à deux fois avant de te punir.

Perséphone détourna le regard, frustrée, et Lexa reprit sa main.

– Je veux seulement que tu fasses attention. Je sais qu'Hadès te protégera autant que possible, mais je sais également que tu as énormément de mal à demander de l'aide.

Perséphone parvint tout juste à sourire. Elle savait que Lexa ne parlait ainsi que parce qu'elle se faisait du souci pour elle, mais sa meilleure amie ne connaissait pas toute l'histoire.

Elle ne lui avait toujours pas parlé de l'ultimatum de son patron. Elle avait le sentiment d'être à nouveau piégée par un marché avec Hadès, confrontée au risque de perdre deux choses auxquelles elle tenait énormément. Peut-être que si elle expliquait cela à son amie, elle la comprendrait mieux? Elle s'apprêtait à se lancer lorsqu'elles furent interrompues par une inconnue.

– Tu es la copine d'Hadès, c'est ça?

La voix les fit sursauter et la question fit grimacer Perséphone. Une jeune femme s'était approchée de leur table, vêtue d'une robe-chemise, de collants et de bottes. Elle avait son téléphone à la main et elle tirait sur l'élastique qui tenait sa queue-de-cheval.

– Je peux avoir une photo?

– Désolée, mais non, répondit Perséphone. Je déjeune.

– Ça ne prendra qu'une seconde, rétorqua la fille en se penchant pour prendre un selfie.

Perséphone se décala et tendit le bras pour arrêter l'inconnue.

– J'ai dit non.

– Juste une! insista-t-elle.

– Qu'est-ce que tu ne comprends pas dans le mot « non »?

La fille se redressa et regarda Perséphone en clignant des yeux.

– Tu n'es pas obligée d'être une garce. C'est juste une photo, cracha-t-elle.

Elle leva la main et prit quand même la photo. Le coup d'éclat de Perséphone avait attiré l'attention des clients et, lorsqu'elle regarda la jeune femme s'éloigner, elle remarqua que plusieurs personnes avaient leurs téléphones pointés sur elle. Perséphone couvrit son visage avec ses mains et Lexa se pencha sur la table.

– Ce serait une super occasion d'utiliser tes pouvoirs pour faire le mal.

– Tu ne viens pas de critiquer l'idée que j'utilise mes pouvoirs pour punir ?

– Ouais, mais… elle le mérite. C'est une connasse.

– Je crois qu'il est temps de partir.

Elles posèrent de l'argent sur la table pour payer leur addition et Lexa prit le bras de Perséphone pour l'escorter dehors. Les rues étaient pleines de travailleurs qui retournaient au bureau, de touristes et de vendeurs de rue. C'était une journée chaude et nuageuse, et l'air sentait la châtaigne grillée, les cigarettes et le café.

– Tu as le temps de faire un saut à la Fondation ? demanda Lexa. Je pourrais te faire visiter les lieux et te parler du projet sur lequel je travaille !

Perséphone regarda sa montre ; elle avait encore une demi-heure avant de devoir retourner à l'Acropole.

– Avec plaisir.

Elle avait envie de voir où Lexa travaillait et, en toute honnêteté, d'explorer les lieux. Elle avait eu honte lorsque Lexa avait parlé en détail du Projet Alcyon et qu'elle s'était rendu compte qu'elle n'en savait rien.

Le bureau de Lexa se situait dans la Tour Alexandria qui était tout le contraire de Nevernight, avec une façade en verre et en marbre blanc. Lexa lui ouvrit la porte et Perséphone découvrit que, comme tous les lieux qu'occupait Hadès, celui-ci était luxueux. Les sols étaient en marbre, le bureau de la réceptionniste en obsidienne noire et les meubles en bois sombres étaient rehaussés de touches dorées. Perséphone se sentit immédiatement chez elle.

La nymphe qui était assise à la réception se leva d'un bond. Comme toutes les nymphes, elle était sublime, avec des traits anguleux et de grands yeux. Celle-ci était une nymphe des bois, une dryade, cela se voyait à ses cheveux châtains, ses yeux verts et à l'éclat légèrement verdâtre de sa peau. Perséphone avait passé beaucoup de temps avec ce type de nymphe, dans l'orangerie, et elle se demanda pour la première fois si celles-ci avaient été prisonnières de sa mère comme elle.

– Lady Perséphone, dit-elle en s'inclinant. Votre présence nous honore.

Lexa gloussa et Perséphone rougit.

– J'ai proposé une visite guidée à Perséphone, Ivy.

La dryade écarquilla les yeux et Perséphone eut l'impression qu'elle n'aimait pas qu'on la surprenne.

– Ah, bien sûr, Lady Perséphone. Mais d'abord… puis-je vous servir quelque chose ? Une coupe de champagne ou un verre de vin, peut-être ?

– Ah, non merci, Ivy. Je dois retourner au travail, après.

– Laissez-moi passer quelques coups de fil, dit-elle. Je préfère que tout soit parfait avant que vous montiez.

– Ça va, Ivy, dit Lexa en riant d'un ton enjoué. Perséphone s'en fiche.

La dryade pâlit. Quelques mois auparavant, ce genre de comportement aurait mis Perséphone mal à l'aise, mais elle comprenait, à présent, que les employés d'Hadès tenaient à lui faire plaisir. Ne voulant pas lui ôter cette occasion, Perséphone intervint.

– Prenez votre temps, Ivy, dit-elle. En attendant, un verre d'eau serait super.

La dryade sourit.

– Toute de suite, Milady.

Perséphone s'éloigna de l'accueil et balaya la salle du regard. Elle adorait le charme de l'immeuble. Il n'était pas aussi moderne que Nevernight, avec des touches d'antiquité comme des poignées de porte rondes en verre, des grilles d'aération dorées et un radiateur. Une salle d'attente était agencée devant de grandes fenêtres qui donnaient sur la rue et Perséphone s'y arrêta pour observer la vie citadine.

– Je croyais que tu n'avais pas soif, dit Lexa en la rejoignant.

– On n'a jamais assez d'eau, répondit-elle en souriant.

– Non mais sans rire, c'était quoi, ça ? On aurait pu commencer la visite tout de suite.

La déesse soupira.

– J'ai appris quelques trucs depuis ma première visite aux Enfers, Lex. Tu me vois comme ta meilleure amie, donc m'amener ici n'est pas un événement pour toi, mais ces gens me considèrent… différemment.

– Tu veux dire… comme la reine des Enfers ?

Elle haussa les épaules. C'était vrai des résidents d'Asphodèle, en effet.

– Ce sont les serviteurs d'Hadès et j'aurai beau lutter, ils semblent penser qu'ils sont également les miens, par association.

Sans doute parce qu'on leur a dit de me servir, pensa-t-elle.

– Ils aiment être serviables. Plus je m'en défends, plus je les vexe, je crois.

– Hmmm.

Lexa semblait pensive et lorsque Perséphone la regarda, elle la trouva en train de sourire d'un air diabolique.

– Quoi ? demanda Perséphone en fronçant un sourcil.

– Rien, Reine Perséphone.

Perséphone leva les yeux au ciel et Lexa éclata de rire en tournant le dos à la fenêtre.

Ivy les intercepta, tenant dans ses mains un plateau en argent sur lequel étaient posés deux verres.

– Le parfum du jour est concombre-gingembre.

Perséphone prit le verre ainsi qu'une petite serviette. Elle savait que la dryade avait hâte de savoir si la boisson lui plaisait, et elle but tout de suite une gorgée.

– Hmmm, c'est très rafraîchissant, Ivy. Merci.

La nymphe sourit jusqu'aux oreilles et tendit un verre à Lexa. Elle disparut une fois de plus et lorsqu'elle revint, elle souriait toujours, comme si c'était le plus beau jour de sa vie.

– Ils sont prêts pour vous, Lady Perséphone, Lexa.

L'estomac de Perséphone se noua. Elle ne s'en était pas trop mal sortie avec Ivy, mais serait-ce le cas avec d'autres ?

– Enfin ! s'exclama Lexa.

Elles empruntèrent l'escalier jusqu'au premier étage et Perséphone se retourna vers la nymphe.

– Merci, Ivy. Merci pour tout.

Elle ne la regarda pas assez longtemps pour voir sa réaction.

Lorsqu'elles arrivèrent en haut de l'escalier, les deux amies s'arrêtèrent brusquement. Les employés étaient alignés de chaque côté du couloir, ils étaient sortis de leurs bureaux vitrés pour accueillir Perséphone. Il y avait même un homme qui prenait des photos.

– Lady Perséphone, c'est un honneur, dit une mortelle aux longues boucles noires en venant vers elle, la main tendue. Je suis Katerina, la directrice de la Fondation Cyprès.

– C'est un plaisir de vous rencontrer, dit Perséphone.

– Permettez-moi de vous parler des progrès que nous avons faits. Je crois que vous allez être contente.

Perséphone regarda Lexa, dont la bouche était pincée et la mâchoire crispée. Ce n'était pas ce qu'elle avait imaginé en proposant une visite à Perséphone. La déesse essaya de réprimer la culpabilité qui l'assaillit. Lexa avait seulement voulu montrer à son amie son nouveau lieu de travail, et aucune des deux ne s'était attendue à être traitée ainsi. Elles auraient mieux fait de venir le soir, lorsque tout le monde était parti.

Katerina les accompagna en parlant, répétant des choses que Lexa avait déjà expliquées à Perséphone. À l'évidence, elle avait un argumentaire éclair, prêt pour toutes les situations.

– Nous avons été très excités à l'annonce du Projet Alcyon, dit Katerina. Nous avons déjà travaillé sur plusieurs initiatives avec Lord Hadès, mais jamais sur un tel projet.

– Plusieurs initiatives ? demanda Perséphone, qui n'en savait rien.

Katerina sourit. Elle semblait sincèrement ravie d'avoir appris quelque chose à Perséphone, et elle s'expliqua.

– Alcyon n'est qu'un projet parmi d'autres qui sont gérés par la Fondation Cyprès.

– Dites-m'en plus.

– Eh bien, il y a la Maison Cerbère, une association à but non lucratif pour les animaux. L'association a financé quatorze refuges en Nouvelle Grèce dont aucune ne pratique l'euthanasie, et elle finance également les frais d'adoption des animaux. Nous sommes très excités qu'un quinzième refuge ouvre à Argos. Il y a aussi le Projet Havre de Paix qui aide les familles à payer les frais d'obsèques et d'enterrement. Pour l'instant, nous avons soutenu plus de trois cents familles.

Perséphone était sidérée, mais la femme n'avait pas fini.

– L'association caritative la plus ancienne de Lord Hadès est Char, un fonds qui dresse des chiens de thérapie pour les enfants dans le besoin.

La gorge de Perséphone se noua et elle eut du mal à déglutir.

– C'est... incroyable.

Ses émotions partaient dans tous les sens. Elle était émerveillée qu'Hadès ait initié autant d'associations merveilleuses, mais elle se sentait également frustrée et honteuse de n'en connaître aucune. Pourquoi ne le lui avait-il pas dit ? Pourquoi n'était-elle tombée sur aucune d'entre elles durant ses recherches sur le dieu des Morts ?

Dieux, elle avait dû passer pour une véritable garce en écrivant une critique aussi féroce à son sujet. Peut-être était-ce pour cela que tous ces gens étaient aussi déterminés à lui parler des nombreux accomplissements de leur patron, ils voulaient lui prouver qu'elle avait tort.

Pourquoi faut-il qu'il soit si humble, bon sang ?

Leur visite se poursuivit une dizaine de minutes et on lui présenta les diverses personnes qui géraient les associations caritatives d'Hadès.

– Si vous n'avez pas d'autres questions, finit par dire Katerina, je serai ravie de vous escorter au rez-de-chaussée, Milady.

Et le bureau d'Hadès ?

Heureusement, Lexa intervint.

– Je prends le relais, Katerina. Perséphone et moi avons des choses à finaliser, de toute façon.

– Ah…

– Merci infiniment, Katerina, dit Perséphone avant que la femme ne puisse protester. J'ai hâte de dire à Hadès combien vous avez été géniale.

Sa stratégie fonctionna à merveille.

– Eh bien, merci, Lady Perséphone, répondit-elle en souriant, clairement flattée.

Lorsqu'elles furent enfin seules, Lexa se pencha à l'oreille de Perséphone.

– Tu veux voir le bureau d'Hadès ?

– Bien évidemment.

Elles gloussèrent comme des adolescentes et Lexa l'emmena vers un autre escalier. Cet étage était dédié aux bureaux et elles slalomèrent entre les box vitrés jusqu'à une rangée de bureaux situés à l'arrière du bâtiment.

– Le voilà ! dit Lexa en ouvrant grand les bras.

Elles venaient d'entrer dans un cube vitré.

Perséphone hésita sur le pas de la porte. La pièce lui rappelait la maison de sa mère et, l'espace d'un instant, elle eut l'étrange sensation que tout ça n'était qu'un piège parfaitement orchestré. Le bureau d'Hadès se trouvait devant une fenêtre ornée de dessins en métal, de sorte qu'il semblait assis sur un trône. C'était surchargé et intimidant, et elle était prête à parier qu'il utilisait encore moins ce bureau que celui de Nevernight.

Elle entra dans la pièce au moment où quelqu'un appela Lexa.

– Merde, dit-elle en regardant Perséphone. Je reviens tout de suite.

Perséphone hocha la tête et son amie partit. Elle étudia le bureau d'Hadès, sur lequel il n'y avait que deux choses : un vase de narcisses blancs et une photo d'elle. Elle avait été prise aux Enfers, dans un des jardins d'Hadès. Elle se saisit du cadre pour regarder la photo de plus près en se demandant de quand elle datait.

– Curieuse ?

Perséphone sursauta et lâcha le cadre, mais Hadès le rattrapa avant qu'il ne se brise par terre, puis le remit à sa place. La déesse se tourna vers lui en s'appuyant contre le bureau.

Comment quelqu'un d'aussi massif peut-il bouger si vite ? se demanda-t-elle.

Il était tout près d'elle et son parfum l'assaillit, lui rappelant la veille, lorsqu'il l'avait emmenée dans son lit, l'avait faite sienne, l'avait marquée, possédée. Elle ne s'était pas attendue à ce qu'une simple conversation à propos d'Apollon le fasse dégoupiller, pourtant, cela avait été le cas.

– Ça fait combien de temps que tu es là ? chuchota-t-elle.

L'un des pouvoirs d'Hadès était l'invisibilité. Il était donc tout à fait possible qu'il ait été là depuis son arrivée, voire qu'il l'ait suivie durant toute la durée de la visite sans que quiconque le sache.

– Tu es tellement méfiante, dit-il.

– Hadès… gronda-t-elle.

– Ça ne fait pas longtemps. J'ai reçu un coup de fil paniqué d'Ivy qui me grondait de ne pas l'avoir prévenue que tu allais passer.

La première réaction de Perséphone fut de rire en imaginant Hadès se faire réprimander par son employée, puis elle réfléchit au fait qu'Ivy avait appelé Hadès.

Elle fronça les sourcils.

– Tu as un téléphone ?

– Pour le travail, oui.

– Pourquoi je ne le savais pas ?

Il haussa les sourcils.

– Si je te veux, je te trouverai.

– Et si je te veux, moi ?

– Tu n'as qu'à dire mon nom, répondit-il.

Perséphone n'était pas persuadée que cela justifiait qu'elle ne sache pas qu'il avait un téléphone… ni les millions d'autres choses qu'elle ne savait pas à propos de son amant.

– Tu es contrariée ? déclara-t-il.

Perséphone leva les yeux vers lui.

– Tu m'as humiliée.

Ce fut au tour d'Hadès de froncer les sourcils, et son regard s'attendrit.

– Explique-moi.

– Je n'aurais pas dû découvrir tes œuvres de charité de la bouche de ton employée, dit-elle. J'ai l'impression que tout le monde en sait plus que moi à ton sujet.

– Tu ne m'as jamais posé la question.

– Il y a des choses que l'on peut dire sans être interrogé, Hadès. Lors d'un dîner, par exemple : Salut chérie, comment était ta journée ? La mienne était top, les associations caritatives que je possède et qui valent des milliards de dollars aident les enfants, les chiens et toute l'humanité !

Hadès tenta de réprimer un sourire.

– Je t'interdis de rire, gronda-t-elle en pressant son index contre sa bouche. Je suis très sérieuse. Si tu souhaites qu'on me voie comme davantage que ta maîtresse, j'ai besoin que tu me donnes plus. Je veux un… historique. Un inventaire de ta vie. N'importe quoi.

Le regard d'Hadès s'assombrit et il serra le poignet de Perséphone dans sa main avant d'embrasser ses doigts.

– Je suis navré, dit-il. Je n'ai pas pensé à te le dire. J'existe seul depuis si longtemps, j'ai toujours tout décidé seul. Je ne suis pas habitué à partager quoi que ce soit avec quelqu'un.

Perséphone se détendit et elle pressa la paume de sa main contre sa joue.

– Hadès, tu n'as jamais été seul et tu ne l'es absolument plus maintenant, dit-elle en retirant sa main. Maintenant dis-moi, qu'est-ce que tu possèdes d'autre ?

– Beaucoup de morgues, dit-il.

Elle écarquilla les yeux.

– Tu es sérieux ?

– Je suis le dieu des Morts, répondit-il.

Elle ne put s'empêcher de sourire et ils se regardèrent dans les yeux quelques instants.

– Dis-moi, que puis-je encore partager avec toi ? demanda Hadès d'une voix suave.

Perséphone regarda le cadre sur son bureau.

– Comment tu l'as eue ?

Il suivit son regard et Perséphone sut que ce n'était pas parce qu'il avait besoin de se souvenir de la date de la photo. Il gagnait du temps.

– C'est moi qui l'ai prise.

– Quand ?

– Quand tu ne regardais pas, à l'évidence, répondit-il, et Perséphone leva les yeux au ciel.

– Pourquoi tu as des photos de moi alors que je n'en ai pas de toi ?

Son regard se mit à pétiller.

– Je ne savais pas que tu voulais des photos de moi.

– Bien sûr que si, ricana-t-elle.

– Eh bien, je peux sans doute t'aider. Quel genre de photo souhaites-tu ?

– Tu n'arrêtes jamais, dit-elle en frappant son épaule.

– Et c'est de ta faute, ma reine, répondit-il avant d'effleurer son cou puis son épaule avec ses lèvres. Je suis content que tu sois là.

– Je n'en étais pas certaine, chuchota-t-elle en frissonnant.

– J'ai eu envie de te prendre dans cette pièce, sur ce bureau, depuis que je t'ai rencontrée. Ce serait la chose la plus productive qui pourrait s'y passer.

Ses propos suffirent à embraser son sang et elle eut du mal à déglutir.

– Tu as des murs en verre, Hadès.

– Tu essaies de m'en dissuader ?

Elle plissa les yeux et répondit d'un ton moqueur.

– Tu es exhibitionniste ?

– Loin de là, susurra-t-il contre sa bouche. Tu crois vraiment que je les laisserais te voir ? Je suis trop égoïste pour ça. Tu oublies mes pouvoirs, Perséphone.

Elle s'appuya contre lui.

– Alors prends-moi, murmura-t-elle.

Hadès répondit par un grognement. Il glissait un bras dans son dos lorsque quelqu'un se racla la gorge. Ils se tournèrent dans un seul mouvement, Lexa se tenait dans l'embrasure de la porte.

– Salut, Hadès, dit-elle en souriant. J'espère que ça ne te dérange pas, j'ai proposé une visite à Perséphone.

– Salut, Lexa, répondit-il en souriant. Non, ça ne me dérange pas du tout.

Perséphone gloussa et s'éloigna d'Hadès.

– Je dois retourner au travail, dit-elle en rejoignant Lexa à la porte.

Elle se tourna pour regarder le dieu. Derrière son bureau, encadré par sa fenêtre décorée, il était l'incarnation même du pouvoir.

– On se voit ce soir ?

Il hocha la tête.

Elles arrivaient au rez-de-chaussée lorsque Lexa lui rappela :

– Je sais que tu vas aller passer le week-end aux Enfers, mais n'oublie pas qu'on aide Sybil à déménager, vendredi.

– Je ne raterais ça pour rien au monde, dit-elle.

Elles se prirent dans les bras devant la porte.

– Merci pour tout, Lex. Je suis désolée que tu n'aies pas pu faire la visite toi-même.

– Je dois avouer que c'était bizarre de voir les gens tomber en pâmoison en ta présence.

Elles éclatèrent de rire. C'était étrange, en effet, même pour Perséphone. Mais la suite des propos de son amie lui glaça le sang.

– Imagine ce que ce sera quand ils apprendront que tu es une déesse.

Perséphone retourna à L'Acropole à pied et, cette fois, elle se força à passer par l'entrée principale, devant la horde de fans qui avaient été parqués derrière une barrière de sécurité.

Perséphone ! Perséphone, par ici !

Depuis combien de temps tu sors avec Hadès ?

Est-ce que tu vas écrire à propos d'autres dieux ?

Elle garda la tête baissée et ne répondit à aucune question. Lorsqu'elle arriva enfin à l'intérieur, son corps vibrait et sa magie s'était réveillée sous l'effet de l'angoisse qu'elle avait ressentie, au milieu de la foule. Elle se précipita vers les ascenseurs en repensant aux paroles de Lexa.

Imagine ce que ce sera quand ils apprendront que tu es une déesse.

Elle savait ce que cela impliquait.

Imagine le jour où tu ne pourras plus vivre comme avant.

Soudain, l'ascenseur lui sembla trop étroit. Elle se sentait sur le point de suffoquer lorsque les portes s'ouvrirent et qu'elle vit le visage souriant d'Hélène, derrière son bureau.

– Re-bonjour, Perséphone ! chanta-t-elle, ne se doutant pas de la bataille qui faisait rage dans la tête de la déesse.

– Salut, Hélène, répondit-elle sans la regarder.

Malgré ça, Hélène suivit Perséphone à son bureau. Elle rangea ses affaires et trouva une rose blanche posée sur son ordinateur portable. Elle la prit en prenant soin d'éviter les épines.

– Ça vient d'où ? demanda-t-elle.

– Je ne sais pas, répondit Hélène en fronçant les sourcils. Je n'ai rien reçu pour toi.

La déesse grimaça en étudiant la rose. Un ruban rouge était noué autour de la tige, mais il n'y avait pas de carte. *Peut-être que c'est Hadès qui l'a déposée*, supposa-t-elle avant de la mettre de côté.

– J'ai des messages ? s'enquit Perséphone, pensant que c'était pour ça qu'Hélène l'avait suivie à son bureau.

– Non, répondit la secrétaire.

C'était peu probable.

– Enfin, ça peut attendre, ajouta Hélène. Ce sont des pistes pour d'autres sujets, et je sais que tu travailles sur l'exclusivité…

Perséphone dut avoir un regard noir, car Hélène s'interrompit.

– Comment es-tu au courant ? siffla Perséphone.

– Je…

Elle n'avait jamais vu Hélène chercher ses mots comme ça. La jeune fille n'était plus capable de parler et elle semblait au bord des larmes.

– Qui d'autre est au courant ? demanda Perséphone.

– P… personne, bégaya Hélène. J'ai entendu votre conversation. Je suis désolée. Je trouvais que c'était chouette. Je ne savais pas que…

– Si tu as entendu la conversation, tu sais que je ne trouve pas ça *chouette*. Loin de là.

Il y eut un silence et Perséphone regarda Hélène.

– Je suis désolée, Perséphone.

Elle soupira et s'assit sur sa chaise.

– Ce n'est rien, Hélène. Mais… ne le dis à personne, ok ? Ça… ça n'arrivera peut-être pas.

Avec un peu de chance.

Hélène sembla soudain inquiète. Elle avait donc bien entendu la conversation.

– Mais… ils vont te virer ! chuchota-t-elle d'un ton paniqué.

– Hélène, je dois vraiment me mettre au travail, soupira-t-elle, et je pense que toi aussi.

– Bien sûr, répondit-elle en pâlissant. Je suis déso…

– Arrête de t'excuser, Hélène, cracha Perséphone avant de se reprendre et d'adopter un ton plus doux. Tu n'as rien fait de mal.

La blonde sourit.

– J'espère que ça va s'arranger pour toi. Sincèrement.

Lorsqu'Hélène fut partie, Perséphone commença ses recherches sur Apollon et ses nombreux amants. Elle avait conscience d'avoir dit à Hadès qu'elle n'écrirait pas sur le dieu de la Musique, mais ça ne signifiait pas qu'elle ne pouvait pas monter un dossier sur lui, et les informations ne manquaient pas, surtout celles datant de l'Antiquité.

Presque tous les récits sur Apollon et ses relations se terminaient de façon tragique pour son amant. De toutes, les histoires de Daphné et Cassandre semblaient illustrer le mieux son attitude abjecte.

Daphné était une nymphe qui avait juré de rester pure toute sa vie. Malgré cela, Apollon l'avait courtisée sans relâche, clamant son amour pour elle, comme si cela pouvait la faire changer d'avis. N'ayant plus d'autre choix, et craignant Apollon, elle avait demandé à son père, le dieu fleuve Pénée, de la libérer des flatteries du dieu de la Musique. Son père avait accédé à sa demande et l'avait transformée en laurier.

Le laurier était un des symboles d'Apollon, et Perséphone venait de comprendre pourquoi.

Dégoûtant.

Quant à Cassandre, la princesse de Troie avait reçu d'Apollon le don de voir l'avenir. Le dieu de la Musique espérait que ce cadeau persuaderait la jeune femme de tomber amoureuse de lui, mais cette dernière n'avait pas été intéressée. Fou de rage, Apollon l'avait maudite, lui laissant son don divinatoire mais faisant en sorte que personne ne croie ses prédictions. Plus tard, Cassandre prédit la chute de son peuple, mais personne ne l'écouta.

Il y avait des amants plus anciens, également, comme Coronis, Ocyrhoé, Sinopé, Amphissa, mais aussi de plus récents, comme Acacia, Chara, Io, Lamia, Tessa et Zita. Les recherches n'étaient pas évidentes. D'après ce que comprenait Perséphone, beaucoup de ces femmes avaient essayé de dénoncer Apollon via les réseaux sociaux ou les blogs, et même en racontant leurs récits à des journalistes. Le problème était que personne ne les écoutait.

Elle était si perdue dans ses recherches qu'elle sursauta lorsqu'on frappa sur son bureau. Elle leva les yeux et vit Demetri.

– Comment avance l'article ?

Elle le fusilla du regard.

– Ça avance, rétorqua-t-elle sèchement.

Son patron fronça les sourcils.

– Tu sais, si j'avais le choix…

– Tu as le choix, répondit-elle. Tu peux dire non.

– Ton job n'est pas le seul à être menacé.

– Alors, peut-être que c'est un signe que tu devrais démissionner.

Demetri secoua la tête.

– On ne démissionne pas du *New Athens News* sans en subir les conséquences, Perséphone.

– Je ne savais pas que tu étais si lâche.

– Tout le monde n'a pas un dieu pour le défendre.

Perséphone grimaça, mais elle s'en remit vite. Elle commençait vraiment à en avoir assez que les gens présument qu'elle demanderait à Hadès de se battre pour elle.

– Je mène mes propres combats, Demetri. Crois-moi, ça va mal finir. Les gens comme Kal ont tous des secrets, et quand j'en aurai terminé avec lui, il sera déchu de son propre journal.

Une lueur d'admiration scintilla dans le regard de Demetri, mais ses propos suivants menacèrent sa détermination.

– J'admire ta ténacité, mais il y a des pouvoirs que le journalisme ne peut pas combattre, et l'un d'eux est l'argent.

Chapitre VI

UNE QUERELLE D'AMOUREUX

Le vendredi suivant, Perséphone et Lexa se trouvaient devant un penthouse luxueux du Quartier Chrysos de Nouvelle Athènes, où Sybil vivait avec Apollon depuis qu'elle avait fini la fac. Elles avaient loué un camion de déménagement que Lexa avait réussi à garer à cheval sur le trottoir.

– Ce n'est pas ce que j'avais en tête lorsque j'ai dit que je voulais faire la fête, rouspéta Hermès.

Le dieu brillait de mille feux dans sa tenue, un fort contraste avec Lexa et Perséphone qui étaient en legging et en sweat à capuche.

Perséphone avait prévu de sortir avec lui après qu'il l'avait aidée à entrer dans l'Acropole, mais c'était avant qu'Apollon ne vire Sybil et lui ôte tous ses pouvoirs.

– Personne ne t'a obligé à venir, répondit-elle.

Le dieu de la Ruse était arrivé chez elle alors qu'elles sortaient pour monter dans la camionnette. Il avait insisté sur le fait qu'ils avaient un accord – un contrat – dont Perséphone ne pouvait donc se défaire, mais la déesse n'avait rien voulu entendre.

« *L'une de mes meilleures amies était dans une relation toxique. Elle vient d'en être libérée, et je compte être là pour elle. Donc soit tu viens avec nous, soit tu t'en vas. À toi de choisir.* »

Hermès avait choisi de les accompagner.

– Si on est là, c'est à cause de ton frère, dit Lexa. Tu n'as qu'à t'en prendre à lui.

– Je ne suis pas responsable des choix d'Apollon, rétorqua Hermès. Et vous ne pouvez pas dire que tout ça ne serait pas plus amusant si on avait de l'alcool.

– C'est vrai, acquiesça Lexa. Heureusement que j'ai pris ça, alors.

Elle sortit une bouteille de vin de son sac à dos.

– Donne-moi ça, gronda Hermès en s'en saisissant.

– Euh… excuse-moi, mais tu n'es pas censée conduire ce soir ? demanda Perséphone en faisant les gros yeux à son amie.

– Ben si, mais c'est pour plus tard.

Sauf qu'Hermès avait déjà réussi à ouvrir la bouteille.

– J'espère que tu en as d'autres dans ce sac, dit-il. Parce que celle-ci est pour tout de suite.

Lexa ricana alors qu'un cliquetis indiquait que la porte de l'immeuble était ouverte.

– C'est ouvert, montez, dit la voix de Sybil dans l'interphone.

Hermès allait entrer lorsque Perséphone l'arrêta.

– Prends le diable.

– Pourquoi c'est moi qui dois prendre le diable ? Je porte déjà le vin.

Perséphone attrapa la bouteille.

– Maintenant, c'est moi qui porte le vin. Le diable, tout de suite !

Le dos d'Hermès se voûta et il retourna au camion en bougonnant. Il revint rapidement avec le diable, et Lexa gloussa.

– Tu as l'air terriblement mortel, Hermès.

Le regard du dieu noircit.

– Fais gaffe, mortelle ! Je ne serais pas contre te transformer en chèvre, juste pour me divertir.

– Te divertir ? ricana Lexa. Ce serait le plus beau jour de ma vie.

Ils entrèrent tous les trois dans l'ascenseur, dont les portes s'ouvrirent sur le salon d'Apollon.

Perséphone ne sut quoi penser du luxe dans lequel vivait Sybil depuis plusieurs mois. À l'évidence, être employée comme Oracle d'un dieu était un métier lucratif, et cela rendait la situation actuelle de Sybil encore pire. Sa peine en était d'autant plus tangible. Elle allait passer d'un penthouse avec des baies vitrées du sol au plafond, un parquet ancien, des équipements en acier et la cafetière la plus chic que Perséphone avait jamais vue, au petit appartement de Lexa et Perséphone qu'elle allait partager pour une durée indéterminée.

Malgré le déclassement de son style de vie, Sybil semblait de bonne humeur, comme si quitter ce lieu lui ôtait un poids des épaules. Elle sortit la tête d'une pièce voisine, ses boucles blondes tombant sur son visage démaquillé.

– Par ici, les gars.

Ils s'entassèrent dans sa chambre. Perséphone s'attendait à ce que celle-ci ait plus de personnalité que le reste de la maison, mais ce n'était pas le cas. La chambre de Sybil était sans couleur.

– Pourquoi tout est gris ?

– Ben, Apollon n'aime pas la couleur.

– Qui n'aime pas la couleur ? s'étonna Lexa en s'asseyant sur le lit de Sybil.

– Apollon, apparemment, dit Hermès en se laissant tomber sur le matelas à côté de Lexa. On devrait pourrir l'appartement avant de partir. Ça le mettrait vraiment en rogne.

Sybil pâlit et fit les gros yeux.

– Tu es le seul qui trouverait ça drôle, et le seul qui survivrait à sa colère, gronda Perséphone en posant les mains sur les hanches.

– Toi aussi, Sephy. Hadès lui couperait les couilles s'il essayait de s'en prendre à toi. Je suis tenté de le faire, juste pour voir le résultat.

– Hermès, râla Perséphone. Tu ne nous aides pas beaucoup.

– J'ai pris le diable, non ? rouspéta le dieu.

– Et maintenant tu dois t'en servir. Allez, debout ! Apporte les cartons au camion.

Hermès bougonna, mais il se leva et Lexa le suivit.

Ils empilèrent les cartons sur le diable et, pendant qu'Hermès les emportait au camion, Perséphone et Lexa aidèrent Sybil à empaqueter le reste de sa vie. Perséphone aimait ça, considérant chaque carton comme un nouveau défi, essayant de le remplir du mieux possible. Lorsqu'elle avait fini, elle écrivait la liste de son contenu sur une face du carton afin que le déballage soit plus facile.

Lorsqu'Hermès réalisa ce qu'elle faisait, il ricana en secouant la tête.

– Quoi ?

– Tu es aussi maniaque qu'Apollon.

Perséphone n'aimait pas qu'on la compare au dieu de la Musique.

– Comment ça ?

– Tu n'as pas observé cet appart ? Absolument tout est rangé par fonction et par couleur.

– Je suis organisée, Hermès, pas névrosée.

– Apollon est discipliné. Je l'ai toujours connu comme ça.

– S'il est aussi discipliné, pourquoi est-il si… dépendant de ses émotions ?

– Parce qu'Apollon tire une grande fierté de sa routine, des choses qu'il peut créer et accomplir, ce qui signifie que lorsqu'il perd le contrôle, il en fait une affaire personnelle, expliqua-t-il en regardant Sybil. C'est la même chose pour sa façon de gérer les humains.

Lorsqu'ils eurent terminé, Sybil laissa sa clé sur le comptoir en granit de la cuisine, et ils s'entassèrent tous les quatre dans le camion.

– Tu débordes sur l'autre voie, dit Perséphone en s'agrippant à la poignée au-dessus de la vitre passager.

– Je ne vois rien ! se plaignit Lexa en essayant de s'asseoir plus haut sur le siège conducteur.

– Peut-être que tu ne devrais pas conduire, remarqua Hermès.

– Quelqu'un d'autre veut prendre le volant ? demanda-t-elle.

Personne ne répondit, car aucun ne savait conduire.

– Juste… évite les piétons, dit Perséphone.

– Je te donne dix points si tu écrases quelqu'un, proposa Hermès.

– C'est censé me motiver ? demanda Lexa.

– Ben ouais, ce sont des points *divins*.

– Et qu'est-ce que des points *divins* peuvent m'obtenir ? s'enquit Lexa, comme si elle réfléchissait sérieusement à la proposition du dieu de la Ruse.

– Une chance de devenir une chèvre.

Perséphone et Sybil se regardèrent.

– Si tu te demandes si je regrette de les avoir présentés, la réponse est oui, dit la déesse.

Décharger le camion ne prit même pas trente minutes. En revanche, trouver un endroit où mettre les cartons fut une autre paire de manches. Ils les alignèrent dans le couloir, dans une partie du salon et dans la chambre de Perséphone, étant donné qu'elle allait sans doute passer la majeure partie de son temps aux Enfers.

Lorsque tout fut rangé, Hermès ouvrit une bouteille de champagne en souriant jusqu'aux oreilles.

– Il est temps de fêter ça !

– Oups, dit Lexa en attrapant les clés du camion de location. Avant de commencer, je dois aller le rendre.

– Je viens avec toi, dit Perséphone.

– Tu as juste envie que je te dépose à Nevernight ? répondit Lexa, faisant rougir la déesse.

– Tu nous abandonnes ? demanda Hermès. Qu'en est-il des copines en dehors des mecs ?

Perséphone leva les yeux au ciel.

– Hermès, au cas où tu ne l'aurais pas remarqué, tu es un mec.

– Je peux être une copine ! rétorqua-t-il avec une conviction qui surprit Perséphone. Si tu ne reviens pas, je peux dormir dans ton lit ? demanda-t-il alors qu'elle et Lexa partaient.

– Ah non, c'est mort ! s'écria Sybil. C'est le mien !

– Je peux partager.

– Désolée, Hermès, mais j'en ai marre que des dieux veuillent dormir avec moi.

La conduite de Lexa fut un peu plus souple sur la route vers Nevernight – jusqu'à ce qu'elle se gare en appuyant si fort sur le frein que Perséphone s'écrasa contre la ceinture. Dehors, Perséphone aperçut Mekonnen, un ogre qu'Hadès employait comme videur à Nevernight. Il était en train de se quereller avec une femme, ce qui n'avait rien d'inhabituel. Les gens, qui espéraient tous entrer dans la boîte de nuit, se disputaient souvent avec Mekonnen et les autres videurs.

– Ça ne sent pas bon, remarqua Lexa en les désignant.

– Non, pas du tout.

La jeune femme pointait son index sur le torse de la créature, ce que Mekonnen détestait au plus haut point, c'était le meilleur moyen de se faire bannir du club à vie.

Perséphone soupira et se pencha pour prendre Lexa dans ses bras.

– À demain. Merci de m'avoir déposée.

Elle sortit du camion de location et, dès que ses pieds touchèrent le trottoir, des voix crièrent son nom et quelques personnes sortirent de la file d'attente, passant sous le cordon rouge pour venir vers elle. Deux ogres sortirent alors de l'ombre, se postant de chaque côté de Perséphone pour la protéger de la foule.

– Salut Adrian. Enzo, dit-elle en souriant.

Leurs mines étaient sérieuses quand ils baissèrent les yeux sur elle.

– Bonsoir, Milady.

Elle réalisa soudain qu'elle aurait dû réfléchir à tout ça en amont. Elle aurait au moins pu appeler pour prévenir les employés d'Hadès qu'elle allait bientôt arriver. Elle voyait déjà la une du lendemain : *La maîtresse d'Hadès arrive en tenue de sport à Nevernight, dans un camion de location !*

Elle était à quelques pas de la porte lorsqu'elle entendit ce que disait la femme.

– J'exige de le voir sur-le-champ !

Perséphone se souvint d'avoir parlé de la même façon à un autre ogre l'une des premières fois qu'elle était venue à Nevernight. Ça ne s'était pas très bien terminé… pour l'ogre. Il avait posé les mains sur Perséphone, un geste qu'Hadès ne pouvait pas laisser passer, et elle ne l'avait plus jamais revu.

– Milady, dit Mekonnen en se postant devant la femme avec qui il se disputait, mais celle-ci fit un pas de côté pour se débarrasser de lui.

– Milady ? s'étonna-t-elle, les poings sur les hanches.

C'est alors que Perséphone remarqua que c'était une nymphe. Sa peau était pâle et laiteuse, elle avait de longs cheveux blancs et des yeux saphir qui lui donnaient un air surnaturel. Même ses cils étaient blancs.

C'est une Naïade, pensa Perséphone. Une nymphe des eaux. Elle était sublime, mais ses traits étaient sévères, colériques et fatigués.

– Qui es-tu ? demanda la nymphe.

Perséphone fut surprise, surtout parce que peu de gens ne savaient pas qui elle était.

– Tu oses parler à Lady Perséphone de cette manière ? gronda Mekonnen en fermant les poings.

– Ce n'est rien, Mekonnen, dit Perséphone en levant la main vers l'ogre, espérant le calmer alors qu'il semblait sur le point de broyer les os de la jeune nymphe.

– Je suis Perséphone, dit-elle. Si j'ai bien compris, tu souhaites parler à Lord Hadès ?

– Je l'exige !

Perséphone haussa les sourcils.

– Quelles sont tes doléances ?

– Mes doléances ? Tu veux connaître mes doléances ? Par où commencer ? D'abord, l'appartement dans lequel il m'a mise est un trou à rats.

Perséphone ne comprenait plus rien.

– Ensuite, je ne travaillerai pas une minute de plus dans cette putain de boîte de nuit infernale…

Perséphone leva la main pour faire taire la nymphe.

– Pardon, mais tu es qui, déjà ?

La femme haussa le menton et sa poitrine se gonfla fièrement.

– Je suis Leucé, la maîtresse d'Hadès.

Perséphone se sentit pâlir et sa gorge se noua. C'était comme si le sol s'effondrait sous ses pieds.

– Je te demande pardon ?

La nymphe gloussa, comme si ce qu'elle venait de dire était drôle, et Perséphone ferma les poings.

– Pardon, son *ex-maîtresse*, mais c'est la même chose.

– Son ex… maîtresse ? siffla Perséphone en grinçant des dents.

– Tu n'as pas à t'inquiéter, dit Leucé. C'était il y a tellement longtemps…

– Tellement longtemps que tu l'as oublié et que tu t'es présentée comme la maîtresse d'Hadès ? demanda Perséphone.

– C'était involontaire.

– Tu m'excuseras, mais je crois que ça avait tout de volontaire, rétorqua-t-elle avant de se tourner vers Mekonnen. S'il te plaît, escorte *Leucé* au bureau d'Hadès. Je vais m'assurer qu'il arrive rapidement.

– Oui, Milady, promit Mekonnen en s'inclinant. Il est dans le lounge.

– Merci, répondit-elle d'un ton chaleureux alors qu'elle était glacée jusqu'aux os.

Perséphone entra dans la boîte de nuit et monta tout de suite au premier étage. C'est là que se trouvaient les salons où Hadès établissait ses contrats avec les mortels qui espéraient autre chose de la vie : plus d'amour, d'argent ou une meilleure santé. C'étaient ces marchés qui l'avaient horrifiée et intriguée au point qu'elle avait écrit à propos du dieu des Morts, avant de se retrouver elle-même dans un contrat avec lui.

Euryale, une gorgone qui montait la garde à l'entrée de la salle de jeux, était à son poste. Le premier contact que Perséphone avait eu avec elle avait été hostile, elle avait très justement détecté qu'elle était une déesse grâce à son odeur.

– Est-ce que Lord Hadès a des ennuis ? demanda Euryale, à la fois amusée et excitée.

– Tu n'as pas idée, répondit Perséphone.

Euryale sourit de ses dents noires et ouvrit aussitôt la porte à Perséphone, en esquissant une révérence.

– Il est dans la suite saphir, Milady.

Perséphone contourna les tables auxquelles des joueurs se défiaient aux cartes. La pièce était sombre malgré le chandelier qui la surplombait et les appliques fixées aux murs. La première visite de Perséphone dans ce lieu avait scellé son destin – elle avait adoré voir les gens jouer, les cartes voler sur les tables, l'aisance avec laquelle les hommes et les femmes interagissaient et se taquinaient. Puis elle était arrivée à une table de poker, où elle s'était assise avec le dieu des Enfers.

Même maintenant, en se rappelant la première fois qu'elle l'avait vu, son estomac se noua. Hadès avait été comme une ombre tangible, bâti comme une forteresse, et il avait déboulé dans sa vie comme une force de la nature. Elle n'avait pas su se débarrasser de lui et, en toute honnêteté, elle n'en avait pas eu envie. Dès l'instant où elle avait posé les yeux sur lui, Hadès avait allumé quelque chose en elle, comme une flamme, et elle savait désormais que c'étaient ses ténèbres qui attisaient les siennes.

Perséphone se fondit dans la pénombre du couloir qui menait à une série de suites, dans lesquelles les mortels attendaient pour parier contre Hadès. Toutes portaient le nom de pierres précieuses comme le saphir, l'émeraude et le diamant, et chacune était décorée de la couleur adéquate. C'étaient des pièces magnifiques qui offraient un sentiment de grandeur, informant tous ceux qui y entraient que s'ils jouaient bien leurs cartes – littéralement –, ils pourraient peut-être, eux aussi, obtenir quelque chose d'aussi grandiose.

Perséphone trouva la suite Saphir et y entra sans frapper, trouvant un homme d'une vingtaine d'années assis en face d'Hadès. Perséphone s'était demandé, par le passé, comment des personnes aussi jeunes pouvaient se retrouver en face du dieu des Morts, mais les maladies ne faisaient pas de distinction d'âge entre les mortels. Quelle que soit sa raison d'être là, il était sur la défensive et il se tourna sur sa chaise pour voir qui l'avait interrompu.

– Si c'est lui que tu veux, va falloir attendre ton tour. Ça fait trois ans que j'attends ce rendez-vous.

Hadès la regarda dans les yeux avec un air de prédateur, malgré son élégance apparente. Son dos était bien droit et il serrait son whiskey dans sa main. Aux yeux de quelqu'un qui ne le connaissait pas, il devait paraître détendu, mais Perséphone sut immédiatement qu'il était sur les nerfs. Sans doute à cause d'elle. Toutefois, elle n'eut pas besoin de l'informer de sa colère, car son Charme s'effritait, elle sentait que sa façade mortelle faiblissait.

– Va-t'en, mortel, ordonna-t-elle.

Son ton dut le surprendre, car il ne perdit pas une seconde pour partir en courant, et Perséphone claqua la porte derrière lui.

– Je vais devoir effacer sa mémoire, tes yeux rayonnent, dit-il en ricanant. Qui t'as mise en colère ?

– Tu ne devines pas ?

Il haussa un sourcil.

– Je viens d'avoir le plaisir de rencontrer ta maîtresse.

Hadès ne réagit pas, ce qui la rendit encore plus furieuse. Elle sentait son Charme disparaître un peu plus et se dit qu'elle devait être ridicule, une déesse qui se tenait devant un dieu si ancien et qui ne pouvait contrôler sa magie.

– Je vois.

– Tu as dix secondes pour t'expliquer avant que je la transforme en mauvaise herbe, dit-elle d'une voix tremblante.

Elle savait qu'Hadès aurait ri s'il ne l'avait pas prise au sérieux.

– Elle s'appelle Leucé, répondit-il. Et c'était ma maîtresse, il y a longtemps.

Elle fut soulagée qu'il ne prononce pas le prénom d'une autre femme, ce qui trahissait son manque de confiance.

– C'est quoi, longtemps ?

Il la dévisagea longuement et elle décela quelque chose dans son regard, quelque chose plein de rage, de misère et de conflit.

– Des millénaires, Perséphone.

– Alors pourquoi s'est-elle présentée comme ta maîtresse, aujourd'hui ?

– Parce que pour elle, j'étais son amant jusqu'à dimanche dernier.

Perséphone ferma les poings et, soudain, des lianes surgirent du sol et recouvrirent les murs. Hadès ne cligna même pas des yeux.

– Et pourquoi ça ?

– Parce que ça fait plus de *deux mille ans* qu'elle est un peuplier.

Perséphone haussa les sourcils. Elle ne s'attendait pas à ça.

– Pourquoi était-elle un peuplier ?

Hadès posa ses mains sur la table et il serra les poings.

– Elle m'a trahi.

– C'est toi qui l'as changée en peuplier ? s'étonna Perséphone.

Parfois, elle oubliait l'étendue des pouvoirs d'Hadès. C'est un des trois dieux les plus puissants qui existaient, et si chaque frère était le roi de son propre royaume – Zeus avait le ciel, Poséidon la mer et Hadès les Enfers –, ils possédaient un pouvoir équitable sur le royaume des mortels. Hadès et elle avaient donc potentiellement des pouvoirs similaires.

Apparemment, l'un de ces pouvoirs était de transformer les gens en végétaux.

– Pourquoi ?

– Je l'ai surprise en train de baiser avec un autre. J'étais aveuglé par ma colère. Je l'ai transformée en peuplier.

– Elle ne doit pas s'en souvenir, sinon elle ne se serait pas présentée comme ta maîtresse.

Hadès la scruta longuement. Il n'avait toujours pas bougé.

– Il est possible qu'elle ait occulté ce souvenir.

Perséphone se mit à faire les cent pas.

– Tu as eu combien de maîtresses ?

– Perséphone…

La voix d'Hadès était douce, mais Perséphone y décela une touche de mise en garde, comme pour dire *tu n'as pas envie de t'aventurer sur cette voie.*

– J'ai juste envie d'être préparée, au cas où elles commenceraient toutes à sortir de l'ombre.

Hadès resta longtemps silencieux.

– Je ne vais pas m'excuser d'avoir vécu avant que tu existes.

– Je ne te demande pas de le faire, mais j'aimerais le savoir, quand je suis sur le point de rencontrer une femme que tu as baisée.

– J'espérais que tu ne rencontrerais jamais Leucé, dit Hadès. Elle n'était pas censée rester aussi longtemps dans les parages. J'ai accepté de l'aider à se remettre sur pied dans le monde moderne. En temps normal, j'aurais donné cette responsabilité à Menthé, mais étant donné qu'elle est indisponible… dit-il en lorgnant les murs couverts de lierre, il m'a fallu plus de temps pour lui trouver un mentor convenable.

Perséphone cessa de faire les cent pas et fit face à Hadès.

– Tu ne comptais pas me parler d'elle ?

– Je n'en voyais pas l'utilité, jusqu'à maintenant, répondit-il en haussant les épaules.

– Pas l'utilité ? répéta Perséphone alors que le lierre s'épaississait et fleurissait sur les murs, réduisant la taille de la pièce. Tu as trouvé un appartement à cette femme, un boulot, tu baisais avec elle…

– Arrête de dire ça, grinça Hadès.

– Je méritais d'être au courant, Hadès !

– Tu doutes de ma fidélité ?

– Tu es censé dire que tu es désolé, rétorqua-t-elle.

– Tu es censée me faire confiance.

– Et tu es censé communiquer avec moi.

C'est ce qu'il lui avait demandé, après tout. Pourquoi les standards seraient-ils différents pour elle ?

Un silence s'abattit entre eux et Perséphone prit une profonde respiration pour se préparer à sa question suivante.

– Tu l'aimes encore ?

– Non, Perséphone.

Il avait répondu immédiatement, mais il semblait agacé qu'elle lui pose la question.

Perséphone ne savait pas quoi faire. Elle était en colère et elle ne comprenait pas pourquoi Hadès avait choisi de lui cacher son ancienne maîtresse. Ce n'était pas qu'elle croyait qu'il l'avait trompée, mais c'était encore une chose qui l'avait surprise, cette semaine, en ce qui concernait la vie d'Hadès.

Elle commençait sérieusement à avoir l'impression de ne rien savoir de lui.

Au bout d'une interminable minute de silence, Hadès soupira et parut soudain épuisé. Il fit le tour de la table et tendit le bras pour plonger la main dans les cheveux de la jeune femme, sur sa nuque.

– J'espérais que tu ne l'apprendrais pas, dit-il. Pas pour protéger Leucé, mais pour te protéger de mon passé.

– Je ne veux pas qu'on me protège de toi, chuchota Perséphone. Je veux te connaître, Hadès : par cœur.

L'atmosphère se chargea d'une tension différente et Hadès sourit en prenant son visage dans ses mains.

– Commençons par le cœur, alors, dit-il.

Leurs bouches fusionnèrent et Hadès plongea sa langue dans sa bouche. Il avait un goût de fumée et de glace. Ses mains descendirent dans son dos, jusqu'à ses fesses, et il attira Perséphone de telle façon qu'elle se retrouva entre ses jambes alors qu'il était appuyé contre la table. Chaque coup de langue l'hypnotisait un peu plus. Sentir son érection contre son ventre l'excitait au point qu'elle en eut le vertige. Elle s'agrippa à lui, plantant ses ongles dans ses muscles bandés. Elle aurait menti si elle avait dit qu'elle n'avait pas eu besoin de ça. Non seulement il l'avait laissée sur sa faim quelques nuits plus tôt mais elle était sur les nerfs à cause du travail. Elle avait vraiment besoin de relâcher toutes ses tensions. Mais elle avait également besoin qu'Hadès comprenne, elle pressa donc ses paumes contre son torse et elle recula.

– Hadès, je suis sérieuse. Je veux connaître tes plus grandes faiblesses, tes plus grosses peurs, tes possessions les plus précieuses.

Son expression se fit soudain sérieuse et il la regarda avec tant d'intensité que Perséphone frissonna.

– Toi, répondit-il en effleurant les lèvres de Perséphone avec son pouce.

– Moi ?

Elle fut d'abord confuse, puis elle comprit ce qu'il avait dit.

– Je ne peux pas être toutes ces choses, dit-elle.

– Tu es ma faiblesse, te perdre est ma plus grande peur et notre amour est ma possession la plus précieuse.

– Hadès, susurra-t-elle, je ne suis qu'une seconde dans ta vaste vie. Comment je peux être toutes ces choses ?

– Tu doutes de moi ?

Elle posa une main sur sa joue.

– Non, mais je crois que tu as d'autres faiblesses, d'autres peurs et d'autres trésors. Ton peuple, par exemple. Ou ton royaume.

– Tu vois, répondit-il à voix basse. Tu me connais déjà par cœur.

Sa réponse l'attrista, car elle savait que ce n'était pas vrai.

Je ne te connais pas du tout.

Il voulut l'embrasser, mais elle l'arrêta.

– J'ai une autre question, dit-elle. Quand tu es parti, dimanche dernier, où es-tu allé ?

– Perséphone…

Elle fit plusieurs pas en arrière. Elle le savait. Elle n'avait pas besoin qu'il réponde.

– C'est ce jour-là qu'elle est revenue, n'est-ce pas ?

Sa colère refaisait surface. Ce jour-là, il l'avait excitée au point qu'elle n'avait plus pu respirer, et au lieu de soulager la tension qu'il avait créée en elle, il avait choisi de partir pour aider une ancienne maîtresse.

– Tu l'as choisie, elle, plutôt que moi.

– Ce n'est pas ça du tout, Perséphone, dit-il en tendant la main.

– Ne me touche pas ! s'écria-t-elle en reculant et en levant les mains.

La mâchoire d'Hadès se crispa, mais il ne vint pas vers elle.

– Tu as eu ta chance. Et tu as merdé.

Peu importaient les raisons pour lesquelles il ne lui avait pas parlé de Leucé. Le fait était qu'il ne le lui avait pas dit. Il avait fait tout l'inverse de ce qu'elle lui avait demandé : communiquer. Les mots qu'elle employa contre lui semblaient donc on ne peut plus adaptés à la situation.

– Les actions comptent plus que les mots, Hadès.

Et elle disparut de la suite.

Chapitre VII

UNE TRÊVE

LA MAÎTRESSE D'HADÈS ARRIVE EN TENUE DE SPORT À NEVERNIGHT, DANS UN CAMION DE LOCATION !

Perséphone était assise à son bureau, le lundi, les yeux rivés sur le titre de l'article qui s'affichait sur l'écran. Elle aurait pu être Oracle, étant donné sa capacité à prédire les unes de journaux. Si seulement elle avait pu prédire le retour de l'ex-maîtresse d'Hadès.

Son humeur ne s'était pas améliorée durant le week-end, sans doute parce qu'elle n'avait toujours pas eu de ses nouvelles. Elle n'était même pas certaine de vouloir lui parler, mais elle s'était attendue à ce qu'il essaie de prendre contact avec elle – qu'il se manifeste dans sa chambre en pleine nuit pour s'excuser ou qu'il envoie Hécate pour faire la paix… n'importe quoi.

Les heures s'étaient changées en jours et plus Perséphone était frustrée, plus elle avait envie d'écrire sur Apollon pour le provoquer.

On parlait d'ailleurs du dieu de la Musique dans la presse, car il avait été désigné comme chancelier des prochains Jeux panhelléniques. Ce n'était guère une surprise, puisque cela faisait dix ans que le titre lui revenait. En fait, il achetait pratiquement le titre, puisque c'était son argent qui finançait les spectacles, les uniformes des jeux ainsi que le nouveau stade. Personne n'avait envie de croire que le dieu qui leur offrait tout ça était également un connard toxique.

Perséphone soupira et ferma son navigateur pour ouvrir un document vierge. Il lui restait une semaine pour rédiger l'exclusivité que Demetri et Kal avaient exigée. Ce n'était sans doute pas le meilleur moment pour s'y mettre, car chaque mot qui lui venait à l'esprit pour décrire Hadès était chargé de colère et de méchanceté.

Un insupportable enfoiré sans considération.

Au bout d'un long moment, elle expira et regarda sa tasse. Il allait lui falloir plus de caféine pour tenter d'écrire l'article. Elle quitta son bureau pour se rendre dans la salle de pause, où Hélène la rejoignit pendant qu'elle attendait que son café soit prêt.

– Perséphone… il y a une femme qui veut te voir. Elle dit qu'elle s'appelle Leucé.

Perséphone se figea et regarda Hélène.

– Tu viens de dire Leucé ?

La jeune femme hocha la tête en écarquillant les yeux. La frustration de Perséphone redoubla et elle serra les poings pour ne pas perdre le contrôle de sa magie. La dernière chose dont elle avait besoin, c'était de faire pousser des lianes devant sa collègue. Pourquoi l'ex d'Hadès était-elle là ?

– Est-ce que je dois lui dire que tu es occupée ? Je vais lui dire que tu es occupée, dit Helen en se tournant pour partir.

– Non. Je vais la voir. Emmène-la dans une salle de réunion.

Hélène hocha la tête, partit et revint rapidement.

– Elle est installée.

– Merci, Hélène.

La jeune femme ne bougeait pas et Perséphone gonfla ses poumons.

– Oui, Hélène ?

– Tu es sûre que ça va ?

– Ouais, super.

Que dire d'autre ? Qu'on la forçait à écrire sur sa vie amoureuse – une vie amoureuse qui était menacée par une femme qui venait se pointer sur son lieu de travail ?

C'était compliqué.

Perséphone choisit de faire attendre Leucé. C'était de sa faute, elle n'avait qu'à pas venir sans prévenir.

Lorsqu'elle entra enfin dans la salle de réunion, Leucé se tenait près de la fenêtre et lorsqu'elle se retourna vers elle, Perséphone fut surprise de la trouver dans un état pire que le soir où elle l'avait rencontrée.

Ce soir-là, elle avait l'air épuisée.

Aujourd'hui, elle était carrément sale. Ses cheveux raides étaient gras et formaient des paquets, et elle portait les mêmes vêtements qu'à Nevernight. Perséphone remarqua aussi les traces laissées par ses larmes sur ses joues crasseuses.

– Qu'est-ce que tu fais ici ? demanda Perséphone.

– Je suis venue m'excuser.

Perséphone était sous le choc, elle ne s'attendait pas à ça.

– Pardon ?

– Je n'aurais pas dû me présenter de cette façon, dit-elle à toute vitesse, comme si elle se réprimandait elle-même. J'étais en colère contre Hadès. Enfin, je suis sûre que tu comprends…

– Leucé, l'interrompit Perséphone, tu m'excuseras si je n'ai pas envie qu'on me rappelle à quel point tu connais bien Hadès. Pourquoi tu es là ?

La bouche de la nymphe se pinça.

– Hadès m'a mise dehors et m'a virée, hier soir.

Perséphone la dévisagea.

– Je sais que je ne mérite pas ta compassion, mais je t'en supplie. Je n'ai nulle part où aller.

Perséphone secoua la tête.

– Qu'est-ce que tu me demandes, précisément ?

– Tu ne peux pas… lui parler… pour moi ? demanda-t-elle, hésitant à chaque mot.

– Pourquoi tu ne lui parles pas, toi ?

– Tu crois que je n'ai pas essayé ? Il m'a dit que je devais partir. Qu'il ne voulait pas risquer de te perdre.

– S'il le pensait vraiment, il s'excuserait, marmonna Perséphone.

– Écoute, je sais que tu n'as pas envie de l'entendre, mais… Hadès est un imbécile. Il croit sans doute que tu as besoin d'espace et de temps, et que plus il t'en donne, mieux ça ira.

– Tu dis ça parce que tu veux que je lui demande de te rendre ton boulot.

– Et mon appartement, ajouta la nymphe, sans honte.

Perséphone haussa un sourcil.

– Tu n'as pas dit que c'était un trou à rats ?

– Si, c'est un trou à rats, mais c'était le mien et j'avais un lit, dit-elle. Ce qui est bien mieux que le banc que j'ai trouvé dans un parc, hier soir.

Le recul est une chose fabuleuse.

Les deux femmes s'étudièrent longuement.

– Pourquoi je devrais t'aider ? demanda finalement la déesse. Tu n'étais même pas reconnaissante de ce qu'Hadès t'a donné.

Et tu l'as trompé.

– Parce que je suis une imbécile, moi aussi. Je suppose que j'ai pensé que j'avais plus de… poids. Mais il s'avère que je n'ai rien. Je ne comprends même pas ce monde. J'ai failli ne pas arriver jusqu'ici parce que traverser vos rues m'est presque impossible.

Elle marqua une pause et détourna les yeux, et quand elle reprit la parole, sa voix tremblait.

– Imagine que tu te réveilles dans un monde qui ne ressemble en rien à celui dans lequel tu t'es endormie. C'est… effrayant. C'est… la pire punition qui soit.

Le dos de Leucé se voûta et Perséphone se rendit compte qu'elle la comprenait plus qu'elle ne souhaitait l'admettre. Elle avait été dans une situation similaire, quatre ans plus tôt. Elle soupira et regarda sa montre. Elle n'en revenait pas de ce qu'elle s'apprêtait à dire.

– Écoute, il me reste quelques heures de travail. Tu peux attendre dans le lounge jusqu'à ce que j'aie fini. Je ne te promets pas de parler à Hadès aujourd'hui mais… je le ferai. D'ici là… tu peux rester avec moi.

Leucé écarquilla les yeux.

– Tu es… tu es sûre ?

Non, pensa Perséphone, mais Lexa dormait chez Jaison cette semaine, ce qui libérait sa chambre pour Sybil, laissant le canapé pour Leucé.

– Merci. Merci, Perséphone.

La déesse se crispa lorsque la nymphe la prit dans ses bras quelques secondes.

– Tu ne le regretteras pas, je te le promets.

Elle l'espérait sincèrement.

Perséphone ne se remit pas à travailler sur l'exclusivité, préférant poursuivre ses recherches sur Apollon. À la fin de la journée, elle avait copié tout ce qu'elle avait trouvé dans un document Word qu'elle s'était envoyé par mail avant de rassembler ses affaires et de récupérer Leucé dans le lounge. Elles partirent ensemble par l'entrée principale, passant devant la foule pour rejoindre Antoni, qui les attendait avec la Lexus noire d'Hadès. Il leur ouvrit la portière en souriant.

– Milady, dit-il.

Son regard devint menaçant lorsqu'il vit Leucé.

– Qu'est-ce qu'elle fait là, elle ?

Perséphone haussa les sourcils et regarda tour à tour le cyclope et la nymphe.

– Tu connais Leucé ?

– Oui, siffla-t-il. Une traîtresse sera toujours une traîtresse.

– Ne sois pas si dramatique, répondit la nymphe en levant les yeux au ciel.

– Tout va bien, Antoni, dit Perséphone. Je vais l'aider.

Le cyclope ne dit plus rien pendant que les deux jeunes femmes s'installaient à l'arrière. Lorsque la portière fut refermée, Leucé se tourna vers Perséphone.

– Est-ce que cette foule t'attend tous les jours ?

– Oui ?

– À cause d'Hadès ?

– Oui.

La nymphe regarda par la fenêtre.

– C'est dingue.

– C'est dingue, en effet. Je déteste ça.

– Quand j'étais… vivante, dans une époque lointaine, les dieux étaient craints et vénérés. Leurs fidèles étaient sérieux dans leur culte. Ce n'était pas cette… fausse obsession.

Perséphone grimaça.

– Bienvenue dans le monde moderne !

Antoni les déposa chez Perséphone, mais il prit la déesse à part avant de repartir.

– Je dois lui dire que Leucé est avec vous. Il voudra le savoir.

– Alors dis-le-lui, répondit-elle en haussant les épaules.

Antoni fronça les sourcils.

– Vous allez lui parler bientôt, n'est-ce pas, Milady ?

Sa question prit Perséphone de court. Elle se demandait ce qu'Antoni savait de sa dispute avec Hadès.

– Je ne sais pas, répondit-elle en fronçant les sourcils à son tour. Sans doute. Mais pour l'instant, je suis en colère.

Il hocha la tête.

– À demain, Milady.

Elle ne répondit rien, se tournant vers Leucé pour lui ouvrir la porte. Elle trouva Sybil au comptoir de la cuisine, qui se dépêcha d'essuyer son visage en voyant les deux jeunes femmes entrer.

– Sybil, qu'est-ce qui ne va pas ?

– Rien. Tout va bien.

Elle mentait, sa voix était rauque et ses yeux tout rouges. Perséphone se pencha et regarda l'ordinateur de son amie, où elle découvrit un courriel de refus.

– Sybil… dit-elle d'une voix douce en posant une main sur son bras.

– Je savais que ce serait dur, mais je ne savais pas à quel point. Personne ne veut embaucher le… *joujou* qu'un dieu a rejeté.

– Tu n'es pas un objet, Sybil, répondit Perséphone.

– Ce n'est pas comme ça que le monde le voit. Ma valeur n'est égale qu'au désir d'un dieu pour moi. C'est le cas depuis le premier jour où mes pouvoirs se sont manifestés. Et maintenant, je n'en ai plus.

Sybil se tourna vers Perséphone et fondit en larmes dans ses bras. La déesse la tint contre elle, caressant son dos pour la calmer.

– Ça va s'arranger, lui dit-elle. Je t'aiderai autant que je le peux. Laisse-moi parler à Hadès. Je suis sûre qu'ils ont besoin d'aide à la Fondation Cyprès.

Elle avait été tellement en colère à propos de Leucé qu'elle avait oublié de lui demander s'ils avaient des postes à pourvoir.

– Je ne peux pas te demander ça, Perséphone, dit Sybil en reculant.

– Tu ne me le demandes pas, répondit-elle en souriant.

Perséphone présenta Leucé à Sybil, puis elle leur servit un verre de vin à chacune. Perséphone commençait à avoir l'impression de gérer un foyer pour jeunes femmes perdues. Elles s'assirent dans le salon pour regarder *Les Titans après la nuit* et parler de la vie. Au bout d'un moment, le sujet d'Apollon revint sur la table. Plus elles parlaient de lui, plus elles étaient en colère.

– Il est aussi horrible que dans mes souvenirs, remarqua Leucé.

– Oh, meuf, tu n'as pas idée, dit Sybil en buvant une gorgée. Il est tellement autoritaire. Il punit ses amants parce qu'ils sont indépendants ! C'est pathétique !

– Vous le croyez, vous, qu'Hadès m'a dit que je ne pouvais pas écrire sur lui ? dit Perséphone.

– Si tu veux écrire sur Apollon, vas-y ! insista Leucé.

Elles en étaient à leur quatrième verre, elle s'attendait néanmoins à ce que Sybil s'y oppose. Or ce fut tout l'inverse.

– Va chercher ton ordi, Seph !

Perséphone sourit jusqu'aux oreilles et courut dans sa chambre pour prendre son ordinateur. Lorsqu'elle revint, elle s'installa en tailleur sur le canapé.

– Écris ça, dit Sybil : *Apollon, connu pour son charme et sa beauté, a un secret : il ne supporte pas qu'on le rejette.*

– Oh, c'est top ! s'exclama Leucé.

– Oh, oh ! Attends, dit Perséphone en tapant le texte à toute vitesse.

Les mots lui venaient plus vite qu'elle ne pouvait les écrire, et lorsqu'elle eut fini, elle lut son texte à voix haute.

– Les preuves sont accablantes. Je demanderais bien à ses nombreux ex de valider mes propos, mais soit ils ont été changés en arbres après avoir supplié le dieu de cesser de les courtiser, soit ils ont connu une mort affreuse lorsqu'il les a punis.

– Oui ! cria Leucé.

Perséphone poursuivit, ajoutant l'histoire de Daphné, la nymphe qui avait été changée en arbre, ainsi que celle de Princesse Cassandre, dont les prédictions très précises avaient été ignorées.

– Cassandre leur cria que des Grecs étaient cachés dans le Cheval de Troie, mais on l'ignora. Ce qui nous pousse à nous demander si Apollon a tant de mérite que ça de s'être battu au côté des Troyens, alors qu'il a directement compromis leur victoire, simplement parce qu'il s'était pris un vent.

– Dieux, il est tellement horrible, dit Sybil. Je ne sais pas pourquoi je ne l'ai pas vu avant.

– Il est manipulateur et abusif, répondit Perséphone. Tu n'as rien à te reprocher.

– Tu devrais le dire dans l'article ! ajouta Leucé. *Apollon est un manipulateur abusif; il a besoin de contrôler et de dominer les autres. Ce n'est pas une question de communication et d'écoute : ce qui compte pour lui, c'est de gagner.*

Elles continuèrent ainsi pendant des heures, jusqu'à ce que Sybil et Leucé ne tiennent plus debout. Elles s'endormirent toutes les deux sur le canapé et Perséphone se retrouva coincée contre l'accoudoir, éblouie par la lumière bleue de son écran. Elle avait beau avoir mal aux yeux, elle continua de travailler sur l'article qu'elles avaient écrit ensemble : une critique hostile du dieu de la Musique. Perséphone avait omis le récit de Sybil, même si elle avait proposé quelques phrases qui illustraient son expérience avec le dieu. Elle ne voulait pas qu'Apollon se venge sur l'Oracle.

Plus Perséphone lisait et relisait son article, plus elle était en colère et, avant qu'elle ne change d'avis, elle rédigea un mail à Demetri et lui transmit son texte. Elle se sentit triompher, l'espace de quelques secondes, puis elle se leva et courut dans la salle de bains pour vomir dans les toilettes.

Tu es dans le pétrin, pensa-t-elle en s'affaissant contre le mur. Son estomac lui semblait bouillir sous un mélange de vin et de culpabilité.

Apollon s'est mis tout seul dans le pétrin, se dit-elle en se rappelant pourquoi elle avait écrit l'article. *Il le mérite. C'est une question de justice de donner une voix à ses victimes.*

Et Hadès ?

Son estomac se souleva et elle se remit à genoux alors que de la bile remontait dans sa gorge. Elle vomit de nouveau. Son nez et sa gorge étaient brûlants et elle ne sentait plus que le goût acide du vin. Elle resta à genoux un moment, respirant par la bouche, jusqu'à ce qu'elle se sente en état de se lever.

Lorsqu'elle se vit dans le miroir, elle ne se reconnut pas. Elle ressemblait à une âme qui venait d'arriver aux Enfers, pâle et tremblante.

– Hadès t'a caché des choses, dit-elle à voix haute, comme si cela expliquait pourquoi elle était revenue sur sa parole.

Tu lui caches des choses, toi aussi, se rappela-t-elle en se rinçant la bouche et en se brossant les dents. *Tu ne lui as pas parlé de l'ultimatum de Demetri.*

– C'est différent, se répondit-elle en se regardant à nouveau.

En quoi ?

C'était différent, parce que c'était sa bataille. Elle ne voulait pas qu'Hadès la mène à sa place.

– C'est différent, parce que ce secret ne lui fera pas de mal, dit-elle.

Alors que découvrir son secret à propos de Leucé avait été une souffrance atroce.

Elle n'aimait pas la pensée qui suivit : elle ressemblait à des nuages menaçants, un orage de mots tourmentés. *Ça, ça va lui faire mal.*

Elle éteignit les lumières.

Chapitre VIII

L'ENLÈVEMENT

Lorsque Perséphone arriva à l'Acropole, le lendemain, la foule qui l'attendait avait grossi, incluant désormais des membres du culte d'Apollon, ses fidèles et ses groupies. Ils étaient faciles à repérer aux couronnes de laurier sur leur tête et à la peinture dorée qu'ils avaient sur la figure, comme s'ils partaient en guerre. Même depuis l'intérieur de la Lexus, Perséphone pouvait entendre leurs cris de colère.

Menteuse !

Excuse-toi auprès d'Apollon !

Tu es juste jalouse !

Garce !

À l'évidence, son article avait été publié.

Antoni la scruta dans le rétroviseur central.

– Souhaitez-vous que je vous escorte à la porte, Milady ?

Perséphone regarda par la vitre. Les vigiles approchaient déjà de la voiture pour l'accompagner.

Dieux, qu'avait-elle fait ?

– Non, Antoni, ça va aller, merci.

Il hocha la tête.

– Je reviens vous chercher cet après-midi.

Lorsqu'elle sortit du véhicule, elle fut aussitôt assaillie par l'hostilité de la foule. Tout à coup, elle perçut les émotions de tout le monde, leur colère, leur haine, leur angoisse et leur peur, et elles pesaient sur sa poitrine, l'étouffaient.

– Venez, Milady, dit un des vigiles.

Il tendit le bras comme pour l'entourer, mais il ne la toucha pas. Elle l'étudia en clignant des yeux.

– Vous venez de m'appeler Milady ?

Le vigile rougit.

– C'est dangereux ici, dépêchez-vous !

Il n'avait pas besoin de le lui dire. Elle sentait que la violence de la foule grossissait et, le temps qu'elle arrive dans l'entrée, une partie du groupe s'était mise à se battre contre l'autre. Elle fut précipitée dans le hall et quand elle se retourna, les officiers de sécurité reprenaient le contrôle, divisant la foule.

Je ne comprends pas. Tout ça pour quelques mots que j'ai écrits.

Personne ne s'était mis dans un tel état lorsqu'elle avait écrit sur Hadès, mais elle savait pourquoi. Le dieu des Enfers n'était pas apprécié, le public était plutôt *intrigué* à son sujet. Apollon était le dieu de la Lumière, le dieu de la Musique et de la Poésie. Il représentait tout ce que les mortels désiraient de la vie.

Y compris les ténèbres qu'ils refusaient d'accepter.

Lorsqu'elle se dirigea vers l'ascenseur, Perséphone se rendit compte que tout le monde l'observait, la réceptionniste, les vigiles, les employés.

Ils la dévisageaient avec de grands yeux et gardaient leurs distances. Peut-être avaient-ils peur qu'Apollon apparaisse pour la punir. Quoi qu'il en soit, elle fut contente d'avoir l'ascenseur pour elle toute seule. Mais le répit fut de courte durée, car les regards insistants la suivirent jusqu'à son bureau.

Hélène était aussi guillerette qu'à son habitude, accueillant Perséphone et la suivant à son bureau. La seule référence qu'elle fit au délire extérieur fut d'informer Perséphone qu'elle n'avait transmis aucun appel à sa boîte vocale.

– Je peux m'occuper de ton courrier, si tu veux. Juste pour la journée.

– Non merci, Hélène, ça ira.

– Tu as besoin de quelque chose ? Un café, un truc à grignoter ?

Perséphone y réfléchit un instant.

– Un paracétamol, dit-elle. Et de l'eau.

– Je reviens tout de suite !

Hélène revint quelques minutes plus tard et Perséphone avala le cachet avant d'essayer de se concentrer sur son travail, qui consistait surtout à lire des courriers haineux et à regarder fixement le document vierge qui était censé contenir son exclusivité.

En toute honnêteté, Perséphone était à cran, attendant qu'Hadès déboule sur son lieu de travail et l'embarque aux Enfers pour la punir de l'avoir trahi.

Au début, l'éventualité de son arrivée la rendait anxieuse. Mais au fur et à mesure que le temps passait, sa frustration augmentait.

Que devait-elle faire pour attirer son attention ?

Elle se leva et marcha jusqu'à la salle de pause pour se faire un café. Elle en profita pour regarder par la fenêtre et constata que la horde de fans d'Apollon n'avait pas disparu.

– Ton article provoque un sacré remue-ménage, dit Demetri.

Il alluma la télé qui se trouvait dans un coin de la pièce, choisissant la chaîne d'infos, dont le gros titre était :

LA MAÎTRESSE D'HADÈS S'EN PREND À UN DIEU BIEN-AIMÉ

Elle serra si fort son gobelet de café que le couvercle sauta, l'éclaboussant du liquide chaud. Elle poussa un cri et Demetri prit son gobelet avant de lui tendre des serviettes en papier.

– Tu ne crois pas qu'ils pourraient utiliser mon prénom, au moins ?

– Ce n'est peut-être pas la meilleure des solutions, répondit-il. Mieux vaut qu'ils retiennent à qui tu appartiens.

Perséphone fusilla son patron du regard.

– Je *n'appartiens* à personne.

– Tu as raison, s'excusa-t-il. J'ai mal choisi mes mots. Je voulais simplement dire que... mieux vaut qu'ils se souviennent que tu es avec Hadès, parce qu'ils ne sont pas contents que tu t'en sois prise à Apollon.

C'était le moins qu'on puisse dire. Les journalistes étaient particulièrement critiques à l'égard de son article.

Elle mentionne huit autres mortelles qui auraient été abusées par Lord Apollon, mais qui sont-elles ?

Elle fait ça seulement parce qu'elle est avec Hadès. Aucun autre mortel n'oserait écrire ça... n'oserait attaquer un dieu.

Faut croire qu'elle n'a pas obtenu suffisamment de célébrité en couchant avec Hadès. Elle doit s'en prendre à Apollon, maintenant. C'est le genre de célébrité que tu voulais, Perséphone Rosi ?

Elle se sentait nauséeuse, frustrée et légèrement impuissante.

– C'est injuste. Ils n'essaient même pas de vérifier les informations que je donne.

– Ils ont sans doute trop peur, répondit Demetri en haussant les épaules.

– Ce n'est pas une raison pour ne pas le faire.

Son patron soupira.

– Non, mais c'est comme ça que fonctionne notre monde. La vengeance des dieux est bien réelle, et donc crainte.

Les infos continuaient leur critique virulente de Perséphone, l'accusant surtout de n'utiliser que des exemples lointains pour illustrer son comportement, répondant que durant l'Antiquité tous les dieux étaient différents de ce qu'ils étaient aujourd'hui. D'après eux, il était possible de changer, et Apollon devait être pardonné pour ses erreurs passées.

Perséphone saisit la télécommande des mains de Demetri et éteignit la télé.

– Ils ne se sont pas empressés de défendre Hadès quand j'ai écrit sur lui, dit-elle.

– Parce qu'Hadès est craint. Il est censé être mauvais. Alors qu'Apollon est… le dieu de la Musique, de la Lumière. Il incarne… la fête et la beauté. Il n'est pas censé être un connard.

– Mais c'en est un !

– Tu n'as pas besoin de me convaincre, Perséphone. C'est le reste du monde qu'il faut convaincre.

Elle n'aurait pas dû avoir à convaincre qui que ce soit : c'était le monde entier qui aurait dû reconnaître que ce dieu était un psychopathe. Au lieu de ça, ils ne voyaient qu'un dieu qui était tombé profondément amoureux. Ils considéraient son harcèlement sur des hommes et des femmes comme un acte romantique et pensaient que ceux qui le rejetaient ne le méritaient pas.

C'était parfaitement tordu.

– Écoute, si tu veux un conseil…

– Je n'en veux pas, cracha-t-elle.

– Perséphone, insista-t-il d'un ton désespéré. Écoute, je sais que… ça n'a pas été super entre nous cette semaine, mais je n'ai pas envie de te voir passée à tabac aux infos nationales pendant l'année qui suit.

– Alors pourquoi tu as choisi de publier mon article ?

Comme son patron ne disait rien, elle devina la réponse.

– C'est une histoire d'argent, c'est ça ?

Peu importait que les gens détestent son article, ils l'achèteraient, rien que pour pouvoir lui cracher dessus.

Demetri écarquilla les yeux.

– Ce n'est pas une question d'argent, dit-il. Tu as envie d'être respectée dans cette industrie, et la réalité, c'est que tu viens de perdre le respect de beaucoup. Tu veux gravir les échelons ? Tu peux faire deux choses : t'excuser…

Elle le regarda avec tant de haine qu'elle se demanda si elle allait le liquéfier.

– … ou bien, tu peux écrire un autre article sur lui. Trouve quelqu'un à qui il a fait mal récemment. Raconte-leur son histoire.

– Je… je ne peux pas, dit Perséphone en fronçant les sourcils.

Demetri mit quelques secondes à répondre.

– Peut-être que tu ne peux pas. Si c'est le cas, tu sais ce que tu dois faire.

– Ton conseil est pourri, lui dit-elle.

Son patron sembla sincèrement blessé par ses paroles et il recula, comme si elle l'avait giflé, mais Perséphone s'en fichait. Il avait commencé en l'encourageant et en prenant sa défense, et maintenant il faisait tout l'inverse.

Elle avait pris Demetri pour un combattant, mais quand les situations devenaient difficiles, il courbait l'échine.

Il était hors de question qu'elle s'excuse auprès d'Apollon alors qu'il avait fait du mal à l'une de ses amies les plus proches. Et il était hors de question qu'elle demande une interview à Sybil, ça ne ferait que l'exposer à la même attention que Perséphone subissait maintenant.

Elle ne pouvait pas faire ça à l'Oracle. La pauvre voulait simplement reconstruire sa vie.

Dieux, c'était vraiment le bordel.

À midi, Perséphone rompit une de ses règles et se risqua à se téléporter sur le toit de l'Acropole pour prendre l'air.

Elle se matérialisa sur le bord du toit et son cœur se mit à battre la chamade, elle tituba en arrière. Lorsqu'elle fut remise d'avoir failli tomber du haut du gratte-ciel, elle baissa les yeux sur Nouvelle Athènes. D'en haut, la vue était magnifique et terrifiante. Elle pouvait voir la tour noire d'Hadès, une écharde qui coupait la ville en deux, la façade en verre scintillante de La Rose, la boîte d'Aphrodite, ainsi que les hôtels sublimes et uniques d'Héra : L'Olympe, Le Pégase et Le Paon Émeraude. Il y avait d'autres monuments, aussi : des statues en marbre des dieux étaient érigées partout dans la ville et des temples anciens se dressaient au sommet des collines ainsi que sur les falaises des montagnes.

Elle avait été véritablement enchantée par Nouvelle Athènes, lorsqu'elle y était arrivée. Elle était tombée amoureuse de tout ce qu'elle promettait : les possibilités infinies, l'aventure, la liberté. C'est ce qui l'avait fait tenir pendant les moments difficiles, quand elle se sentait confuse, perdue ou rejetée, tout ce qu'elle ressentait aujourd'hui.

Elle scruta l'horizon, cherchant ces promesses par-delà l'Acropole et la foule enragée qui s'était rassemblée à son pied.

– Perséphone ?

Elle se tourna brusquement et découvrit Pirithoos, le concierge qui l'avait aidée à s'échapper dans le camion benne.

– Comment es-tu arrivée ici ? demanda-t-il.

Elle ouvrit la bouche pour répondre, mais elle se rendit compte qu'elle ne savait même pas comment on accédait au rooftop.

– En prenant de grandes précautions, répondit-elle en souriant.

Pirithoos sourit à son tour.

– Qu'est-ce que tu fais ici, toi ?

– Je viens déjeuner ici, parfois.

Elle vit alors qu'il tenait une lunch box dans sa main.

– Tu veux qu'on partage ? proposa-t-il.

– Je n'ai pas très faim, répondit-elle, mais je veux bien m'asseoir avec toi.

Il sourit jusqu'aux oreilles.

– Ça me ferait plaisir. Viens. Je connais un meilleur endroit où s'installer à l'abri du vent.

Pirithoos l'emmena plus loin, derrière une palissade où se trouvaient deux chaises de camping et qui donnait sur la côte de Nouvelle Athènes : une bande de sable blanc et pur qui disparaissait dans un océan émeraude.

La vue était splendide.

– Je t'en prie, assieds-toi, dit-il.

Pirithoos ouvrit sa boîte et en sortit un sandwich ainsi qu'un paquet de chips.

– Tu es sûre que tu n'en veux pas ?

– Oui, merci.

Il croqua dans son sandwich et ils passèrent quelques minutes à regarder la ville en silence.

– Alors, qu'est-ce que tu fais ici ? demanda enfin Pirithoos.

Elle soupira et choisit de ne pas le regarder en répondant.

– Je suppose que tu n'as pas vu les infos.

– Effectivement, admit-il.

Pirithoos était le seul mortel qu'elle connaissait qui ne semblait pas obsédé par les dieux.

– J'ai merdé.

– Je suis sûr que ce n'est pas si grave.

Elle gonfla ses poumons et prit son courage à deux mains.

– Ben, j'ai… choisi de faire quelque chose que j'avais promis à Hadès de ne pas faire, parce que j'étais en colère contre lui, et maintenant… je ne peux pas revenir en arrière.

– Ah, dit Pirithoos en riant.

Il mordit son sandwich et parla tout en mastiquant.

– Qu'est-ce qu'il a fait ?

– Quelque chose de stupide, marmonna-t-elle. Je crois qu'il ne voit pas le mal de ce qu'il a fait.

Pirithoos sourit tristement et Perséphone eut l'impression qu'il comprenait mieux sa situation qu'il ne souhaitait l'admettre.

– C'est souvent le cas, remarqua-t-il.

– Comment ça ?

Il haussa les épaules.

– Les hommes ne réfléchissent pas.

– C'est une excuse minable.

– Ce n'est pas vraiment une excuse. C'est juste la réalité. Tout ce que tu peux faire, c'est continuer de te battre pour ce que tu veux. S'il veut être avec toi, il fera un effort pour te comprendre.

Elle referma la bouche, se sentant ridicule. Elle savait, à présent, qu'elle en avait fait des tonnes en réagissant ainsi, mais elle n'avait pas pu s'en empêcher. Elle voulait qu'Hadès se sente trahi, de la même façon qu'elle s'était sentie trahie en apprenant le retour de Leucé. Elle voulait qu'il ressente la même frustration. Elle avait voulu le provoquer, pour voir si elle pouvait obtenir une réaction de sa part. Mais les heures passaient sans qu'elle ait de ses nouvelles.

– Est-ce que je suis irrationnelle ?

– Peut-être, dit-il en haussant les épaules. Mais les émotions sont les émotions. J'ai déjà été à la place du mec débile. Je regrette de ne pas avoir fait plus d'efforts.

Perséphone avait l'impression de mieux comprendre la tristesse qui suivait cet homme partout. Elle se demanda ce qu'Hadès verrait en étudiant son âme.

– Pourquoi tu as été débile, toi ?

Il prit une grande inspiration.

– Ça va te surprendre, je crois, étant donné ton passé.

Perséphone fronça les sourcils et s'apprêtait à demander de plus amples explications à Pirithoos lorsqu'il prit les devants.

– Je pariais beaucoup, pas comme le fait ton mec. Je pariais sur les Jeux panhelléniques. J'étais bon, ou chanceux, je suppose. Jusqu'à ce que je ne le sois plus. Je pensais que je faisais ce qu'il y avait de mieux pour ma copine, et j'en étais tellement persuadé que j'ai oublié ce qui était important : son souhait que j'arrête. Elle se fichait de l'argent ou de notre statut. Elle me voulait, moi, c'est tout.

Il s'arrêta et rit amèrement.

– Qu'est-ce qui lui est arrivé ?

– Elle est mariée et heureuse. Elle attend son premier enfant. C'est bizarre de regarder quelqu'un qu'on aime tourner la page et mener une vie qui aurait pu être la sienne.

Perséphone espérait qu'elle n'aurait jamais à le faire.

– Je suis désolée, dit-elle en posant sa main sur la sienne quelques secondes.

Il haussa les épaules.

– Je pensais que je la protégeais. Peut-être qu'Hadès pensait faire la même chose.

Elle n'en doutait pas une seconde.

– J'aimerais qu'il arrête. Je n'ai pas besoin qu'on me protège.

– Tout le monde a besoin d'être protégé, dit Pirithoos. La vie est difficile.

Perséphone fronça les sourcils. Elle avait dit quelque chose de semblable à Hadès, un jour où ils se disputaient sur l'importance de pardonner aux mortels. Elle n'avait jamais pensé qu'elle aurait besoin de son indulgence, elle aussi.

Après le déjeuner, la journée ne fit qu'empirer. Hélène dut gérer un nombre croissant d'appels furieux, et la boîte mail de Perséphone continuait de se remplir de message haineux. Elle ne pouvait pas échapper au jugement des mortels, même par sms.

Je n'en reviens pas que tu aies écrit sur Apollon ! écrivit Lexa.

Elle n'arrivait pas à savoir si sa meilleure amie faisait preuve d'excitation ou de frustration.

Tu as parlé à Sybil ? répondit Perséphone.

Non. J'imagine qu'elle va faire profil bas. Tu sais que si elle était encore l'Oracle d'Apollon, c'est elle qui gérerait tout ce bazar.

Si elle était encore son Oracle, ce bazar n'existerait pas.

Euh, meuf, je parlais de toi. C'est TOI le bazar.

J'ai juste dit la vérité. On va me faire un procès pour ça ?

Je crois qu'Apollon va employer des moyens bien plus archaïques pour se venger. Est-ce qu'Hadès t'a dit quelque chose ?

Nope.

Elle n'avait eu ni excuse ni leçon de morale, et ses sentiments étaient sens dessus dessous. Jamais elle ne s'était sentie ainsi, tiraillée entre sa colère, son envie désespérée qu'il la confronte et la peur de le décevoir.

Lorsque Perséphone partit de l'Acropole, Antoni la rejoignit devant la porte et l'escorta à travers la foule.

– Est-ce que ça va, Milady ? demanda-t-il lorsqu'ils furent en sécurité dans la voiture.

Sans savoir pourquoi, sa question lui mit les larmes aux yeux. Mais il était hors de question qu'elle pleure pour ça. Pas encore.

Elle respira un bon coup.

– Il est en colère ?

Elle savait qu'elle n'avait pas besoin de préciser de qui elle parlait. Antoni avait compris.

– Je ne l'ai pas vu, admit le cyclope. Mais je présume qu'il n'est pas ravi.

Elle le savait déjà, et c'était pour cela qu'il était hors de question qu'elle aille à Nevernight ce soir. Elle fut soulagée que le cyclope n'en dise pas plus et qu'il ne lui reproche pas d'avoir écrit sur Apollon. Le reste du trajet se déroula en silence, sauf lorsqu'elle demanda à Antoni de s'arrêter pour qu'elle prenne des plats à emporter.

Lorsqu'elle arriva chez elle, elle n'avait qu'une seule envie, prendre un bain chaud et dormir. Elle souhaita bonne nuit à Antoni et rentra dans son appartement. Lexa lui avait écrit pour lui dire qu'elle sortait avec Jaison, et Sybil et Leucé étaient assises au bar, occupées à rédiger leurs CV. Lorsque Perséphone passa la porte, Sybil se leva et vint la prendre dans ses bras.

Perséphone lâcha ses sacs par terre et serra fort l'Oracle contre elle ; Leucé se tourna sur son tabouret et lui sourit tendrement.

– Je crois qu'on s'est un peu laissé emporter, hier soir, dit la nymphe.

Perséphone rit amèrement. Il fallait qu'elle arrête de picoler en travaillant.

– Je suis désolée, dit-elle à Sybil. Je ne t'ai pas écoutée.

– Ne t'en fais pas, répondit Sybil. Je ne t'en veux pas de vouloir raconter leur histoire. Je déteste juste que personne ne te croie.

– Je sais que c'est pour ça que tu m'as dit de ne pas le faire, dit Perséphone en reculant pour regarder Sybil dans les yeux. Apollon t'a peut-être pris tes pouvoirs, mais ton instinct reste intact.

– Je sais comment l'histoire traite les femmes, tout simplement, dit-elle en haussant les épaules.

Sybil ramassa les affaires de Perséphone et posa le tout sur le plan de travail.

– C'est de la moussaka, si vous en voulez, dit Perséphone en désignant le sac plastique. J'ai aussi acheté des baklavas parce que… ben… la journée a été rude.

– Bien sûr, gloussa Sybil.

– Je vais aller prendre un bain.

Sybil hocha la tête.

– On est là, si tu veux parler, dit Leucé.

– Merci.

Perséphone navigua jusqu'à sa table de chevet dans le noir, connaissant sa chambre par cœur, et alluma la lampe. Elle alla dans la salle de bains, retira ses bijoux et fit couler l'eau du bain. Pendant que celui-ci se remplissait, elle retourna dans sa chambre et commençait à se déshabiller lorsqu'elle vit quelque chose bouger, du coin de l'œil. Elle se tourna, surprise de voir Hadès.

Comment ne l'avait-elle pas senti ?

Parce qu'il ne voulait pas que tu le sentes, pensa-t-elle aussitôt.

– Je t'en prie, continue, dit-il en s'adossant contre le mur, dans la pénombre.

Il semblait chez lui dans l'ombre. Après tout, il était né des ténèbres. Il avait les mains dans les poches de son pantalon, et il avait enlevé sa veste. Les manches de sa chemise noire étaient retroussées et les deux premiers boutons étaient défaits, révélant son torse et ses avant-bras musclés.

Perséphone avait le souffle coupé. Serait-elle émerveillée par sa beauté chaque fois qu'elle le verrait ?

Son regard de braise la parcourut des pieds à la tête et elle se souvint brusquement qu'elle était en colère contre lui, pour beaucoup de raisons. Elle remonta sa robe et Hadès rit sèchement.

– Voyons, chérie. On est au-delà de ça, non ? J'ai vu chaque millimètre de ton corps, je l'ai goûté des dizaines de fois.

Elle frissonna car, même furieuse contre lui, elle ne pouvait rien contre les pensées érotiques qui jaillissaient en l'entendant.

– Ça n'implique pas que tu vas voir mon corps ce soir, dit-elle alors qu'il fronçait les sourcils. Qu'est-ce que tu fais ici ?

– Tu m'évites.

– C'est moi qui t'évite ? ricana-t-elle. Ça marche dans les deux sens, Hadès. Tu as été tout aussi absent.

– Je t'ai donné de l'espace, répondit-il, et elle leva les yeux au ciel. À l'évidence, c'était une mauvaise idée.

– Tu sais ce que tu aurais dû me donner ? Des excuses.

Elle alla dans la salle de bains, car Hadès n'allait pas lui gâcher son moment de détente. Elle se déshabilla et se glissa dans l'eau, qui était presque trop chaude. En temps normal, elle aurait pris son temps pour entrer dans le bain, mais elle se sentait bizarrement complexée et elle ramena ses genoux sous son menton.

Hadès la suivit et s'appuya contre le meuble du lavabo, les bras croisés, la bouche pincée.

– Je t'ai dit que je t'aimais.

– Ce ne sont pas des excuses.

– Tu es en train de me dire que ces mots ne sont rien pour toi ?

Elle le fusilla du regard.

– Les actions, Hadès. Tu ne comptais pas me parler de Leucé.

– Si tu veux qu'on parle d'actions, parlons des tiennes.

L'eau avait beau être bouillante, Perséphone se sentit soudain gelée.

– Tu ne m'avais pas promis que tu n'écrirais pas sur Apollon ?

Ça n'avait pas été aussi simple, ses actions avaient été motivées par Sybil et Leucé, ainsi que par quatre verres de vin. Mais elle ne pouvait pas le lui dire, car le résultat était le même. Elle avait rompu sa promesse.

– Je devais le faire...

– Tu devais le faire ? gronda-t-il. On t'a mis un ultimatum ?

Oui, on m'a mis un ultimatum, imbécile !

Elle ne répondit pas, baissant les yeux sur l'eau. Si elle regardait Hadès trop longtemps, elle était certaine de fondre en larmes. Trop d'émotions tourbillonnaient en elle.

– On t'a menacée ?

Elle resta silencieuse, encore une fois.

– Est-ce que quoi que ce soit, dans tout ça, avait quelque chose à voir avec toi ?

Elle détestait la façon dont sa voix agressait ses oreilles. Elle se leva dans le bain, éclaboussant partout, et saisit une serviette sur la barre pour la tenir contre sa poitrine.

– Sybil est mon amie et sa vie a été gâchée par Apollon. Il fallait que son comportement soit dénoncé.

Hadès pencha la tête sur le côté, le regard furieux. Il décroisa les bras et fit un pas vers elle. Le cœur de Perséphone se mit à battre à cent à l'heure.

– Tu sais ce que je pense ? chuchota-t-il d'un ton plein de colère.

Elle voulait qu'il parte, elle n'avait pas envie d'affronter ce qu'elle avait fait. Elle ne voulait pas admettre qu'elle avait voulu se venger.

– Je crois que tout ça est un jeu pour toi. Je t'ai agacée, donc tu as voulu m'agacer, c'est ça ? Un point partout, maintenant on est à égalité ?

– Tout ce que je fais n'est pas pour ou contre toi, Hadès.

Il saisit sa taille et l'attira contre lui.

– Tu m'avais promis de ne pas écrire sur Apollon.

Elle grimaça.

– Est-ce que ta parole ne vaut rien ?

Ses propos lui firent l'effet d'un coup de poignard en plein cœur. Elle eut du mal à déglutir et le regarda dans les yeux, alors que les siens se remplissaient de larmes.

– Va te faire foutre !

Hadès était sans merci. L'enfoiré lui sourit.

– Je préférerais qu'on aille se faire foutre ensemble, chérie, mais si je te prenais maintenant, tu ne marcherais plus pendant une semaine.

Il claqua des doigts et le monde chavira autour d'elle. Il les téléporta aux Enfers, dans la suite qu'elle avait utilisée pour le bal de l'Ascension, la suite qu'Hadès avait construite pour sa future reine. Le fait qu'il l'emmène ici et non dans sa propre chambre en disait long sur ce qu'il pensait.

Elle le repoussa, car la serviette était la seule barrière entre eux.

– Tu viens de me kidnapper ?

– Oui, répondit-il en lui tournant déjà le dos. Apollon va vouloir s'en prendre à toi, et je ne le laisserai pas te voir sans être présent.

– Je peux m'en occuper toute seule, Hadès.

Elle ne savait pas comment, mais elle trouverait un moyen. Demetri lui avait proposé deux options : s'excuser ou demander une interview à une victime récente. Les options étaient pourries, c'était vrai, mais peut-être que les sept autres femmes seraient prêtes à lui parler.

Hadès ne la laissa pas continuer.

– Tu ne peux pas, et tu ne le feras pas.

Perséphone leva le menton et le fusilla du regard. Elle essaya de se téléporter, mais il ne se passa rien. Sa colère se mit à vibrer juste sous la surface de sa peau.

– Tu ne peux pas me garder ici.

Un tapis de lierre s'étendit à ses pieds et se précipita vers Hadès. Il éclata d'un rire sec et esquissa un sourire malicieux et arrogant.

– Chérie, tu es dans mon royaume. Tu resteras ici jusqu'à ce que j'en décide autrement.

– Je dois travailler, Hadès. J'ai une vie, là-haut.

Il ne répondit rien.

– Hadès !

Il continuait d'avancer. Perséphone avait envie de lui faire mal, car elle avait l'impression qu'il ne ressentait rien, dans tout ça. Sa colère prit le dessus et ce fut comme si de la lave bouillante coulait dans ses veines. Des épines noires surgirent du sol, fonçant sur Hadès comme des serpents venimeux.

Mais le dieu des Enfers agita la main, et les épines furent réduites en poussière.

Il les avait fait disparaître avec tant de facilité !

Ce qui signifiait que toutes les fois où elle avait utilisé sa magie contre lui, il l'avait… laissée faire. Constater sa faiblesse était brutal, face à son indifférence, et elle se sentit soudain sur le point de s'effondrer.

Il allait refermer la porte derrière lui lorsqu'elle cria d'une voix rauque.

– Tu vas le regretter !

– C'est déjà le cas, dit-il d'un ton qui sembla à Perséphone rempli de tristesse, comme s'il était en deuil.

Chapitre IX

UNE TOUCHE DE POISON

Perséphone s'assit dans le lit et ramena ses genoux sous son menton, incapable de dormir. Elle avait tant de choses à réparer, et elle n'était pas certaine d'être prête ni de savoir comment faire. Le monde des vivants était vent debout contre elle, et elle avait blessé Hadès.

Est-ce que ta parole ne vaut rien ?

Elle savait qu'il avait dit ça sous l'effet de la colère, mais ses propos transperçaient sa poitrine chaque fois qu'elle y repensait, comme un nouveau coup de poignard dans une plaie encore ouverte.

Le pensait-il vraiment ? Avait-elle perdu sa confiance ?

Elle ne savait pas quelle heure il était, mais la nuit semblait interminable. Perséphone se leva, enfila son peignoir et s'aventura dans le jardin. Le sentier de pierre était frais sous ses pieds nus, et les effluves fleuris la suivirent dans sa promenade. Elle s'arrêta ici et là, effleurant les pétales de velours des roses ou les grappes de glycine qui pleuraient au-dessus d'elle.

Cela ne faisait pas longtemps qu'elle était dehors lorsqu'elle eut l'impression que quelqu'un l'observait. Elle se retourna et aperçut Hadès sur le balcon de sa chambre. Il était appuyé contre la rambarde et, même de loin, elle savait qu'il scrutait chacun de ses mouvements, sa moindre respiration. Elle espérait qu'il agonisait, qu'il désespérait de la toucher. Il y avait peu d'endroits, aux Enfers, où elle pouvait aller sans se rappeler les moments qu'elle y avait passés avec Hadès. Cela ne faisait pas longtemps qu'il l'avait suivie dans ce même jardin et l'avait plaquée contre le mur pour lui faire l'amour.

Elle espérait qu'il y pensait, lui aussi. Elle espérait qu'il se souvenait de la chaleur de sa langue lorsqu'elle avait pris sa queue dans sa bouche. Elle espérait qu'il se rappelait combien il avait adulé son goût sucré lorsqu'il avait dévoré son sexe. Elle espérait qu'il pensait à toutes ces choses, seul, dans son lit froid.

Une part d'elle avait envie qu'il la poursuive, qu'il se matérialise pour la prendre. Mais cette fois, la situation était différente. Hadès n'était pas en colère, et la colère menait au plaisir.

Hadès était blessé. Il lui fallait du temps, de la distance.

Elle croisa les bras et lui tourna le dos, poursuivant son chemin, s'enfonçant davantage dans son jardin.

Au bout d'un moment, elle finit par retourner dans sa chambre. Elle ne pensait pas s'être endormie, mais elle fut réveillée par quelqu'un qui frappait à sa porte, et celle-ci s'ouvrit sur Hécate qui entra, vêtue d'un long péplum pourpre.

– Bonjour, ma douce !

Une nymphe la suivait, tenant un plateau.

– J'ai apporté le petit déj. Mangeons !

Perséphone rejoignit Hécate sur le balcon, où elle découvrit un saladier rempli de fruits variés, du pain, des confitures et du café.

– Vous faudra-t-il autre chose, Milady ? demanda la nymphe.

– Euh… non, répondit Perséphone.

La nymphe esquissa une révérence.

– C'est une journée sublime, dit Hécate. J'ai pensé qu'on pourrait s'entraîner tôt, ce matin…

– Tu savais que Leucé était revenue ?

– Ah non ! Il est hors de question qu'Hadès m'attire des ennuis. Je savais qu'elle était revenue et je lui ai conseillé de te le dire. Je ne suis pas responsable de ce qu'il a choisi de faire.

– Parle-moi d'elle, dit Perséphone.

Hécate se figea, sa tasse de café à quelques centimètres de sa bouche. Elle prit le temps d'en boire une gorgée avant de répondre.

– Que veux-tu savoir ?

– Est-ce qu'Hadès l'aimait ?

– Pas comme il t'aime toi, non, répondit-elle sans hésiter.

– N'essaie pas de faire passer la pilule, Hécate.

– Ce n'est pas ce que je fais, je te le promets. En tout cas, je ne te mentirais pas. Hadès tenait à elle, c'est vrai, et je crois qu'il pensait l'aimer. Je crois aussi qu'il pense différemment, aujourd'hui.

– J'ai été prise en traître.

– J'imagine que c'est ce que voulait ta mère.

– Ma mère ?

Perséphone n'avait pas eu de nouvelles de Déméter depuis qu'elle avait détruit son orangerie, et elle devait avouer qu'elle ne lui manquait pas spécialement.

– Oh que oui, ça sent une manigance de Déméter, dit Hécate en grimaçant. Qui d'autre a le pouvoir de rechanger un arbre en nymphe ?

Hadès, eut-elle envie de répondre, mais elle savait que ce n'était pas le dieu des Morts qui avait redonné sa forme à Leucé.

– Pourquoi ma mère ferait-elle une Faveur à une maîtresse d'Hadès ?

Hécate ricana.

– Tu ne pensais pas avoir le dernier mot, si ? Déméter a essayé de déjouer les Moires pour t'éloigner d'Hadès. Elle est prête à tout pour te faire renoncer à lui, tu le sais bien.

Perséphone resta silencieuse un moment. Elle n'avait même pas envisagé que sa mère puisse être mêlée à tout ça, mais maintenant qu'Hécate lui en parlait, elle était choquée de ne pas y avoir pensé tout de suite.

– Je ne comprends pas pourquoi il ne me l'a pas dit, grommela-t-elle en cachant son visage dans ses mains.

– La première chose à savoir à propos des hommes, Perséphone, c'est que ce sont des imbéciles.

Elle voulut l'interrompre, mais Hécate l'en empêcha.

– Ne me dis pas qu'Hadès est différent parce qu'il est ancien et plein de sagesse, c'est faux. Crois-moi. Je vis à ses côtés depuis suffisamment longtemps pour avoir tout vu.

– C'est un imbécile, acquiesça Perséphone. Mais... je le suis aussi.

Le regard d'Hécate s'attendrit.

– En effet, admit-elle, faisant rire les deux déesses.

– Tu vas me transformer en furet ?

Perséphone avait dit cela pour plaisanter, mais elle sentit ses yeux se remplir de larmes.

– Non, ma chère, répondit Hécate en souriant. Un me suffit.

La jeune déesse essuya brusquement ses larmes.

– Oh, Hécate. Qu'est-ce que je dois faire ? J'ai fait du mal à Hadès. Je ne pensais pas que... enfin... je n'ai pas réfléchi. J'étais tellement...

– Blessée, compléta Hécate. Hadès t'a blessée, toi aussi. Vous vous êtes tous les deux fait du mal. La réponse est simple. Tu t'excuses.

– Ça ne semble pas suffisant.

– Ça l'est. C'est suffisant, parce que vous vous aimez.

Perséphone prit une grande inspiration. *S'excuser.* Elle pouvait le faire.

– Ok, dit-elle en se levant. Où est-il ?

Hécate se leva à son tour.

– Attends encore un peu. Mieux vaut qu'il soit énervé quand Apollon arrivera, répondit-elle en lui faisant un clin d'œil. Maintenant, utilisons ta souffrance pour en faire une leçon.

Elles marchèrent jusqu'à l'un des nombreux vergers d'Hadès. Perséphone apprenait encore à connaître les Enfers et ses vastes paysages, mais l'une des choses qu'elle avait découvertes était qu'Hadès avait tout un réseau de vergers et cultivait les raisins, les olives, les figues, les dates et les grenades. La déesse de la Magie choisit une clairière au centre de laquelle poussait un large grenadier, dont les feuilles émeraude servaient de toile de fond aux fruits rouges qui faisaient ployer ses branches.

Perséphone fut d'abord enchantée par la clairière.

Puis les abeilles débarquèrent.

– Bon sang, mais d'où viennent-elles ? demanda Perséphone en évitant l'insecte qui se précipitait sur son nez.

Ces bestioles n'avaient rien de sympathique.

– Je les ai invoquées, répondit Hécate d'une voix guillerette.

– Tu... tu as quoi ?

– Utiliser sa magie dans des situations stressantes est un atout de taille, Perséphone.

– Tu ne crois pas que je suis assez stressée comme ça ?

– Dans ta tête, oui. Mais pour être douée, il faut apprendre à maîtriser sa magie en cas de pression mentale et physique.

Pas aujourd'hui, avait-elle envie de répondre.

– Eh bien, je ne suis pas douée pour la magie.

– Si tu continues de dire ça, ça va devenir vrai.

– Mais c'est la vérité. Il n'y a que toi qui ne le vois pas. Même Hadès le sait. Il n'a fait que me laisser croire que j'étais assez puissante pour utiliser ma magie contre lui.

Hécate fronça les sourcils.

– Comment ça ?

Perséphone lui raconta ce qui s'était passé la veille au soir, avec les épines.

– C'était si facile pour lui.

– Ma douce. Tu ne dois pas oublier qu'Hadès est dans son royaume. Ici, il est tout-puissant.

Ça ne l'aidait pas, car elle avait toujours utilisé sa magie, ici, aux Enfers. Elle ne savait pas pourquoi ça la dérangeait autant. Elle supposait que c'était parce qu'elle avait pensé qu'elle s'améliorait, or il avait réduit sa magie en cendres de la même façon qu'il avait réduit sa confiance en poussière.

Hécate soupira.

– Peut-être ai-je été trop loin, dit-elle. Je suis désolée pour les abeilles.

Lorsque les abeilles furent congédiées, elles se concentrèrent sur l'entraînement.

– Souviens-toi de ce que je t'ai dit, expliqua la déesse en plaçant Perséphone face au grenadier. La magie est malléable.

Perséphone s'en souvenait. Hécate le lui avait dit juste après qu'elle avait commencé à percevoir la vie dans les plantes, les fleurs et les arbres qui l'entouraient.

Pratiquer sa magie avec Hécate n'avait rien à voir avec le fait de s'entraîner seule. La déesse était totalement dévouée à cet art, et méticuleuse dans ses instructions. Elle dit à Perséphone de faire mûrir les grenades de l'arbre qui se dressait au milieu de la clairière, dont les branches pliaient sous le poids des fruits vert jaune, qui commençaient tout juste à se teinter d'orange. Cela impliquait que Perséphone devait faire preuve de contrôle en faisant appel à sa magie.

Les paroles d'Hécate lui revinrent à l'esprit. « *Tu dois imaginer qu'elle est comme de l'argile. Tu peux la modeler pour en faire ce que tu veux puis… tu lui donnes la vie.* »

C'était plus facile à dire qu'à faire.

Perséphone sentait sa magie pulser dans ses veines. Elle se rua dans ses paumes, comme de l'eau tiédie au soleil, et lorsqu'elle ferma les yeux, elle imagina qu'elle manipulait le Charme pour façonner une belle grenade bien rouge.

– Parfait, dit Hécate d'une voix encourageante.

Perséphone prit une grande inspiration et ouvrit les yeux. Elle ne voyait pas la magie qu'elle tenait dans ses mains, mais elle la sentait. C'était de l'énergie pure, elle crépitait dans l'air qui l'entourait, hérissant les poils de ses bras et de sa nuque.

– Maintenant, dirige ta magie sur ta cible.

Perséphone fit ce que lui disait Hécate, tendant les mains devant elle, paumes tournées vers l'arbre, et elle sentit comme des sueurs froides sur ses doigts. Sa magie se dirigea vers les fruits. Les grenades se mirent alors à gonfler et à rougir.

– Oui ! s'exclama Perséphone en sautillant sur place.

Mais les fruits continuaient à grossir.

Et grossir.

Et grossir encore.

Oh non !

– À l'abri ! cria Hécate en saisissant la main de Perséphone pour l'entraîner derrière un arbre.

Une seconde plus tard, la jeune déesse entendit comme des bruits de ballons qui éclatent. Elle n'avait pas envie de voir les dégâts, mais elle regarda quand même. Tout le verger était couvert de rouge, comme une scène de crime.

Son dos se voûta, elle était dépitée.

– Tu as juste utilisé trop de pouvoir, dit Hécate.

– Ah tu crois ? rétorqua Perséphone, frustrée.

La déesse de la Sorcellerie ne sembla pas affectée par la mauvaise humeur de Perséphone, elle se contenta de sourire.

– Ne vois pas ça comme une défaite, ma chère. Ce n'est qu'en échouant à maîtriser ta force que tu apprendras justement combien tu es puissante.

Perséphone ne se sentait pas puissante, loin de là.

– Je sais faire pousser les plantes et les tuer. Pour des dieux, ce sont des broutilles, de quoi amuser la galerie.

– Pour l'instant, acquiesça Hécate. Mais ça ne veut pas dire que d'autres pouvoirs ne vont pas se manifester.

Perséphone se pinça les lèvres et repensa au fait qu'elle commençait à ressentir les émotions des autres, depuis que Sybil était arrivée chez elle.

– Ma chère, il y a une noirceur en toi, et on n'a fait qu'en effleurer la surface.

Un frisson lui parcourut le dos. Ce n'était pas la première fois qu'elle entendait ces propos.

« *Laisse-moi extirper la noirceur qui est en toi ; je t'aiderai à la façonner.* »

C'était ce qu'Hadès avait chuchoté tout contre sa peau, juste avant d'explorer son corps pour la première fois. Elle n'avait pas compris de quoi il parlait à l'époque, et elle ne savait pas ce dont parlait Hécate maintenant, elle choisit de ne pas l'interroger sur ce sujet.

– Tu peux nettoyer ce bazar ? demanda-t-elle plutôt.

Une épaisse couche de pulpe rouge pendait des branches et dégoulinait dans l'herbe, comme sur un champ de bataille.

– Je pourrais, oui, mais je n'aurais pas de leçon pour plus tard.

– Tu veux que je nettoie tout ça ? s'étonna Perséphone en gesticulant pour désigner le désastre qu'elle avait causé.

Qu'est-ce qui te fait croire que j'en suis capable, alors que je n'ai pas su empêcher cette horreur de se produire ?

– Si je te croyais capable de le faire seule, ce ne serait pas une leçon, répondit Hécate.

Perséphone était furax.

Un jour, elle changerait sa mère en fleur cadavre pour la punir d'avoir empêché sa magie de se manifester plus tôt.

– Ne t'en fais pas, ma douce. Tu apprendras à connaître ta magie à mesure que tu apprendras à te connaître toi-même.

Les deux déesses rentrèrent au palais, évitant de parler d'Hadès et d'Apollon car Hécate profitait de la promenade pour poursuivre sa leçon.

– Un jour, je t'apprendrai l'art du poison, dit-elle en s'arrêtant devant un bosquet de ciguë. C'est un atout pour n'importe quelle femme.

Perséphone la regarda, dubitative.

– Je ne crois pas qu'il soit utile de savoir empoisonner les gens, Hécate.

– Ça l'est, quand tu as besoin de tuer quelqu'un discrètement.

– Et quand a-t-on besoin de tuer discrètement ?

La déesse haussa les épaules.

– Il y a toutes sortes d'exemples : ceux qui abusent des femmes et des enfants, les trafiquants de sexe, les violeurs… la liste est longue.

Finalement, Hécate tient sans doute quelque chose.

Elles poursuivirent leur chemin en silence, et Perséphone réfléchit aux avantages qu'aurait le poison contre un dieu en particulier.

– Qu'est-ce qu'Hadès a contre Apollon ? demanda-t-elle alors à Hécate.

Elle savait pourquoi elle n'aimait pas le dieu de la Musique, bien sûr, mais la haine d'Hadès semblait plus forte encore que la sienne.

– Et ne me réponds pas de lui poser la question, ajouta-t-elle.

Hécate sourit discrètement.

– C'est ce que tous les dieux ont les uns contre les autres, je suppose ; ils connaissent toute leur histoire et tous leurs actes.

Hécate s'arrêta pour faire face à Perséphone.

– Hadès ne cherche pas à être difficile. Il craint sincèrement pour toi. Apollon est… Sa vengeance est cruelle.

– Je sais.

– Non, tu ne sais pas, contra Hécate d'un ton qui surprit Perséphone. Durant l'Antiquité, sa sœur et lui ont assassiné quatorze enfants. Les enfants eux-mêmes étaient innocents. C'était leur mère, Niobé, qui avait vexé Apollon et Diane en prétendant être supérieure à leur mère, Léto.

Quatorze enfants ? Comment le monde n'était-il pas dégoûté par ces dieux ?

– Inutile de dire qu'Apollon est imprévisible. Pour ne pas prendre de risques, Hadès t'a emmenée aux Enfers, dans son royaume, donc, où toute action de la part d'Apollon serait considérée comme un acte de guerre contre le dieu des Morts. Apollon est peut-être impulsif, mais il n'est pas stupide. Il ne veut pas faire d'Hadès son ennemi.

Quelque peu rassurée par la réponse, Perséphone était contente d'avoir posé la question à Hécate.

Elles rentrèrent au palais, où elles dînèrent en discutant des détails de la Fête du Solstice d'Été.

– Je t'ai commandé une nouvelle couronne, dit Hécate alors que Perséphone était sur le point de boire une gorgée de vin, qu'elle recracha aussitôt dans son verre.

– Pardon, mais quoi ?

– Ian est très excité.

Perséphone lança un regard assassin à la déesse. Bien sûr, elle avait impliqué Ian, qui était un talentueux forgeron.

Avant de mourir, il fabriquait des armures et des armes et il était le favori d'Artémis. C'est d'ailleurs cette Faveur qui l'avait fait tuer. Désormais, l'âme usait de ses talents pour fabriquer des objets sublimes et complexes, comme des lampadaires, des portails et, apparemment, des couronnes.

– Je n'ai pas besoin d'une autre couronne, Hécate. Celle que Ian m'a faite est vraiment superbe. Je peux la remettre pour la Fête du Solstice.

Perséphone ne disait pas le fond de sa pensée, qui était qu'une couronne était présomptueuse. Hadès ne lui parlait pas, en ce moment ; comment pouvait-elle savoir s'il voulait encore qu'elle soit sa reine ?

– Tu pourrais, mais pour quoi faire, si tu en as une nouvelle ?

– J'aurais préféré que tu me demandes avant, soupira Perséphone.

– Eh bien pas moi, répondit Hécate. Maintenant, concernant ta robe : je pensais à du noir…

Hécate continua d'expliquer la vision qu'elle avait pour ce qu'elle appelait le grand ensemble de Perséphone. La déesse n'écouta que d'une oreille car elle ne cessait de repenser à Apollon, à sa sœur et à Hadès. Durant ses recherches sur le dieu de la Musique, elle ne s'était penchée que sur ses vengeances amoureuses. Les offenses du dieu étaient vraiment sans fin et d'une violence inouïe – elle en vint à se demander si même Hadès pourrait l'empêcher de se venger.

Après le dîner, Perséphone retourna dans sa suite, seule. Elle commençait à détester Hadès de l'avoir construite. Qui enfermait son épouse dans une autre partie du palais, bon sang ? C'était tellement… archaïque !

Tu n'es pas son épouse, se corrigea-t-elle. *Tu es sa… petite amie.*

Peut-être.

Elle n'en était même pas certaine. Elle n'avait pas vu Hadès depuis qu'il l'avait regardée dans son jardin, hier soir. Elle l'avait cherché, tout à l'heure, mais ne l'avait trouvé nulle part au palais. Sans doute l'évitait-il, mais elle avait des questions et des requêtes. Par exemple, qu'était-elle censée faire à propos de son travail ? Avait-il informé Demetri qu'elle était aux Enfers ? Et Lexa, Sybil et Leucé ?

Son humeur devint encore plus lugubre et elle se retrouva de nouveau dehors, explorant les Enfers dans le soleil couchant. Sa frustration eut pour résultat que les fleurs s'épanouissaient et que l'herbe poussait sur son passage. Elle détestait cela. N'importe qui pouvait la retrouver en suivant l'indice flagrant qu'elle laissait derrière elle.

Elle marcha loin, par-delà des collines rocheuses et de vertes vallées, jusqu'à se trouver au bord d'une falaise, face à un océan gris.

Le vent fouettait ses cheveux et rafraîchissait ses joues chaudes. Ses entrailles bouillonnaient encore. Elle était en colère contre Apollon et contre Hadès pour l'avoir enfermée dans cette fichue suite. Qu'est-ce que c'était que cette forme de punition, bon sang ? Est-ce qu'il comptait vraiment l'abandonner aux Enfers et l'éviter à tout prix ? Il ne semblait en rien désolé du rôle qu'il avait joué dans tout ça.

Lorsqu'une rose jaillit de son bras, elle décida qu'elle avait besoin de se calmer. C'était terriblement douloureux et elle cria en l'arrachant, regardant le sang couler de la plaie.

C'est une véritable torture, pensa-t-elle.

Elle déchira un morceau de sa robe et le noua autour de son bras, aussi fort que possible, avant de s'asseoir par terre. Elle se concentra d'abord sur le bruit de l'océan qui s'écrasait en contrebas, sur la sensation du vent sur son visage, sur l'odeur de cendre et de sel qui flottait dans l'air. Elle ferma alors les yeux et inspira profondément, remplissant ses poumons des mêmes odeurs, du même vent, des mêmes sons, jusqu'à ce qu'elle se sente comme l'océan lui-même, bercée d'avant en arrière dans les vagues chaudes.

Sa colère, la tension qu'elle ressentait et sa souffrance se brisèrent.

Pour la première fois de la journée, elle se sentit calme et ses pensées étaient claires et sereines.

Lorsqu'elle rouvrit les yeux, il faisait nuit. Elle savait qu'elle devrait rentrer au palais avant que quelqu'un ne s'inquiète. Elle se leva pour partir et découvrit que le chemin laissé par sa magie avait disparu.

Elle pensa néanmoins le retrouver toute seule, et elle partit dans la direction d'où elle pensait être venue. Elle marcha longtemps avant de se rendre compte qu'elle était perdue. Épuisée, incapable de se téléporter, elle s'assit au pied d'un arbre et s'endormit.

Elle fut réveillée par l'odeur d'Hadès. Son parfum remplit ses narines quand il la serra contre son torse. Elle sut qu'ils s'étaient téléportés, car l'air n'était plus le même. Si elle n'avait pas été si fatiguée, si groggy, elle aurait ouvert les yeux pour voir son expression. D'ailleurs, elle avait envie d'ouvrir les yeux, car son cœur avait besoin de savoir comment il la regardait, mais elle n'y arriva pas.

Elle était épuisée.

Pourquoi était-elle si épuisée ?

Hadès l'étreignit longtemps avant de la déposer sur une pile de couvertures. Il l'embrassa sur le front et la chaleur de son baiser se propagea dans ses veines.

Elle ne se souvint de rien d'autre.

Chapitre X

LE DIEU DE LA MUSIQUE

Lorsque Perséphone ouvrit les yeux, la première chose qu'elle remarqua fut les draps de soie noire, elle les caressa en fronçant les sourcils. Comment était-elle arrivée dans la chambre d'Hadès ? Elle roula sur le côté, pensant le trouver dans le lit, mais l'autre moitié était vide. Elle entendit alors un tintement de verres et elle regarda en direction du bar.

Elle découvrit Hermès, qui s'était figé après avoir fait du bruit, regardant du coin de l'œil pour voir s'il l'avait réveillée.

– Hermès ?

Le dieu de la Ruse se tourna complètement vers elle, une carafe de liquide ambré à la main.

– Désolé, Sephy. J'avais besoin d'un verre.

– Qu'est-ce que tu fais ici ? demanda-t-elle en s'asseyant dans le lit.

– Qu'est-ce que je fais ici ? Qu'est-ce que tu faisais, hier soir ?

Perséphone fronça les sourcils.

– De quoi tu parles ?

Hermès pencha la tête sur le côté.

– Tu ne te souviens pas ?

– Je suis allée me promener, répondit-elle en haussant les épaules.

– Tu parles d'une promenade! ricana le dieu. Hadès a pété un câble! Il ne te trouvait pas et ne ressentait plus ta présence nulle part. Je ne l'avais jamais vu aussi…

– Furieux?

Hermès la regarda comme si elle était folle.

– Non, désespéré. On est aux Enfers, sur son territoire. Il pensait qu'il t'était arrivé quelque chose d'horrible. Il a invoqué toutes les Divinités des Enfers, et moi, pour te chercher.

– Je me suis juste… perdue. J'avais envie de me changer les idées. J'ai médité pendant un moment, comme Hécate m'a appris à le faire, et quand j'ai fini, il faisait nuit. Je ne savais plus comment rentrer. Je n'ai voulu inquiéter personne. J'avais juste envie d'être seule.

– Eh bien, j'espère que tu en as profité, parce qu'à mon avis, Hadès n'est pas prêt à te quitter des yeux pendant un très long moment.

– Tu veux dire, comme maintenant? dit-elle en haussant un sourcil.

– Je suis ton baby-sitter, répondit-il, presque fier.

Perséphone leva les yeux au ciel.

– Et pourquoi aurais-je besoin d'un baby-sitter?

– Parce qu'Apollon est là.

Perséphone se figea et Hermès devint pâle comme un drap en réalisant l'erreur qu'il venait de commettre.

– Quoi?

– J'ai dit qu'Apollon était là? Je voulais dire qu'il était en route. Il n'est clairement par là. Hadès n'est pas du tout en train de lui parler dans la salle du trône sans toi… merde!

Perséphone était déjà levée.

– Perséphone ! cria Hermès alors qu'elle sortait de la chambre en courant. Sephy ! Reviens ici ! Personne ne va te prendre au sérieux avec cette coiffure !

Elle l'ignora et se précipita pieds nus vers la salle du trône. Elle déboula dans la salle, où Hadès et Apollon étaient debout, face à face. Ils formaient vraiment une sacrée paire : l'ombre et la lumière qui se retrouvaient sur un champ de bataille marbré.

Apollon était sublime dans sa forme mortelle. Il avait un visage enfantin, un corps athlétique, et il était plus petit qu'Hadès. Il avait les cheveux bouclés, mi-longs, une mâchoire carrée et des fossettes qui auraient sans doute accentué son côté minot s'il n'avait pas semblé si furieux.

Quant à Hadès, il incarnait la virilité à l'état brut. Il dominait Apollon, et ses cheveux dessinaient un halo ténébreux autour de son visage. Les traits d'Hadès avaient une maturité qui n'avait rien à voir avec sa barbe soignée et son costume sur-mesure. Cela provenait de son regard, de ses yeux noirs qui avaient vu des vies entières de conflits.

Lorsqu'elle entra, les deux dieux se tournèrent vers elle.

– Ah, alors la mortelle est venue jouer avec nous, remarqua Apollon.

Hadès lança un regard assassin par-dessus l'épaule de Perséphone, en direction d'Hermès qui l'avait suivie. Le dieu leva les deux mains pour calmer Hadès.

– Quoi ? Elle a deviné !

Hadès se concentra à nouveau sur Apollon.

– Le marché est conclu. Tu ne la toucheras pas.

– Quel marché ? demanda Perséphone.

Ils la regardèrent à nouveau, Apollon semblait amusé et Hadès en colère, mais elle s'en fichait. Elle avait beau comprendre qu'Hadès veuille la protéger d'Apollon, il était hors de question qu'il l'exclue de cette conversation. C'était elle qui avait commencé cette histoire, elle avait des choses à dire et Apollon allait devoir les entendre.

– Ton amant a conclu un marché, dit Apollon.

Sa façon de prononcer le mot amant la dégoûta et son dédain pour le dieu augmenta encore. Peut-être était-ce parce qu'il lui semblait y percevoir un énorme manque de respect : un amant n'était que passager, temporaire. Or, elle se sentait de passage dans la vie d'Hadès, maintenant qu'elle découvrait que cette réunion avait eu lieu sans elle.

– J'ai accepté de ne pas te punir pour ton… article diffamatoire… et, en échange, Hadès m'a proposé une Faveur, que j'exigerai plus tard.

Hermès siffla dans son dos.

– Eh ben, il t'aime vraiment, Sephy.

Tous fusillèrent le dieu de la Ruse du regard.

Le fait qu'Hadès propose une Faveur à Apollon était énorme. Le dieu de la Musique pourrait demander n'importe quoi, et Hadès serait obligé d'accepter. Le ventre de Perséphone se noua, mais ce n'était pas parce qu'elle se sentait coupable. Elle avait peur. Pourquoi Hadès offrirait-il une chose si précieuse sans lui en parler avant ?

Parce qu'il a pensé que c'était le seul moyen de te protéger, pensa-t-elle. *Et que tu ne l'aurais pas laissé faire.*

– Je ne suis pas d'accord, dit Perséphone en s'adressant à Apollon.

– Tu n'as pas le choix, mortelle.

Elle lui lança un regard assassin et sentit la magie d'Hadès gonfler pour calmer la sienne, ce dont elle lui fut reconnaissante. Si Apollon savait qu'elle était une déesse, il pourrait lui faire du chantage et, étant donné son goût pour la vengeance, il n'hésiterait pas à le faire.

– C'est moi qui ai écrit l'article, dit-elle. Ton contrat devrait être avec moi.

Apollon éclata de rire.

– Perséphone… siffla Hadès.

– Et que pourrais-tu donc avoir à m'offrir ?

Perséphone serra les poings, plantant ses ongles dans sa paume.

– Tu as fait du mal à mon amie, gronda-t-elle.

– Quoi qu'ait fait ton amie, elle a dû mériter sa punition, sinon elle ne serait pas dans cette situation.

Elle était furieuse qu'il ne sache même pas de qui elle parlait.

– Tu veux dire que le fait qu'elle ait refusé d'être ta maîtresse mérite d'être puni ?

Apollon se figea, mais son expression resta indéchiffrable.

– Tu lui as ôté ses pouvoirs parce qu'elle a refusé de coucher avec toi. C'est stupéfiant et pathétique.

– Perséphone ! gronda Hadès.

– Toi, ça suffit ! aboya-t-elle.

Jamais elle n'aurait pensé se lasser d'entendre Hadès dire son nom, mais elle avait besoin qu'il se taise.

– Tu as choisi de ne pas m'inclure dans cette conversation. Je compte dire ce que je pense.

La bouche d'Hadès se pinça et son regard s'assombrit. Sa frustration vibra jusque dans ses veines et embrasa son sang.

Hermès ricanait, mais Perséphone l'ignora pour se tourner à nouveau vers Apollon.

– Je n'ai écrit que sur tes amants passés. Je n'ai même pas mentionné ce que tu as fait à Sybil. Si tu ne reprends pas ta punition, je te détruirai.

Il y eut un silence, puis Apollon glousssa en scrutant Perséphone.

– Tu as de la fougue, pour une mortelle. J'aurais bien besoin de quelqu'un comme toi.

– Continue comme ça, neveu, et tu n'auras plus de raison de craindre sa menace, car je t'aurai réduit en poussière.

Apollon regarda Hadès d'un air dédaigneux avant de se concentrer sur Perséphone.

– Eh bien ? insista-t-elle.

Apollon l'étudia longuement puis, avec un sourire qui noua le ventre de Perséphone, il hocha la tête.

– Très bien, je veux bien rendre ses pouvoirs à ton amie, et je garde la Faveur d'Hadès, mais tu n'écriras plus un seul mot sur moi, quoi qu'il arrive. C'est compris ?

Perséphone haussa le menton.

– Les paroles sont un contrat, et je ne te fais pas assez confiance pour accepter.

Le dieu de la Musique gloussa.

– Tu l'as bien éduquée, Hadès.

Il osa faire un pas vers elle et elle sentit Hadès et Hermès se crisper. La tension était à son comble et Perséphone avait du mal à respirer. Apollon se baissa et approcha son visage du sien. Perséphone n'avait jamais vu d'aussi beaux yeux bleus de sa vie, mais ils semblaient également cacher quelque chose de sinistre. La sensation était si forte qu'elle en eut la nausée.

– Disons les choses ainsi : si tu écris un mot de plus sur moi, je détruirai tout ce que tu aimes. Et avant que tu te rassures en te disant que tu aimes un autre dieu, rappelle-toi que j'ai sa Faveur. Si j'ai envie de vous garder séparés pour toujours, je peux le faire.

Perséphone frissonna des pieds à la tête et elle regarda Hadès pour savoir si sa menace était réelle. Son visage lui dit qu'elle l'était.

– C'est noté, dit-elle, la mâchoire crispée.

– Je te préviens tout de suite, Apollon…

La voix d'Hadès était chargée de colère et d'une promesse de violence que Perséphone sentit au plus profond de son âme.

– … s'il arrive quoi que ce soit à Perséphone, Faveur ou pas, je te réduirai toi et tout ce que tu aimes en cendres.

Apollon lui sourit froidement.

– Tu n'auras que moi à enterrer, Hadès. Plus rien de ce que j'aime n'existe encore.

Et Apollon disparut, se volatilisant dans un éclat de lumière aveuglante. Un silence de plomb régna alors dans la salle du trône, et Perséphone réalisa qu'elle n'osait pas regarder Hadès. Elle avait gâché ses projets et lui avait volontairement désobéi devant un autre dieu.

– Eh bien, ç'aurait pu mieux se passer, remarqua Hermès d'un ton enjoué.

Perséphone grimaça, consciente que ça n'allait pas plaire à Hadès.

– Pourquoi tu es encore là, toi ? cracha le dieu des Morts.

– C'était mon baby-sitter, tu as oublié ? rétorqua Perséphone.

Hadès pouvait bien être en colère après la façon dont son entretien avec Apollon s'était déroulé, mais c'était sa faute. Cela faisait des jours qu'il l'ignorait au lieu de discuter avec elle de cette confrontation avec Apollon. C'était lui qui insistait sans cesse pour qu'ils parlent ? Comment pouvait-il penser qu'elle laisserait passer une occasion de défendre son amie ?

– Comment peux-tu dire que tu veux que je sois ta reine quand, lorsque tu as l'occasion de me traiter comme ton égale, tu merdes à ce point ? Est-ce que ta parole ne vaut rien ?

Hadès écarquilla les yeux, surpris par ses propos. C'était le coup qu'elle cherchait. Elle lui tourna le dos, attrapa le bras d'Hermès et sortit de la salle du trône.

– Tu as de sacrées couilles, Lady Sephy, dit le dieu de la Ruse.

La déesse fronça les sourcils. Ça lui avait demandé du cran, mais elle ne se sentait pas mieux pour autant.

– À ce rythme, on ne se réconciliera jamais, répondit-elle.

– Oh, j'en doute sincèrement. Je ne crois pas qu'Hadès puisse attendre longtemps sans baiser avec toi.

Perséphone le regarda d'un air assassin.

– Tout n'est pas une question de sexe, Hermès.

– Bien sûr que si. Je ne dis pas ça pour être vulgaire, répondit-il avant de glousser. Enfin, peut-être un peu. Mais ce que je veux dire, c'est qu'Hadès t'aime. Tu ne l'as pas vu hier soir. Moi si. Il va bientôt te parler. Il a trop peur de te perdre pour laisser le silence s'installer.

Elle espérait qu'Hermès avait raison.

Hermès passa une grande partie de l'après-midi avec elle, se joignant à elle et Hécate pour pique-niquer à Asphodèle, jouer avec Cerbère, Typhon et Orthos, et parler avec les âmes. Lorsque lui et Hécate furent partis, Perséphone chercha du réconfort dans le bosquet qu'Hadès lui avait offert.

Elle était sans cesse émerveillée par son œuvre.

Le sol ressemblait à un océan de fleurs violettes et blanches. Au-dessus d'elle, la canopée était comme un havre de feuilles argentées, si épais que l'étrange lumière du ciel d'Hadès ne pouvait le pénétrer.

C'était sublime et surréel.

Et tout ça n'était qu'une illusion.

Elle avait vu Hadès retirer sa magie des Enfers, révélant une terre déserte et morbide. Si elle avait été choquée de le voir, elle avait surtout été émerveillée par son talent, sa capacité à manier sa magie.

Elle trouva un endroit couvert d'un tapis de pervenches et de phlox blanc, et s'assit à côté d'une partie qui avait jauni. Elle prit une grande inspiration, ferma les yeux et se mit à méditer. Elle se concentra sur son souffle, comme Hécate le lui avait appris, puis sur le sang qui coulait dans son corps, puis sur le flux de magie qui parcourait ses veines et la pulsion de vie contre sa peau. Elle essaya d'imaginer que la parcelle desséchée regorgeait de vie, mais lorsqu'elle ouvrit les yeux, elle ne vit aucun changement. Ses épaules s'affaissèrent et, sous le poids de l'échec, elle baissa la tête.

Le parfum d'Hadès envahit alors l'air autour d'elle et, soudain, il fut contre elle, son torse contre son dos, ses bras contre les siens, ses jambes autour de sa taille. Sa chaleur était comme des ténèbres denses, qui la berçaient, elle ne demandait qu'à se laisser consumer.

– Tu t'entraînes ? demanda-t-il.

– J'échoue, plutôt, répondit-elle.

Il rit, puis expira.

– Tu n'échoues pas. Tu es si puissante…

Sa voix la fit frissonner, elle avait envie de le croire. Elle aurait cru n'importe quoi, pour peu qu'il le lui dise avec cette voix suave.

– Alors, pourquoi je n'arrive pas à utiliser ma magie ?

– Tu y arrives, dit-il.

– Pas comme il faut.

– Est-ce qu'il y a une bonne façon d'utiliser sa magie ?

Perséphone ne répondit pas, parce que la question d'Hadès la frustrait au plus haut point. Bien évidemment qu'il y avait une bonne façon d'utiliser ses pouvoirs.

Le dieu rit et prit délicatement ses poignets dans ses mains.

– Tu te sers constamment de ta magie ; quand tu es en colère, quand tu es excitée…

Les lèvres d'Hadès étaient à quelques millimètres de sa peau et elle avait désespérément envie de se tourner pour l'embrasser, mais elle se retint.

– Ce n'est pas de la magie, chuchota-t-elle.

– Alors, qu'est-ce qu'est la magie ? demanda-t-il.

– La magie c'est…

Elle chercha ses mots.

– … le contrôle.

– La magie ne se contrôle pas, dit Hadès en riant. Elle est passionnée, expressive. Elle réagit aux émotions, quel que soit son niveau d'expertise.

Hadès lâcha ses poignets pour prendre ses mains, et Perséphone déglutit.

– Ferme les yeux, chuchota-t-il.

Elle obéit.

– Dis-moi comment tu te sens.

Je suis excitée, eut-elle envie de dire.

– J'ai… chaud, répondit-elle plutôt.

Elle savait que le ton de sa voix amusait Hadès.

– Concentre-toi dessus, dit-il. D'où part cette chaleur ?

– D'en bas, admit-elle en frissonnant. De mon ventre.

– Nourris-la, susurra-t-il.

Elle lui obéit et s'imagina pousser Hadès dans les fleurs pour lui donner du plaisir. Il serait d'abord surpris, mais ses yeux deviendraient sombres et brûlants, et il essaierait de reprendre le contrôle.

Mais elle ne le laisserait pas faire. Elle le prendrait dans sa bouche jusqu'à ce qu'il tressaute dans sa gorge. Lorsqu'il l'embrasserait, il se goûterait sur sa langue.

Ses pensées embrasèrent son sang.

– Maintenant, où sens-tu la chaleur ? poursuivit Hadès.

– Partout, répondit-elle.

– Imagine cette chaleur dans tes mains, dit-il en parlant plus vite. Imagine qu'elle luit, qu'elle est si éblouissante que tu peux à peine la regarder.

Elle suivit ses instructions, se concentrant très fort sur la chaleur qui se précipitait dans ses paumes. Le poids des mains d'Hadès dans les siennes rendait l'exercice plus facile.

– Maintenant, imagine que la lumière s'est amoindrie et que dans l'ombre, tu vois la vie que tu as créée, chuchota-t-il tout contre son oreille. Ouvre les yeux, Perséphone.

Lorsqu'elle les ouvrit, une image des pervenches et du phlox qu'elle avait visualisés scintillait entre ses mains.

C'était magnifique.

Hadès guida ses mains vers la parcelle desséchée et, lorsque la magie toucha le sol, elle se transforma en fleurs.

Perséphone caressa un des pétales soyeux pour s'assurer que tout ça était bien vrai.

– La magie est un équilibre : un peu de contrôle, un peu de passion. C'est ainsi que fonctionne le monde, dit-il alors que sa barbe lui chatouillait la joue.

Elle pencha la tête vers lui, mais elle ne pouvait pas le voir entièrement. Un silence s'établit entre eux et s'étira, il sembla à Perséphone que sa peau était à vif. Elle finit par se tourner pour s'agenouiller face à lui et elle découvrit son regard féroce et ses narines dilatées.

– Je t'aime. J'aurais dû te le rappeler en t'amenant ici, et chaque jour depuis, dit Hadès. Pardonne-moi, s'il te plaît.

Ses yeux se remplirent de larmes.

– Je te pardonne, mais seulement si tu me pardonnes en retour. J'étais en colère à propos de Leucé, mais encore plus énervée que tu m'aies laissée, ce soir-là, pour la retrouver, dit-elle, et son aveu lui coupa le souffle. Et je me suis sentie si… ridicule. Je comprends tes raisons et je sais que tu n'avais pas envie de me quitter, ce soir-là, mais je ne peux rien contre mes sentiments. Quand j'y repense… j'ai mal.

Peut-être était-ce à cause de tous les sentiments qu'elle avait déversés dans ce moment, dans la salle à manger. Tout avait été si… intense, et après coup, elle s'était sentie insatisfaite et… négligée.

– Je ne supporte pas de savoir que je t'ai fait du mal. Qu'est-ce que je peux faire ?

Sa question la prit de court.

– Je… je ne sais pas. Je suppose que ce que j'ai fait doit compenser. Je t'ai dit que je n'écrirais pas sur Apollon, je te l'ai promis et j'ai rompu ma promesse.

Hadès secoua la tête.

– On ne guérit pas une blessure par une autre blessure, Perséphone. Ça, c'est un jeu de dieux. Or nous, nous sommes amants.

– Alors comment guérit-on une blessure ? demanda-t-elle.

– Avec du temps. Si l'on peut accepter d'être en colère l'un contre l'autre, pendant quelque temps.

Perséphone fronça les sourcils tandis que ses larmes grossissaient dans ses yeux.

– Je ne veux pas être en colère contre toi, chuchota-t-elle.

– Je ne veux pas l'être non plus, dit-il en essuyant ses larmes. Mais ça ne change rien à nos sentiments, et ça ne veut pas dire qu'on ne peut pas se faire du bien pendant que l'on guérit.

Perséphone dévisagea Hadès et secoua à nouveau la tête.

– Comment est-ce que je peux être faite pour toi ?

– On en a déjà parlé, dit-il en fronçant les sourcils.

Il ne semblait pas agacé mais, s'ils avaient déjà eu cette discussion, ça ne s'était pas très bien passé.

– Je me sens tellement… inexpérimentée. Je suis jeune et impulsive. Comment peux-tu vouloir de moi ? demanda-t-elle en ravalant un sanglot.

– Perséphone, susurra Hadès d'une voix pleine de tendresse. Premièrement, sache que je te voudrai toujours. Éternellement. Je t'ai laissée tomber, moi aussi. J'étais en colère, je n'ai pas pris soin de toi, je ne t'ai pas incluse dans ma vie et dans mes pensées. Ne me mets pas sur un piédestal parce que tu te sens coupable pour tes décisions. Simplement… pardonne-toi, afin de pouvoir me pardonner. S'il te plaît.

Elle inspira et se mordit la lèvre. Les yeux d'Hadès se rivèrent sur sa bouche et, soudain, son sang s'embrasa.

Il avait raison. Il n'avait pas pris soin d'elle, et c'était ce dont elle avait désespérément besoin. Même s'ils étaient en colère l'un contre l'autre, elle avait eu envie de lui, de sa chaleur, de sa violence, de son amour.

Elle effaça la distance qui les séparait et le chevaucha alors qu'ils étaient assis par terre, sous la canopée argentée.

– Je suis désolée, chuchota-t-elle en le regardant dans les yeux.

Il scruta les siens et elle sut qu'il pouvait lire son âme.

– Je t'aime. Tu peux avoir confiance en moi, en ma parole. Je…

– Chuuut, ma chérie, dit-il.

Sa bouche était à quelques millimètres à peine de la sienne et le bas-ventre de Perséphone se contracta lorsque ses mains remontèrent sur ses cuisses pour glisser sous sa robe.

– Je regretterai à jamais ma colère. Comment ai-je pu douter de ton amour ? De ta confiance ? De ta parole ? Alors que mon cœur est à toi.

Elle s'empara de sa bouche, enfouit ses mains dans ses cheveux et le tira en grimpant plus haut sur lui, en l'embrassant plus fort et plus profondément, mordillant sa lèvre, suçant sa langue.

Elle était sans merci, mais Hadès l'était aussi.

– Où brûles-tu ? demanda-t-il.

– Partout.

Elle dégagea sa veste de ses épaules et Hadès prit le relais en la jetant par terre. Elle déboutonna sa chemise pour révéler son torse. Elle recula pour l'admirer et lorsqu'il tendit les mains vers elle, elle l'arrêta.

– Laisse-moi te donner du plaisir.

Il ne dit rien, mais son regard s'embrasa, et cette réponse lui suffit. Elle le poussa en arrière pour l'allonger sur le dos et l'embrassa avant de descendre le long de son torse musclé, suivant la ligne de poils qui naissait sous son nombril et disparaissait dans son pantalon, où elle sentait son érection lutter pour se libérer. Elle défit sa braguette et empoigna sa chair chaude et soyeuse pour le branler, se mordant la lèvre, désespérée de le goûter.

Hadès poussa un grognement.

– Continue de me regarder comme ça, chérie… Je ne vais pas te laisser garder le contrôle très longtemps.

Elle haussa un sourcil en le défiant du regard, puis elle le prit dans sa bouche. Hadès siffla et empoigna ses cheveux. Son sexe sembla grossir davantage, remplissant encore plus sa bouche tandis qu'elle avançait et reculait la tête.

– Putain ! jura-t-il, l'encourageant davantage, la poussant à accélérer et à faire usage de ses mains et de sa langue.

Il jouit en rugissant et son sperme salé et sucré remplit sa bouche. Son parfum épicé chatouilla son nez. Elle prit son temps pour le savourer, le léchant partout pour le laver, jusqu'à ce qu'il empoigne ses hanches pour ramener sa bouche contre la sienne, tout en roulant pour l'allonger sur le sol, la plaquant sous lui.

– Un si beau cadeau, murmura-t-il contre sa bouche. Comment vais-je te rembourser ?

– Les cadeaux ne se remboursent pas, Hadès.

– Un échange de cadeaux, alors, proposa-t-il avant de s'emparer de sa bouche dans un baiser brûlant.

Il la dévêtit et l'adula sous les arbres en prenant son temps, jusqu'à ce que le ciel se remplisse d'étoiles et scintille sous l'effet de la magie d'Hadès.

Chapitre XI

PERTE DE CONTRÔLE

Perséphone s'allongea sur le corps nu d'Hadès et posa sa tête sur son torse. Elle adorait le sentir contre elle. C'était comme si elle rentrait enfin chez elle après toutes ces nuits passées sans lui. Ils revenaient tout juste des bains, après avoir fait l'amour dans le bosquet. Son corps était chaud et détendu, et ses paupières étaient lourdes. Elle aurait dû se laisser sombrer, bercée par l'odeur de sel sur la peau d'Hadès ainsi que par les cercles qu'il dessinait sur son dos, du bout du doigt, mais elle préféra parler.

– Je serai le mentor de Leucé, dit-elle, levant la tête comme il ne répondait pas.

– Je ne sais pas trop ce que j'en pense…

– Moi non plus, admit-elle, même si elle pensait que c'était la bonne chose à faire. Et j'ai besoin que tu lui trouves un appartement et que tu lui rendes son travail. S'il te plaît.

Hadès continuait de dessiner des formes sur sa peau.

– Pourquoi tu veux être son mentor ?

– Parce que je pense savoir ce qu'elle ressent, répondit-elle en haussant les épaules.

– Explique-toi.

– Ça fait trois mille ans qu'elle est un arbre. Tout à coup, elle est à nouveau normale, et le monde entier a changé. C'est… effrayant… et je sais ce que ça fait.

Hadès resta silencieux un long moment.

– Tu veux être le mentor de mon ancienne maîtresse ? demanda-t-il enfin, comme pour s'assurer qu'il avait compris.

Perséphone soupira lourdement et leva les yeux au ciel.

– Ne m'oblige pas à le regretter, Hadès.

– Ce n'est pas ce que je veux, mais tu es sûre ?

– C'est bizarre, je veux bien l'admettre, mais… c'est une victime. Je veux l'aider.

Lui dire cela n'était pas facile, étant donné que c'était lui qui avait changé Leucé en peuplier. Certes, ce que la nymphe avait fait était mal, mais est-ce qu'elle méritait de rater des milliers d'années de vie ?

Hadès effleura son menton.

– Tu m'épates, dit-il.

– Je n'ai rien d'épatant, dit-elle en riant. J'ai d'abord voulu la punir, tu sais.

– Mais tu ne l'as pas fait. Il n'y a pas d'autre dieu comme toi.

– Je n'ai pas vécu assez longtemps pour être désabusée comme vous. Peut-être que je serai comme les autres, bientôt.

– Ou peut-être que tu vas tous nous changer.

Ils se regardèrent dans les yeux, collés l'un à l'autre, puis Perséphone se leva pour le chevaucher. Il avait une main sous la tête et un air arrogant. En même temps, il avait raison de l'être, l'ayant fait jouir sans relâche dans son désir de lui procurer autant de plaisir que possible.

– Tu en veux plus, Milady ? demanda-t-il en durcissant sous elle.

Elle sourit. Ce n'était pas pour ça qu'elle s'était levée. Elle avait quelque chose à lui dire et elle voulait le dire maintenant, avant d'oublier. Mais sa question lui fit réaliser qu'elle en voulait plus, en effet. Elle voulait prendre le contrôle de son corps, se servir de lui comme d'un outil.

– En fait, je crains d'avoir des demandes à formuler, dit-elle avant de s'empaler sur sa verge, qui la combla pleinement.

Elle soupira, ankylosée par leurs ébats précédents, et Hadès saisit ses cuisses.

– Oui ?

– Je ne veux plus être exilée dans une suite, de l'autre côté du palais. Jamais, dit-elle en faisant onduler son bassin pour mieux le sentir. Ni pour me préparer pour un bal ni quand tu es en colère contre moi. Jamais.

Elle avait ponctué chaque phrase en s'asseyant à nouveau sur lui, et Hadès planta ses doigts dans la chair de ses cuisses.

– Je pensais que tu avais besoin d'intimité, dit-il.

Elle cessa ses mouvements et se baissa sur lui.

– Je me fous de l'intimité. J'avais besoin de toi, de savoir que tu me voulais encore, malgré… tout.

Il passa ses mains autour de son cou et rapprocha sa bouche de la sienne. Elle recommença ses va-et-vient, mais Hadès les fit rouler pour reprendre le contrôle. Et quand elle se retrouva sous lui, il ne bougea plus. Elle le fusilla du regard et souleva ses hanches, mais il resta immobile.

– Je te voudrai toujours et je t'aurais accueillie dans mon lit toutes les nuits.

– Je ne le savais pas, dit-elle.

Il pressa son pouce contre ses lèvres enflées.

– Tu le sais, maintenant.

Il l'embrassa de façon féroce et ils jouirent ensemble, encore une fois, digérant leur colère et leur peine jusqu'à ce qu'ils ne sentent plus que leurs cœurs battant à l'unisson.

* * *

Perséphone se leva plusieurs heures plus tard et partit à la recherche d'Hécate. Elle trouva la déesse de la Sorcellerie dans son chalet, occupée à ficeler de la sauge.

– Bonsoir, ma douce. Tu sembles en forme.

Perséphone sourit.

– Je vais bien, Hécate, merci.

– Tu es venue me demander un service ?

– Comment le sais-tu ? répondit Perséphone en se triturant les doigts.

– Je doute que tu aies été pressée de quitter la compagnie d'Hadès, dit la déesse en souriant d'un air narquois. Quelque chose t'a amenée jusqu'ici, et ce n'est pas ton souhait de t'entraîner.

Perséphone ricana avant de s'expliquer.

– J'ai besoin de parler à ma mère, mais… dans des circonstances maîtrisées.

– Tu souhaites l'invoquer, afin de pouvoir la congédier ?

Perséphone hocha la tête.

– Tu peux m'aider ?

Hécate finit son dernier fagot de sauge avant de se tourner vers la jeune déesse pour la regarder dans les yeux.

– Ma chère, c'est un de mes souhaits les plus chers que de te voir tenir tête à ta mère.

Perséphone sourit, puis elles se téléportèrent dans la chambre de Perséphone, dans le monde des vivants. Hécate se mit au travail, instruisant Perséphone dans l'art des sortilèges d'invocation.

– D'abord, nous devons purifier l'endroit, dit-elle en faisant brûler la sauge avant de l'agiter aux quatre coins de la pièce.

Lorsqu'elle eut fini, Hécate utilisa sa magie pour dessiner trois cercles qui s'entrecroisaient sur le sol.

– Faire apparaître les vivants est la même chose que faire apparaître les morts. Dans les deux cas, c'est l'âme qu'on invoque ; donc le sort est le même.

Hécate tendit à Perséphone un morceau d'obsidienne ainsi qu'un bout de quartz.

– L'obsidienne est pour la protection, dit-elle, et le quartz pour le pouvoir.

Après ça, elle fit apparaître une bougie noire, qu'elle plaça au centre des trois cercles. Elle la survola avec ses paumes en regardant Perséphone dans les yeux.

– Lorsque j'allumerai la bougie, le sort sera complet. Ta mère entendra l'appel.

– Est-ce qu'on peut être sûre qu'elle va venir ?

La déesse haussa les épaules.

– Il y a des chances qu'elle résiste, mais je doute que ta mère laisse passer l'occasion de te voir.

– Tu n'as pas vu à quel point elle était en colère la dernière fois qu'on s'est parlé.

– Tu restes sa fille, dit Hécate. Elle viendra.

Hécate se pencha et couvrit la mèche de la bougie avec sa main. Perséphone vit ses lèvres bouger et, lorsqu'elle recula,une flamme noire vacillait devant elle.

– Est-ce que je te laisse, maintenant ?

– Oui, merci Hécate, acquiesça Perséphone.

La déesse lui sourit.

– Quand tu souhaiteras qu'elle parte, tu n'auras qu'à souffler sur la flamme pour l'éteindre.

Perséphone se mordit la lèvre.

– Tu es sûre qu'elle ne pourra pas rester ?

Ou me faire du mal ?

– Seulement si elle y est invitée, promit Hécate avant de disparaître.

Perséphone n'était seule que depuis quelques minutes lorsque l'odeur de sauge et de cire chaude fut écrasée par un parfum de fleurs des champs ainsi qu'un souffle glacial.

Bizarre.

La magie de Déméter avait toujours été plutôt chaude, comme un pâle soleil de printemps.

Perséphone se retourna et vit sa mère debout dans un coin sombre de sa chambre. Elle n'avait pas changé, si ce n'est qu'elle paraissait plus sévère que dans ses souvenirs. Elle était vêtue d'un péplum bleu, ses cheveux dorés étaient raides, avec une raie au milieu, de sorte que ses mèches encadraient son visage sublime et froid. Ses bois étaient à la fois élégants et redoutables, et ils remplissaient l'espace, rapetissant encore la chambre de Perséphone. Déméter était la perfection incarnée, et sa présence coupa le souffle à Perséphone.

– Ma fille, dit-elle froidement.

– Mère, acquiesça Perséphone.

La déesse de la Moisson l'étudia, sans doute scrutait-elle son apparence dans le moindre détail. Déméter avait toujours détesté les cheveux bouclés et les taches de rousseur de sa fille et, lorsqu'elle le pouvait, elle les avait toujours cachés sous son Charme. Quoi qu'elle ait vu, son expression resta indéchiffrable, et elle finit par balayer la pièce du regard.

– Alors, mes espoirs sont-ils vains ? Est-ce que tu m'as convoquée pour me demander pardon ?

Perséphone eut envie de rire. Si quelqu'un devait demander pardon, c'était Déméter. C'était elle qui avait maintenu Perséphone prisonnière durant presque toute sa vie, ne la libérant qu'en la maintenant en laisse.

– Non, je t'ai convoquée pour te dire d'arrêter d'interférer dans ma vie.

Le regard froid de Déméter se posa sur sa fille et ses yeux noisette devinrent jaunes à la lumière de la flamme.

– Tu m'accuses de quelque chose, ma fille ?

Perséphone se sentit mal à l'aise. Elle pensa soudain que sa mère était peut-être responsable de plus de choses que le retour de Leucé. Que manigançait-elle d'autre pour éloigner Perséphone d'Hadès ?

– Tu as libéré l'ancienne maîtresse d'Hadès de sa prison, dit Perséphone.

– Pourquoi me soucierais-je d'une chose aussi futile ? répondit-elle d'une voix ennuyée qui ne convainquit pas Perséphone.

– Bonne question, mère.

Déméter tourna le dos à sa fille et se mit à étudier sa chambre, inspectant ses affaires. Elle ouvrit le tiroir du chevet de Perséphone ainsi que tout ce qui avait un couvercle, le nez retroussé.

– Cet endroit sent Hadès, dit-elle avant de se redresser pour regarder sa fille. Tu sens Hadès.

Perséphone croisa les bras et assassina sa mère du regard.

– J'espère que vous vous protégez, dit Déméter. Il ne manquerait plus que ça, que tu sois liée au dieu des Morts pour le reste de ta vie.

– C'est déjà acquis, dit Perséphone. Tu es la seule qui semble penser que ça ne l'est pas.

– Tu ne connais pas Hadès, dit-elle. D'ailleurs, tu es justement en train de le découvrir. Je sais que ça te dérange. Tu as peur de ce que tu ne sais pas.

Perséphone détestait que sa mère ait raison.

– Je pourrais dire la même chose de toi, mère. Qu'est-ce que je ne sais pas de toi ? Quelles horreurs se cachent sous ta façade parfaite ?

– Ce n'est pas de moi qu'on parle. Tu t'es jetée dans ses bras dès qu'il t'a dit qu'il t'aimait. Je t'ai mieux élevée que ça.

– Tu ne m'as pas élevée du tout…

– Je t'ai emprisonnée ! interrompit Déméter en levant les yeux au ciel. Dieux, tu es comme un disque rayé. Je t'ai tout donné. Une maison, des amis, de l'amour. Mais ce n'était pas suffisant.

– Ce n'était pas suffisant, non ! aboya-t-elle. Et ça ne l'aurait jamais été ! Tu pensais vraiment pouvoir défier les Moires et gagner ? Tu critiques les autres dieux pour leur arrogance, mais tu es encore pire.

Déméter lui sourit d'un air cruel.

– Les Moires t'ont peut-être donné ce que tu voulais, le goût de la liberté et de l'amour interdit, mais ne confonds pas leur offre avec de la gentillesse. Les Moires punissent, y compris les dieux.

– C'est toi qu'ils ont punie, dit Perséphone. Pas moi.

Déméter lui sourit tristement.

– Ça reste à voir, ma fleur. Est-ce que tu sais que ce sont les Moires qui t'ont prénommée Perséphone ? Je n'ai pas compris, à l'époque, comment ma fleur précieuse pouvait avoir un nom aussi terrible. *Destructrice*. Mais c'est ce que tu es, une destructrice de rêves, de bonheur, de vies.

Les yeux de Perséphone se remplirent de larmes.

– Oh oui, ma chérie. Profite de ce que les Moires t'ont offert. Elles ont tissé ton destin, et tu es une honte.

Perséphone mit un coup de pied dans la bougie, répandant de la cire par terre, éteignant la flamme. Sa mère disparut, mais son odeur resta dans l'air, étouffant Perséphone. Elle s'effondra sur le sol au moment où sa porte s'ouvrit. Lexa, Sybil et Leucé se tenaient sur le pas de sa porte.

– Perséphone, est-ce que ça va ?

Lexa se précipita à ses côtés et Sybil ramassa la bougie, perplexe. Leucé était la seule qui semblait comprendre ce qui s'était passé.

– Un sortilège d'invocation ? demanda-t-elle.

Perséphone la regarda dans les yeux, à travers ses larmes.

– Il faut qu'on parle.

Lexa l'aida à se lever et Sybil nettoya la cire. Lorsqu'elles eurent fini, Perséphone ferma la porte de sa chambre et se tourna vers Leucé, qui était assise au bord du lit, triturant ses doigts. Elle pensait sans doute que Perséphone allait la mettre à la porte.

– J'ai demandé à Hadès de te donner un appartement et de te rendre ton travail, dit-elle.

– M… merci, Perséphone.

– J'ai aussi accepté de t'aider à comprendre ce monde, ajouta-t-elle. Il y a une dernière chose que tu dois savoir : ma mère est Déméter, déesse de la Moisson.

Perséphone n'aurait pas pensé que Leucé puisse ouvrir plus grand les yeux.

– Tu… tu es une déesse ?

Perséphone hocha la tête.

– C'est important que tu gardes mon secret, Leucé. Tu comprends ?

– Bien sûr… mais… pourquoi me le dire ?

– Parce que j'ai besoin que tu sois honnête avec moi. Qui t'a libérée du peuplier ?

– Je te jure que je ne le sais pas, dit Leucé en fronçant les sourcils. Je me souviens seulement de m'être réveillée, toute seule.

Leucé frissonna et se frotta les bras de haut en bas, comme si le souvenir l'effrayait. Perséphone étudia la nymphe longuement avant de soupirer.

– Je te crois, dit-elle, même si cela ne signifie pas que Déméter n'est pas responsable. Est-ce que tu pourras me le dire, si ma mère prend contact avec toi ?

Leucé hocha la tête avant de déglutir, et elle parla d'une voix tremblante.

– Perséphone… si c'est elle qui m'a libérée… est-ce qu'elle va venir pour moi ? Et si elle me rechangeait en arbre ?

Perséphone n'y avait pas pensé, mais elle répondit aussitôt.

– Si c'est le cas, je te trouverai.

– Elle pourrait me réduire en cendres, dit Leucé avant de rire froidement. C'est bizarre, ce dont on a peur, quand on est un arbre.

Perséphone fronça les sourcils. Le plus triste, c'est qu'elle savait sa mère capable de ce genre de malice. La déesse posa une main sur le bras de la nymphe.

– Je ferai de mon mieux pour te protéger, Leucé. Je te le promets.

La jeune femme sourit.

– Tu n'es vraiment pas comme les autres, Perséphone.

* * *

Perséphone ne savait pas quelle magie Hadès avait utilisée, mais en revenant dans le monde des vivants, c'était comme si elle n'était jamais partie. Lexa, Sybil et Leucé ne l'interrogèrent pas pour savoir où elle était allée, elle n'avait aucun appel manqué de son travail, et la foule était toujours rassemblée devant l'Acropole, espérant l'apercevoir et la vilipender pour son article sur Apollon.

Si elle n'était clairement pas ravie de constater que la foule était toujours là, elle se sentait plus armée pour l'affronter. Peut-être était-ce à cause de sa rencontre avec Apollon, aux Enfers, mais elle avait décidé que plutôt que d'entrer dans l'immeuble la tête baissée, elle les affronterait et répondrait peut-être à quelques questions. Ce n'était pas vraiment l'idée qu'elle se faisait de la liberté, mais c'était une façon de reprendre le contrôle de la situation, et c'était mieux que de se sentir piégée.

– Merci, Antoni, dit Perséphone lorsqu'il ouvrit la portière. On se voit après le travail ?

– Oui, Milady.

Elle lui sourit et marcha vers l'entrée.

– Bonjour, chanta-t-elle en passant devant la foule.

– Perséphone ! Perséphone ! Je peux avoir un autographe ?

Elle s'arrêta et regarda le mortel dans les yeux. Il tenait un feutre et un carnet dans ses mains, qu'elle prit pour signer son nom, voyant son regard pétiller de joie.

– M… merci, bégaya-t-il.

– Perséphone, depuis combien de temps Hadès et toi êtes-vous ensemble ? demanda quelqu'un d'autre.

– Peu de temps, répondit-elle.

– Qu'est-ce qui a fait que tu es tombée amoureuse de lui ? cria un autre.

– Eh bien, il est charmant, admit-elle en riant.

Son passage se poursuivit ainsi : elle répondait aux questions, signait des autographes et se laissait prendre en photo avec des fans. Elle était presque arrivée aux portes lorsque les cris prirent un ton différent.

– Pourquoi tu as écrit sur Apollon ? hurla quelqu'un.

– Est-ce que tu détestes le dieu du Soleil ? demanda un autre.

– Tu n'es qu'une anti-Apollon ! Une Impie ! crièrent plusieurs personnes en même temps.

Les questions à propos d'Apollon semblèrent déchaîner la foule et, soudain, quelque chose se brisa à ses pieds, juste derrière elle. Elle se tourna et vit des éclats de bouteille par terre. Les vigiles se précipitèrent dans la foule pendant qu'un officier la prenait par le bras pour l'emmener à l'intérieur de l'immeuble.

– Est-ce que ça va, Mademoiselle Rosi ? demanda l'homme moustachu au crâne rasé.

Perséphone le regarda en clignant des yeux. Elle n'avait pas eu le temps d'enregistrer ce qui venait de se passer. Soudain, elle comprit que quelqu'un avait voulu lui faire du mal. Elle hocha la tête.

– Oui.

Le garde ne semblait pas convaincu et il la regarda en fronçant les sourcils. Perséphone lut alors son badge doré et sourit.

– Merci, Officier Woods.

Le garde sourit en rougissant.

– C'est… ce n'était rien.

Elle tourna les talons et marcha jusqu'à l'ascenseur dans un brouillard, repensant à ce qu'Hadès lui avait dit : « *Ce n'est qu'une question de temps avant que quelqu'un cherche à te faire du mal par désir de vengeance contre moi.* » Comment allait-il réagir lorsqu'il apprendrait l'incident ?

Hélène l'attendait devant l'ascenseur, inquiète.

– Mes dieux, Perséphone ! Est-ce que ça va ? J'ai appris ce qui s'est passé.

– Comment ? demanda Perséphone.

Elle venait à peine de quitter le rez-de-chaussée.

– C'est aux infos, dit-elle. Une équipe filmait en live quand tu es arrivée.

Perséphone poussa un grognement. Impossible de le cacher à Hadès, donc.

– Est-ce qu'ils ont montré qui a jeté la bouteille ?

– Oui, sa photo est affichée sur toutes les chaînes.

Oh non !

Perséphone courut à son bureau. Il fallait qu'elle parle à Hadès avant qu'il agisse. Elle savait que le dieu des Morts chercherait à se venger du mortel qui avait voulu la blesser et, si elle souhaitait qu'il soit puni d'une façon ou d'une autre pour son acte stupide, être torturé au Tartare paraissait un peu extrême.

Il lui semblait que la seule personne qu'elle pouvait appeler était Ilias. En… *l'absence* de Menthé, le satyre avait la charge de l'agenda d'Hadès.

Le téléphone ne sonna qu'une fois avant qu'il décroche.

– Ilias, où est Hadès ?

– Il est occupé, Milady, répondit-il avant de marquer une courte pause. Est-ce que ça va ?

– Je vais parfaitement bien, Ilias. Dis à Hadès de ne pas faire de mal au mortel…

Elle fut interrompue par un double appel. Elle regarda l'écran et vit que c'était Lexa. Elle avait sans doute vu les infos et voulait s'assurer que Perséphone allait bien.

– Ilias, je te rappelle. Dis à Hadès de ne rien faire au mortel !

Perséphone raccrocha pour répondre à Lexa.

– Oui, Lex, je vais bien…

Mais ce n'était pas Lexa au bout du fil.

– Perséphone, c'est Jaison.

Sa voix hystérique fit accélérer son cœur.

– Jaison, pourquoi…

– Viens à l'hôpital tout de suite.

– Ok, d'accord. Qu'est-ce qui s'est passé ?

– C'est Lexa. Ils ne savent pas si elle va s'en sortir.

Ses poumons semblèrent se vider et son rythme cardiaque devint irrégulier, empoisonné par une peur si vive que Perséphone crut que son cœur avait cessé de battre.

Lexa est à l'hôpital. Ils ne savent pas si elle va s'en sortir.

Soudain, elle se demanda si cela faisait partie de la vengeance d'Apollon.

DEUXIÈME PARTIE

« Il est facile de descendre dans les gouffres de l'Averne :
nuit et jour est ouverte la porte du noir dieu des Enfers. »
Virgile, *L'Énéide*

Chapitre XII

DESCENTE AUX ENFERS

Perséphone resta calme malgré l'angoisse qui la rongeait. La voix de Jaison résonnait dans sa tête et ses paroles lui semblaient lointaines, invraisemblables.

« *Lexa a eu un accident. Ils ne savent pas si elle va s'en sortir.* »

Il devait se tromper. Il était impossible que leur Lexa – sa Lexa – soit entre la vie et la mort.

– Perséphone.

La voix de Jaison la tira de sa stupeur, la faisant revenir à la réalité de ce qu'il venait de lui dire. Elle secoua la tête et fronça les sourcils.

– C'est impossible. Je l'ai vue ce matin.

Il répondit d'une voix rauque, comme si quelqu'un le tenait par la gorge et l'empêchait de respirer.

– Ça s'est passé devant la Tour Alexandria. Elle allait au travail. Ils ont dit qu'elle traversait la rue quand quelqu'un l'a percutée.

Elle se sentit vaciller et tout son corps se mit à trembler.

– J'arrive dès que possible.

Elle s'était déjà levée et elle partit de l'Acropole en courant.

L'hôpital Asclépios se situait dans un bâtiment moderne à la façade miroitante, de sorte qu'il se confondait avec le ciel azur et les épais nuages blancs. L'intérieur ressemblait à celui d'un hôtel plutôt qu'à un centre médical. La lumière était vive et la décoration propre et belle, mais rien ne pouvait masquer l'odeur. Perséphone avait toujours associé cette odeur à celle de la maladie. Un mélange âcre de produits chimiques, de métal, de chlore et de latex qui lui monta à la tête et lui donna le vertige.

Elle trouva Jaison au premier étage, dans la salle d'attente. Il était assis sur une chaise, penché en avant, la tête entre les mains, le visage caché par ses cheveux.

– Jaison, dit-elle en marchant vers lui.

Il leva de grands yeux vers elle. Perséphone comprenait son expression, car elle ressentait la même chose. Ils étaient sous le choc, impuissants et confus.

– Perséphone.

Il se leva et la prit dans ses bras. Elle le serra aussi fort que possible, comme s'il risquait de disparaître lui aussi.

– Est-ce qu'elle va bien ?

La question était ridicule, étant donné ce qu'il lui avait dit en l'appelant, mais Perséphone refusait d'imaginer un monde sans Lexa.

Il recula la tête, révélant ses traits tirés.

– Elle est au bloc opératoire. C'est tout ce qu'ils peuvent me dire. Ses parents sont en route. On en saura plus quand ils arriveront.

– Qu'est-ce qui s'est passé ?

– Elle traversait la rue. Le conducteur dit qu'il ne l'a pas vue. Faut croire qu'il n'a pas vu ce putain de feu rouge, non plus. Il devait être au téléphone.

Jaison s'assit brusquement, comme si le poids de ce qui était arrivé l'empêchait de tenir debout, et Perséphone s'effondra sur la chaise à côté de la sienne. Elle ne savait pas quoi dire, parce qu'elle n'arrivait pas à réfléchir. C'était comme si son cerveau n'arrivait pas à décider comment évaluer la situation. Une part d'elle-même avait envie de se préparer pour le pire.

Si elle meurt, ce sera ta faute. C'est toi qui l'auras provoqué, se dit-elle. *Elle ne peut pas mourir. C'est hors de question. Elle est trop jeune. Elle a encore trop de choses à vivre.*

Mais Perséphone connaissait personnellement la mort. Celle-ci ne faisait pas de distinction, et tout le monde était une proie. Tout dépendait d'un fil, et parfois d'un pari.

– Et si… on la perd ? Qu'est-ce qu'on va faire ?

La question de Jaison lui coupa le souffle et elle le regarda.

Il se pencha à nouveau en avant, comme s'il allait vomir, mais il frotta ses joues dans ses mains. Perséphone supposa qu'il essayait de contenir ses larmes, et elle vit ses yeux devenir rouges.

Lorsqu'elle prit sa main moite et froide dans la sienne, elle se rendit compte que ses doigts tremblaient.

– On ne va pas la perdre, déclara-t-elle d'une voix féroce.

En prononçant ces mots, elle comprit les demandes désespérées que les mortels faisaient à Hadès, et qu'elle formulait désormais elle-même.

Ne me la prends pas. Je te donnerai n'importe quoi.

Elle ferma les yeux pour faire taire ses pensées et lorsqu'elle parla à nouveau, sa voix avait perdu toute trace de certitude.

– On ne la perdra pas. C'est impossible.

Les heures passèrent sans nouvelles. Perséphone sortit pour appeler Sybil et lui dire ce qui s'était passé, et l'Oracle arriva trente minutes plus tard. À eux trois, ils parcoururent plusieurs fois tout l'hôpital et se rendirent près de dix fois à la cafétéria pour se ravitailler en eau et en café. C'étaient les seules choses qu'ils arrivaient à avaler.

Lorsque les parents de Lexa arrivèrent, Jaison se précipita dehors pour les saluer et les escorter à l'intérieur. Perséphone profita de son absence pour parler à Sybil.

– Est-ce que tes pouvoirs sont revenus ?

– Oui, chuchota l'Oracle en la regardant d'un air entendu.

Elles n'avaient pas encore eu l'occasion de parler de l'accord que Perséphone avait conclu avec Apollon. Perséphone n'avait qu'une seule question pour l'Oracle.

– Est-ce que tu sais si elle va vivre ?

– Je ne le sais pas, non. Les dieux sont miséricordieux, sur ce point. Je n'endosse pas le fardeau de connaître le sort de mes amis.

– Est-ce que tu crois qu'Apollon a quelque chose à voir avec l'accident ? demanda Perséphone.

N'était-ce pas ce que Sybil avait dit ? Qu'Apollon la punirait en faisant du mal à ses proches ?

Sybil secoua la tête.

– Non, Perséphone. Je crois que c'est exactement ce dont ça a l'air… un accident on ne peut plus mortel.

Elle ne savait pas pourquoi, mais ce n'était pas ce qu'elle voulait entendre.

– Peut-être que tu pourrais demander à Hadès si… elle va survivre, dit Sybil.

La déesse déglutit plusieurs fois. Elle le pourrait, mais… s'il répondait non ? Elle essaya de s'imaginer aller aux Enfers, chaque jour, et voir Lexa déambuler dans les rues d'Asphodèle, bras dessus bras dessous avec Yuri.

Elle ne le supporterait pas.

Elle ne comprenait pas pourquoi cette perspective était si terrifiante. C'était simplement que… si Lexa était aux Enfers, cela voudrait dire qu'elle était morte. Qu'elle n'était plus dans le monde des vivants. Et ça, Perséphone n'arrivait pas à l'encaisser.

Lorsque Eliska et Adam arrivèrent, ils demandèrent des informations sur l'état de Lexa. Le chirurgien en blouse blanche garda ses mains dans ses poches en parlant.

Il était âgé et ses paupières tombaient sur ses yeux, il avait un gros nez, des lèvres fines, et il fronçait constamment les sourcils. Sa voix grave et la lenteur avec laquelle il parlait lui donnaient l'air fatigué.

– Elle a deux jambes cassées et une fracture au coude. Elle a des lacérations aux reins, des hématomes aux poumons et une hémorragie cérébrale.

Perséphone était au bord des larmes en entendant le chirurgien énumérer les traumatismes que le corps de Lexa avait subis, mais il n'avait pas terminé.

– Son état est critique. Elle est dans le coma, et nous l'avons mise sous respiration artificielle.

– Ça veut dire quoi, état critique ? demanda Jaison.

– Ça veut dire que ses données vitales sont instables et anormales, répondit le médecin. Les prochaines vingt-quatre à quarante-huit heures vont être cruciales pour le rétablissement de Lexa.

Ses propos mirent fin au peu d'espoir que Perséphone avait encore.

Les parents de Lexa furent les premiers à aller la voir.

– Elle va se battre. Elle va s'en sortir, dit Jaison, comme s'il essayait de s'en convaincre lui-même.

Eliska revint les voir pour les emmener dans la chambre de sa fille. Perséphone n'arrivait pas à la quitter des yeux, car Lexa lui ressemblait beaucoup, elles avaient les mêmes cheveux noirs et épais, les mêmes yeux bleus et, parfois, les mêmes expressions.

Lorsque Perséphone entra, son regard se posa aussitôt sur Lexa. Difficile de décrire ce qu'elle ressentit en voyant sa meilleure amie branchée à tout cet équipement. Il lui sembla vivre une expérience extracorporelle. Lexa était immobile et à peine visible sous les couches de tubes et de câbles auxquels elle était reliée, comme les fils du destin. Ils la maintenaient en place et, pour l'instant, ils la maintenaient en vie. Un épais bandage blanc recouvrait son front et une minerve soutenait son menton, pointé vers le plafond. Le respirateur faisait le bruit d'une expiration permanente, et le moniteur cardiaque bipait régulièrement. Les couleurs vives des murs, le sol propre et les touches modernes de la chambre ne pouvaient cacher tout cet attirail. C'était un lieu où venaient les gens parce qu'ils étaient malades, blessés ou mourants.

Perséphone prit la main de Lexa. Elle était froide et cela la surprit, sans qu'elle comprenne pourquoi. Elle remarqua tout ce qui faisait que sa meilleure amie ne se ressemblait pas : son visage boursoufflé, sa peau bleuie, ses lèvres blanchâtres.

Ils étaient rassemblés autour d'elle lorsqu'une infirmière entra pour vérifier les moniteurs, les tubes, et taper des informations dans un ordinateur.

– Ils ne peuvent rien faire de plus, dit Eliska. Ils disent que c'est entre les mains de Lexa, maintenant.

Perséphone serra la main de son amie. Elle ne la lui serra pas en retour.

Elle ne sut combien de temps elle resta debout, à la regarder, mais au bout d'un moment, elle réalisa qu'il fallait qu'elle parte. La pièce était trop petite, et les parents de Lexa avaient besoin d'être seuls avec leur fille.

Une fois dehors, Sybil se tourna vers Perséphone.

– Est-ce que tu vas voir Hadès ?

Elle hocha la tête.

– Tu vas lui demander de la sauver ?

Ce fut comme si quelqu'un l'avait poignardée dans le ventre et faisait pivoter la lame.

– Je vais faire ce que je peux, répondit-elle.

Dès que Sybil eut disparu, Perséphone se risqua à se téléporter et atterrit dans l'allée qui longeait Nevernight. Il y faisait sombre et humide, et l'odeur y était nauséabonde.

Elle courut vers l'entrée gardée par Mekonnen. Lorsqu'il la vit, il lui sourit de ses dents jaunes et tordues, mais il comprit vite que quelque chose n'allait pas. Son sourire disparut et il se tint plus droit, paraissant soudain plus massif encore, comme s'il se préparait à se battre.

– Milady, est-ce que tout va bien ? demanda-t-il d'un ton bestial qui laissait entrevoir sa part de monstre.

– Hadès, dit-elle, à bout de souffle. J'ai besoin de lui. Vite !

Mekonnen se dépêcha d'ouvrir la porte. Elle courut à l'intérieur, immédiatement étouffée par l'air chaud et la musique trop forte.

Elle marqua un temps d'arrêt. Elle ne savait pas où était Hadès, il pouvait être dans son lounge à parier avec des mortels, ou derrière son bureau immaculé, ou bien aux Enfers, à jouer à la balle avec Cerbère.

Elle descendit les marches quatre à quatre et traversa la foule. Elle était dans tous ses états, comme si elle manquait de temps, mais c'était justement le problème. Elle ne savait pas combien de temps elle avait. Elle faillit percuter une serveuse qui portait un énorme plateau de cocktails. Un autre jour, elle se serait excusée, mais elle était en mission. Donc, au lieu de ça, elle continua de fendre la foule, poussant les gens, bousculant tout sur son passage. Un homme se retourna en grimaçant et saisit son bras pour la regarder.

– Putain, mais qu'est-ce que…

Lorsqu'il vit son visage, il la relâcha, comme si elle était venimeuse.

– *Oh merde !*

Une seconde plus tard, un ogre se matérialisa à ses côtés et l'homme fut traîné depuis sa table jusque dans les profondeurs du club.

Perséphone monta l'escalier aussi vite que possible et décida d'aller d'abord dans le bureau d'Hadès. Lorsqu'elle y déboula, le dieu venait déjà vers elle, comme s'il avait senti sa détresse.

– Perséphone.

– Hadès ! Tu dois m'aider ! S'il te plaît…

Elle ravala un sanglot. Elle pensait aller bien, qu'elle était capable de tenir. C'était le plus important : demander de l'aide à Hadès. Mais ça ne l'était pas, et quand elle commença à parler, ses émotions surgirent comme un barrage qui explose, déversant un flot douloureux impossible à arrêter.

Hadès la prit dans ses bras et la serra fort contre lui. Elle tremblait de la tête aux pieds. Il plongea ses doigts dans ses cheveux et lui tint la nuque. Elle aurait aimé rester là, à pleurer dans ses bras, réconfortée par sa force et sa chaleur. Elle était épuisée, mais elle comprit soudain qu'ils n'étaient pas seuls.

Un homme était ligoté à une chaise, au milieu du bureau d'Hadès. Il était bâillonné et ses yeux étaient grands ouverts. Perséphone eut l'impression qu'il essayait d'attirer son attention en criant aussi fort que possible.

– Hadès…

– Ignore-le, répondit-il en levant la main.

Perséphone savait qu'il était sur le point de le téléporter ailleurs, et elle l'arrêta.

– Est-ce que c'est… le mortel qui a jeté la bouteille sur moi ?

La mâchoire d'Hadès se crispa.

– Pourquoi tu le tortures dans ton bureau et pas au Tartare ?

Les cris du mortel se firent plus désespérés.

– Parce qu'il n'est pas mort, répondit Hadès. Pas encore.

– Hadès, tu ne peux pas le tuer.

– Je ne vais pas le tuer, promit le dieu. Mais je peux lui faire regretter de ne pas être mort.

– Hadès. *Libère-le.*

Il l'étudia de ses yeux noirs et plus il la scrutait, plus il semblait se calmer. Il finit par soupirer.

– Très bien.

Le mortel disparut. Elle se jura de ne pas oublier de lui demander où il l'avait envoyé, car elle doutait fortement qu'Hadès ait baissé les bras aussi facilement.

Il s'assit et la prit sur ses genoux pour caresser son dos en des mouvements circulaires.

– Qu'est-ce qui s'est passé ? demanda-t-il d'une voix emplie de peur.

Elle ne pouvait pas lui en vouloir. Elle avait déboulé dans son bureau sans prévenir, quelques heures après avoir fait la une parce qu'elle avait été attaquée. Elle prit son temps pour répondre, tellement de temps qu'Hadès finit par pencher la tête en arrière pour lire son regard en fronçant les sourcils.

Est-ce qu'il sait déjà ce qui est arrivé à Lexa ? se demanda-t-elle.

Elle essaya de le lui dire, mais sa bouche se mit à trembler si violemment qu'elle dut s'arrêter pour inspirer plusieurs fois. Au bout de quelques minutes, Hadès fit apparaître du vin, et elle le but comme si c'était de l'eau. Sa bouche se remplit d'un goût âpre, mais cela l'aida à se calmer.

– Recommence, dit Hadès. Qu'est-ce qui s'est passé ?

Les mots lui vinrent plus facilement, cette fois.

Tandis qu'elle parlait, l'inquiétude d'Hadès quitta son visage et laissa la place à un masque d'indifférence. C'était un geste stratégique au poker, une façon de tromper l'autre joueur en cachant ses sentiments. Mais ils n'étaient pas en train de jouer, et Perséphone savait, au fond d'elle-même, que c'était sa façon de se préparer à lui dire qu'il ne pouvait pas l'aider.

– Elle ne ressemble plus à Lexa, Hadès.

Un sanglot lui échappa et elle se couvrit la bouche, comme si cela pouvait l'aider à contenir ses émotions.

– Je suis vraiment navré, ma chérie.

Elle se tourna pour lui faire face.

– Hadès, chuchota-t-elle, s'il te plaît.

Il détourna le regard et sa mâchoire se crispa.

– Perséphone, je ne peux pas, dit-il d'un ton ferme.

Elle se leva brusquement, ayant besoin de distance, et le dieu resta assis.

– Je refuse de la perdre.

– Tu ne l'as pas perdue, remarqua-t-il. Lexa vit encore.

Elle était prête à lui répondre, mais il ne lui en laissa pas le temps.

– Tu dois laisser du temps à son âme pour décider.

– Décider ? Comment ça ?

Hadès soupira et pinça le haut de son nez, comme s'il redoutait la conversation qu'il s'apprêtait à avoir.

– Lexa est dans les limbes.

– Alors tu peux la ramener.

Perséphone avait déjà entendu parler des limbes. Hadès en avait sorti une âme à la demande d'une mère désespérée. Une vague d'espoir envahit sa poitrine, mais Hadès sembla le percevoir car il s'empressa d'y mettre fin.

– Je ne peux pas.

– Tu l'as déjà fait. Tu as dit que quand une âme est dans les limbes, tu peux négocier avec les Moires pour l'en sortir.

– En échange d'une autre vie, lui rappela Hadès. Une âme contre une âme, Perséphone.

– Tu ne peux pas me dire que tu ne vas pas la sauver, Hadès.

– Je ne dis pas que je n'en ai pas envie, Perséphone. Il vaut mieux que tu n'interfères pas. Crois-moi. Si tu tiens ne serait-ce qu'un peu à Lexa, si tu tiens à moi, tu lâcheras l'affaire.

– Mais je fais ça parce que je tiens à elle !

– C'est ce que pensent tous les mortels, ricana Hadès. Mais qui essaies-tu vraiment de sauver ? Lexa ou toi ?

– Je n'ai pas besoin d'une leçon de philosophie, Hadès, siffla-t-elle.

– Non, mais apparemment, tu as besoin d'affronter la réalité en face.

Il se leva, retira sa veste et commença à déboutonner sa chemise.

Perséphone fronça les sourcils.

– Je ne vais pas coucher avec toi maintenant.

Le regard d'Hadès noircit, mais il continua de défaire ses boutons. Elle vit alors des marques noires sur sa peau, de fines lignes, comme des tatouages, entourant son corps tel un fil délicat.

– Qu'est-ce que c'est ?

Elle tendit la main, mais Hadès saisit son poignet pour l'arrêter, et elle leva les yeux vers lui.

– C'est le prix que je paye pour chaque vie que j'ai prise en négociant avec les Moires, dit-il. Je les porte avec moi. Ce sont leurs lignes de vie, gravées sur ma peau. Tu veux avoir ça sur la conscience, Perséphone ?

Elle retira lentement sa main en suivant des yeux les marques dessinées sur sa peau dorée. Effectivement, lorsqu'elle s'était retrouvée dans ce contrat avec lui, elle s'était demandé combien de marchés il avait conclus. Elle ne savait pas qu'ils étaient tous gravés sur sa peau. Hadès lui avait parlé d'équilibre, par le passé, mais elle découvrait maintenant qu'il était enchaîné par ses contrats. Il était l'un des dieux olympiens les plus puissants, et son pouvoir était néanmoins limité.

– À quoi ça sert d'être le dieu des Morts si tu ne peux rien faire ? demanda-t-elle avant de se reprendre.

Confuse, elle soupira et essaya de se calmer.

– Je suis désolée. Je ne pensais pas ce que j'ai dit.

Hadès ricana sèchement.

– Si, tu le penses.

Il posa une main sur sa joue et l'obligea à le regarder dans les yeux. Lorsqu'elle le fit, son cœur lui sembla sur le point de se briser en mille morceaux. Comment ce dieu immortel pouvait-il comprendre son désespoir ?

– Je sais que tu ne veux pas comprendre pourquoi je ne peux pas t'aider, et ce n'est pas grave.

– C'est juste que… je ne sais pas quoi faire, admit-elle, et ses épaules s'affaissèrent.

Elle se sentait impuissante et avait l'impression d'avoir perdu.

– Lexa n'est pas encore partie, dit Hadès. Or tu es déjà en deuil. Il se peut qu'elle guérisse.

– Est-ce que tu en es certain ? Qu'elle va guérir ?

– Non.

Il fouillait son regard et elle se demanda ce qu'il cherchait. Perséphone était venue ici en quête d'espoir, pour y trouver du réconfort et savoir que Lexa irait bien, quoi qu'il arrive, et Hadès ne lui offrait rien de tout ça. Elle appuya sa tête contre son torse. Elle était épuisée.

Au bout d'un moment, Hadès la souleva dans ses bras et se téléporta aux Enfers.

– Ne sature pas tes pensées des possibilités de demain, dit-il en la déposant sur le lit.

Il l'embrassa sur le front, et tout devint sombre.

Chapitre XIII

UNE TOUCHE DE PANIQUE

Le lendemain, Perséphone se réveilla avec les yeux collants et une migraine. Sa nuit avait été agitée. Les événements de la veille n'avaient cessé d'aller et venir dans son esprit, la frappant à chaque fois de tristesse et de désespoir avant de la laisser dans un état de stupeur engourdie.

Quelqu'un frappa à la porte au moment ou elle émergeait, et Hécate passa la tête dans la chambre.

– Bonjour, ma douce, dit-elle. Je t'ai apporté le petit déjeuner.

Une boule épaisse s'était logée dans sa gorge et elle crut qu'elle allait vomir. Elle ne pouvait pas manger maintenant, elle avait des haut-le-cœur en permanence.

– Non merci, Hécate. Je n'ai pas faim.

La déesse fronça les sourcils.

– Assieds-toi avec moi, alors. Tu changeras peut-être d'avis.

– Je suis désolée, Hécate. Je ne peux pas, répondit Perséphone en se levant. Il faut que j'aille à l'hôpital.

Elle regarda son téléphone, mais elle n'avait pas eu de message d'Eliska ni de Jaison. Elle espérait que c'était bon signe. Elle alla dans la salle de bains pour se laver le visage, et l'eau froide lui fut agréable sur sa peau brûlante.

– Tu devrais manger quelque chose, dit Hécate. Ça ferait plaisir à Hadès.

Ça ferait peut-être plaisir à Hadès, mais Perséphone était persuadée qu'elle vomirait si elle mangeait quoi que ce soit.

– Où est-il, d'ailleurs ? demanda-t-elle en sortant de la salle de bains.

Il avait passé le gros de la nuit à ses côtés, se réveillant chaque fois qu'elle se levait pour se moucher ou se laver la figure.

– Je ne sais pas, répondit Hécate en haussant les épaules. Il m'a invoquée tôt, ce matin. Il ne voulait pas te déranger.

Sans comprendre pourquoi, elle n'aima pas ne pas savoir où était Hadès en cet instant. Elle ne put empêcher son esprit de divaguer, de se demander s'il était en train de régler la situation avec Leucé. Elle lui avait demandé de trouver un logement à la nymphe et de lui rendre son travail, mais elle n'avait pas vu la naïade. Elle se dit qu'elle lui en parlerait, étant donné qu'elle devait la voir plus tard dans la journée, puisqu'elle avait accepté d'être son mentor.

– Je suis désolée pour Lexa, Perséphone, dit enfin Hécate.

La compassion d'Hécate la fit frissonner et elle eut les larmes aux yeux.

– Ça n'aurait pas dû tomber sur elle, chuchota Perséphone.

Hécate ne répondit rien et Perséphone se racla la gorge. Lorsqu'elle fut habillée, elle prit son téléphone et son sac à main.

– Je veux bien un café, si tu en as, dit-elle à Hécate en se préparant à partir.

– Ce n'est pas de la nourriture.

– Non, mais c'est de la caféine.

Hécate fronça les sourcils, elle fit néanmoins apparaître un gobelet de café fumant.

– Merci, Hécate. Quand tu verras Hadès, dis-lui que j'ai petit-déjeuné.

– Ce serait un mensonge.

– Non. Il sait ce qu'est un petit dej pour moi.

Hécate secoua la tête en grimaçant, mais elle ne la contredit pas.

Perséphone partit de Nevernight à pied. Il faisait déjà chaud alors qu'il n'était même pas midi. La chaleur rendait ses vêtements humides et faisait coller ses cheveux à son visage. Elle aurait sans doute dû prendre le bus ou demander à Hécate de lui appeler un chauffeur, mais elle avait eu envie d'être seule.

– Perséphone !

Elle leva la tête car quelqu'un l'appelait de l'autre côté de la rue. Elle ne reconnut pas la personne, mais elle devina à sa façon de regarder d'un côté puis de l'autre de la route qu'elle essayait de traverser. Elle pressa le pas.

– Perséphone !

Elle regarda en arrière. La personne avait traversé la rue et courait désormais vers elle.

– Perséphone Rosi, attends !

Elle grimaça, craignant de devenir le centre de l'attention.

– Perséphone ? dit une autre voix. Eh, c'est Perséphone Rosi ! La maîtresse d'Hadès !

Un homme se posta devant elle.

– Je peux avoir une photo ?

Il avait déjà sorti son téléphone.

– Désolée, non. Je suis pressée, répondit Perséphone en contournant l'homme pour poursuivre son chemin.

– Il est comment, Hadès ? demanda quelqu'un.

– Est-ce qu'il était en colère après ton article ?

– Vous vous êtes rencontrés comment ?

Les propos la piégeaient, comme la foule qui l'attendait au pied de l'Acropole. Elle croisa les bras et baissa la tête pour qu'ils ne puissent pas prendre son visage en photo. Pensaient-ils obtenir des réponses en l'étouffant ainsi ? Peut-être croyaient-ils que lui faire peur jouerait en leur faveur.

– Arrêtez de me suivre ! finit-elle par crier, se sentant claustrophobe et paniquée.

Perséphone se mit à courir, essayant d'échapper à la foule qui s'était rassemblée autour d'elle. Ils criaient son nom, ainsi que des questions et des propos affreux. Elle traversa la rue et se glissa dans une ruelle, et elle en sortait lorsqu'on saisit son épaule pour la retourner. Elle ferma le poing et frappa son agresseur au visage.

Celui d'Hermès.

– Putain ! jura-t-elle en agitant la main. Hermès !

Il haussa les sourcils.

– Je dois avouer qu'en général, les femmes ont des occupations bien plus agréables quand ces deux mots sortent de leur bouche.

– Elle est passée par là ! cria une voix.

– Sors-moi de là ! aboya-t-elle en regardant Hermès dans les yeux.

– Comme tu voudras, déesse de la Vulgarité, dit-il en souriant.

Hermès se téléporta et lorsqu'ils furent en sécurité dans le jardin du rooftop de l'hôpital, Perséphone poussa un cri de frustration.

– Je ne peux aller nulle part ! Comment fait-on pour être un dieu, Hermès ?

Il haussa les sourcils et sourit d'un air narquois.

– Ce n'est pas si mal. On est admirés et vénérés.

– Et détestés, cracha Perséphone.

Elle le fusilla du regard avant de soupirer en se passant la main dans les cheveux. Elle était secouée après ce qui venait de se passer.

– Sephy, j'espère que tu ne m'en veux pas de te le dire mais… à un moment, tu vas devoir accepter que ta vie a changé.

Elle regarda le dieu d'un air confus.

– De quoi tu parles ?

– Je veux dire que tu ne peux plus marcher dans la rue quand ça te chante. Je veux dire que tu vas devoir te comporter comme une déesse… ou au moins comme la maîtresse d'un dieu.

– Ne me dis pas quoi faire, Hermès !

Elle n'avait pas souhaité lui aboyer dessus, mais ce n'était vraiment pas le moment d'avoir cette conversation.

– Ok, ok, répondit-il en levant les mains. J'essaie juste de t'aider.

– Ben, tu ne m'aides pas.

Il l'étudia d'un air ennuyé, comme s'il se fichait qu'elle se comporte comme une peste.

– C'était vraiment nécessaire ?

– Non… soupira-t-elle. Pardon, Hermès. Mais c'est… horrible, en ce moment.

– Ne t'en fais pas, Sephy. Si tu as besoin que je te dépose quelque part, dis-le-moi.

Il lui fit un clin d'œil et la laissa seule sur le toit de l'hôpital.

Avant d'entrer dans le bâtiment, Perséphone appela son bureau. Chaque sonnerie lui noua un peu plus le ventre. Alors qu'elle avait adoré passer du temps avec Demetri, elle redoutait désormais de le voir, ou même de l'entendre.

– Perséphone, dit-il. Comment va ton amie ?

– Elle va… mal. Je ne serai pas là aujourd'hui.

– Bien sûr, dit-il. Prends le temps qu'il te faudra.

Son ton plein de compassion l'agaça. Elle ne savait sur quel pied danser avec Demetri. Il pouvait être attentionné quand il le voulait, et vindicatif quand il le devait.

– Il va me falloir plus de temps pour l'exclusivité, dit-elle retenant son souffle en attendant sa réponse.

– Je vais voir ce que je peux faire, finit-il par répondre. Mais… je ne peux rien promettre.

Ce n'était pas la réponse qu'elle attendait, et son estomac se noua de plus belle.

– Si tu veux me garder comme employée, n'insiste pas, Demetri.

Il soupira et elle l'imagina se frotter le front, comme s'il avait mal à la tête. Elle l'avait vu faire plusieurs fois, surtout lorsqu'il avait regardé trop longtemps l'écran de son ordinateur.

– Je m'en occupe, dit-il. Toi… occupe-toi de ton amie. Et de toi.

Elle raccrocha sans le remercier.

Lorsqu'elle arriva au premier étage de l'hôpital, elle apprit de la mère de Lexa que le médecin était passé durant la matinée et avait dit que ses signes vitaux s'amélioraient. Perséphone sentit sa poitrine se gorger d'espoir.

– C'est une bonne nouvelle, non ?

– C'est positif, oui, répondit Eliska. Leur véritable inquiétude est son cerveau.

Eliska expliqua à Perséphone que Lexa avait des contusions cérébrales et qu'il était impossible de connaître l'étendue de ses blessures, qu'elles pouvaient être mineures comme sévères.

Perséphone n'aimait pas ces probabilités, et l'espoir qu'elle avait ressenti quelques secondes plus tôt disparut.

Il n'y avait pas grand-chose à faire à l'hôpital, donc Perséphone se percha sur le rebord d'une fenêtre et sortit son ordinateur. Elle comptait se mettre au courant des dernières infos, mais elle ne cessait de repenser aux paroles d'Hermès.

« *Tu vas devoir te comporter comme une déesse.* »

– Mais qu'est-ce que ça veut dire, bon sang ? marmonna-t-elle.

Est-ce qu'il essayait de lui dire qu'elle devait être davantage comme Aphrodite ou Héra ? Perséphone n'avait aucune envie de faire une croix sur les éléments qui la liaient au monde des mortels. C'étaient ces choses qui avaient forgé son identité quand elle était venue à Nouvelle Athènes, et maintenant, c'était comme si on lui enlevait tout ça.

Le monde entier voulait qu'elle soit quelqu'un qu'elle n'était pas.

Perséphone se changea les idées en s'informant à propos d'Apollon.

Il s'avérait que d'autres journaux écrivaient désormais sur lui, comme elle l'avait fait, racontant comment Apollon avait menacé de détruire les carrières de ses amants si ceux-ci le quittaient.

Elle se demanda si c'était pour ça qu'elle n'avait pas encore eu de nouvelles du dieu de la Musique.

Ces nouvelles allégations ont émergé quelques jours à peine après que la maîtresse d'Hadès, Perséphone Rosi, a publié une critique virulente du dieu.

L'article refusait néanmoins d'accuser le dieu de la Musique, déclarant : *Les allégations restent à vérifier. Divine Entertainment a contacté les représentants du dieu, mais ils ont pour l'instant refusé de commenter l'actualité.*

Sans doute parce qu'Apollon n'a plus d'Oracle, pensa-t-elle.

Perséphone remarqua quelque chose de vert, du coin de l'œil, et lorsqu'elle tourna la tête, elle vit des lianes jaillir du rebord de la fenêtre et grimper sur la vitre. Nourri par sa colère, le lierre poussait à toute vitesse. Elle l'écrasa avec sa main, comme pour tuer un insecte, et l'arracha.

Dieux, je suis un désastre ambulant.

– Est-ce que ça va ?

Perséphone sursauta et se tourna vers Jaison.

Il faisait peur à voir.

– Est-ce que tu as dormi ? demanda-t-elle.

Il lui sourit tristement.

– De temps en temps.

– Tu devrais te reposer, l'encouragea-t-elle. Tu peux aller chez nous, c'est plus près que chez toi.

– Je ne… et s'il se passe quelque chose pendant que je ne suis pas là ? Ou que je dors ? Et si je rate…

Perséphone savait ce qu'il allait dire. Et s'il ratait l'occasion de lui dire adieu ? Elle n'avait pas de bonne réponse à lui offrir, car elle pensait la même chose.

– Les médecins disent que ses signes vitaux sont meilleurs aujourd'hui.

Jaison acquiesça. Il avait quelque chose en tête. Il pointa son pied sur le sol et l'agita, les mains dans les poches, puis il s'assit sur le minuscule rebord de fenêtre. Perséphone se décala en étudiant son visage.

– Est-ce qu'Hadès a dit qu'il pouvait aider ? demanda-t-il à toute vitesse, comme s'il voulait mettre cette conversation derrière lui le plus vite possible.

Perséphone ne pensait pas que cette question lui ferait autant de mal, mais elle en eut le souffle coupé.

– Il a dit… qu'on ne l'avait pas encore perdue, répondit-elle, les larmes aux yeux.

– Je m'en doutais, acquiesça Jaison.

– Comment ça ? demanda Perséphone en fronçant les sourcils.

Il haussa les épaules et fuit son regard.

– C'est le dieu des Morts, pas le dieu des Vivants. Pourquoi sauverait-il une vie alors qu'il peut en ajouter une à son royaume ?

– Hadès n'est pas comme ça, dit Perséphone. C'est plus compliqué que tu ne le crois. Les Moires…

– C'est ce qu'il veut te faire croire, rétorqua Jaison. Mais… comment tu sais que c'est vrai ?

– Jaison, gronda-t-elle d'une voix tremblante.

Elle croyait Hadès, parce qu'elle avait vu les traces sur sa peau, une pour chaque vie qu'il avait sauvée.

– Tu le défends, mais ça dit quoi de lui ? Qu'il ne veut même pas t'aider quand tu as le plus besoin de lui ?

Parce que ce n'est pas moi qui ai le plus besoin de lui. C'est Lexa, pensa-t-elle.

– Tu es injuste, Jaison.

– Peut-être que tu as raison, répondit le mortel. Pardon, Seph.

Elle ne lui dit pas que ce n'était rien, parce que ça ne l'était pas. Les propos de Jaison étaient odieux, et ils lui transpercèrent le cœur.

Est-ce que le fait qu'Hadès refusait de l'aider signifiait qu'il ne l'aimait pas autant qu'elle le pensait ?

C'est ridicule, ricana-t-elle dans sa tête.

Mais elle fut forcée de se demander comment il pouvait la regarder souffrir ainsi.

Comme l'état de Lexa restait le même, Perséphone choisit de maintenir son rendez-vous avec Leucé. Elle devait retrouver la nymphe à La Perle, une des boutiques d'Aphrodite qui se trouvait dans le Fashion District de Nouvelles Athènes.

Ilias avait réussi à programmer une session de shopping privée pour elle et la nymphe. Il avait aussi demandé à Antoni de les y conduire, ce dont elle lui était infiniment reconnaissante après son trajet désastreux du matin.

Quand Perséphone entra dans la boutique, elle fut assaillie par le parfum de rose qui y régnait. C'était exactement ce à quoi elle s'était attendue de la déesse de l'Amour. La moquette à ses pieds était blanche et duveteuse, les fauteuils étaient moelleux et couverts de strass, et tout semblait scintiller.

Perséphone déambula dans la boutique, effleurant les tissus soyeux, étudiant les bijoux précieux.

– Lexa adorerait cet endroit, dit-elle à voix haute.

– Je n'en doute pas, répondit une voix.

Perséphone fit volte-face. Aphrodite était étendue sur une méridienne, vêtue d'un ensemble qui ressemblait à de la lingerie, une nuisette rose recouverte d'un peignoir fuchsia et transparent. La tenue accentuait sa silhouette, et ses boucles blondes tombaient sur ses épaules. Perséphone se demanda si elle avait atterri sur la banquette dans cette position ou si elle avait pris la pose.

Il lui semblait qu'Aphrodite en était tout à fait capable.

– Aphrodite ! s'étonna Perséphone.

– Perséphone.

– Je ne savais pas que tu serais là.

– Oh, je suis venue voir comment tu allais. J'ai vu les infos.

– Toi et le reste de la ville, marmonna Perséphone. Je vais bien, comme tu peux le voir.

La déesse blonde haussa un sourcil.

– Je vois que ta vie sexuelle est épanouie.

Perséphone se crispa et plissa les yeux.

– Comment tu le sais ?

– Je le sens, dit-elle. Tu embaumes Hadès. La nuit a dû être folle. Vous vous êtes réconciliés sur l'oreiller ?

– C'est un sacré pouvoir, dit Perséphone, et Aphrodite haussa les épaules. Et toi ? Comment tu vas ?

La déesse parut surprise par sa question, comme si personne ne la lui avait jamais posée.

Elle fronça ses jolis sourcils blonds et Perséphone vit son expression changer, elle sembla confuse, comme si elle ne comprenait pas pourquoi la question suscitait autant d'émotions.

– Je ne sais pas, dit-elle enfin.

Aphrodite n'avait jamais été aussi sincère, et Perséphone aurait aimé explorer davantage la douleur qu'elle percevait derrière sa réponse, mais la clochette de la porte tinta et Leucé entra dans la boutique.

Aphrodite se racla la gorge en souriant.

– Eh bien, il est temps que je parte.

– Attends. Aphrodite... Je... je suis navrée. Si jamais tu as envie de parler...

– Ce n'est pas le cas, répondit la déesse avant de sourire tristement. Je veux dire... merci, Perséphone.

Sur ce, elle disparut.

– Perséphone ? appela Leucé.

La nymphe paraissait encore plus pâle sous les lumières étincelantes de la boutique. Elle sembla se détendre quand elle vit Perséphone dans l'autre pièce.

– Ah, tant mieux, tu es là.

– Tu t'attendais à ce que je ne vienne pas ?

La nymphe haussa les épaules, l'air gênée.

– Je ne t'en aurais pas voulu de changer d'avis.

– Je tiens ma parole, Leucé, dit Perséphone d'un ton froid.

– Je sais. C'est juste que... je suis habituée à être déçue, c'est tout. Pardon.

Perséphone fronça les sourcils et eut pitié de la nymphe.

Deux vendeuses arrivèrent et débarrassèrent Perséphone et Leucé de leurs vestes et de leurs sacs avant de leur offrir une coupe de champagne.

– La boutique est à vous, dit l'une d'entre elles. Nous sommes là pour vous servir.

Il fallut du temps à Perséphone et Leucé pour trouver un peu d'enthousiasme, mais Leucé tendait bientôt une pile de vêtements aux vendeuses.

– Tu comptes changer toute ta garde-robe ? demanda Perséphone.

– Non… mais je me suis dit, pourquoi pas tout essayer ? Ce n'est pas comme si j'allais avoir d'autres occasions comme celle-ci.

Perséphone sourit, car Leucé parlait comme Lexa.

– Tu ne veux rien essayer ? demanda Leucé.

– Je ne crois pas. Je n'ai besoin de rien.

– Ce n'est pas une question de besoin. C'est amusant.

– Fais-toi plaisir, dit Perséphone. Je suis contente de te regarder en sirotant mon champagne.

Leucé fronça légèrement les sourcils avant de disparaître dans la cabine d'essayage.

Perséphone regrettait vraiment que Lexa ne soit pas là. Le shopping était son truc. Lorsqu'elles s'étaient rencontrées à la fac, Lexa l'avait justement amenée ici. Elles avaient ri aux éclats en essayant des robes et en buvant du jus de raisin pétillant. C'était la première fois qu'on lui avait dit que ses « couleurs » étaient le rouge, le doré et le vert, et la première fois que quelqu'un d'autre que sa mère lui avait dit qu'elle était belle, la première fois que le compliment lui avait paru sincère.

Ça avait été une journée merveilleuse.

Les souvenirs de Perséphone furent interrompus par la sonnerie de son téléphone. C'était Jaison.

Son cœur se mit à battre la chamade quand elle décrocha.

– Est-ce que tout va bien ? demanda-t-elle directement, sans dire bonjour.

– Oui, Perséphone. Je voulais juste te dire que Lexa vient de sortir du bloc.

– Quoi ? Pourquoi tu ne me l'as pas dit plus tôt ?

– Parce que tout allait bien.

Comment était-ce possible alors que Lexa avait dû être réopérée ?

Perséphone ne put s'empêcher de penser que Jaison avait fait exprès de ne pas la prévenir, sans doute parce qu'elle n'avait pu convaincre Hadès d'aider Lexa.

– Et si ça n'avait pas été le cas ?

– C'est pour ça que je ne te l'ai pas dit plus tôt, répondit-il d'un ton agacé. Parce que tu paniques et que tu aggraves la situation.

Ok, ça, ça fait mal.

– Elle avait une hémorragie interne. Ils l'ont prise à temps, et elle est à nouveau stable, dans l'Unité de soins continus.

– Attends, je panique, moi ? Pardonne-moi de me faire du souci pour ma meilleure amie, Jaison.

– Ouais, eh ben, c'est ma copine.

Elle n'entendit plus rien et lorsqu'elle recula le téléphone pour regarder l'écran, elle découvrit que Jaison lui avait raccroché au nez.

Bon sang, mais qu'est-ce qui se passe ?

Soudain, Perséphone n'arriva plus à respirer et elle sentit son cœur battre à toute vitesse dans ses tempes. Elle regarda autour d'elle, tout était flou. La seule pensée qui lui vint était qu'elle était en train de mourir.

Elle sortit de la boutique en courant et elle entendit quelqu'un crier son prénom.

– Lady Perséphone !

Elle longea le trottoir aussi vite que possible et s'arrêta dans une ruelle. Elle s'adossa contre le mur de briques et se pencha en avant pour essayer de récupérer son souffle.

– Lady Perséphone ? Est-ce que ça va ?

Leucé l'avait suivie dehors. Il fallut à Perséphone un moment, mais elle finit par se redresser.

– Tu m'en veux si on arrête le shopping ?

Leucé écarquilla ses grands yeux étrangement innocents et hocha la tête.

– Bien sûr. Tout ce que tu veux.

– Un café, dit Perséphone.

– Ça marche.

Elles se rendirent au Coffee House, le dernier lieu où Perséphone pouvait encore se rendre sans être embêtée. Elle commanda deux latte vanille pour elle et Leucé, qui n'avait jamais bu de café.

Elles s'assirent en face l'une de l'autre et Perséphone tint sa tasse dans ses mains, regardant fondre la feuille en mousse jusqu'à ce qu'elle disparaisse.

– Comment ils font ce dessin ? demanda Leucé en étudiant la mousse comme si c'était un spécimen rare.

– Avec beaucoup de précautions, répondit Perséphone.

La nymphe prit une gorgée hésitante.

– Hmmm, murmura-t-elle avant de boire une plus grosse gorgée.

Perséphone se rappelait la première fois qu'elle avait bu du café. Elle n'avait pas vraiment aimé, en fait, mais Lexa avait soutenu que c'était parce que c'était un café noir.

Elle avait eu raison, il avait suffi d'un peu de lait pour que ça devienne sa boisson préférée.

– Attends de goûter du chocolat chaud, dit Perséphone.

Leucé fit de gros yeux.

Un silence s'installa entre elles et Perséphone garda les yeux rivés sur sa tasse. Elle ne savait quoi dire à Leucé et elle sentait que son corps ne s'était pas encore remis de sa crise d'angoisse.

– Tu veux parler de ce qui t'est arrivé tout à l'heure ? demanda Leucé.

Perséphone la regarda dans les yeux et fit non de la tête.

– Je ne préfère pas.

La nymphe hocha la tête.

– Je suis désolée que ton amie soit malade.

– Elle n'est pas malade, rétorqua Perséphone.

Elle n'avait pas voulu être aussi sèche, mais elle n'avait pas pu se retenir. Et puis, elle était encore inquiète de ce qui lui était arrivé dans la boutique.

– Elle est blessée. Quelqu'un l'a blessée.

– Je suis désolée, chuchota Leucé.

– Merci, répondit Perséphone en laissant ses épaules retomber. Je suis désolée. C'est… dur.

– Je sais, acquiesça Leucé.

Perséphone leva les yeux vers elle et la nymphe s'expliqua.

– Quand je me suis réveillée, il y a quelques jours, tout ce que je connaissais avait changé. La plupart de mes amis sont morts. J'étais en colère, au début. Je crois que je le suis encore.

Perséphone ne sut quoi répondre. Maintenant qu'elle avait pris du recul sur la situation et que sa colère envers Hadès s'était calmée, elle pouvait comprendre le point de vue de Leucé.

– Je suis navrée, Leucé.

– Au moins, je suis libre, admit la nymphe.

C'était étrange d'être face à cette femme et de découvrir combien elles se ressemblaient.

– Est-ce que tu étais… consciente pendant que tu étais emprisonnée ?

– Non, dit-elle. Je crois que ça aurait été encore pire. Peut-être que c'était une marque de clémence.

Perséphone se mordit la lèvre. Elles parlaient d'Hadès, mais de façon indirecte.

– Je ne… je ne lui en veux pas pour sa colère, dit-elle. Je l'ai provoquée. Ce n'était pas une relation saine. Pas comme la vôtre.

– Pourquoi tu dis ça ? Qu'est-ce que tu sais de notre relation ? demanda Perséphone.

– Vous avez de l'amour, répondit-elle. Il t'aime.

Perséphone détourna le regard. Elle n'avait pas envie de parler d'Hadès avec son ancienne amante. Leucé sembla le sentir et changea de sujet.

– Ton amie, est-ce qu'elle se remet bien ?

Perséphone ne sut quoi répondre, l'état de Lexa était stationnaire.

– Si seulement je pouvais la guérir, dit la déesse en secouant la tête.

Leucé resta silencieuse un moment.

– Je crois que je peux t'aider.

Perséphone regarda la nymphe dans les yeux et celle-ci se pencha sur la table pour chuchoter.

– Est-ce que tu as entendu parler des Mages ?

Elle en avait entendu parler, oui. Les Mages étaient des mortels qui pratiquaient la magie. Elle ne savait pas grand-chose à leur sujet, en dehors du fait qu'Hécate devait souvent réparer les dégâts causés par leurs sorts.

Leucé sourit discrètement.

– Je vois que oui. Qu'est-ce que tu sais d'eux ?

– Rien de bon.

– Ils ne le sont pas, admit Leucé. C'est une des rares choses qui n'a pas changé depuis mon époque. Mais certains, ceux qui sont doués, peuvent tisser des sortilèges puissants.

– Quel genre de sortilège ?

– De tout : des sorts d'amour, de mort, de guérison…

– C'est de la magie illégale.

C'était illégal, car cela allait à l'encontre des dieux. Les sortilèges d'amour relevaient du domaine d'Aphrodite, la mort de celui d'Hadès, et la guérison était celui d'Apollon.

– Illégal, oui, mais beaucoup préfèrent être redevables à un mortel qu'à un dieu. Je ne dis pas que tu dois accepter un contrat avec un Mage, mais… je peux te faire entrer dans leur club. Si tu attires leur attention, tu pourras avoir une audience avec eux.

– Et comment sauront-ils que je veux une audience ?

– Parce que personne n'y va à moins de vouloir quelque chose. Tiens, dit Leucé en sortant une carte de visite de sa poche.

Elle était noire et un nom était gravé dessus.

– L'Iniquité ?

– La boîte de nuit porte bien son nom. C'est un antre de cruauté et de péché. Ce n'est pas un lieu pour toi.

Perséphone émit un rire sans joie.

– Tu ne me connais pas très bien, si tu crois vraiment ce que tu dis.

– Peut-être, et je sais qu'Hadès me rechangerait en arbre s'il savait que je t'en ai parlé, mais… c'est peut-être le seul moyen pour toi de sauver ton amie, à moins que tu veuilles conclure un marché avec Apollon.

C'était hors de question.

– Tu peux m'y faire entrer quand ?

– Demain, si tu veux.

Perséphone tapota la carte dans la paume de sa main.

– Hadès sera furieux, s'il l'apprend.

Leucé sourit d'un air narquois.

– Il apprend toujours tout.

– Je te protégerai, répondit Perséphone.

– Je ne m'inquiète pas pour moi, dit Leucé. Qui va te protéger, toi ?

– De qui, d'Hadès ?

La question la prit de court, mais elle connaissait la réponse. Elle ne pouvait se protéger de son amant. Même si elle le voulait, elle ne pouvait rien contre le dieu des Morts.

– Je n'ai plus de protection contre Hadès.

Chapitre XIV

L'INIQUITÉ

Perséphone devait se présenter à L'Iniquité à minuit.

Plus tôt dans la journée, elle avait dit à Hadès qu'elle allait chez elle pour être avec Sybil. Mais au lieu de ça, elle avait passé la soirée à se préparer.

Le moins qu'on puisse dire, c'est que sa tenue était osée, elle se demanda ce que dirait Hadès s'il la voyait. Son haut à manches longues était en résille et lui arrivait à la base du cou, et sa jupe noire était très courte. Elle avait assorti le tout d'une brassière noire et de sandales à talons aiguilles.

– Tu es superbe, dit Sybil depuis la porte de sa chambre.

L'Oracle était vêtue d'un haut de pyjama bleu et d'un short gris.

– Merci.

– Tu n'as pas l'air ravie de sortir.

– Je n'y vais pas pour m'amuser.

Sybil hocha la tête.

– Tu es obligée d'y aller ?

– Je crois, oui. Est-ce qu'il y a quoi que ce soit que je devrais savoir ?

Elle ne savait pas bien comment les pouvoirs de Sybil fonctionnaient, mais elle aimait penser que si elle s'apprêtait à prendre un trop gros risque, Sybil le saurait. L'Oracle fit non de la tête et repartit vers le salon.

– Je t'appelle un taxi, dit-elle.

Perséphone se regarda à nouveau dans le miroir. Elle eut du mal à se reconnaître. Elle était différente. Elle avait… changé.

C'était sa noirceur, pensa-t-elle.

Or ce n'était pas Hadès qui l'avait fait jaillir à la surface.

Elle avait été libérée par la souffrance de Lexa.

– Ton taxi est là, dit Sybil en revenant.

– Merci, dit Perséphone.

Elle prit une longue inspiration qui lui parut néanmoins superficielle. Elle attrapa sa pochette et son téléphone, et lorsqu'elle se retourna pour partir, elle trouva Sybil dans l'embrasure de sa porte, en train de l'observer.

– Hadès ne sait pas où tu vas, n'est-ce pas ?

Perséphone ouvrit la bouche, puis la referma. Elle n'avait pas besoin de répondre.

– Ce n'est pas comme s'il ne savait pas comment me trouver, dit-elle.

– Juste… fais gaffe, Perséphone. Je sais que tu veux sauver Lexa, mais que vas-tu détruire pour y parvenir ?

Les paroles de Sybil la firent frissonner. Elle n'aimait pas ce que son amie sous-entendait. Tout ce que voulait Perséphone, c'était que tout redevienne comme avant l'accident de Lexa.

– Je croyais que je n'avais rien besoin de savoir.

L'Oracle lui sourit d'un air ironique.

– Tu ne fais jamais de promesses, et les Oracles parlent de façon énigmatique.

Soit.

Perséphone avait beaucoup appris au sujet des Oracles, grâce à Sybil. Ils avaient beau entendre des prophéties, leur interprétation dépendait de la personne qui les recevait.

Perséphone choisit de comprendre cela comme le fait qu'il n'y avait pas d'autre moyen, et elle partit pour L'Iniquité.

Elle ravala l'angoisse qui lui nouait le ventre lorsqu'elle dit au conducteur où elle souhaitait se rendre. Il la regarda dans le rétroviseur central, clairement mal à l'aise, mais il ne répondit rien, se contentant de hocher la tête avant de partir dans la nuit.

Perséphone s'affaissa sur la banquette arrière et consulta son téléphone.

C'était un réflexe, car elle avait l'habitude de toujours parler à Lexa, mais elle n'avait pas de message : ni de Lexa, ni de Jaison, ni d'Eliska. Rien.

Elle passa le trajet à lire les précédents messages de Lexa et lorsque le taxi s'arrêta, ses yeux étaient remplis de larmes et sa gorge était nouée. Sa tristesse était une motivation et l'aida à ravaler sa culpabilité.

La voiture s'était arrêtée devant un bâtiment en briques sans indice apparent. Elle ne vit le nom de la boîte nulle part et hésita à sortir du véhicule.

– C'est… le bon endroit ? demanda-t-elle.

– Vous avez dit L'Iniquité, c'est ça ? dit le chauffeur en désignant l'immeuble. C'est là.

Elle sortit du taxi et resta debout dans la rue silencieuse, seule. Elle s'était attendue à ce qu'il y ait une queue semblable à celle de Nevernight, même si Leucé lui avait fait comprendre que L'Iniquité était un lieu différent. On ne pouvait y entrer que sur invitation, la boîte était réservée à la face cachée de la ville. Elle frissonna et s'enfonça dans la ruelle. Le taxi l'avait déposée devant le bâtiment, mais les instructions de Leucé étaient claires : l'entrée était au fond, en bas des marches, et il ne fallait frapper qu'une fois.

Elle s'aventura dans la ruelle sombre et trouva la porte. Elle toqua une fois et un petit volet s'ouvrit dans la porte. Elle sursauta, mais ne vit rien par l'ouverture et il lui fallut un moment pour se souvenir du mot de passe.

– Parabase, dit-elle en frissonnant tout en réfléchissant au sens du mot.

Faire un pas de côté.

Elle savait que c'était ce qu'elle faisait, mais elle n'avait pas le choix, elle devait essayer.

Lexa avait besoin d'elle, et elle avait besoin de Lexa.

Le volet se referma et la porte s'ouvrit. Perséphone entra d'un pas hésitant. Comme à Nevernight, elle se retrouva dans une obscurité totale. Elle ne pouvait pas voir qui partageait l'espace avec elle, mais elle les sentait.

La personne ne dit pas un mot et passa devant elle. Après un court instant, des rideaux s'ouvrirent à quelques pas d'elle, et elle fut plongée dans un univers rouge, chargé de strass, de plumes et de lumières chaudes. La salle était pleine à craquer. Il y avait une scène encadrée par des rideaux rouges et des ampoules blanches. Des femmes y dansaient, vêtues de soutiens-gorge scintillants, de bas résille et de coiffes ornées de plumes immenses. Elles étaient exotiques et érotiques et se déhanchaient en rythme sur une musique sensuelle.

Perséphone se figea, hypnotisée.

L'air était chaud, lourd et sentait la vanille. Elle respira et le parfum remplit ses veines comme sa magie, parcourant son corps, réchauffant sa peau. Elle fit rouler sa nuque et ses épaules pour détendre ses muscles et se laisser bercer par la musique. La partie de son cerveau qui lui disait de rester sur ses gardes s'endormait peu à peu.

Une main se glissa dans la sienne et elle se tourna pour découvrir Leucé. La nymphe ne dit rien et tira Perséphone le long du mur du fond, dans un couloir sombre.

– Cet endroit… susurra Perséphone.

– C'est fait pour te piéger, Perséphone, dit Leucé en prenant le visage de la déesse dans ses mains. Ne te laisse pas envoûter et concentre-toi sur ta mission. L'air est toxique, ici. Il t'attirera dans un courant dont tu ne pourras plus t'échapper.

– J'aurais adoré avoir cette information avant d'arriver, dit Perséphone, légèrement agacée.

La nymphe lui sourit.

– Il n'y a rien que j'aurais pu faire ou dire pour te préparer. Soit tu es déterminée, soit tu ne l'es pas. C'est comme ça qu'ils choisissent.

Perséphone se concentra sur la nymphe. Ses yeux étaient d'un bleu intense et glacial. C'est alors qu'elle remarqua comment elle était habillée. Ses cheveux blancs étaient bouclés et bien coiffés, elle avait mis du rouge à lèvres rouge, et elle portait une courte robe à franges argentées qui brillaient comme toutes les étoiles du ciel. Elle ressemblait à une des danseuses.

– Tu travailles ici ?

Encore une fois, elle aurait aimé le savoir avant d'arriver, mais apparemment, Leucé n'avait pas pensé que c'était important.

– Concentre-toi sur ta mission, Perséphone. Souviens-toi que c'est ce que tu as voulu.

Les propos de la nymphe sonnèrent comme une menace et elle la fusilla du regard. Soudain, elle eut envie de rappeler à Leucé qui elle était vraiment.

– Alors, dis-moi quoi faire. Comment je fais pour qu'ils me remarquent ?

– Tu danses, répondit Leucé. Si tu les intéresses, ils viendront à toi.

Perséphone regarda par-dessus son épaule en direction des centaines de personnes qui étaient agglutinées sur la piste de danse.

– Tu veux dire que tous ces gens sont venus pour la même chose ?

– Pas la même chose, non, mais ils sont là parce qu'ils veulent quelque chose.

– Leucé, il se passe quoi d'autre ici, à part de la magie illégale ?

– Tu n'as pas envie de le savoir, Perséphone. Crois-moi.

Leucé partit, et Perséphone se joignit à la foule. Pendant quelques secondes, elle eut l'impression de lutter contre un courant et elle paniqua. Mais, comme avant, elle trouva la musique envoûtante, comme si celle-ci dansait sur sa peau et pénétrait ses pores, jusqu'à ce qu'elle bouge en rythme, se déhanchant, levant les bras au-dessus de sa tête. Son front se couvrit de sueur et elle revit les nuits sensuelles qu'elle avait passées avec Hadès – ses lèvres douces sur les siennes, sa langue soyeuse lapant sa peau sensible, son corps chaud et luisant, sa queue qui la remplissait et exigeait son plaisir. Son souffle devint superficiel et un gémissement lui échappa.

Elle se sentit enragée, affamée et désespérée.

Mais ce n'était pas fini.

Ses souvenirs furent infiltrés par un autre visage, ce n'était pas son corps sous celui d'Hadès. C'était celui de Leucé. Elle avait le dos cambré, la tête penchée en arrière et la bouche ouverte tandis qu'elle criait le nom de son amant.

Ce fut suffisant pour rompre le sortilège qui l'avait envoûtée. Soudain, elle redevint consciente de ce qui l'entourait, des corps qui se pressaient contre le sien, de la sensation des peaux moites qui effleuraient la sienne.

Elle sentit des mains sur ses hanches et un corps se coller à elle, par-derrière. Elle se retourna sur un homme vêtu de noir. Dans la lumière rouge, ses yeux semblaient noirs. Elle se demanda d'abord s'il était là pour l'inviter à voir les Mages, mais ses mains restaient sur ses hanches. Elle le poussa en arrière, espérant se décoller de lui, mais deux autres mains saisirent ses épaules.

Perséphone se débattit. Son cœur battait la chamade et sa magie vibrait dans son sang, mais lorsqu'elle se tourna pour voir l'autre personne qui l'avait touchée, les deux hommes disparurent dans la foule.

Troublée, elle se fraya un chemin jusqu'au bord de la piste de danse. Elle se réfugia dans l'obscurité, souhaitant se fondre dans l'ombre, et elle s'adossa contre un mur, à l'entrée d'un couloir.

Son corps tremblait encore après les souvenirs qui l'avaient assaillie sur la piste de danse. Elle était aussi excitée qu'énervée. Quel genre de magie horrible encourageait des pensées aussi sales ? Et pourquoi avaient-elles changé pour prendre une tournure qui lui donnait envie de vomir ? Elle n'avait pas envie de penser à Hadès et Leucé ensemble. Elle ne voulait pas s'attarder sur le fait qu'elle et la nymphe connaissaient toutes les deux le corps d'Hadès.

Elle aimait penser qu'elle connaissait un Hadès différent, et que sa façon de la faire jouir était différente de ce qu'il avait fait avec d'autres maîtresses.

Elle se sentit ridicule en pensant à tout ça. Peut-être que la magie qui l'avait envoûtée sur la piste ne l'avait pas encore tout à fait quittée.

Perséphone était cachée dans la pénombre, face aux pulsations des danseurs, lorsqu'on fourra quelque chose dans sa main fermée. La sensation était étrange et soudaine, de la magie, comprit-elle en ouvrant la main et en y découvrant un bout de papier. Elle le déplia et lut un numéro écrit à la main : *777*. Sous le numéro était dessinée une flèche, comme si on l'invitait à emprunter le couloir.

Elle regarda autour d'elle, mais elle ne vit rien, tout en ayant l'impression que la salle entière l'observait alors qu'elle était tapie dans l'ombre. Elle se décolla du mur et suivit la flèche jusqu'au fond du couloir, où elle trouva un ascenseur. Celui-ci n'était visible que parce que les numéros et les portes étaient éclairés en rouge.

Elle appuya sur le bouton et les portes s'ouvrirent sans un bruit.

Une fois à l'intérieur, elle vit que les chiffres s'arrêtaient à huit. Elle supposa qu'elle devait aller au septième étage et que le numéro sur le papier était celui d'une pièce.

Après le brouhaha de la piste de danse, le silence qui régnait dans l'ascenseur lui sembla assourdissant. Elle se sentit mal à l'aise et elle se concentra sur ce qui l'attendait, l'inconnu. Et si Leucé se trompait à propos des Mages ? S'ils lui demandaient quelque chose qu'elle ne pouvait leur donner ? S'ils ne pouvaient pas l'aider ?

Lorsque les portes s'ouvrirent, elle découvrit un hall sur lequel donnait une unique porte noire. Elle s'en approcha d'un pas hésitant tandis que, dans sa tête, sa peur et sa culpabilité se battaient pour la première place. Elle finit par frapper, et une voix l'invita à entrer.

La poignée était froide et lui donna la chair de poule. Derrière, la pièce était obscure, avec un sol en marbre noir ainsi que des murs sombres. La seule source de lumière provenait du centre de la pièce, éclairant une estrade arrondie sur laquelle trônait un fauteuil moelleux, dans lequel était assis un homme qu'elle connaissait.

Kal Stavros.

Il était exactement comme sur les photos des tabloïds. Son visage parfait était carré, ses yeux bleus, et il avait d'épais cheveux noirs.

Elle détestait sa tête.

Perséphone plissa les yeux et serra les poings. La colère qui surgit en elle en voyant cet homme était dure à contrôler et elle sentit sa magie s'agiter en elle.

– Perséphone, ronronna Kal.

Serait-il possible de plonger une main dans sa gorge pour en arracher son prénom ? se demanda Perséphone.

– J'espère qu'Alec et Cy ne t'ont pas fait peur, mais je devais être sûr que c'était toi.

Les hommes de la piste de danse travaillaient donc pour lui.

– Je comprends pourquoi Hadès s'est épris de toi, dit-il en la reluquant des pieds à la tête d'une façon qui lui donna la nausée. Tu es belle et intelligente, tu t'exprimes bien et tu es opiniâtre. Des qualités que j'admire.

– Ne me fais pas vomir, dit-elle. Dis-moi plutôt ce que tu veux.

Stavros ricana d'un rire machiavélique qui choquait chez un homme aussi beau.

– Je suis ravi que tu me le demandes, dit-il. Mais toi d'abord : qu'est-ce qui t'amène à L'Iniquité, au cœur du péché ?

Elle hésita. Que faisait-elle encore dans cette pièce ? Elle se tourna pour partir, mais au lieu d'être face à la porte par laquelle elle était entrée, elle était face à un mur de miroirs.

– Tu vas quelque part ?

Elle fit volte-face.

– Tu me retiens prisonnière ?

– Ce sont les règles de L'Iniquité. Une fois qu'on entre dans une chambre avec un dealer, on ne peut en ressortir sans qu'un marché ait été conclu.

Ce n'était pas ce que Leucé lui avait dit.

– Et si je n'ai pas envie d'un marché avec toi ?

– Tu n'as pas entendu ce que j'ai à te proposer.

– Si ce n'est pas une façon de sortir d'ici, ça ne m'intéresse pas.

– Même si ça implique de sauver ton amie ?

Sa question fut suivie d'un silence, et Perséphone déglutit.

– Qu'est-ce que tu en sais ?

Kal sourit.

– Je sais qu'elle mourra à moins que tu trouves un moyen de la guérir.

– Elle n'est pas en train de mourir, répondit Perséphone d'un ton sec.

C'était faux, c'était impossible. Ni Hadès ni Sybil ne le lui avaient dit, donc… Est-ce qu'ils ne le lui auraient pas dit, si c'était le cas ?

– Ce n'est pas ce que je vois.

Perséphone passa d'un pied sur l'autre. Elle était mal à l'aise dans cette pièce sombre, enfermée avec un homme qui lui avait déjà fait du chantage, une exclusivité en échange de son travail.

– Pourquoi je te ferais confiance ?

– Parce qu'au fond, tu sais que j'ai raison. Si tu pensais que Lexa allait vivre, est-ce que tu serais venue ?

Elle le détestait.

– Qu'est-ce que tu veux ?

Cette fois, lorsqu'il sourit, il montra ses dents blanches et parfaites.

– J'ai un marché pour toi. Je te donnerai le sort dont tu as besoin pour guérir ton amie si tu me donnes tout.

– Tout ?

– Je veux le moindre détail de ta relation avec Hadès. Je veux savoir comment tu l'as rencontré, quand il t'a embrassée pour la première fois et tous les détails scandaleux sur la première fois qu'il t'a baisée.

– Tu es malade.

– Je suis un homme d'affaires, Perséphone. Et le sexe fait vendre, déclara-t-il en reculant dans son fauteuil. Le sexe avec les dieux se vend encore mieux et toi, ma chère, tu es une véritable mine d'or.

– Je ne suis pas la seule à avoir couché avec Hadès.

Elle détestait le dire, mais c'était vrai.

– Mais tu es la première avec qui il s'engage, et ça vaut plus que les paroles d'un plan cul. Il tient à toi, ce qui veut dire qu'il fera tout pour te protéger, toi et les détails de votre vie privée.

Soudain, Perséphone comprit.

– Tu veux faire du chantage à Hadès ?

– On l'appelle bien Le Riche.

– Mais tu es riche, toi aussi ! rétorqua Perséphone.

– Pas autant que lui, dit Kal. C'est là que tu vas m'aider et, en échange, tu sauveras ton amie d'une mort certaine.

À ces mots, Perséphone se figea. Jusqu'à ce stade, elle aurait tout donné pour sauver Lexa, mais maintenant qu'on lui en donnait l'opportunité, elle fut envahie de doutes : pouvait-elle vraiment livrer les détails de sa relation avec Hadès en échange de la vie de sa meilleure amie ?

Elle fut accablée de honte et de culpabilité, aussi puissantes que le parfum d'Hadès qui embauma soudain la pièce. Elle baissa les yeux sur une forme noire qui luisait aux pieds de Kal, des serpents. Ils s'enroulèrent autour de ses chevilles et de ses poignets, mais Kal les remarqua seulement lorsque les corps visqueux des reptiles remontèrent sur sa gorge, et il se mit à crier, s'arrêtant brusquement lorsque les bêtes le serrèrent encore plus fort en sifflant dans son oreille.

Hadès se matérialisa, prenant Perséphone par surprise. Elle ne l'avait pas senti arriver.

– Tu me menaces, Kal ? dit-il d'une voix calme qui débordait néanmoins de rage.

– Non… jamais ! répondit Kal d'une voix aiguë.

Perséphone se tourna vers Hadès, il était furieux et cela se voyait dans ses yeux et dans le contact de ses lèvres lorsqu'il se baissa pour l'embrasser. Sa langue exigea d'entrer et lorsque Perséphone ouvrit la bouche, elle s'enroula aussitôt autour de la sienne. Il saisit sa nuque et son menton d'une main, tandis que l'autre empoignait ses cheveux. Il la força à ouvrir plus fort la bouche et lapa le fond de sa gorge. Lorsqu'il recula, il maintint sa lèvre inférieure entre ses dents.

– Tu vas bien ? demanda-t-il d'une voix rauque.

Elle hocha la tête, légèrement hébétée.

Hadès se concentra alors sur Kal et s'approcha de lui. Le mortel chercha à se justifier, toujours immobilisé sous la lumière blanche. Il serrait les accoudoirs de son fauteuil aussi fort que possible, n'osant pas bouger alors que les serpents glissaient sur son corps en sifflant.

– J… je suivais tes règles ! C'est elle qui m'a convoqué !

– Mes règles ? Tu insinues que j'approuverais que toi et ma maîtresse soyez en contact ?

– Ça équivaudrait à une exception, répondit Kal. Et il n'y a pas d'exception à L'Iniquité.

– Je tiens à être clair… gronda Hadès.

De longues griffes noires sortirent de la pointe de ses doigts et il saisit le visage de Kal entre ses mains. Le mortel hurla et des gouttes de sang jaillirent de sa peau, sous les pointes d'Hadès.

– … toute personne qui m'appartient est une exception aux règles de ce club.

Hadès souleva Kal de son fauteuil et le jeta par terre. Il atterrit dans un bruit sourd et les serpents se précipitèrent sur lui pour planter leurs crocs dans sa chair. Kal se mit à hurler et Perséphone observa la scène sans grimacer pendant que son amant torturait l'homme qui l'avait menacée.

– Enfoiré ! cria-t-il en se recroquevillant en position fœtale.

Ses mains tremblaient en essayant de couvrir ses plaies.

– Attention, mortel, gronda Hadès en se postant aux côtés de Kal, se déplaçant comme une volute de fumée.

– J'ai suivi les règles, gémit-il. J'ai suivi tes règles.

– Je connais parfaitement les règles, mortel. Tu ne t'en prends ni à moi ni à ma maîtresse, c'est compris ?

Kal roula pour se mettre à quatre pattes. Il eut du mal à lever la tête, mais il y parvint et chercha le regard de Perséphone.

– Aide-moi, cria-t-il.

– Ne lui parle pas, mortel.

Hadès posa sa botte sur les côtes de Kal et le poussa au sol. Il atterrit sur l'un des serpents, qui se vengea en le mordant à nouveau, lui arrachant un cri atroce.

Perséphone regardait sereinement la scène.

Qu'est-ce qui lui arrivait ? Elle devrait y mettre fin. Mais au fond, une part d'elle-même pensait que Kal le méritait vraiment.

Hadès se tourna vers elle et la regarda dans les yeux, mais elle ne parvint pas à déchiffrer son expression.

– Est-ce que je continue à le punir ? demanda Hadès.

Perséphone le dévisagea avant de regarder Kal. Elle marcha jusqu'à lui et s'agenouilla à ses côtés pour étudier son visage ensanglanté et strié de larmes.

– Est-ce qu'il aura des cicatrices ?

– Si tu le souhaites, oui.

– Je le souhaite.

Kal gémit.

– Chuuut, susurra Perséphone. Ça pourrait être pire. Je suis tentée de t'envoyer au Tartare.

Il se tut et Perséphone poursuivit.

– Demain, je veux que tu appelles Demetri et que tu lui dises que tu t'es trompé. Que tu ne veux plus l'exclusivité. Et tu ne me diras plus jamais quoi écrire. On est d'accord ?

Il acquiesça en tremblant.

– Bien, conclut Perséphone en souriant.

Elle se redressa et se tourna vers Hadès.

– Il peut vivre, dit-elle.

Le dieu soutint son regard un moment avant de se tourner vers Kal.

– Dégage !

La seconde suivante, le mortel et les serpents avaient disparu, et Perséphone se retrouva seule avec Hadès. Tout à coup, la colère qui les séparait devint solide, comme un mur de pierre, et Perséphone prit la parole avant qu'il ne le fasse.

– Tu as tout gâché !

Il parut surpris, mais il s'en remit rapidement et marcha vers elle.

– J'ai tout gâché ? Je t'ai évité de faire une grave erreur. À quoi tu pensais en venant ici ?

– J'essayais de sauver mon amie, et Kal me proposait un moyen de le faire, contrairement à toi.

– Tu livrerais notre vie privée, une des choses auxquelles tu tiens le plus, en échange d'un acte qui ne ferait que condamner ton amie ?

– La condamner ? Ça l'aurait sauvée ! Tu n'es qu'un enfoiré ; tu m'as dit de garder espoir ! Tu as dit qu'elle pourrait survivre !

Ils étaient nez à nez, à présent.

– Tu ne me fais pas confiance ?

– Non ! Non, je ne te fais pas confiance. Pas quand il s'agit de Lexa. Et c'est quoi ce lieu, Hadès ? C'est ton club, c'est ça ? C'est quoi ce bordel ?

Hadès tendit les bras et la saisit par les épaules pour l'attirer à lui.

– Tu n'étais jamais censée venir ici. Ce lieu n'est pas pour toi.

Perséphone grimaça.

– Leucé travaille ici, rétorqua Perséphone.

– Parce que c'est Leucé, dit-il, comme si ça expliquait tout. Tu m'as dit de lui rendre son boulot, et je l'ai envoyée ici. Toi… tu es… différente.

Elle le repoussa et fit un pas en arrière.

– Différente ?

– Je croyais qu'on s'était compris sur ce point, siffla Hadès. Tu comptes plus pour moi que n'importe qui, *plus que tout*.

– C'est quoi le rapport avec le fait de me cacher cet endroit ?

Hadès resta silencieux.

– Tout ce qui se passe ici est illégal, n'est-ce pas ? Les Mages sont ici. Quoi d'autre ?

Hadès ne voulait toujours pas répondre.

– Quoi d'autre, Hadès ? insista-t-elle.

– Tout ce que tu as toujours craint, répondit-il enfin. Des assassins, Des chefs de cartels de drogue…

Perséphone se sentit pâlir.

– Pourquoi ?

– J'ai créé un monde dans lequel je pouvais les observer.

– Les observer faire quoi ? Enfreindre la loi ? Faire du mal aux gens ?

– Oui, admit-il d'une voix rauque.

– Oui ? C'est tout ? C'est tout ce que tu as à dire ?

– Pour l'instant, déclara-t-il d'une voix tendue tandis que sa poitrine se gonflait de colère.

Il avança et Perséphone se tint droite et forte, sans peur, levant la tête pour le regarder droit dans les yeux.

– Qui t'a amenée ici ? demanda-t-il.

– Un taxi.

– Tu crois que je ne vais pas le découvrir ?

– J'ai mon libre arbitre, Hadès. J'ai choisi de venir ici de mon propre chef.

– C'est un choix qui ne peut rester impuni, dit-il en tendant la main.

Instinctivement, elle la dégagea.

– Tu es en train de me dire non ? gronda-t-il.

Elle savait que si elle disait non, il arrêterait, mais elle avait envie de le voir tenir sa parole et la punir. Car cela impliquait un plaisir intense, furieux, brusque et primitif, et elle avait besoin d'évacuer sa colère.

Elle secoua une fois la tête, et Hadès la fit tourner sur elle-même pour la mettre face au mur de miroirs. Elle s'appuya dessus et elle l'observa dans le reflet. Il écarta ses jambes et souleva sa jupe, le regard affamé.

Il caressa d'abord le creux de ses reins avant de lui mettre une fessée. Elle poussa un cri, de surprise plus que de douleur, et Hadès leva la tête pour chercher son regard dans le reflet du miroir. Il baissa sa culotte sur ses chevilles et l'aida à la dégager, et son sexe se contracta en anticipant la suite pendant qu'Hadès mettait le bout de dentelle noire dans sa poche.

Elle retint son souffle lorsqu'il passa une main entre ses cuisses et se cambra quand il taquina sa chair. Elle était bouillante et trempée. Elle n'avait absolument pas besoin de préliminaires.

– Tu es tellement trempée, siffla-t-il. Depuis quand tu es comme ça ?

– Depuis que je suis arrivée, gémit-elle. J'avais envie de toi sur la piste de danse. Je voulais que tu apparaisses, mais tu n'étais pas là.

– Je suis là maintenant, dit-il avant de se baisser pour l'embrasser sur l'épaule, puis dans le dos, puis sur les fesses.

Il la pénétra de ses doigts, toujours plus profondément, tandis que son autre main titillait son clitoris en lui faisant dessiner de petits cercles. Perséphone pouvait à peine respirer, se concentrant sur le plaisir que sa main lui procurait, sur le désir intense qui l'empêchait de réfléchir.

– Hadès, s'il te plaît.

Il retira ses mains et Perséphone poussa un cri frustré. Elle commença à se tourner vers lui, enragée par son besoin de jouir. S'il n'allait pas l'aider, elle s'en occuperait elle-même.

Mais Hadès la maintint en place en saisissant ses hanches.

– Reste, ordonna-t-il, et elle le fusilla du regard dans le miroir. Ce ne serait pas une punition si je te donnais ce que tu veux quand tu me le demandes, ajouta-t-il avec un sourire diabolique.

Elle plissa le regard et haussa le menton.

– Ne fais pas mine de ne pas avoir envie de moi.

– Oh, mais je ne prétends pas ça du tout, dit-il en ouvrant sa braguette.

Il empoigna sa verge et pénétra aussitôt Perséphone. Elle retint son souffle, persuadée que la queue d'Hadès était plus grosse que d'habitude. Elle le prit en elle et un cri guttural lui échappa lorsqu'il commença ses allers-retours.

Hadès parut d'abord ne pas savoir quoi toucher en premier – il empoigna ses seins, son ventre, ses hanches. Puis il saisit ses cheveux et les enroula autour de sa main, tirant sa tête en arrière pour l'embrasser. Lorsqu'il libéra sa bouche, ses coups de bassin ralentirent pour se faire plus profonds, et elle le sentit jusqu'au fond de son ventre.

– Tout ça est pour nous, dit-il. Tu ne partageras ça avec personne d'autre.

Perséphone ne put répondre que par un gémissement. Elle sentit l'intensité de ses paroles comme elle sentait les contours de son sexe en elle. Il passa son bras sur son ventre et la maintint en place, et Perséphone planta ses ongles dans sa chair.

– Il y a des choses qui sont sacrées pour moi, dit Hadès d'une voix essoufflée tandis que les gémissements de Perséphone ponctuaient ses propos. Ce qu'on fait est sacré pour moi. Tu es sacrée pour moi. Tu comprends ?

Perséphone hocha la tête, le front couvert de sueur, les sourcils froncés. Elle prenait tellement de plaisir qu'elle se pensait sur le point de devenir folle.

– Dis-le, ordonna-t-il. Dis que tu comprends.

– Oui, gémit-elle. Bon sang, oui. Je comprends ! Fais-moi jouir, Hadès !

Il la fit pivoter face à lui et l'embrassa en la plaquant contre l'immense miroir, savourant sa bouche avant de la soulever pour la pénétrer à nouveau.

Perséphone grogna et plongea ses mains dans ses cheveux. Lorsqu'il recula la tête, ses yeux pétillaient.

– Je n'ai jamais aimé quelqu'un comme je t'aime, toi, confessa-t-il. Je ne sais pas comment le dire. Aucun mot ne peut décrire ce que je ressens pour toi.

Perséphone s'agrippa plus fort à lui et rapprocha ses lèvres des siennes.

– Alors dis-le sans mots, répondit-elle.

Leurs bouches se rejoignirent et ils glissèrent au sol. Perséphone avait les genoux pliés, plantés dans le sol en marbre tandis qu'elle chevauchait Hadès, mais elle le remarqua à peine, trop concentrée sur le plaisir qui s'accumulait en elle. Elle ondula sur lui et entrelaça ses doigts avec ceux d'Hadès, lui faisant lever les mains au-dessus de la tête.

– Putain, jura Hadès en lâchant ses mains.

Il saisit ses hanches et l'aida à aller plus vite et plus fort. Ils se regardèrent dans les yeux jusqu'à ce que le plaisir soit trop intense. Perséphone pencha la tête en arrière tandis que son orgasme déferlait dans ses veines, et Hadès jouit juste après elle.

Elle s'écroula contre son torse, à bout de souffle, rassasiée, réconfortée d'être dans les bras d'Hadès. Ils restèrent longtemps silencieux, jusqu'à ce que leurs respirations se calment et que les battements de leurs cœurs ralentissent.

Puis Hadès rompit le silence.

– Épouse-moi.

Perséphone recula. Hadès était encore en elle et le mouvement embrasa son regard.

– Quoi ?

Elle avait dû mal entendre.

– Épouse-moi, Perséphone. Sois ma reine. Dis que tu seras à mes côtés… pour toujours.

Il était sérieux, et elle était… confuse. Pas à propos de son amour d'Hadès, mais à propos de tant d'autres choses.

– Hadès… je…

Elle ne savait pas quoi dire.

– Tu étais furieux contre moi il y a quelques minutes à peine.

– Et maintenant je ne le suis plus, répondit-il en haussant les épaules.

– Et tu veux m'épouser ?

– Oui.

Elle se leva et tituba, les jambes ankylosées. Hadès tendit les mains pour l'aider à retrouver l'équilibre, mais elle refusa.

– Je ne peux pas t'épouser, Hadès, répondit-elle alors que ses yeux se remplissaient de larmes. Je… je ne te connais pas.

Il fronça les sourcils.

– Bien sûr que tu me connais.

– Non, justement, rétorqua-t-elle en désignant du bras la pièce dans laquelle ils étaient. Tu m'as caché ce lieu.

Hadès baissa légèrement la tête et ses yeux se plissèrent.

– Perséphone, je vis depuis toujours. Tu apprendras toujours de nouvelles choses à mon sujet, et tu dois savoir que certaines ne te plairont pas.

– Ça n'a rien à voir, Hadès. Ce lieu est bien réel, et il existe dans le présent. Tu as embauché Leucé pour travailler ici. Je méritais d'être au courant, tout comme je méritais de savoir que Leucé était revenue !

Il ne répondit rien.

– Pourquoi tu ne me l'as pas dit ? demanda-t-elle.

– Parce que j'avais peur, rétorqua-t-il avant de se taire à nouveau.

Il avait parlé sur un ton colérique et elle se demanda s'il était frustré de devoir l'avouer ou frustré de ressentir de la peur, tout court.

– Pourquoi ?

– À cause de ta conscience morale, bien évidemment.

Il se leva et s'éloigna. Perséphone ne sut décrire l'effet qu'eurent ses paroles sur elle, mais elle avait envie de répondre que sa conscience morale n'était pas très élevée, étant donné qu'elle avait transformé Menthé en plante et qu'elle avait regardé Hadès torturer un mortel sans intervenir.

– J'avais besoin de temps pour trouver une façon de te montrer mes péchés, soupira-t-il. Pour t'expliquer leur origine. Au lieu de ça, tout le monde semble déterminé à le faire à ma place.

Perséphone cligna plusieurs fois des yeux et toute sa frustration disparut. Elle se sentit soudain… triste. Elle ne s'était pas attendue à ce qu'Hadès manque de confiance en lui sur ce point, et encore moins à ce qu'il soit frustré lorsque d'autres lui ôtaient sa chance de s'expliquer auprès d'elle.

Et elle n'était d'ailleurs pas certaine que ç'ait été l'intention de Leucé.

Elle força son visage à se détendre et fit un pas vers lui.

– Je suis désolée, Hadès.

– Pourquoi tu t'excuses ? demanda-t-il en fronçant les sourcils.

– Pour… tout, je suppose. D'être venue ici… de te dire non.

– Ce n'est rien. Je sais que c'est beaucoup te demander, surtout maintenant, avec Lexa et ton travail. Et je ne t'ai pas ménagée, ce soir, en te montrant une facette de moi que tu n'avais jamais vue.

– Tu n'es pas… vexé ?

Hadès réfléchit à sa réponse.

– Est-ce que j'aurais préféré que tu dises oui ? Bien sûr.

– C'est juste que… je ne suis pas prête.

– Je sais.

Il l'embrassa sur le front et ses lèvres avaient à peine effleuré sa peau qu'elle se mit à pleurer.

– Parle-moi, chuchota Hadès en embrassant ses larmes.

– J'ai tout gâché, sanglota-t-elle en cachant son visage contre son torse.

– Chut… Tu n'as rien gâché, ma chérie. Tu as été honnête envers toi-même et envers moi. C'est tout ce que je te demande.

– Comment peux-tu encore avoir envie de m'épouser maintenant ? Après que je t'ai dit non ?

– J'aurai toujours envie de t'épouser, parce que je te voudrai toujours comme femme et comme reine.

Elle fut réconfortée par sa voix solennelle et elle espéra que lorsqu'il la redemanderait en mariage, elle serait prête à accepter.

– Tu peux me montrer plus de ce lieu ? demanda-t-elle en essuyant ses larmes.

– Plus de L'Iniquité ?

– Oui.

Il poussa un grognement.

– J'ai le choix ?

– Si je dois être ta reine un jour ? Non.

Chapitre XV

UN RÉSEAU DE SECRETS

Il s'avérait qu'en tant que simple cliente occupée à danser, Perséphone n'avait rien vu de L'Iniquité. La boîte servait de repère aux familles criminelles de Nouvelle Athènes ainsi qu'à ses organisations secrètes, ses gangs et aux criminels indépendants. Leur antre se trouvait dans le sous-sol de l'immeuble et n'était accessible qu'en étant en possession d'une pièce ancienne qu'on appelait une obole.

– Je vois que tu as recyclé l'idée de faire payer l'accès aux Enfers, dit Perséphone en regardant le dieu des Morts.

Il rit dans sa barbe et l'escorta le long d'un couloir peu éclairé, jusqu'à une salle spacieuse dont la seule source de lumière était le mur de fenêtres. Perséphone s'en approcha et découvrit que la suite surplombait un salon décontracté, avec un bar et plusieurs petites tables. Des gens y étaient assis, occupés à jouer aux cartes ou à discuter, à boire et à fumer, remplissant des petits cendriers en cristal.

Perséphone effleura la vitre.

– Ils peuvent nous voir ?

– Non.

– Alors, tu les espionnes ? demanda-t-elle en regardant le dieu qui était resté en retrait dans l'ombre.

– Tu peux appeler ça de l'espionnage si tu veux.

Elle étudia les visages des clients et en reconnut un.

– C'est Nefeli Rella ? s'étonna-t-elle.

Elle ne s'attendait pas à voir la tenancière du Quartier du Plaisir, un quartier entier dédié aux maisons closes. La mortelle d'une cinquantaine d'années était très belle. Elle avait de longs cheveux bruns et elle était couverte de sequins et de plumes. Un porte-cigarettes en jade était perché entre son index et son majeur, et Perséphone se dit qu'elle n'avait jamais vu quelqu'un fumer avec autant de glamour.

Nefeli passait souvent aux infos, défendant la cause des travailleuses du sexe, plaidant pour des conditions de travail plus sécuritaires et des sanctions plus lourdes à l'encontre de ceux qui blessaient les prostituées.

– Elle a une dette envers moi, dit Hadès.

– Pourquoi ?

– Je lui ai prêté l'argent pour son premier bordel.

Perséphone ne savait pas quoi en penser.

– Pourquoi ?

– C'était une bonne opportunité, répondit-il simplement. Lui ayant prêté l'argent, je détiens une part de son entreprise et je peux m'assurer que ses escorts sont en sécurité.

Perséphone ne s'attendait pas à ça, mais elle n'aurait pas dû être surprise, Hadès était très protecteur vis-à-vis des femmes.

– Qui y a-t-il d'autre là-dedans ? demanda-t-elle.

Elle sentit que le dieu des Enfers se rapprochait d'elle, et elle le regarda du coin de l'œil pendant qu'il étudiait les clients en contrebas. Il désigna une petite table ronde nichée dans un coin sombre, où deux hommes jouaient aux cartes.

– Là, c'est Leonidas Nasso et Damianos Vitalis. Ce sont des milliardaires et les patrons d'organisations criminelles rivales.

– Nasso ? demanda Perséphone. Tu veux dire… le propriétaire de la chaîne Nasso Pizzeria ?

– Exactement, confirma Hadès. Les Vitalis sont aussi propriétaires de restaurants, mais leur véritable source de revenu est la pêche.

Perséphone reconnut le nom de la Criée Vitalis. C'était l'un des plus anciens et des plus gros vendeurs en gros de poissons du pays.

– S'ils sont rivaux, pourquoi jouent-ils aux cartes ?

– Parce que c'est un territoire neutre. Il est illégal de blesser une autre personne sur cette propriété.

– Je suppose que tu es l'exception à cette règle ? demanda-t-elle en haussant un sourcil.

– Je suis toujours l'exception, Perséphone.

– Ces gens, c'est l'élite de Nouvelle Athènes ?

Hadès hocha la tête, une seule fois.

– Ce sont les riches et les puissants de la ville, mais ils sont riches et puissants grâce à moi.

Perséphone y réfléchit un moment et ne sut quoi penser de sa réaction. Elle aurait dû être choquée par tout ce qu'elle découvrait là, mais au lieu de ça, elle se sentait curieuse.

Hadès lui montra quelques autres clients : Alexis Nicolo, un parieur professionnel, Helène Hallas, une faussaire d'art, et Barak Petra, un assassin.

– Un assassin ? Tu veux dire qu'on le paye pour tuer des gens ?

Hadès choisit de ne pas lui répondre, et elle comprit. Elle connaissait la réponse et, d'une certaine façon, l'entendre le confirmer ne ferait qu'aggraver la réalité.

– Je ne comprends pas, dit-elle en secouant la tête. Comment peux-tu te soucier d'éviter une existence misérable aux âmes dans l'au-delà alors que tu offres à ces… *criminels* un lieu où se regrouper ?

– Ce ne sont pas tous des criminels, dit-il. Je ne me fais pas d'illusions, Perséphone. Je sais que je ne peux pas sauver toutes les âmes. Mais, au moins, L'Iniquité m'assure que ceux qui opèrent dans la face cachée de la société suivent un code de conduite.

– Comment le meurtre peut-il faire partie d'un code de conduite ?

– Le meurtre n'en fait pas partie, dit-il. Sauf si le code est enfreint.

Elle se tourna vers Hadès.

– On ne peut pas tous être bons, expliqua-t-il. Mais, si l'on doit être mauvais, alors autant que ça serve un intérêt.

Elle plissa les yeux, ne sachant quoi penser, Hadès était littéralement un patron de la mafia.

– Je ne m'attends pas à ce que tu comprennes. J'ai plusieurs raisons de faire ce que je fais. L'Iniquité est aussi stratégique que le reste. Je détiens le réseau dans lequel opèrent les hommes et les femmes les plus dangereux de la société. Ils mangent dans ma main, et je pourrais les démanteler d'une simple pichenette. Et ils le savent tous, donc ils font ce qu'ils peuvent pour me faire plaisir.

Perséphone frissonna. Elle trouva étrange de découvrir qu'Hadès n'était pas seulement puissant à cause de sa maîtrise de la magie. Il était puissant grâce aux marchés qu'il établissait, et il venait de le prouver à nouveau.

– Tu veux dire, tous sauf Kal Stavros ?

Hadès haussa les épaules.

– Je t'avais dit que ce n'était qu'une question de temps avant que quelqu'un te fasse du chantage.

– Tu n'as jamais parlé de chantage, rétorqua Perséphone. Qu'est-ce que Kal a contre toi ?

– Rien. C'est simplement qu'il aimerait avoir le contrôle sur moi, comme tous les mortels.

Ce n'était pas la première fois qu'un mortel essayait d'obtenir une forme de contrôle sur Hadès. Après tout, chaque fois que l'un d'entre eux pénétrait dans Nevernight, c'était une tentative pour commander le dieu des Morts.

– Tu as peur de moi ? demanda-t-il après un long silence.

Sa question la prit de court. Elle savait qu'il la lui avait posée parce qu'il s'inquiétait, mais lorsqu'elle le regarda, elle ne put déchiffrer son expression.

– Non, se dépêcha-t-elle de répondre. Mais c'est beaucoup d'infos à encaisser.

Et c'était un exemple flagrant de la raison pour laquelle elle ne pouvait pas l'épouser.

Pas encore, en tout cas.

Comment pouvait-il lui demander d'être sa femme, sa reine, alors qu'elle ne se doutait absolument pas de tout ça ? N'était-ce pas un empire dont elle hériterait ?

Hadès fuit son regard et sa gorge se contracta, il semblait ravaler le malaise qui l'avait saisi.

– Je te dirai tout.

Elle n'en doutait pas, et elle comptait s'en assurer. Elle avait tant de questions à lui poser. Elle voulait connaître le nom de tous ceux qui entraient dans ce club, savoir quelles entreprises ils possédaient et savoir quelle part du monde Hadès contrôlait.

Une part d'elle avait envie de lui demander comment il pensait qu'elle réagirait en découvrant L'Iniquité, mais à l'évidence, il pensait qu'elle devait partir.

– Je crois que j'en ai entendu assez pour ce soir, dit-elle. Je préfère rentrer à la maison.

– Est-ce que tu veux qu'Antoni t'emmène ?

Elle lui sourit tendrement en comprenant qu'il pensait qu'elle parlait de son appartement.

– Autant que tu m'emmènes, dit-elle. On va au même endroit, après tout.

Il lui sourit, la prit par la taille et l'attira contre lui avant de se téléporter aux Enfers.

* * *

Perséphone n'arrivait pas à dormir.

Elle était blottie contre le corps chaud d'Hadès, et elle était à l'agonie. Non pas à cause de ce qu'elle avait appris à propos du dieu des Morts, mais à cause de ce que Kal avait dit sur Lexa.

« *Si tu pensais que Lexa allait vivre, est-ce que tu serais venue ?* »

Kal avait raison, bien sûr. Perséphone ne pouvait nier qu'elle avait cherché une façon de guérir Lexa de ses blessures en allant à L'Iniquité, et qu'elle l'avait fait parce qu'elle craignait que son amie ne s'en sorte pas. Parce qu'elle craignait que même si elle survivait, elle ne soit plus la même.

Elle ferma les yeux pour ravaler sa souffrance et se leva pour sortir de la chambre d'Hadès.

Les couloirs du palais étaient silencieux, éclairés par la seule lumière du ciel nocturne. Hadès n'avait pas réussi à capturer l'éclat du soleil, mais il avait parfaitement réussi à reproduire la lumière de la lune.

Perséphone traversa la salle à manger, ou plutôt la salle de banquet, et se dirigea vers la cuisine. Elle n'était jamais venue dans cette partie du palais. Hadès faisait toujours servir leurs repas dans la salle à manger, la bibliothèque, le bureau ou leur chambre.

Elle alluma et découvrit une cuisine moderne et immaculée. Les placards étaient blancs, les plans de travail en marbre noir et l'électroménager en inox. Elle se mit à fouiner dans les placards et trouva des casseroles, des saladiers et les ustensiles qu'elle voulait.

C'était le plus facile.

Le plus dur était de trouver les ingrédients pour cuisiner quelque chose.

N'importe quoi.

Elle finit par trouver le nécessaire pour faire un simple gâteau à la vanille et du glaçage. Il lui fallut quelques minutes pour comprendre comment fonctionnait le four, car le sien était plus vieux, doté de molettes et non de boutons tactiles.

Elle alluma le four et elle se mit au travail, concentrée sur sa tâche. Elle trouvait la pâtisserie très relaxante, peut-être parce que cela ressemblait à de la chimie, où l'on versait la quantité parfaite d'un ingrédient et où l'on créait quelque chose qui enchantait les sens.

Et c'était sans parler du fait que la pâtisserie lui permettait de se changer les idées. Toutefois, dès qu'elle eut enfourné son gâteau, un effroi accablant s'empara d'elle et lui coupa le souffle. Désespérée d'y mettre fin, elle se mit à nettoyer la cuisine. Alors qu'il y avait un lave-vaisselle, elle lava chaque ustensile à la main, le rinça et le sécha, et le rangea à sa place. Puis elle se concentra sur les éléments en inox, qu'elle avait recouverts d'empreintes.

Lorsqu'elle eut enfin fini, le seul indice que quelqu'un avait utilisé la cuisine était l'odeur du gâteau dans le four.

La minuterie indiquait qu'il restait encore quinze minutes de cuisson. Quinze minutes durant lesquelles elle allait être seule face à ses pensées tourmentées.

Elle alluma sa musique, espérant que cela suffirait à la distraire. Elle fit défiler les premiers morceaux, dont l'air était froid et lugubre. Ces chansons lui rappelaient Lexa et les paroles s'entremêlaient avec ses pensées, réveillant des souvenirs qu'elle préférait oublier. Plus elle faisait défiler les chansons, plus elle comprenait que peu importait la musique, tous les morceaux lui rappelaient Lexa.

Elle referma l'application en se sentant soudain épuisée. Ses yeux étaient irrités et ses membres étaient particulièrement lourds. Elle se laissa glisser par terre, illuminée par la lumière du four, et elle ramena ses genoux contre sa poitrine.

– Tu n'arrives pas à dormir ?

La voix d'Hadès la fit sursauter et elle le trouva dans l'embrasure de la porte, les bras croisés sur son torse nu. Il avait noué un linge noir sur sa taille et ses cheveux ébène tombaient sur son visage. Il semblait ensommeillé, et il était sublime.

– Non, dit-elle. J'espère que je ne t'ai pas réveillé.

– Tu ne m'as pas réveillé, mais ton absence, si, dit-il.

– Pardon.

– Ne t'excuse pas, répondit-il en souriant. Surtout si ça veut dire que tu as préparé un gâteau.

Il traversa la cuisine jusqu'à elle. Elle pensait qu'il allait la soulever pour la ramener au lit, et laisser le gâteau dans le four, mais il la surprit en s'asseyant par terre avec elle.

Elle prit le temps de l'étudier. Ses muscles saillants, sa barbe de trois jours, la courbe de ses lèvres charnues. Hadès était terriblement beau et incroyablement puissant, et il lui appartenait.

– Tu sais que je peux t'aider à dormir, dit-il.

Elle le savait, en effet, car il l'avait déjà fait.

– Le gâteau n'est pas encore prêt, chuchota-t-elle.

Ce n'était pas qu'elle tenait à ne pas faire de bruit, sa fatigue l'empêchait de parler plus fort.

– Je ne le laisserais jamais brûler, répondit Hadès.

Au bout de quelques minutes, il se tourna légèrement et elle appuya sa tête contre son torse. Sa peau était chaude, son parfum aussi enivrant que la vanille qui embaumait la cuisine et, même si elle voulait surveiller son gâteau, elle ne put s'empêcher de s'endormir dans ses bras, sur le sol de la cuisine.

Chapitre XVI

POINT DE RUPTURE

Le lendemain matin, Perséphone appela Eliska en se rendant au travail, car elle évitait Jaison depuis les propos horribles qu'il avait tenus sur Hadès après l'opération de Lexa. Elle avait suffisamment de mal à accepter qu'Hadès ne puisse pas l'aider sans qu'en plus Jaison remette en question leur amour.

La mère de Lexa lui parut épuisée. Elle l'informa qu'il n'y avait eu aucun changement dans les signes vitaux de sa fille. C'était un véritable cauchemar et plus il durait, plus Perséphone se faisait à l'éventualité qu'il lui faudrait vivre sans Lexa.

Après les événements de la veille au soir, cela lui apparaissait de plus en plus inévitable.

– Bonjour, Perséphone ! dit Hélène lorsque la déesse sortit de l'ascenseur.

Sa joie et son sourire s'évanouirent rapidement.

– Est-ce que tout va bien ?

Sa question fit enrager Perséphone.

– Non, rétorqua-t-elle.

Elle se sentit aussitôt coupable et elle fila à son bureau. Elle s'excuserait auprès d'Hélène plus tard, mais pour l'instant, il fallait qu'elle se calme.

Elle venait de s'asseoir lorsque Demetri sortit de son bureau.

– Tu as une minute, Perséphone ?

Sa colère surgit à nouveau, aussi spontanée qu'absurde. Elle aurait dû répondre non, demander à son patron de lui accorder quelques minutes pour s'installer, mais elle se surprit à le suivre dans son bureau.

– J'ai une bonne nouvelle, dit Demetri en s'asseyant sur son fauteuil.

Perséphone savait ce qu'il allait lui annoncer, mais elle attendit en le scrutant avec une indifférence qu'elle n'avait jamais ressentie auparavant. C'était la première fois, depuis qu'il lui avait posé l'ultimatum, qu'elle réalisait combien celui-ci l'avait affecté.

– Kal a décidé de ne pas t'imposer l'exclusivité.

Comme elle ne réagissait pas, Demetri fronça les sourcils.

– Qu'est-ce qui ne va pas ? Je pensais que tu serais heureuse.

– Eh bien, tu t'es trompé, dit-elle. Le mal est fait.

– Perséphone…

Elle détesta le ton sur lequel il avait prononcé son prénom, comme s'il la trouvait déraisonnable.

– Ne fais pas ça, supplia-t-il.

– Qu'est-ce que je ne dois pas faire ? Te mettre le nez dans ta merde ?

– Si c'était de la merde, tu aurais démissionné dès que j'ai été obligé de te poser l'ultimatum. Tu as beau prétendre que tu n'as pas besoin de ce boulot, je sais que c'est faux. C'est ton seul moyen de te distinguer d'Hadès.

Elle grimaça, vexée, et Demetri soupira, clairement frustré.

– Je suis désolé. Je n'aurais pas dû dire ça.

– Pourquoi pas ? dit-elle en riant sèchement. C'est la vérité.

– Ce n'est pas parce que c'est la vérité maintenant que ça le sera pour toujours. Si quelqu'un peut se faire un nom dans ce métier, c'est toi, Perséphone.

– La flatterie ne te mènera nulle part, Demetri.

Il ricana d'un rire amer.

– Alors je n'obtiendrai jamais ton pardon ?

– Mon pardon, oui. Ma confiance, non.

– Je suppose que je l'ai mérité.

Demetri baissa les yeux et trifouilla ses doigts nerveusement.

– Tu sais, je l'ai fait parce que je n'avais pas le choix.

– Je suis sûre que tu avais autant le choix que moi.

Il hocha la tête, mais son regard devint lointain, comme s'il repensait à quelque chose qui s'était produit il y a longtemps.

– Kal n'est pas Hadès, mais il est puissant, finit-il par dire. Je…

Il marqua une pause et se racla la gorge.

– … je lui ai demandé de l'aide.

Soudain, Perséphone comprit. Demetri savait que Kal était un Mage.

– De quelle façon ?

– Une potion d'amour.

– Je… je ne comprends pas, admit Perséphone en fronçant les sourcils.

Demetri leva enfin la tête pour la regarder dans les yeux.

– À la fac, j'ai rencontré un homme qui s'appelait Luca. C'est devenu mon meilleur ami, et j'étais fou amoureux de lui. Un soir, j'ai décidé de lui dire ce que je ressentais. Ses sentiments n'étaient pas réciproques… mais… je n'arrivais pas à imaginer une vie sans lui.

– Alors tu lui as donné une potion d'amour ?

Elle était outrée que Demetri ait eu recours à ce genre de chose. Les potions d'amour étaient loin d'être anodines. Ce n'était pas pour rien qu'il était illégal de les fabriquer et de les vendre. Elles ôtaient aux individus leur capacité à choisir et à dire non.

– Je n'en suis pas fier, avoua Demetri. Si c'était à refaire, je le laisserais partir.

– Tu dois faire marche arrière, dit Perséphone.

Son patron écarquilla les yeux. Apparemment, il ne s'attendait pas à ce qu'elle dise ça.

– Marche arrière ?

– Ou lui dire ce que tu as fait ! insista Perséphone. Demetri... c'était mal.

– Je ne t'ai pas avoué ça pour avoir ton avis sur la situation, dit-il en rougissant. Je te l'ai seulement dit pour que tu comprennes pourquoi je t'ai forcé la main.

– Je comprends, mais Demetri... si tu aimais vraiment...

– Non, gronda-t-il, la faisant taire. Cette conversation est finie.

– Demetri...

– Si j'apprends que tu l'as répété à qui que ce soit, tu seras virée. C'est une promesse.

Perséphone se pinça les lèvres et se leva, hébétée. Elle s'arrêta sur le pas de la porte et lui parla sans se tourner vers lui.

– Tu ne vaux pas mieux qu'Apollon.

Demetri éclata d'un rire froid et amer.

– Je crois que c'est la première fois que quelqu'un me compare à un dieu !

– Ce n'est pas un compliment, répondit Perséphone.

Elle savait qu'elle n'avait pas besoin de le préciser, car Demetri était parfaitement conscient de son opinion du dieu. Or, Apollon et Demetri avaient pris les mêmes décisions concernant les gens qu'ils prétendaient aimer et les résultats étaient dévastateurs, dans un cas comme dans l'autre.

Elle quitta le bureau de Demetri et rassembla ses affaires.

– Ah… euh… Perséphone ? risqua Hélène alors qu'elle passait par l'accueil pour prendre l'ascenseur.

La déesse ne s'arrêta pas.

– Perséphone ? insista la mortelle en venant jusqu'à elle.

– Quoi, Hélène ? gronda-t-elle.

– Est-ce que tu…

– Je t'en supplie, ne me demande pas si je vais bien.

Hélène referma la bouche et hésita, cherchant ses mots.

– Euh… c'est arrivé pour toi, dit-elle en lui tendant une enveloppe blanche.

– Qui… commença Perséphone.

Mais Hélène avait déjà tourné les talons.

Perséphone soupira. Elle ne pouvait pas lui en vouloir de la fuir. Elle avait désormais deux raisons de s'excuser auprès d'elle, mais ça attendrait, parce qu'il fallait qu'elle quitte cet endroit.

Elle monta dans l'ascenseur et ouvrit l'enveloppe, qui contenait un mot écrit à la main.

Ma très chère Perséphone,

Je vois que tu n'as pas aimé la rose. Peut-être trouveras-tu mes futurs cadeaux plus acceptables.

Ton admirateur

C'était la première fois qu'elle repensait à la rose depuis qu'elle l'avait trouvée sur son bureau, quelques jours plus tôt. Elle y était encore, fanée et oubliée après l'accident de Lexa. Elle avait supposé qu'elle venait d'Hadès, mais elle comprenait maintenant que ce n'était pas le cas. Elle allait devoir dire à Hélène de ne plus accepter de cadeaux ou de courriers sans signature.

Perséphone se sentit mal à l'aise et froissa la lettre avant de la jeter en sortant de l'ascenseur.

Elle appela un taxi et fila à l'hôpital pour voir Lexa.

Elle ne s'habituerait jamais à cet endroit. Le simple fait d'en approcher l'angoissait, et cela ne fit qu'empirer lorsqu'elle arriva au premier étage et se rendit à la chambre de Lexa. Elle s'arrêta brusquement en voyant Eliska et Adam discuter avec le médecin.

– À ce stade, c'est quelque chose qu'il faut envisager, disait le docteur.

Les parents de Lexa semblaient anéantis.

Perséphone se baissa pour se cacher derrière un ordinateur et écouter leur conversation.

– Elle aura combien de temps ? Une fois que le respirateur aura été débranché ? demanda Adam.

– Ça dépendra d'elle. Ce pourrait être une question de secondes ou de jours.

Perséphone avait envie de vomir.

– Bien sûr, c'est à vous de décider, dit le médecin. Je vous laisse le temps d'y réfléchir. Si vous avez des questions, n'hésitez pas à venir me voir.

Perséphone tourna les talons et longea le couloir en courant pour aller aux toilettes. Elle y parvint juste à temps pour vomir et, lorsque plus rien n'en sortit, son estomac continua de se soulever, lui faisant cracher de la bile.

Il lui fallut beaucoup de temps pour se remettre et quand elle entra enfin dans la chambre de Lexa, Eliska était seule. Elle leva la tête en voyant Perséphone et lui sourit.

– Salut, Perséphone, dit-elle.

– Bonjour, Madame Sideris. J'espère que je ne vous dérange pas. J'aurais dû vous prévenir que je venais.

– Ce n'est rien, ma puce, dit-elle en s'étirant. Si tu comptes rester un moment, je crois que je vais aller marcher…

Perséphone parvint à sourire et à hocher la tête. Lorsque Eliska fut partie, elle s'assit délicatement sur le lit de Lexa et lui prit les mains. Sa peau était bleuie par la perfusion et décolorée par le sparadrap qui servait à fixer les tubes qui pénétraient son corps.

Une immense culpabilité l'affligea et lui courba le dos. Elle n'avait pas trouvé de remède pour guérir les blessures de Lexa. Une machine respirait à sa place et maintenait son corps en vie, et ses parents voulaient la débrancher.

La plus grande peur de Perséphone était en train de se réaliser.

Qu'est-ce qui serait si horrible, de voir Lexa aux Enfers ?

La réponse à cette question aurait dû être simple, mais c'était en réalité très compliqué, car après la demande en mariage d'Hadès, des doutes atroces l'avaient envahie, qu'il lui était impossible d'ignorer. Que se passerait-il si leur couple n'était pas fait pour durer à jamais ? Et si elle perdait l'accès aux Enfers et aux âmes ? Cela voudrait dire qu'elle perdrait contact avec Lexa, aussi.

En réalité, même quand Hadès et elle avaient rompu, le dieu des Morts lui avait permis de garder sa Faveur. Elle aurait pu aller aux Enfers autant qu'elle le voulait, mais elle ne l'avait pas fait. L'idée d'y retourner avait été trop douloureuse et ce serait la même chose s'ils se séparaient à nouveau.

– Je ne sais pas si tu m'entends, dit Perséphone. Mais j'ai tellement de choses à te dire…

Elle garda les mains de son amie dans les siennes et lui raconta tout ce qui lui était arrivé, comme l'ultimatum de Kal.

– J'aurais dû t'en parler dès que c'est arrivé, admit-elle en riant. Je suis sûre que tu m'aurais dit de démissionner, de partir et de monter mon propre journal, ou un truc du genre.

Elle lui expliqua le marché qu'Hadès avait conclu avec Apollon, et comment elle avait gâché son souhait de le rencontrer sans elle. Elle lui parla de L'Iniquité et de tout ce qu'elle avait appris sur Hadès et, au fur et à mesure qu'elle parlait, ses yeux se remplissaient de larmes.

– Et ensuite, il m'a demandée en mariage… et j'ai dit non. Je t'entends déjà me demander à quoi je pensais ; mais la vérité, c'est que je ne sais pas, dit-elle en secouant la tête. Je sais juste que peu importe combien je l'aime, je ne peux pas l'épouser maintenant.

Elle n'eut pour réponse que le bruit du respirateur de Lexa.

Jamais elle ne s'était sentie aussi seule.

– Lexa… gémit Perséphone. (Sa bouche se mit à trembler et d'énormes larmes coulèrent sur ses joues.) J'ai besoin de toi, chuchota-t-elle en embrassant la main de sa meilleure amie.

Soudain, un parfum de fleurs des champs embauma la chambre ainsi que des effluves d'agrume et de menthe. Perséphone se crispa, mais se ressaisit aussi vite que possible.

– Mère.

Elle grimaça en entendant sa voix qui trahissait son immense tristesse.

– Qu'est-ce que tu fais ici ? demanda-t-elle à Déméter sans se tourner vers elle.

– J'ai appris, pour Lexa, dit-elle. Je suis venue voir si tu allais bien.

Cela faisait presque deux semaines que son amie était dans un lit d'hôpital. Si Déméter avait vraiment été inquiète, elle serait venue plus tôt.

– Je vais bien.

Elle sentit sa mère se rapprocher.

– Hadès n'a pas voulu l'aider ?

Perséphone se crispa de nouveau. Elle détestait cette question. En effet, tout le monde supposait qu'Hadès allait forcément aider, parce qu'elle s'était permis de penser qu'il ferait une exception pour elle, parce que c'était à cause de lui qu'elle devait répondre non.

– Il a dit que ce n'était pas possible, chuchota-t-elle.

Elle lâcha la main de Lexa et se tourna pour regarder sa mère. La déesse était apparue dans sa forme mortelle, vêtue d'une élégante robe jaune. Ses cheveux dorés étaient attachés en une queue-de-cheval qui se finissait en tire-bouchon.

– Pourquoi es-tu venue ? Vraiment ?

– C'est si difficile de croire que je m'inquiète pour toi ?

– Oui.

– J'ai toujours voulu ce qu'il y avait de mieux pour toi, Perséphone, même si tu refuses de le voir.

Perséphone leva les yeux au ciel.

– Je refuse de reparler de ça avec toi, Mère. J'ai fait mon choix.

– Comment peux-tu vivre aux côtés du dieu qui laisse mourir ta meilleure amie ?

Perséphone grimaça, repensant aux traces noires qu'il cachait sur sa peau, aux vies qu'il avait dû échanger pour les obtenir. Elle mentirait en disant qu'elle ne s'était pas demandé pourquoi il ne choisissait pas de troquer l'âme de Lexa contre une autre.

Mais Perséphone plissa les yeux tandis que d'horribles doutes jaillissaient dans ses pensées.

– Si j'apprends que tu as quoi que ce soit à voir avec ça…

– Tu vas quoi ? se moqua Demeter. Vas-y, dis-moi !

– Je ne te le pardonnerai jamais.

Déméter lui sourit froidement.

– Pour que ta menace soit efficace, ma fille, il faudrait que je veuille être pardonnée.

Perséphone ignora la douleur déclenchée par les paroles de sa mère.

– Je n'ai pas fait de mal à Lexa. Mais, étant donné les circonstances, je crois que tu devrais réfléchir : est-ce que la fille du printemps peut vraiment être l'épouse de la mort ?

Est-ce que tu peux rester aux côtés du dieu qui a laissé ton amie mourir ?

La vérité, c'était que Perséphone n'avait pas la réponse, et elle se sentit à la fois coupable et furieuse.

– Tais-toi, gronda-t-elle en serrant les poings.

– Tu devrais diriger ta colère sur les Moires. Ce sont elles qui te prennent ton amie.

Perséphone éclata d'un rire sarcastique.

– Quoi, comme tu l'as fait, toi ? Dis-moi, ça s'est bien passé pour toi ?

– Ça reste à voir, répondit Déméter.

Perséphone tourna le dos à sa mère et regarda à nouveau Lexa. La voir ainsi était la chose la plus difficile qu'elle n'ait jamais eu à subir, et c'était pire encore chaque fois qu'elle passait la porte de cet hôpital.

– Hadès n'est pas le seul dieu qui pourrait t'aider. C'est Apollon, le dieu de la Guérison.

Perséphone tressauta.

– Bien sûr, tu as sans doute gâché tes chances d'obtenir son aide, après l'article atroce que tu as écrit sur lui.

– Si tu es venue le défendre, je refuse de t'écouter. Apollon a blessé mon amie et des dizaines d'autres.

– Crois-tu vraiment qu'il existe un seul dieu qui soit innocent ? s'exclama-t-elle en riant d'un ton glacial. Même toi, tu ne peux échapper à la corruption, ma fille. C'est ce qui vient avec le pouvoir.

– Quoi ? Être une mauvaise personne ?

– Non : la liberté de faire ce que tu veux. Tu ne peux pas nier que si tu en avais l'occasion, tu défierais les Moires afin de sauver ton amie.

– Ces décisions ont des conséquences, Mère.

– Depuis quand ? Explique-moi l'impact qu'ont eu tes articles sur les dieux ? Tu as écrit sur Hadès, et il s'est trouvé une maîtresse. Tu as écrit sur Apollon, et il est toujours aussi adulé, dit-elle avant de rire. Des conséquences pour les dieux ? Non, ma fille, il n'y en a aucune.

– Tu te trompes. Les dieux ont toujours besoin de Faveurs ; et les Faveurs impliquent des conséquences.

– Eh bien, heureusement que tu es une déesse. Combats le feu par le feu, Perséphone, et arrête de pleurnicher pour cette mortelle.

Sa mère disparut, mais l'odeur de sa magie resta suspendue dans les airs, donnant la nausée à Perséphone.

Ou peut-être avait-elle envie de vomir parce qu'elle envisageait, au fond d'elle-même, de demander de l'aide à Apollon.

Cependant, elle ne pouvait pas faire ça. Comment pouvait-elle demander de l'aide au dieu qu'elle avait véhément critiqué et qu'elle prétendait détester ? Ce serait trahir Hadès et Sybil ; et elle se trahirait elle-même.

Quand Eliska revint, Perséphone se prépara à partir et embrassa Lexa sur le front.

– Ne la débranchez pas, dit-elle brusquement en se tournant vers la mère de son amie.

Les yeux rougis d'Eliska se remplirent de larmes et Perséphone comprit que sa balade avait été une excuse pour pleurer.

– Perséphone… On ne peut pas… la laisser souffrir comme ça.

Elle n'est même pas là, eut-elle envie de dire. *Elle est dans les limbes.*

– Je sais que c'est difficile. Adam et moi n'avons encore rien décidé, mais on te tiendra tout de suite au courant, c'est promis.

Perséphone sortit de l'Unité de soins intensifs dans le brouillard, dans le même état que le jour où Lexa avait eu l'accident. Elle était comme un fantôme, figée dans le temps, regardant le monde tourner sans elle. Elle se dirigea vers l'ascenseur, si perdue dans ses pensées qu'elle faillit ne pas voir Thanatos, adossé contre un mur dans la salle d'attente. Sous la lumière blafarde des néons, ses cheveux blonds paraissaient sans couleur, et ses ailes noires détonnaient méchamment au milieu des murs stériles et des chaises en vinyle.

Perséphone devina qu'il ne s'attendait pas à la croiser parce qu'il écarquilla ses yeux bleus en la voyant.

Elle essaya de maîtriser les battements de son cœur. *Il y a des tonnes de raisons pour lesquelles il est à l'hôpital. Lexa n'est pas la seule dans l'unité*, se dit-elle. *Il pourrait être là pour quelqu'un d'autre.*

Elle marcha vers lui et parvint à lui sourire.

– Thanatos, qu'est-ce que tu fais ici ?

– Lady Perséphone, dit-il en s'inclinant. Je… je travaille.

Perséphone se retint de grimacer. Thanatos n'y pouvait rien s'il était le dieu de la Mort, mais étrangement, lui parler ici était différent de lui parler aux Enfers, où elle ne s'était jamais trop attardée sur sa fonction. Ici, dans le monde des vivants, alors que son amie était en réanimation, son rôle était on ne peut plus clair. Il servait de lien entre les âmes et leur corps. Il laissait des familles dévastées. Il *allait la laisser* dévastée.

– Tu veux dire que tu es venu recueillir des âmes ?

– Pas encore, répondit-il avec un sourire charmant qui donna la nausée à Perséphone. Tu as l'air…

– Fatiguée ?

Ce ne serait pas la première fois qu'on le lui disait aujourd'hui.

– J'allais dire que tu semblais aller bien.

Elle sentit la magie de Thanatos effleurer sa peau et la forcer à se calmer. Un jour normal, elle aurait pris cela comme la preuve de sa nature attentionnée, mais pas aujourd'hui. Aujourd'hui, ce n'était qu'une distraction.

– Je ne veux pas de ta magie, Thanatos, dit-elle d'un ton sec.

Elle était frustrée, elle avait peur, et sa présence la mettait mal à l'aise.

Elle n'aurait pas cru que le dieu pouvait être encore plus pâle, mais son visage devint blanc comme un drap, et il lui fallut un moment pour se rendre compte que l'éclat dans son regard avait disparu. Elle l'avait blessé.

– Qu'est-ce que tu fais vraiment ici, Thanatos ? demanda-t-elle en mettant sa culpabilité de côté.

– Je te l'ai dit…

– Tu travailles. Je veux savoir qui tu es venu prendre, dit-elle d'une voix tremblante.

– Je ne peux pas te le dire, répondit-il au bout d'un moment.

Il y eut un silence.

– Je t'ordonne de me le dire.

Les yeux de Thanatos devinrent brillants, comme si tout ça lui faisait physiquement mal. Il fronça les sourcils, le regard désespéré, et chuchota d'une voix rauque.

– Perséphone…

– Je ne te laisserai pas l'emporter.

– S'il y avait un autre moyen…

– Il y a un autre moyen, et ça implique que tu partes, gronda-t-elle en le bousculant légèrement. Va-t'en.

Elle avait parlé à voix basse pour ne pas attirer l'attention sur eux, et comme il ne bougeait pas, elle se répéta, cette fois plus fermement.

– J'ai dit *va-t'en !*

Elle le poussa plus fort et il leva les mains en reculant.

– Tu ne peux pas y remédier, Perséphone. Mon travail est lié aux Moires. Une fois qu'elles coupent son fil… je dois collecter son âme.

Elle ne supportait pas d'entendre ses explications, et elles firent jaillir une fureur dont elle ne se pensait pas capable.

– Va-t'en ! hurla-t-elle. Va-t'en ! Va-t'en ! Va-t'en !

Thanatos disparut et Perséphone fut soudain entourée d'infirmières et de vigiles. Ils l'interrogeaient et essayaient de l'emmener vers la salle d'attente, et la déesse eut l'impression que sa tête allait exploser.

Madame, est-ce que ça va ?

Peut-être que vous devriez vous asseoir.

Je vais vous chercher de l'eau.

Elle avait mal au crâne et elle se dégagea de l'infirmière qui essayait de l'emmener s'asseoir.

– Il faut que j'aille voir Lexa, dit-elle.

Toutefois, lorsqu'elle se tourna vers l'Unité de soins intensifs, le vigile lui barra la route.

– Vous devriez écouter les infirmières, dit-il.

– Mais mon amie…

– Je vais vous obtenir des nouvelles de votre amie, dit-il.

Perséphone avait envie de protester. Elle n'avait pas le temps. Et si Thanatos s'était téléporté dans sa chambre et l'avait déjà emmenée aux Enfers ? Soudain, les portes s'ouvrirent de l'intérieur et Perséphone saisit sa chance. Elle bouscula le garde, et courut à toute vitesse vers la chambre de Lexa, lorsqu'elle disparut.

Être téléportée dans un autre royaume sans être prévenue lui donna l'impression d'être aspirée dans le vide. Elle eut du mal à respirer et son corps lui sembla totalement sec, ses oreilles se bouchèrent douloureusement. Les symptômes durèrent quelques secondes, puis elle fut submergée par l'odeur de la magie d'Hadès, qui lui brûlait le nez comme une gelée matinale.

Lorsque ses yeux se furent adaptés à la pénombre, elle réalisa qu'elle avait atterri dans la salle du trône, où il faisait toujours sombre malgré la lumière étrange qui pénétrait par les fenêtres. Hadès était assis sur son trône, un siège fait de morceaux d'obsidienne qui s'assemblaient de façon aussi artistique que monstrueuse. Elle ne voyait du dieu qu'une bande de son visage illuminée par la lumière rouge du soleil couchant.

Elle devina tout de suite pourquoi Hadès l'avait emmenée ici, il voulait l'empêcher d'interférer avec le travail de Thanatos et lui refaire la morale quant au fait qu'elle ne pouvait pas se mêler de la vie de Lexa. Elle n'avait aucune envie de l'entendre.

Elle essaya de rassembler sa magie pour se téléporter, même si elle savait que c'était totalement vain. Lorsqu'il était en colère, Hadès n'avait aucun mal à reprendre ses Faveurs et à empêcher Perséphone de partir des Enfers.

Et il était clairement en colère.

Elle sentait sa frustration, qui se répandit entre eux au point de devenir palpable.

– Tu ne peux pas m'enlever du monde des vivants quand ça te chante ! hurla-t-elle.

– Tu as de la chance que ce soit moi qui t'en aie enlevée, et pas les Furies, répondit-il d'une voix qui la mit sur ses gardes.

Elle n'allait pas se laisser faire.

– Renvoie-moi, Hadès !

– Non.

Une douleur atroce explosa dans son épaule, sa taille et ses mollets tandis que des épines surgissaient de sa peau. Elle tomba à genoux devant Hadès, qui se leva aussitôt de son trône. Il parut horrifié et menaçant en marchant vers elle avec une grâce prédatrice.

– Stop ! ordonna-t-elle. N'approche pas.

Elle ne voulait pas qu'il voie combien ses blessures étaient atroces.

Mais il n'obéit pas.

– Putain, Perséphone, jura-t-il en s'agenouillant à ses côtés. Depuis quand ta magie se manifeste comme ça ?

– Tu n'écoutes jamais ? demanda-t-elle plutôt que de répondre.

– Je pourrais te demander la même chose, dit-il avec un rire sec.

Elle ignora sa remarque et se concentra sur sa respiration. Sa magie s'était manifestée plusieurs fois de cette façon, mais c'était sans doute la pire. Hadès posa ses mains sur son épaule, sa taille, puis ses mollets pour guérir ses blessures. Lorsqu'il eut fini, il recula sur les talons, les mains couvertes de sang.

– Depuis quand tu me caches ça ?

– Au cas où tu ne l'aurais pas remarqué, j'ai été un peu distraite ces derniers temps, dit-elle. Qu'est-ce que tu veux, Hadès ?

L'inquiétude disparut de son regard, remplacée par de la colère.

– Ton comportement envers Thanatos était atroce. Tu t'excuseras.

– Pourquoi le devrais-je ? rétorqua-t-elle. Il allait prendre Lexa ! Pire, il a essayé de me le cacher.

– Il faisait son travail, Perséphone.

– Tuer mon amie n'est pas un travail ! C'est un meurtre !

– Tu sais parfaitement que ce n'est pas un meurtre, cracha-t-il. La maintenir en vie pour ton propre bénéfice n'est pas un acte de gentillesse. Elle souffre, et c'est toi qui prolonges sa souffrance.

Elle grimaça, mais elle s'en remit vite.

– Non, c'est toi qui la prolonges. Tu pourrais la guérir, mais tu as choisi de ne pas m'aider.

– Tu veux que je négocie avec les Moires pour qu'elle survive, peut-être ? Pour que tu aies une autre mort sur la conscience ? Le meurtre ne te sied pas, déesse.

Elle le gifla, du moins, elle essaya, mais Hadès saisit son poignet et l'attira contre lui, l'embrassant jusqu'à ce qu'elle se laisse aller dans ses bras, jusqu'à ce qu'elle ne puisse plus que pleurer.

– Je ne sais pas comment perdre quelqu'un, Hadès, sanglota-t-elle.

Il prit son visage entre ses mains et essuya ses larmes.

– Je sais, répondit-il. Mais fuir ne t'aidera en rien, Perséphone. Tu ne fais que repousser l'inévitable.

– Hadès, s'il te plaît. Et si c'était moi ?

– Je refuse de penser à une telle chose, siffla-t-il en libérant son visage à toute vitesse.

– Tu ne peux pas me dire que tu n'enfreindrais pas toutes les lois divines pour moi.

Par le passé, Perséphone avait déjà remarqué la profondeur du regard d'Hadès, comme si des milliers de vies s'y reflétaient, mais ce n'était rien comparé à ce qu'elle y voyait maintenant. Elle vit un éclat de malice, comme si elle voyait chacun des actes violents qu'il avait commis. Elle ne doutait pas une seconde de ce qu'il serait prêt à faire pour la sauver.

– Qu'on soit d'accord, Milady, je réduirais ce monde en cendres, pour toi, mais c'est un fardeau que je suis prêt à endosser. Est-ce que tu peux dire la même chose ?

À cette question, elle sentit quelque chose changer en lui et, aussi rapidement qu'il semblait avoir rouvert ses blessures, celles-ci se refermèrent. L'éclat de ses yeux disparut et son visage redevint impassible.

– Je t'accorde un jour supplémentaire pour faire tes adieux à Lexa, dit-il. C'est le seul compromis que je peux t'offrir. Tu devrais être reconnaissante de cette faveur.

Le dieu disparut.

Seule dans la salle du trône, Perséphone s'attendait à être submergée par la réalité de ce qui allait se produire dans vingt-quatre heures, Lexa allait mourir.

Au lieu de ça, elle ressentit une étrange détermination.

Des conséquences pour les dieux? pensa-t-elle. *Il n'y en a aucune.*

Elle se leva et se téléporta chez elle. Sybil était allongée sur le canapé et fit les gros yeux lorsque Perséphone apparut, ensanglantée par sa propre magie.

L'Oracle s'assit brusquement.

– Perséphone, est-ce que tu…

– Je vais bien, dit-elle rapidement. J'ai besoin d'aide. Où traîne Apollon le jeudi soir?

Chapitre XVII

LE QUARTIER DU PLAISIR

Perséphone longea les étroites rues pavées du Quartier du Plaisir, passant devant des boutiques et des bordels aux noms d'Hétaïre, Pornai et Kapsoura. Les passages étaient pleins à craquer, il y avait ceux qui étaient venus profiter des plaisirs du quartier, repérables aux masques qu'ils portaient pour cacher leur identité, puis il y avait ceux qui étaient là pour offrir du plaisir : des femmes en dentelle et des hommes torse nu. Ils dansaient à travers la foule, taquinant les clients potentiels avec des boas en plume et leur offrant du chocolat. Leurs peaux luisaient, couvertes d'huiles aux senteurs de jasmin et de vanille. Des guirlandes lumineuses surplombaient les ruelles, fixées d'un côté à l'autre, répandant leur étrange lumière rouge.

C'était bien ici qu'Apollon passait ses soirées du jeudi.

– Il sera à Érotas, avait dit Sybil. Il a une suite au troisième étage.

La déesse du Printemps leva la main pour s'assurer que le masque noir que lui avait prêté Sybil était bien en place, parano à l'idée qu'il se desserre et révèle son identité. Elle n'en aurait plus besoin une fois qu'elle serait arrivée à Érotas, puisqu'on promettait l'anonymat à chaque client.

Elle avait conscience d'avoir le choix, mais elle n'en voulait pas. Sa mère avait raison, pourquoi ne pas demander à Apollon de guérir son amie ? C'était un marché qu'elle était prête à faire. Elle se rendait donc à Érotas.

Elle vit le bâtiment de loin. Un énorme phallus miroitant en périphérie du Quartier du Plaisir. Étant l'un des bordels les plus chers et les plus chics, il avait la meilleure vue sur l'océan. Lorsqu'elle fut à quelques pas de la porte, elle retira son manteau et son masque. Elle avait mis une petite robe noire et des sandales à talons – c'était la tenue que portaient les femmes qui servaient à Érotas, et avec un peu de chance, Perséphone se fondrait suffisamment dans le décor pour avoir le temps de trouver Apollon.

Elle fut surprise de découvrir que l'intérieur du bordel était décoré de façon plus traditionnelle. L'entrée était circulaire, éclairée par un grand chandelier en cristal. Les murs étaient rouges, couverts de miroirs et d'appliques murales, et elle ne vit personne en traversant la salle au sol marbré jusqu'à l'escalier majestueux qui menait à l'étage.

Facile, se dit Perséphone en empoignant la rambarde en fer forgé.

– Où tu vas ?

Elle se figea en découvrant une femme vêtue de rouge. Elle était plus âgée, très belle, fine, avec des cheveux blancs. Perséphone supposa que c'était la maquerelle, la patronne, du bordel.

– J'ai un client, dit Perséphone. Il m'attend. À l'étage.

– Tu mens, répondit la femme.

Perséphone pâlit.

– Aucune des filles n'est montée, pour l'instant, poursuivit-elle. Viens !

Perséphone hésita avant de redescendre les marches. La femme l'étudia tandis qu'elle approchait, elle semblait chercher d'où elle la connaissait.

– Tu t'appelles comment ?

– C… Coré.

– Tu es nouvelle, dit la femme avait de toucher le visage de Perséphone comme si elle l'inspectait pour trouver des imperfections. Oui, tu obtiendras un bon prix.

– Un bon prix ? répéta Perséphone en fronçant les sourcils.

– Je suppose que c'est pour ça que tu partais. Tu es nerveuse au sujet des enchères ?

Les enchères ?

Perséphone hocha la tête.

– Ne t'inquiète pas, ma douce. Viens.

La femme passa son bras sous celui de Perséphone et l'emmena dans un boudoir situé sous l'escalier.

À l'intérieur étaient réunis des femmes et des hommes de tous les âges et de toutes les tailles, tous vêtus de noir. Perséphone se demanda pourquoi cette couleur avait été choisie, ils semblaient tous se rendre à des obsèques.

Lorsque Perséphone et la patronne entrèrent, un homme avec un linge rouge noué à la taille et un masque de la même couleur approcha, un plateau en argent dans les mains. La maquerelle prit la coupe de champagne qui s'y trouvait et la tendit à Perséphone.

– Bois, dit-elle. Ça t'aidera à te calmer.

Perséphone sirota la boisson, qui était légère et sucrée.

– Mets-toi à l'aise, discute avec les autres. Les enchères vont bientôt commencer.

La patronne partit et lorsque Perséphone fut seule, une femme brune aux cheveux bouclés et aux longs cils s'approcha d'elle. Ses lèvres étaient rouge vif et sa peau d'un beau brun.

– Je ne t'ai jamais vue avant, dit-elle. Je suis Ismena.

– Coré, dit Perséphone. Euh… est-ce que tu peux me dire ce qui se passe ici ?

Ismena gloussa, supposant que Perséphone plaisantait.

– Ils t'ont prise dans la rue parce que tu es jolie, ou quoi ?

Perséphone fit les gros yeux.

– Ça arrive ?

– Laisse tomber, dit Ismena. Ce sont des enchères. On t'attribue un numéro et on te fait entrer dans une pièce qui ressemble à un auditorium. Tu attends qu'on appelle ton numéro et après, on t'emmène sur une scène et… tu attends, jusqu'à ce qu'on te dise de partir.

– Et après ?

– On t'amène dans la chambre de celui qui t'a achetée.

L'estomac de Perséphone se noua.

– Comment tu as atterri dans ce métier ? Tu n'as pas l'air prête du tout, dit Ismena.

Perséphone parvint à rire et répondit la seule chose qu'elle pouvait.

– Parfois, on n'a pas le choix. Et toi ?

– Ça paye bien, répondit-elle en haussant les épaules. Et en général, les hommes ne cherchent même pas du sexe. Ils veulent juste parler.

Eh bien, c'était parfait, parce que c'est tout ce que Perséphone comptait proposer, une conversation et un marché.

La femme en rouge revint et frappa dans ses mains.

– C'est l'heure, Mesdames et Messieurs.

Perséphone suivit Ismena dans la pièce voisine où des chaises étaient alignées. On lui attribua un numéro, et elle s'assit. La maquerelle appela les hommes et les femmes un par un et, tandis qu'ils disparaissaient dans le couloir sombre, le cœur de Perséphone se mit à battre à tout rompre. Elle se demanda ce que ferait Hadès s'il apprenait qu'elle était dans un bordel, sur le point de se vendre au plus gros acheteur.

Tout à coup, une autre pensée lui vint : et si elle ne trouvait pas Apollon ?

Elle attendit une éternité, jusqu'à ce qu'il ne reste plus qu'elle dans la pièce.

La patronne revint.

– C'est ton tour, Coré.

Perséphone se leva et suivit la femme dans le couloir. Elle fut emmenée sur une scène circulaire, d'où elle ne voyait rien, même si elle sentait que des gens étaient éparpillés au-delà de l'estrade. Un torrent d'émotions la frappa, une solitude intense, un besoin désespéré. Elle perçut également une once d'amusement. Elle leva les yeux vers la pénombre et esquissa un sourire narquois.

– Je suis là pour toi, Apollon.

La maquerelle surgit de l'ombre, rapide comme l'éclair, et lui saisit le poignet.

– Comment oses-tu ! Ces enchères sont anonymes.

Une voix craquela dans un interphone.

– Ne lui fais pas de bleu, Madame Sélène, sinon tu devras affronter la colère d'Hadès.

Tu parles d'un anonymat !

La femme retint son souffle avec un cri aigu et lâcha son poignet en écarquillant les yeux.

– Tu es Perséphone ?

La voix d'Apollon ressurgit dans l'interphone.

– Escorte-la jusqu'à ma suite.

Perséphone se tourna vers la patronne en haussant les sourcils. Il lui fallut quelques secondes pour bouger. Elle semblait figée, dévisageant Perséphone comme si elle était elle-même une morte. Au bout d'un moment, elle se racla la gorge et s'inclina.

– Par ici, Milady.

La tenancière escorta Perséphone jusqu'à un ascenseur dont les murs étaient couverts de miroirs. Lorsque les portes se refermèrent, Madame Sélène scruta le reflet de Perséphone.

– Pourquoi tu m'as laissée te traiter comme une de mes filles ?

– J'étais curieuse, répondit Perséphone en haussant les épaules. Ne t'en fais pas, si tous ceux qui était présents ce soir gardent mon secret, je m'assurerai qu'Hadès n'apprenne pas que tu m'as touchée. C'est compris ?

– Bien sûr.

Madame Sélène sortit une clé de sa poche et l'inséra dans le verrou avant d'appuyer sur le bouton du troisième étage.

– Tu es là pour négocier avec lui ? demanda-t-elle après un court silence.

– Pourquoi je négocierais avec Apollon ? répondit Perséphone tandis que son cœur se mettait à battre plus fort.

– Parce que tu es désespérée.

Perséphone dévisagea la maquerelle.

– Je vois le désespoir tous les jours, ma belle. Si tu cherches à y mettre fin, crois-moi, Apollon n'est pas la solution.

– Tu te souviens de ma promesse ? rétorqua Perséphone d'un ton grinçant. Tu ferais mieux de garder ton opinion pour toi.

La femme esquissa un sourire narquois et Perséphone y décela de la méchanceté.

– Mes excuses, Milady.

L'ascenseur s'arrêta et Perséphone sortit dans un salon luxueux au mobilier élégant, couvert de tissus somptueux, de tapis soyeux et d'œuvres d'art.

Elle s'y aventura, nerveuse, s'attendant à ce que le dieu de la Musique se matérialise devant elle, juste pour lui faire peur. Toutefois, lorsqu'elle avança dans la pièce, elle trouva Apollon dans celle d'à côté. Il était nu, étendu dans une baignoire géante. Lorsqu'il la vit, il s'étira, appuyant ses pieds et ses bras sur le rebord du bain.

– Ah, Lady Perséphone, dit-il. Un véritable plaisir.

– Apollon.

– Viens, rejoins-moi !

– Tu ne viens pas de mettre en garde Madame Sélène contre la colère d'Hadès ? Si tu me touches, il te coupera les couilles et te forcera à les manger.

Apollon gloussa, comme s'il trouvait l'image amusante.

– Tu vas me refuser ce qui m'est dû ? Je t'ai achetée, après tout.

– Eh bien, c'est de l'argent gaspillé, répondit-elle.

Apollon ricana à nouveau et l'étudia de ses yeux violets.

Soudain, les portes de l'ascenseur s'ouvrirent et trois nymphes entrèrent, vêtues de nuisettes scintillantes. L'une tenait un bol, l'autre un plateau de petites fioles et la dernière une pile de serviettes.

– Mettez les huiles dans le bain. J'ai attendu suffisamment longtemps comme ça, cracha le dieu.

La nymphe qui tenait le plateau ne sembla pas remarquer l'impolitesse d'Apollon. Ses mouvements étaient lents et précis. Elle posa le plateau, choisit une fiole et mesura la quantité d'huile dans le capuchon. Lorsqu'elle eut fini, une autre nymphe éparpilla des pétales dans l'eau et la dernière enroula une serviette pour la glisser sous la nuque d'Apollon. Lorsqu'elles eurent toutes les trois terminé, elles partirent sans un bruit.

– C'est Sybil qui t'a dit où me trouver ?

– Alors tu te souviens de son prénom ? rétorqua Perséphone en le fusillant du regard.

La dernière fois, il avait refusé de le prononcer.

Il leva les yeux au ciel.

– Je me souviens des noms de tous mes Oracles, de tous mes amants et de tous mes ennemis.

– Est-ce que, pour toi, les trois ne sont pas une même et unique chose ?

Le dieu fronça les sourcils et les traits de son visage se durcirent.

– Tu devrais mieux choisir tes mots, surtout si tu comptes demander mon aide.

– Comment tu sais que je veux ton aide ?

– Je me trompe ?

Perséphone ne répondit pas et le dieu éclata de rire.

– Alors, dis-moi, Lady Perséphone : que veux-tu que ton amant refuse de t'offrir ?

La vie.

Soudain, une vague de chaleur parcourut le corps de Perséphone. Elle détestait être ici, détestait être venue demander de l'aide à Apollon. Elle détestait qu'il sache qu'elle était là parce qu'Hadès lui avait refusé ce qu'elle voulait.

– J'ai besoin que tu guérisses mon amie, dit Perséphone.

Les mots déchirèrent sa langue comme des épines. Elle savait qu'elle n'aurait pas dû les prononcer ni demander à Apollon de défier les Moires… mais elle était là.

Apollon l'observa longuement avant d'éclater de rire, un rire sordide et faux. Mais lorsque le dieu la regarda à nouveau, ses yeux brillaient.

– Et pourquoi j'aiderais la journaliste qui a écrit des calomnies sur moi ?

Les mains de Perséphone se mirent à trembler et elle serra les poings pour qu'Apollon ne le voie pas. Au bout d'un court silence, elle se racla la gorge.

– Parce que je suis prête à conclure un marché.

Ses propos lui obtinrent l'attention du dieu. Il s'assit, puis se leva dans le bain, entièrement nu.

– Tu es prête à conclure un marché avec moi ?

Perséphone tourna la tête et déglutit. Elle avait déjà vu les statues de lui nu, dans le Jardin des dieux de l'Université de Nouvelle Athènes, mais le voir en chair plutôt qu'en pierre était différent.

– Oui, Apollon. C'est ce que j'ai dit.

Elle entendit le clapotis de l'eau et devina qu'il sortait du bain.

– Cette… amie… elle doit beaucoup compter pour toi.

– Elle est tout.

– Apparemment, acquiesça Apollon d'un ton amusé. Surtout si tu es prête à défier Hadès pour négocier avec moi.

Perséphone le regarda et vit qu'il ne s'était pas couvert.

– Tu vas m'aider, ou pas ? Je ne suis pas venue ici pour discuter poliment.

– Tu appelles ça une discussion polie ? ricana-t-il.

Perséphone serra plus fort les poings et Apollon plissa les yeux. Elle se demanda s'il la sentait perdre le contrôle de son Charme.

– Supplie-moi, dit-il. À genoux.

Perséphone était dégoûtée.

– Jamais.

– Alors je ne t'aiderai pas, répondit-il en lui tournant le dos pour partir.

– Attends ! s'écria-t-elle.

Apollon s'arrêta et attendit en haussant un sourcil.

Perséphone fit tout son possible pour maîtriser sa colère quand elle s'agenouilla. Quand elle parla, sa voix tremblait.

– S'il te plaît.

– Non.

Apollon commençait à partir lorsque des lianes surgirent du sol et s'enroulèrent autour de lui pour le ligoter.

– Eh bien, tu es pleine de surprises, dit le dieu.

– J'ai dit s'il te plaît, siffla-t-elle d'un ton venimeux.

Elle allait le torturer et prendre un immense plaisir à le voir souffrir.

– Tu es une déesse. Une déesse qui se fait passer pour une mortelle ! s'exclama Apollon, ignorant la demande de Perséphone, trop excité pas sa découverte. Personne ne le sait, n'est-ce pas ?

Ce n'était pas tout à fait vrai, mais en guise de réponse, des épines sortirent des lianes qui le tenaient. Des échardes pointues explosèrent près de son visage et de son sexe, le réduisant au silence.

– Il me semble qu'on discutait de comment tu allais sauver mon amie, dit Perséphone.

Apollon riva son regard au sien, puis il essaya de briser les lianes qui le ligotaient. Après quelques essais, il abandonna, à bout de souffle.

– Bon sang, mais elles sont faites *de quoi ?*

Perséphone cligna des yeux, elle n'en savait rien. Elle était surprise qu'Apollon n'ait pas réussi à briser sa magie. Sa colère et son dédain les avaient peut-être rendues plus fortes.

Il l'étudia d'un air curieux.

– Tu es une petite créature puissante, dit-il.

– Je ne suis pas une créature.

– Si, tu l'es. Tu es une sangsue qui aspire toute la joie de ma soirée.

– C'est toi qui compliques la situation.

– Je ne pouvais pas me douter que tu étais capable de…

Il baissa la tête et manqua de peu d'être éborgné par une énorme épine.

– … te vaincre ? proposa Perséphone.

– Me ligoter, corrigea-t-il alors que ses yeux retrouvaient leur étincelle amusée. Je me trompe, ou c'est la partie préférée d'Hadès ?

– Je ne suis pas venue pour parler d'Hadès.

– Bien sûr. Il ne sait pas que tu es ici, n'est-ce pas ?

– Pourquoi tout le monde me demande tout le temps ça ? râla-t-elle. Je n'ai pas besoin de sa permission pour venir.

Le dieu de la Musique sourit.

– Peut-être, mais je suis certain qu'il se sentira horriblement trahi lorsqu'il découvrira que tu es venue me demander de l'aide. Après tout, il m'a proposé une de ses Faveurs, la dernière fois, pour te protéger de moi.

Perséphone ignora la culpabilité qui rongeait son estomac.

– Ça, c'était le choix d'Hadès. J'ai également fait un choix. Je te propose un marché, Apollon. Guéris mon amie, et je… je…

En fait, Perséphone ne savait pas vraiment ce qu'elle pouvait faire.

– Tu feras tout ce que je veux, dit-il d'un air ravi que Perséphone détesta.

– *Pas tout* ce que tu veux, non, répondit Perséphone. Je ne ferai rien qui pourrait faire du mal à Hadès.

– Oh, mais tu le fais déjà, petite déesse. Mais très bien. J'accepte un marché avec toi, mais seulement parce que ça va beaucoup me divertir.

Elle attendit. Perséphone voulait connaître les détails de leur accord.

– Je ne peux pas réfléchir avec cette épine dans ma tronche.

Elle envisagea de lui dire qu'il allait devoir faire avec, mais elle décida de se montrer plus arrangeante. Après tout, elle était à sa merci, avec ce deal.

Elle congédia sa magie et Apollon s'étira, toujours nu.

– Ce serait trop te demander de t'habiller ? demanda-t-elle.

– Oui. Maintenant, qu'est-ce que je veux de toi… ?

Apollon réfléchit en s'éloignant vers le coin de la pièce, où il saisit un peignoir au motif floral. Tournant le dos à Perséphone, il l'enfila. Toutefois, il ne prit pas la peine de le nouer et son sexe ne fut pas mieux caché qu'avant. Perséphone leva les yeux au ciel.

– Je veux que tu traînes avec moi, déclara-t-il.

– Pardon ?

Perséphone supposa qu'il plaisantait, mais le visage d'Apollon lui dit l'inverse.

– Tu seras mon… *amie*. On fera la fête ensemble, on ira aux cérémonies ensemble, tu viendras à mon penthouse.

– Tu veux que je traîne avec toi ?

Perséphone trouvait ça très étrange.

– Pendant combien de temps ?

– Quelle valeur accordes-tu à la vie de ton amie ?

Il était hors de question que Perséphone réponde à ça.

– Et si on se déteste ?

Après tout, elle était certaine qu'elle ne ferait que le détester davantage à la fin de ce contrat.

– Tu serais surprise de ce que je peux endurer, répondit Apollon en haussant les épaules.

Elle n'avait jamais eu autant envie de lever les yeux au ciel.

– Ça implique quoi, de traîner avec toi ? demanda-t-elle.

– On t'a bien appris, dit-il.

– Je ne coucherai pas avec toi. Je ne ferai de mal à personne pour toi. Je n'utiliserai pas non plus mes pouvoirs pour toi.

– Autre chose ?

– Si tes pouvoirs de guérison échouent, le contrat est caduc.

Apollon sembla trouver ça particulièrement drôle.

– Si mes pouvoirs échouent ? Petite déesse, sais-tu combien de guérisseurs j'ai engendrés ?

– Je ne veux rien savoir de cet aspect de ta vie, Apollon.

– C'est la fin de tes requêtes ?

– Six mois, dit Perséphone. Je ne ferai ça que pendant six mois.

Le dieu resta silencieux. Il réfléchissait à sa proposition.

– Marché conclu, dit-il enfin.

– Marché conclu ? répéta-t-elle.

Elle n'avait pas pu s'en empêcher. Elle ne s'était pas attendue à ce qu'il accepte ses conditions aussi facilement.

– Est-ce si difficile de croire que je suis prêt à aider ? gloussa Apollon.

– Tu ne m'aides pas par bonté de cœur, rétorqua Perséphone, mais parce que ça t'avantage, d'une façon ou d'une autre.

Apollon fit mine de bouder.

– Ne m'insulte pas, je peux retirer ma proposition.

– Non ! s'écria-t-elle en rougissant de colère. Pardon.

Le dieu l'étudia.

– Tu dois vraiment tenir à ton amie. Mais il faut que je te demande quelque chose : pourquoi sa mort est-elle si affreuse ? Tu es la maîtresse d'Hadès. Ce n'est pas comme si tu ne pouvais pas la revoir aux Enfers.

Perséphone hésita à répondre et Apollon se mit à rire.

– Est-ce que tu douterais de ta relation avec Le Riche ?

– C'est juste que…

Perséphone cherchait ses mots, ne sachant comment admettre qu'Apollon avait raison. Elle repensa aux paroles de sa mère. « *Étant donné les circonstances, je crois que tu devrais réfléchir : est-ce que la fille du printemps peut vraiment être l'épouse de la mort ?* » Perséphone ne pouvait répondre à cette question. Pouvait-elle exister aux côtés d'Hadès, le dieu qui laissait mourir sa meilleure amie ? Pouvait-elle régner sur un monde qui était responsable de la souffrance atroce qu'elle ressentait ?

– Je ne pourrai jamais être la déesse qu'il veut, finit-elle par dire.

Apollon ricana et Perséphone lui lança un regard assassin.

– Quoi ?

– Tu sembles penser qu'il attend autre chose que toi. Mais ce n'est pas ce que j'ai vu quand je suis venu te punir aux Enfers.

Perséphone croisa les bras.

– Qu'est-ce que tu en sais, Apollon ? demanda-t-elle, n'aimant pas l'air sérieux qu'il avait pris soudain.

– Plus que tu ne pourrais l'imaginer, petite déesse.

Elle perçut la sincérité de ses propos et voulut l'interroger pour savoir ce qu'il avait vu en venant aux Enfers, mais elle ne voulait pas qu'Apollon sache combien elle était curieuse.

– Juste… guéris mon amie, Apollon.

– Comme tu voudras, déesse, dit-il en lui tendant la main. Où va-t-on ?

– À l'hôpital Asclépios. Au deuxième étage, à l'Unité de soins intensifs.

– Ah oui, qui porte le nom de mon fils. Tu sais qu'Hadès s'est tellement plaint de son talent que mon père l'a tué ?

– Son talent ?

– Il pouvait ramener les morts à la vie, dit Apollon. J'imagine qu'Hadès a dû le mettre au Tartare, pour ça.

Apollon lui prit la main et les effluves de sa magie lui donnèrent un haut-le-cœur. Il sentait le bois et l'eucalyptus.

Ils se retrouvèrent dans la chambre de Lexa, plongée dans le noir. Ses parents dormaient dans un coin, et la pièce à l'odeur de renfermé était chaude et humide. Perséphone regarda Apollon et fut surprise de lui trouver un air lugubre et sérieux.

– Je comprends pourquoi tu étais aussi désespérée de conclure un marché avec moi, dit-il. Elle est presque partie.

Son commentaire confirma à Perséphone qu'elle avait pris la bonne décision et Apollon la regarda soudain, comme s'il avait entendu ses pensées.

– Tu es sûre que c'est ce que tu veux ?

– Oui, chuchota-t-elle.

Dans la seconde qui suivit, le dieu de la Musique tenait un arc et une flèche dans ses mains. L'arme semblait irréelle et vaporeuse, brillant et scintillant dans la pièce sombre. Il était bizarre de voir le dieu vêtu d'un peignoir fleuri, tenant dans ses mains un objet aussi majestueux.

Apollon encocha la flèche et les veines de son bras gonflèrent lorsqu'il tira la corde en arrière avant de la relâcher sans un bruit. La flèche se planta en plein milieu de la poitrine de Lexa, puis elle disparut dans une pluie de magie étincelante.

Un silence descendit, il ne se passait rien.

– Ça ne marche pas, dit Perséphone, se sentant déjà terrorisée à l'idée que Lexa ne guérisse pas.

– Ça va marcher, dit Apollon. Demain, lorsqu'ils enlèveront le respirateur artificiel, elle se réveillera et elle respirera par elle-même. Ce sera un véritable miracle. Comme tu le souhaites.

Sans qu'elle comprenne pourquoi, les propos d'Apollon lui laissèrent un goût amer. Elle regarda à nouveau Lexa, qui ressemblait toujours à un cadavre.

– Je te contacterai, dit le dieu. Tes obligations commenceront bientôt.

Et il disparut.

Soudain, au milieu des bips et des ronflements des machines de l'USC, Perséphone se demanda ce qu'elle avait fait.

Chapitre XVIII

LES FURIES

Deux heures plus tard, Perséphone arrivait à l'hôpital avec Sybil, trop anxieuse pour attendre chez elle. Ce n'était pas qu'elle ne croyait pas aux pouvoirs de guérison d'Apollon, mais elle n'arrivait pas à se débarrasser du sentiment que quelque chose était sur le point de très mal se passer. Elle le sentait. Une noirceur palpable qui s'accumulait derrière elle, qui gagnait en vitesse, en profondeur et en poids.

Est-ce que Lexa aurait suffisamment guéri lorsqu'ils débrancheraient le respirateur ? Hadès allait-il intervenir ? Que se passerait-il lorsqu'il apprendrait qu'elle avait conclu un marché avec Apollon ? Prendrait-il sa décision comme une trahison ?

Sa culpabilité lui donnait des nausées et des vertiges et en entrant dans l'ascenseur avec Sybil, elle se demanda si elle allait avoir une autre crise d'angoisse. L'Oracle sembla percevoir son tourment, elle tourna la tête pour regarder Perséphone dans les yeux.

– Tu l'as fait ? demanda-t-elle.

Perséphone ne regarda pas son amie, préférant suivre la lumière rouge qui se déplaçait d'un bouton à l'autre au rythme de leur ascension.

– Oui.

– Qu'est-ce que tu as proposé en échange ?

Elle espérait garder secrets les détails de son contrat le plus longtemps possible et elle n'avait pas envie de savoir ce que son amie pensait de son choix.

– Du temps.

Perséphone n'avait pas encore pris le temps de réfléchir à ce que signifiait la demande d'Apollon, mais elle s'inquiétait déjà. Durant les heures qui avaient suivi son départ de l'hôpital, elle avait passé en revue les conditions de leur accord. Elle était certaine d'avoir raté quelque chose et que ce n'était qu'une question de temps avant qu'Apollon ne lui demande de faire quelque chose qu'elle ne pourrait pas refuser.

Si Lexa est en vie, ça en vaudra le coup, pensa-t-elle.

Elle l'espérait, en tout cas.

Lorsqu'elles arrivèrent au deuxième étage, Jaison était déjà là, les yeux fermés, assis sur la même chaise qu'il occupait depuis l'accident de Lexa. Il gigota en les sentant approcher et leva la tête vers elles.

– Salut, dit Perséphone aussi calmement que possible. Comment tu vas ?

Jaison haussa les épaules. Le blanc de ses yeux était jaune et son teint blafard.

– Il faut combien de temps avant de savoir quoi que ce soit ? demanda Sybil.

– Ils comptent la débrancher à neuf heures, répondit-il d'un ton lugubre.

Perséphone et Sybil se regardèrent et Jaison se pencha en avant pour se frotter vigoureusement le visage avant de se lever.

– Je vais me chercher un café.

Il leur tourna le dos et partit, et Perséphone le regarda disparaître. Elle comprenait que les mortels supplient

Hadès de leur rendre leurs êtres chers. La menace de la mort ne mettait pas fin à une seule vie… Elle eut les larmes aux yeux en y pensant. Comment était-elle censée régner sur un royaume qui provoquait autant de souffrance ? Qui faisait autant de mal aux vivants ?

– Il ne le sait pas, n'est-ce pas ? demanda Sybil.

Perséphone secoua la tête. Jaison pensait encore qu'il allait perdre Lexa aujourd'hui.

– Personne n'a besoin de le savoir, répondit-elle. Mieux vaut les laisser penser que c'est un miracle.

Les deux femmes s'assirent. Jaison revint, un gobelet de café fumant à la main, et il s'assit à côté de Perséphone. Ils ne se dirent rien, ce qui lui convenait parfaitement. Elle se perdit dans ses pensées, sans pour autant parvenir à se concentrer sur quoi que ce soit. Plus le silence durait, plus son angoisse augmentait.

La famille de Lexa arriva et ils furent emmenés dans une chambre plus grande, où Lexa avait été installée. Ses parents étaient au plus près d'elle, puis il y avait Jaison, des oncles, des tantes et des amis de sa ville natale de Ionie. Chacun s'approcha de Lexa pour lui faire ses adieux, la toucher, lui tenir la main et l'embrasser sur la joue.

Lorsque ce fut au tour de Perséphone, elle prit la main de Lexa et embrassa sa peau froide.

– S'il te plaît, s'il te plaît, réveille-toi.

Elle priait la magie d'Apollon de fonctionner et, à sa grande surprise, Lexa lui serra la main. Elle leva la tête et croisa le regard de Jaison, mais elle devina qu'il n'avait pas vu ce qui s'était passé.

– Elle m'a serré la main, dit Perséphone d'une voix aiguë qu'elle ne reconnut pas.

– Quoi ? s'exclama Jaison en baissant la tête et en prenant son autre main. Lexa, Lexa, chérie. Si tu m'entends, serre-moi la main !

Il y eut soudain un tourbillon d'agitation et tous, excepté les parents de Lexa, furent priés de sortir. On appela les médecins pour vérifier ses signes vitaux. Une trentaine de minutes plus tard, le père de Lexa vint dans la salle d'attente pour informer tout le monde que Lexa pouvait respirer seule.

– C'est un miracle, dit-il, les larmes aux yeux. Un miracle.

Perséphone se mit également à pleurer et tout son corps trembla. Son sacrifice en avait valu la peine ! Lexa était revenue.

– Tu l'as fait, chuchota Sybil avant de la prendre dans ses bras.

Elle remarqua que Jaison se tenait un peu à l'écart et elle s'approcha de lui d'un pas hésitant.

– Est-ce que ça va ? demanda-t-elle.

– Ouais, répondit-il en reniflant et en essuyant ses larmes.

Il finit néanmoins par la serrer contre lui en prenant une grande inspiration.

– Merci, Perséphone.

Sa reconnaissance semblait déplacée, étant donné ce que Perséphone avait fait, donc au lieu de répondre, elle le tint plus fort dans ses bras.

Ils restèrent un moment dans la salle d'attente, à parler et à rire. L'ambiance était étrange, mais pleine d'espoir, comme si le soleil parvenait à percer à travers d'épais nuages noirs. Perséphone finit néanmoins par décider qu'il était temps de s'éclipser. Elle avait besoin d'une douche et de quelques heures de sommeil. Elle dit au revoir à Jaison, à Sybil et à la famille de Lexa, puis elle partit.

Elle venait de passer la porte de l'hôpital lorsque les poils de sa nuque se hérissèrent et qu'un sifflement atroce attira son attention vers le ciel, où trois femmes planaient sur place, leurs grandes ailes noires et cuirassées déployées. Leurs membres étaient blancs et des serpents noirs s'enroulaient sur leurs corps. Leurs cheveux étaient ébène et semblaient flotter autour d'elles, comme si elles étaient sous l'eau. Chacune portait une couronne faite de pointes de lances noires.

C'étaient les Furies, les déesses de la vengeance, elles n'apparaissaient que lorsque quelqu'un enfreignait une loi divine.

– Perséphone, fille de Déméter.

Elles parlaient à l'unisson et leurs voix résonnèrent dans sa tête comme les sifflements d'un serpent.

Merde.

– Tu as enfreint la loi sacrée des Enfers, tu dois être punie.

Un frisson parcourut son échine. Elle n'avait pas pensé au fait que sa décision de sauver Lexa pourrait être punie par les trois déesses.

Soudain, des serpents glissèrent à ses pieds et Perséphone sauta en arrière.

– Oh non ! Merde, merde, merde !

Elle essaya d'échapper aux serpents en faisant des bonds, mais ils étaient rapides et l'entourèrent rapidement, s'enroulant sur ses jambes, son torse, ses épaules. Leurs écailles étaient glissantes et rugueuses et ils se resserrèrent sur elle comme des cordes. Un minuscule chuchotement parvint à ses oreilles, *punir, punir, punir*. C'est alors qu'un des serpents plongea ses crocs dans son épaule.

Perséphone hurla de douleur tandis que le venin du reptile brûlait dans ses veines. Soudain, elle fut paralysée, son cri disparut dans sa gorge et ses jambes ne purent plus bouger. Elle essaya de marcher, mais elle tomba en frappant lourdement le bitume. Son corps lui sembla se déchirer, s'écarteler et, soudain, tout devint noir, elle tombait en chute libre.

Elle apparut sur le sol de Nevernight.

Elle fut surprise qu'Apollon atterrisse à plat ventre à ses côtés, grommelant en roulant sur le dos. Perséphone avait récupéré sa capacité à bouger et elle allait se lever lorsqu'elle vit qu'Hadès la surplombait, comme un nuage sombre. Il était furieux et elle eut l'impression qu'il cherchait à la dépecer du regard. Elle n'avait jamais eu peur en sa présence, même après qu'elle avait écrit sur Apollon. Mais maintenant, sa peur lui nouait le ventre et lui glaçait le sang.

Alors c'était ça, d'être face à Hadès, roi des Enfers, juge et bourreau ?

– Ces putains de Furies, râla Apollon en se levant et en s'époussetant.

Perséphone regarda le dieu, qui remarqua alors Hadès.

– Tu sais, tu pourrais trouver une façon un peu plus moderne de faire respecter l'ordre divin, Hadès. Je préférerais être emporté par un bel homme musclé plutôt que par un trio de déesses albinos et leurs serpents.

– Je croyais qu'on avait un deal, Apollon, cracha Hadès.

Perséphone était toujours émerveillée de voir son amant paraître aussi calme en crachant toute sa fureur dans sa voix. Elle percevait sa rage dans l'air et celle-ci se posa sur sa peau, lui donnant la chair de poule.

– Tu veux dire le deal où je n'approche pas de ta déesse en échange d'une Faveur ?

Hadès ne répondit rien, Apollon connaissait le deal.

– J'aurais été ravi de m'y plier, mais ta petite maîtresse s'est pointée à Érotas pour me demander de l'aide. D'ailleurs, je trouve important de préciser que je prenais un bain.

– Ça ne l'est pas, siffla Perséphone.

– Elle sait être très persuasive, quand elle est en rogne, poursuivit Apollon en l'ignorant. Sa magie n'y est pas pour rien.

Apollon n'avait pas besoin d'ajouter ce dernier commentaire, Hadès savait ce qui se passait lorsqu'elle était en colère, elle perdait le contrôle.

– Tu ne m'avais pas dit que c'était une déesse. Je comprends pourquoi tu lui as mis le grappin dessus aussi vite.

Pourquoi tout le monde dit ça ? se demanda Perséphone.

– J'étais mal placé pour lui dire non quand des épines aiguisées comme des lames étaient rivées sur mes parties intimes.

Perséphone avait envie de vomir, mais elle regarda Hadès et nota que, malgré la colère qui assombrissait son visage, il paraissait plutôt fier d'elle.

– Alors, on a conclu un deal. Un *contrat*, comme tu aimes les appeler.

Le regard d'Hadès noircit.

– Elle m'a demandé de guérir sa copine et, en échange, elle m'offre sa… compagnie.

– Tu n'es pas obligé de rendre ça si dégoûtant, Apollon, gronda Perséphone.

– Dégoûtant ?

– Tout ce qui sort de ta bouche sonne comme un sous-entendu sexuel.

– Pas du tout !

– Mais si !

– Ça suffit ! aboya Hadès.

Perséphone le regarda, ses yeux bouillonnaient de rage. S'il s'adressait à Apollon, il ne la quittait pas des yeux et Perséphone sentit qu'il épluchait toutes les couches de son être pour exposer la peur vive et bien réelle qu'elle essayait d'enfouir.

– Si tu n'as plus besoin de ma déesse, j'aimerais m'entretenir avec elle. Seule.

– Elle est toute à toi, répondit Apollon, qui eut le bon sens de disparaître sans ajouter un mot.

Perséphone ne bougeait pas, les yeux rivés sur Hadès. Le silence qui régnait dans la boîte de nuit était palpable, pesant lourd sur ses épaules, pressant contre ses oreilles. Lorsqu'Hadès s'adressa à elle, dissipant le silence, sa voix résonna comme une promesse de souffrances, elle sentait déjà son cœur se briser.

– Qu'est-ce que tu as fait ?

– J'ai sauvé Lexa.

– C'est ce que tu penses ? siffla-t-il.

Elle pouvait voir les filaments de son Charme se dégager de lui comme de la fumée. Elle ne l'avait jamais vu perdre le contrôle de sa magie jusque-là.

– Elle allait mourir…

– Elle choisissait de mourir ! gronda Hadès en marchant vers elle.

Son Charme disparut et il se tint devant elle dans sa forme divine. Il semblait remplir toute la pièce comme un brasier, répandant sa chaleur et sa colère comme des volutes de fumée, le regard enragé.

– Et au lieu d'honorer son souhait, tu es intervenue. Tout ça parce que tu crains de souffrir.

– J'ai peur de souffrir, oui ! rétorqua-t-elle. Est-ce que tu vas te moquer de moi comme tu te moques de tous les mortels ?

– Ce n'est pas comparable. Au moins, les mortels ont le courage de l'affronter.

Elle recula comme s'il l'avait giflée et sa colère surgit, déchirant sa peau tandis que des épines jaillissaient sur tout son corps.

– Perséphone.

Il tendit le bras, mais elle recula. Le geste fut si douloureux qu'elle siffla, serrant les dents.

– Si tu tenais à moi, tu aurais été là !

– J'étais là !

– Pas une seule fois tu n'es venu à l'hôpital avec moi, quand je suis allée voir ma meilleure amie dans le coma. Tu n'as jamais été à mes côtés quand je lui tenais la main. Tu aurais pu me le dire, quand Thanatos allait commencer à venir. Tu aurais pu me dire qu'elle… choisissait de mourir. Mais tu ne l'as pas fait. Tu m'as caché toutes ces choses, comme si c'était un putain de secret. Tu n'étais pas là.

Pour la première fois depuis que les Furies l'avaient larguée devant lui, Hadès sembla choqué et légèrement déboussolé.

– Je ne savais pas que tu voulais que je t'accompagne.

– Pourquoi je ne le voudrais pas ? demanda-t-elle d'un ton lourd de tristesse.

– Je ne suis pas le dieu le mieux accueilli dans un hôpital, Perséphone.

– C'est ça, ton excuse ?

– Et c'est quoi, la tienne ? demanda-t-il. Tu ne m'as jamais dit…

– Je ne devrais pas avoir besoin de *te dire d'être* là pour moi quand ma meilleure amie est en train de mourir. Au lieu de ça, tu fais comme si c'était aussi… normal que de respirer.

– Parce que la mort a toujours fait partie de mon existence ! rétorqua-t-il, semblant de plus en plus frustré.

– Ça, c'est ton problème. Tu es le dieu des Enfers depuis tellement longtemps que tu as oublié ce que c'est d'être sur le point de perdre quelqu'un. Au lieu de ça, tu passes ton temps à juger les mortels parce qu'ils craignent ton royaume, qu'ils ont peur de la mort, peur de perdre quelqu'un qu'ils aiment !

Perséphone était elle-même un peu choquée par les mots qui sortaient de sa bouche. Elle ne s'était pas rendu compte de toute la colère qu'elle ressentait, jusqu'à maintenant.

– Donc tu étais en colère contre moi, dit-il. Et encore une fois, plutôt que de venir me voir, tu as décidé de me punir en demandant l'aide d'Apollon, dit-il d'un ton dédaigneux, crachant le nom du dieu de la Musique.

– Je n'essayais pas de te punir. Quand j'ai décidé d'aller voir Apollon, j'avais l'impression que tu n'étais plus une option.

Hadès plissa les yeux.

– Après tout ce que j'ai fait pour te protéger de lui…

– Je ne te l'ai pas demandé, rétorqua-t-elle.

– Non, je suppose que c'est vrai. Tu n'as jamais apprécié mon aide, surtout quand je te dis quelque chose que tu ne veux pas entendre, répondit-il avec tant d'amertume que Perséphone grimaça.

– Tu es injuste.

– Ah oui ? Je t'ai proposé une Aegis et tu as insisté sur le fait que tu n'avais pas besoin de protection, alors que tu es agressée presque quotidiennement en allant au travail. Tu acceptes à peine d'être conduite par Antoni, et tu le fais seulement pour ne pas le vexer. Ensuite, quand je t'offre du réconfort, quand j'essaie de comprendre la peine que tu ressens pour Lexa, ça ne suffit pas.

– Ton réconfort ? s'exclama-t-elle. Quel réconfort ? Quand je suis venue te voir et que je t'ai suppliée de sauver Lexa, tu m'as proposé de me laisser faire mon deuil. J'étais censée faire quoi ? Me mettre en retrait et la regarder mourir alors que je savais que je pouvais y remédier ?

– Oui ! cracha Hadès. C'est exactement ce que tu étais censée faire. Tu n'es pas au-dessus des lois de mon royaume, Perséphone !

Clairement pas, puisque les Furies étaient venues pour elle.

– Je ne comprends pas pourquoi sa mort est si grave. Tu viens aux Enfers tous les jours. Tu aurais pu la revoir !

– Parce que ce n'est pas pareil, rétorqua-t-elle.

– Pourquoi ça ?

Elle le fusilla du regard et il croisa les bras. Comment était-elle censée lui expliquer ? Lexa était sa première amie, son amie la plus proche. Or, quand elle pensait tout juste avoir mis de l'ordre dans sa vie, elle avait rencontré Hadès, et tout avait été chamboulé. Lexa était la seule personne qui l'ancrait encore dans sa vie d'avant, et maintenant Hadès voulait la lui prendre, aussi ?

D'ailleurs, cela la menait au cœur du problème qui lui était difficile à admettre, parce qu'elle avouait sa plus grande peur.

– Qu'est-ce qui se passera si toi et moi…

Elle s'arrêta, incapable de le dire.

– … si les Moires décident de détricoter notre futur ? Je ne veux pas me perdre en toi et m'ancrer dans ton royaume au point que je ne saurai plus exister sans toi.

Hadès plissa les yeux et lui répondit d'une voix lugubre.

– Je commence à penser que tu n'as peut-être pas envie d'être dans cette relation.

Ses propos lui coupèrent le souffle.

– Ce n'est pas ce que je dis.

– Alors, qu'est-ce que tu dis ?

Elle haussa les épaules et resta silencieuse en sentant les larmes monter.

– Je ne sais pas. Seulement que… pile au moment où je commençais à comprendre qui je suis, tu es arrivé et tu as tout chamboulé. Je ne sais pas qui je suis censée être. Je ne sais pas…

– Ce que tu veux, dit-il.

– C'est faux, dit-elle. Je te veux, toi. Je t'ai…

– Ne me dis pas que tu m'aimes, gronda-t-il en lui coupant à nouveau la parole. Je ne peux pas… je ne peux pas entendre ça maintenant.

Le silence qui suivit accrut encore le désespoir de Perséphone. Son visage lui sembla mouillé et quand elle toucha sa joue, elle y découvrit des larmes.

– Je pensais que tu m'aimais, chuchota-t-elle.

– C'est le cas, dit-il en regardant le sol. Mais je crois que j'ai peut-être mal compris.

– Mal compris quoi ?

– Les Moires, répondit-il d'un ton sec. Je t'ai attendue si longtemps que j'ai ignoré le fait qu'elles tissent rarement des fins heureuses.

– Tu ne penses pas ce que tu dis, dit-elle.

– Si. Et tu comprendras bientôt pourquoi.

Hadès remit son Charme en place et ajusta sa cravate, le regard dénué d'émotion. Comment pouvait-il se remettre si vite alors que Perséphone avait l'impression que ses entrailles étaient à vif ? Alors, comme s'il ne lui avait pas déjà suffisamment brisé le cœur, il délivra son coup de grâce avant de partir.

– Sache que tes actions ont condamné Lexa à un sort qui est pire que la mort.

Chapitre XIX

DÉESSE DU PRINTEMPS

Restée seule, Perséphone fondit en sanglots. Elle se laissa tomber au sol, brisant les épines qui déchiraient sa peau et qui lui arrachèrent un cri de douleur.

– Oh, ma douce.

Perséphone sentit la main d'Hécate sur son dos. Elle ne la regarda pas, pleurant dans ses mains ensanglantées.

– J'ai merdé, Hécate.

– Chuuut, susurra la déesse. Viens, lève-toi.

Hécate souleva Perséphone en prenant soin de ne pas toucher ses épines, puis elle se téléporta dans son chalet. Elle fit s'asseoir la déesse, puis elle plaça ses mains sur ses épines et se mit à chanter. Une chaleur douce émana de ses paumes et Perséphone regarda les échardes diminuer jusqu'à ce qu'il n'en reste plus rien. Lorsque les plaies furent guéries, Hécate nettoya le sang et s'assit en face de Perséphone.

– Qu'est-ce qui s'est passé ?

Perséphone fondit à nouveau en larmes, tiraillée entre sa culpabilité et sa tristesse. Elle raconta tout à Hécate : la conversation qu'elle avait entendue entre les parents de Lexa et le médecin, la visite de sa mère, son passage au Quartier du Plaisir.

– Au moment de la perdre je… je ne pouvais pas, sanglota-t-elle.

Hécate tendit la main pour recouvrir celle de Perséphone.

– Et ma mère n'a fait qu'aggraver la situation. Il n'y a peut-être pas de conséquences pour les dieux, mais il y en a pour moi.

– Il y a toujours des conséquences. La différence entre toi et les autres dieux, c'est que tu ne t'en fiches pas.

Perséphone resta silencieuse un moment avant de répéter ce qu'Hadès lui avait dit.

– J'ai condamné Lexa à un sort pire que la mort, dit-elle avant de déglutir. Je voulais seulement qu'elle reste avec moi.

– Pourquoi t'accroches-tu au royaume des mortels ?

Perséphone regarda Hécate.

– Parce que ma place est là.

– C'est vrai ? Et les Enfers, alors ?

Comme Perséphone ne répondait pas, Hécate secoua la tête.

– Ma chère, tu essaies d'être quelqu'un que tu n'es pas.

– Comment ça ? Tout ce que j'essaie de faire, justement, c'est être moi-même.

Perséphone n'avait jamais pensé que ce serait aussi difficile.

– Ah oui ? s'enquit Hécate. Parce que la personne qui se tient devant moi n'est pas assortie à celle que je vois en dessous.

– Et tu vois qui, en dessous ? demanda Perséphone d'un ton sarcastique.

– La déesse du Printemps, répondit-elle. La future reine des Enfers, l'épouse d'Hadès.

Les paroles d'Hécate la firent frissonner.

– Tu t'accroches à une vie qui te dessert. À un boulot qui te punit pour tes relations, à une amitié qui aurait pu s'épanouir aux Enfers, à une mère qui t'a appris à être prisonnière.

Les poils de Perséphone se hérissèrent.

– Et si tu as besoin de plus pour te prouver que tu renies qui tu es, regarde la façon dont ta magie se manifeste. Si tu n'apprends pas à t'aimer, tes pouvoirs vont t'anéantir.

Perséphone fronça les sourcils.

– Qu'est-ce que tu es en train de dire, Hécate ? Que je devrais abandonner ma vie dans le royaume des mortels ?

La déesse secoua la tête.

– Tu penses de façon trop radicale. Pour toi, tu es soit déesse, soit mortelle. Tu vis soit aux Enfers, soit dans le monde des vivants. Est-ce que tu ne peux pas choisir toutes ces choses, Perséphone ?

– Si, soupira-t-elle, frustrée. Bien sûr que si, mais tout le monde ne cesse de me dire que c'est impossible.

Un petit sourire étira les lèvres d'Hécate.

– Crée la vie que tu veux, Perséphone, et arrête d'écouter les autres.

Perséphone cligna des yeux, absorbant les paroles d'Hécate.

« *Crée la vie que tu veux.* »

Jusqu'à maintenant, elle pensait savoir le genre de vie qu'elle voulait, mais elle prenait soudain conscience que tout avait changé depuis sa rencontre avec Hadès. Même si elle avait peiné à s'accepter et à comprendre ses pouvoirs, le dieu avait changé quelque chose en elle. Avec lui, Perséphone avait découvert de nouveaux désirs, de nouveaux espoirs et de nouveaux rêves, et jamais elle ne pourrait les obtenir sans renier des éléments de son ancienne vie.

Elle déglutit, les larmes aux yeux.

– J'ai merdé, Hécate, dit-elle.

– Comme nous tous, répondit la déesse en se levant. Et ce n'est pas près de changer. Maintenant, servons-nous de ta douleur pour nettoyer le bazar que tu as mis dans le verger. Vois ça comme un entraînement.

Perséphone ne la contredit pas, se sentant étrangement motivée.

Elles sortirent du chalet d'Hécate et partirent en direction du bosquet. Perséphone sut qu'elles en approchaient en sentant l'odeur de fruit pourri, un mélange nauséabond de sucre et de moisissure.

– Le but est de collecter tous les morceaux morts et d'en faire des grenades mûres et fraîches, dit Hécate.

– Et je fais comment ?

– De la même façon que tu les as détruites, mais tu dois contrôler la quantité de pouvoir que tu utilises.

Perséphone n'était pas certaine d'en être capable, mais elle se rappela alors le temps qu'elle avait passé avec Hadès dans son bosquet, lorsqu'il lui avait appris à concentrer son pouvoir. Le souvenir lui oppressa la poitrine à un point qu'elle ne pensait pas possible.

« *La magie est un équilibre, un peu de contrôle, un peu de passion. C'est ainsi que fonctionne le monde.* »

– Imagine la grenade entière, d'une délicieuse couleur rouge.

La voix d'Hécate se fit plus lointaine, Perséphone se concentra sur sa tâche.

Ferme les yeux, entendit-elle dans son oreille, et elle obéit en retenant son souffle. Elle aurait juré qu'elle pouvait sentir sa barbe sur sa joue.

Hadès continua de chuchoter dans son oreille.

Dis-moi comment tu te sens.

J'ai chaud, pensa-t-elle.

Concentre-toi dessus.

Comme cette fois-là, la chaleur naissait dans son bas-ventre et elle la nourrit, torturée par la pensée d'Hadès.

Où est cette chaleur ?

– Partout, chuchota-t-elle en imaginant la chaleur dans ses mains.

Elle imagina que l'énergie devenait si brillante qu'elle pouvait à peine la regarder, comme un soleil entre ses mains ou une étoile qui mourait.

Ouvre les yeux, Perséphone. Elle aurait pu jurer qu'elle sentait son souffle sur sa peau.

Lorsqu'elle le fit, l'image scintillante d'une grenade bien mûre brillait entre ses mains. Elle prit une grande et longue inspiration et guida ses mains vers le sol. Soudain, les morceaux de chair pourrissants s'élevèrent dans les airs et se rassemblèrent. Bientôt, le verger sentait le fruit bien mûr, et plusieurs grenades apparurent sur le sol à ses pieds.

Elle regarda Hécate, qui semblait clairement surprise.

– Très bien, ma douce, dit-elle.

Perséphone aurait souri, mais son succès était assombri par une intense tristesse. Le monde lui paraissait lourd et son corps semblait endormi. Elle cligna rapidement des yeux pour essayer de contenir ses larmes.

Elle ne sut pas si Hécate sentit son désespoir, mais la déesse se dépêcha de la distraire.

– Viens, je vais t'apprendre à concocter des poisons, comme promis.

Elles retournèrent donc au chalet et Perséphone s'assit à côté d'Hécate, qui avait cueilli plusieurs plantes, qu'elle avait rassemblées en fagots.

– C'est quoi tout ça ?

– Les trucs habituels : de la ciguë, du daphné, de la belladone, des amanites phalloïdes, des trompettes des anges, du curare.

La déesse lui expliqua quelle partie de chaque plante était mortelle, et quelle quantité était nécessaire pour tuer une cible. Elle sembla particulièrement ravie d'expliquer à Perséphone comment la plante tuerait la victime.

– Qu'est-ce qui empoisonnerait un dieu ? demanda Perséphone.

Un petit sourire apparut brièvement sur les lèvres de la déesse.

– Tu envisages d'empoisonner Apollon ?

Perséphone sentit ses joues rougir.

– N… non !

Hécate ricana dans sa barbe.

– Ne te sens pas coupable d'avoir des pensées assassines, ma chère. La plupart des dieux ont fait bien pire.

En effet, Perséphone le découvrait maintenant.

– Le poison aurait sans doute très peu d'impact sur Apollon, en dehors de le rendre très malade, ce qui serait tout aussi amusant. Et il n'y aurait aucune conséquence.

Perséphone éclata de rire et remisa cette information dans un coin de sa tête.

Elles passèrent un moment à broyer des feuilles et des huiles pour en faire des concoctions puissantes. Perséphone avait mal aux mains à force d'utiliser le mortier et le pilon, et ses yeux étaient irrités par la toxicité des plantes. Elle voulut se les frotter, mais Hécate saisit brusquement son poignet. Perséphone poussa un cri de surprise, elle ne pensait pas Hécate capable de bouger aussi vite.

– Ne fais pas ça.

Hécate l'emmena vers une bassine d'eau fraîche où Perséphone se lava les mains en attendant qu'Hécate termine, puis elles se rendirent à Asphodèle.

– J'ai terminé ta robe pour le Solstice d'Été, dit la déesse.

Perséphone sentit son estomac se nouer. Son amie lui avait déjà commandé une nouvelle couronne pour l'occasion et Perséphone savait qu'elle essayait de faire d'elle une sorte de reine. Mais elle venait de se disputer avec Hadès et cela la rendait anxieuse.

Lorsque Perséphone et Hécate arrivèrent, les âmes se ruèrent sur elles. Elle ne sut pourquoi mais aujourd'hui, leur excitation, leur gentillesse et leur dévotion flagrante lui mirent les larmes aux yeux. Peut-être était-ce à cause de sa conversation avec Hécate ? Elle avait toujours su que les habitants des Enfers la considéraient comme une déesse. Plus que ça, ils l'avaient immédiatement acceptée dans leur royaume et faisaient sans cesse référence à la possibilité que Perséphone devienne reine des Enfers, or elle avait constamment résisté.

Elle avait peur.

Peur de les décevoir d'une façon ou d'une autre, comme elle avait déçu sa mère, comme elle avait déçu Hadès.

Elle prit une grande inspiration pour ravaler ses émotions et fit comme si tout allait bien. Elle participa aux prises de décisions concernant les derniers préparatifs pour la Fête du Solstice, goûta divers échantillons pour le repas, approuva le décor et joua avec les enfants avant de retourner dans le monde des vivants.

Lorsqu'elle arriva chez elle, elle s'effondra.

Sybil ne lui posa aucune question, sans doute avait-elle deviné ce qui s'était passé. L'Oracle se contenta de la tenir dans ses bras pendant que Perséphone pleurait jusqu'à s'endormir.

Avant d'aller au travail, le lendemain, Perséphone fit un détour par l'hôpital, où elle trouva Lexa endormie.

– Elle s'est réveillée brièvement, dit Eliska. Mais elle était très perturbée. Le médecin lui a donné un sédatif.

– Perturbée ? demanda Perséphone tandis qu'une vague d'angoisse lui donnait la nausée.

– Ils pensent que c'est une psychose passagère, expliqua Eliska. Apparemment, ce n'est pas anormal pour des patients qui ont été dans le coma.

Psychose. Passagère.

Son soulagement fut immédiat. Cela avait sans doute été naïf de s'attendre à ce que Lexa redevienne elle-même du jour au lendemain. Perséphone se permit d'espérer. Elle avait pensé que la magie divine fonctionnerait différemment de la médecine traditionnelle, que lorsqu'Apollon parlait de miracle, cela impliquait qu'il n'y aurait pas de convalescence.

– Perséphone, est-ce que ça va ? demanda Eliska.

La déesse regarda la mortelle dans les yeux et hocha la tête.

– Oui, je vais bien. Est-ce que… vous pourriez m'écrire quand Lexa se réveillera ?

– Bien sûr, ma puce, répondit-elle en s'arrêtant pour la scruter.

Quoi qu'elle ait vu sur le visage de Perséphone, cela éveilla ses soupçons.

– Tu es sûre que ça va ?

Non, pensa Perséphone. *Mon monde est en train de s'écrouler.*

– Ouais, je suis juste… fatiguée, dit-elle, se sentant bête, puisqu'Eliska l'était aussi.

– Je comprends. Je promets de t'écrire dès que Lexa se réveillera.

Elle tendit les bras et serra Perséphone contre elle.

– Je suis infiniment reconnaissante que Lexa ait une amie comme toi.

Perséphone déglutit et ses yeux se remplirent de larmes. Encore une fois, les propos d'Hadès surgirent au-devant de son esprit.

« *Sache que tu as condamné Lexa à un sort qui est bien pire que la mort.* »

Ses paroles s'étaient fixées à elle, comme une sangsue assoiffée de sang. Elles lui donnaient mal à la tête et mal au cœur. Elles lui donnaient envie de hurler.

Je ne suis pas une bonne amie. Je ne suis pas une bonne maîtresse. Je ne suis pas une bonne déesse.

* * *

Le travail fut désagréable.

Perséphone n'était pas à l'aise avec Demetri depuis qu'elle avait appris le marché qu'il avait conclu avec Kal Stavros. Elle avait conscience d'avoir agi de la même façon, à peu de choses près, mais sa décision lui paraissait différente.

Ou plutôt, Perséphone essayait de se persuader qu'elle était différente.

La situation fut rendue pire encore par le fait que son patron avait décidé de lui attribuer des tâches futiles comme faire des photocopies, relire le travail d'un collègue ou effectuer des recherches sur une loi sur la protection de la vie privée. Il lui avait envoyé sa liste par mail en stipulant que tout devait être fait pour la fin de la journée, ce qui impliquait qu'elle n'aurait pas le temps de travailler sur les articles qu'elle avait envisagés.

Elle frappa à la porte de Demetri.

– Tu as une minute ? demanda-t-elle lorsqu'il leva le nez de sa tablette.

– Pas vraiment, répondit-il. Une autre fois ?

– C'est à propos de ta liste.

Demetri enleva ses lunettes et la dévisagea.

– Il y a trois choses dessus, Perséphone. C'est si compliqué que ça ?

Sa remarque la déstabilisa.

– Pas du tout, rétorqua-t-elle, mais j'ai d'autres sujets que…

– Pas aujourd'hui, dit-il en lui coupant la parole. Aujourd'hui, tu as trois choses à accomplir avant dix-sept heures.

Perséphone contracta si fort la mâchoire qu'elle pensa se casser une dent.

– Ferme la porte en partant.

Elle la claqua. Ce n'était sans doute pas la meilleure stratégie, mais c'était mieux que de cribler son patron de trous en lui projetant des épines à la tronche, comme elle en avait envie. Elle prit plusieurs inspirations et décida que la meilleure chose à faire était d'accomplir les tâches que Demetri lui avait attribuées.

Lorsqu'elle aurait fini, elle pourrait parcourir les informations qu'elle avait reçues au cours des dernières semaines et choisir son prochain sujet.

Plusieurs options s'offraient à elle ainsi que plusieurs angles d'attaque, mais les informations qui l'attiraient le plus concernaient toujours sa mère. La déesse de la Moisson aurait pu être renommée la déesse de la Punition Divine – elle avait clairement un penchant pour la torture et ses méthodes étaient vicieuses, forçant souvent les mortels à mourir de faim ou les condamnant à une faim impossible à assouvir. De temps en temps, quand elle était vraiment en rogne, elle déclenchait même une famine et tuait des populations entières.

Ma mère est infâme, pensa Perséphone.

Lorsque la pause déjeuner arriva, Perséphone rêvait d'écrire sur Déméter. Elle voyait déjà le titre :

MÈRE NOURRICIÈRE, LA DÉESSE DE LA MOISSON PRIVE DES POPULATIONS ENTIÈRES DE NOURRITURE

Elle grimaça aussitôt en imaginant les répercussions.

Sans doute Déméter se vengerait-elle de la seule façon que Perséphone pouvait imaginer, en révélant qu'elle était en fait sa fille.

Elle partit de l'Acropole pour rejoindre Sybil au Café Mithécos.

Ses pensées étaient tellement chaotiques, passant de la guérison de Lexa à la colère d'Hadès, qu'elle eut du mal à se concentrer sur ce que disait l'Oracle, et elle se sentit coupable, parce que Sybil avait de bonnes nouvelles.

– On m'a proposé un boulot, cette semaine, dit-elle, attirant l'attention de Perséphone. À la Fondation Cyprès.

– Oh, Sybil ! Je suis trop contente pour toi ! se réjouit Perséphone.

– Je devrais te remercier, dit-elle. Je suis sûre que c'est grâce à toi qu'ils m'ont choisie.

– Hadès sait repérer le talent quand il le voit, répondit-elle en secouant la tête.

L'Oracle ne semblait pas convaincue.

Perséphone ne savait expliquer pourquoi, mais son enthousiasme fut de courte durée, car un sentiment lugubre lui écrasa bientôt la poitrine. C'était un mélange de choses, sa culpabilité, son désespoir et une tonne de sentiments indicibles.

– Il faut que je traîne avec Apollon, dit-elle brusquement.

Sybil la dévisagea.

– C'était le deal, expliqua-t-elle. Je voulais juste que… tu le saches.

– Je suis contente que tu me l'aies dit, répondit-elle, pourtant Perséphone ne put s'empêcher de penser que l'Oracle était trop gentille, trop compréhensive.

– Tu te souviens, au gala, quand tu m'as dit que mes couleurs et celles d'Hadès étaient toutes… ?

Elle ne put finir sa question et Sybil l'interrogea du regard, la bouche pincée. Perséphone ne sut si c'était pour se retenir de dire quelque chose qu'elle allait regretter, ou pour s'empêcher de sourire.

– Est-ce qu'elles sont toujours… emmêlées ? termina Perséphone.

– Oui, répondit-elle à voix basse. Si seulement tu pouvais le voir ! C'est magnifique, sensuel et chaotique.

Perséphone émit un rire sec.

– C'est chaotique, ça c'est clair.

– Ben, j'ai dit qu'elles étaient emmêlées, ajouta Sybil en souriant.

Perséphone l'interrogea du regard.

– C'est ce qui arrive lorsque deux personnes puissantes se rencontrent.

– La discorde ? proposa la déesse.

– Et la passion, et le bonheur, ajouta Sybil en souriant jusqu'aux oreilles.

Perséphone détourna le regard. Hadès et elle avaient eu toutes ces choses mais… étaient-elles récupérables ? Après tout le mal qu'elle avait fait ?

Sybil posa ses mains sur celles de Perséphone.

– Tu as toujours été destinée à de grandes choses, Perséphone, mais tu devras te battre pour y parvenir.

Perséphone frissonna.

– Me battre ? Tu ne parles pas d'une guerre, si ?

Sybil ne répondit rien.

Elles partirent dans des directions opposées. Perséphone retourna au travail et Sybil partit voir Lexa. La déesse n'avait pas eu de nouvelles d'Eliska et elle supposa que son amie ne s'était pas réveillée, ce qui l'inquiétait. Est-ce que ça signifiait que la magie d'Apollon n'avait pas fonctionné ? Elle s'interdit d'y penser, Apollon était un dieu ancien qui maîtrisait parfaitement sa magie.

Lexa guérit encore. Elle est fatiguée, se dit Perséphone. *Elle a besoin de repos.*

Elle emprunta un raccourci pour rentrer à l'Acropole. Elle avait pris l'habitude d'éviter les journalistes et les fans enragés, ce qui impliquait de passer par des ruelles étroites plutôt que par les routes principales. Si elles n'étaient pas aussi plaisantes et entretenues que les grands axes de Nouvelle Athènes, elle savait que c'était le moyen le plus simple et rapide de se rendre où elle voulait. Il y avait moins de gens, et les personnes qu'elle croisait se fichaient de qui elle était. C'était sans doute pour cela qu'elle remarqua qu'un chat blanc aux grands yeux verts la suivait.

Elle devina immédiatement à son comportement étrangement humain et attentif, que la créature était un métamorphe. Les métamorphes n'utilisaient pas de Charme pour cacher leurs apparences. Leur biologie leur permettait de changer de forme, ce qui impliquait que Perséphone ne pouvait savoir ce qui se cachait sous le félin.

Elle poursuivit son chemin quelque temps en faisant mine de ne pas avoir remarqué le chat. Lorsqu'elle fut suffisamment abritée des regards, elle s'arrêta. Le chat parut surpris et s'arrêta également.

Puis, comme s'il se rappelait soudain qu'il était censé être un chat, le félin se mit à se lécher les pattes.

Dégoûtant, pensa Perséphone. *Les pavés sont tellement sales…*

– Change-toi, ordonna-t-elle.

Si le métamorphe avait été envoyé par Hadès, comme elle le pensait, il n'aurait d'autre choix que de se révéler. Malgré ça, le chat essaya de s'enfuir. À l'évidence, il ne s'attendait pas à ce que Perséphone le confronte.

Il était en train de courir lorsque son corps s'étira et grandit, se transformant jusqu'à devenir une femme fine qui se tenait désormais immobile. Elle était grande et vêtue d'une armure dorée. Ses cheveux bruns étaient tressés en une longue natte qui tombait sur son épaule, jusqu'à sa taille. Perséphone remarqua les diverses armes fixées à son corps. Une longue épée sur sa hanche, une série de couteaux dans son dos et un poignard sur sa cuisse nue.

C'était une Aegis et une Amazone, une fille d'Arès qui avait été élevée pour la violence et la guerre. Elle s'agenouilla, une main sur la poitrine.

– Milady.

– Non ! gronda Perséphone, et la guerrière la regarda dans les yeux. C'est Hadès qui t'envoie ?

– C'est un honneur de vous servir, Milady.

– Je n'ai pas demandé ça.

– Lord Hadès s'inquiète pour vous. Je vous protégerai.

Elle détesta au plus haut point l'espoir que ses paroles firent naître en elle.

– Je n'ai pas besoin que tu me protèges. Je peux me défendre toute seule. J'ai vécu en tant que mortelle pendant des années et, crois-moi, si une Amazone vient à ma rescousse, ça ne fera que me compliquer la vie.

La femme haussa le menton d'un air défiant.

– Je ferai ce que m'ordonne Lord Hadès.

– Alors je m'entretiendrai avec Lord Hadès, répondit Perséphone en tournant les talons.

– S'il vous plaît.

La déesse s'arrêta en entendant la voix tremblante de l'Amazone et elle se tourna vers elle.

– J'imagine que vous vous en fichez, mais j'ai besoin de ça. J'ai besoin de cette mission, de cet honneur.

– Pourquoi ?

Perséphone était sincèrement curieuse, mais elle n'aimait pas voir le changement que cela provoqua chez l'Amazone. Elle regarda ses pieds, et son dos se voûta ; quelle que soit sa raison, c'était un fardeau pour elle.

– Je ne souhaite pas admettre ma honte, dit-elle enfin.

Un silence tendu s'ensuivit et Perséphone finit par y mettre fin.

– Comment t'appelles-tu ?

La femme parut stupéfaite.

– Vous pouvez m'appeler Aegis, Milady.

– Je préférerais t'appeler par ton prénom. Et je préférerais que tu m'appelles Perséphone.

– Lord Hadès…

– J'aimerais vraiment que les employés de Lord Hadès cessent de me dire ce qu'il souhaite ou non. À l'évidence, il n'a pas la même considération envers moi.

Elle regretta aussitôt son coup d'éclat, mais la femme sourit.

– Très bien. Je m'appelle Zofie.

– Zofie, répéta Perséphone. Si ça compte autant pour toi, je ne te congédie pas.

Toutefois, elle allait parler à Hadès… quand elle déciderait de lui reparler.

– Merci… Perséphone.

– Je suis en retard, dit-elle.

Elle commençait à marcher à reculons lorsqu'elle désigna la tenue de l'Amazone.

– On parlera de l'armure plus tard.

– Lord Hadès m'a dit de ne pas vous perdre de vue, dit Zofie en avançant.

Perséphone leva les yeux au ciel.

– Je ne peux pas vous emmener au bureau, Zofie… pas habillée comme ça, ni en *chat*.

– Je me contenterai de vous attendre dehors, proposa-t-elle.

– Très bien, soupira Perséphone. On en parlera plus tard, aussi.

Perséphone sortit de la ruelle et sa nouvelle Aegis lui emboîta le pas. Elle avait énormément de questions à lui poser – premièrement, d'où elle venait et pourquoi il était aussi important pour elle de garder sa mission. Perséphone n'avait pas pu la congédier lorsqu'elle avait vu le regard de Zofie, parce qu'elle le connaissait trop bien, ressentant la même chose qu'elle, le désespoir.

Elle se demanda si le choix d'Hadès avait été stratégique, s'il avait choisi Zofie parce qu'il savait que Perséphone serait incapable de priver Zofie de son rêve.

Chapitre XX

COMPÉTITION

Perséphone décida de ne pas perdre de temps et de s'occuper de l'armure de Zofie.

En sortant du travail, l'Amazone l'accompagna jusqu'à la Lexus d'Hadès et prit place avec elle.

– À La Perle, Antoni.

Elle se demanda si Aphrodite serait dans sa boutique. Étant donné que Zofie était l'employée d'Hadès et qu'il l'avait missionnée pour protéger Perséphone dans le monde des vivants, la déesse supposa qu'elle pouvait lui facturer les vêtements, les chaussures et les accessoires de l'Aegis.

Et si ça le gênait, eh bien, il n'avait qu'à ne pas douter de ses capacités à se défendre.

Antoni les regarda dans le rétroviseur central.

– Je vois que vous avez rencontré Zofie.

– Ne me dis pas que tu étais au courant, Antoni… ?

Le cyclope baissa légèrement la tête, comme pour se protéger de la frustration de la déesse.

– Je crois que c'était inévitable, Milady.

Perséphone ne répondit rien. Elle regarda défiler par la fenêtre les immeubles en marbre blanc, les églises austères et les appartements colorés, jusqu'à ce qu'ils arrivent à la boutique d'Aphrodite. Elle prit Zofie dans ses bras, qui s'en plaignit en miaulant bruyamment.

– Chuut ! ordonna-t-elle. Personne n'a jamais fait du shopping avec son chat !

Elle sortit de la limousine et entra dans la boutique.

– Je ne savais pas que tu aimais les minous, dit Aphrodite en se matérialisant devant Perséphone dès que celle-ci eut posé le chat par terre.

La déesse était plus couverte qu'à son habitude, vêtue d'une robe en soie couleur champagne entièrement brodée de fleurs. La robe avait de fines bretelles et lui arrivait à mi-mollet, elle ressemblait davantage à une nuisette qu'à une tenue de jour, mais Perséphone découvrait peu à peu que c'était justement le style d'Aphrodite.

– Change-toi, dit-elle à Zofie qui se transforma à nouveau en humain sous le regard perçant d'Aphrodite.

– Une fille d'Arès, dit-elle. Je ne suis pas étonnée.

Perséphone fronça les sourcils.

– De quoi tu parles ?

– Hadès allait forcément choisir le meilleur pour te protéger.

Zofie inclina la tête.

– C'est un honneur de vous l'entendre dire, Lady Aphrodite.

La déesse de l'Amour lui sourit froidement.

– Bien sûr. Tout le monde sait que les Amazones sont brutales, agressives et assoiffées de sang. Vous êtes toutes comme votre père.

Perséphone sentit Zofie se crisper à ses côtés et se demanda pourquoi la déesse se sentait toujours obligée d'être aussi cruelle.

– Aphrodite, je souhaite acheter une nouvelle garde-robe pour mon Aegis. J'ai besoin qu'elle passe inaperçue, si elle doit me… protéger.

Perséphone avait du mal à le dire, elle n'avait pas besoin de protection. Elle voulait se défendre elle-même, mais à ce stade, après ce qui s'était passé quelques jours plus tôt, il était probable qu'elle risquait de se faire mal toute seule.

– Pourquoi donc ? Le style guerrier-chic est trop voyant pour toi ?

Perséphone regarda Aphrodite d'un air ennuyé et la déesse de l'Amour se mit à retirer des vêtements des portants pour les donner à ses employées.

– Quelles couleurs tu aimes, Zofie ? demanda Perséphone.

– Je ne sais pas. Je n'y ai jamais pensé.

Perséphone s'arrêta pour l'étudier.

– Tu n'y as jamais pensé ?

– Nous sommes des guerrières, Lady Perséphone.

– Ça ne veut pas dire que vous ne pouvez pas aimer la mode, remarqua Perséphone avant de rire intérieurement.

Elle parlait comme Lexa.

Dès que les bras de la vendeuse furent suffisamment chargés, Perséphone emmena Zofie vers la cabine d'essayage et s'assit, suivie par Aphrodite.

– Comment va la vie ? demanda la déesse de l'Amour.

– Pourquoi tu demandes toujours ça ?

Perséphone trouvait cette question frustrante pour des raisons évidentes. Elle n'avait pas vu Hadès depuis leur dispute et elle était torturée par le statut de leur relation.

– Je ne te l'ai jamais demandé. En général, je le sens.

Perséphone leva les yeux au ciel, énervée par les talents inhabituels d'Aphrodite.

– Dans ce cas, j'imagine que tu as ta réponse.

Perséphone ne la regarda pas en lui répondant, le regard fixé sur le rideau derrière lequel Zofie était cachée.

– Tu ne couches peut-être plus avec lui, mais tu l'aimes encore, dit Aphrodite.

– Bien sûr que j'aime Hadès.

Pas besoin de magie pour le savoir.

– Est-ce que tu le lui as dit ?

– J'ai essayé, répondit-elle.

Ne me dis pas que tu m'aimes.

Aphrodite resta silencieuse un moment.

– Je n'ai jamais dit à quelqu'un que je l'aimais en étant sincère.

– Et Héphaïstos ?

– Je ne lui ai jamais dit que je l'aimais.

Il y eut un silence gênant, puis Perséphone interrogea la déesse.

– Est-ce que c'est parce que tu l'aimes vraiment ?

Aphrodite ne répondit rien, et Zofie choisit ce moment pour sortir de la cabine d'essayage, vêtue d'une robe bleue, cintrée, qui mettait en valeur son bronzage et son physique athlétique.

– Oh, Zofie ! Tu es magnifique !

L'Amazone rougit jusqu'aux oreilles et se plaça devant le miroir en lissant la jupe.

– Ce n'est pas très adapté au combat, remarqua-t-elle en essayant de mettre un coup de pied et de fléchir les jambes.

– Oh, chérie, si tu ne peux pas te battre en talons et en robe moulante, à notre époque, comment peux-tu prétendre être une guerrière ? rétorqua la déesse de l'Amour.

Perséphone ne parvint pas à savoir si Aphrodite était sérieuse. Il était facile pour une immortelle de dire ce genre de chose, les dieux étaient pratiquement invincibles.

– Espérons que tu n'auras pas besoin de te battre pendant que tu me protèges, dit Perséphone.

Zofie repartit en cabine et essaya plusieurs tenues, préférant des ensembles pantalons aux jupes et aux robes. Perséphone parvint néanmoins à la convaincre d'acheter une longue robe de soirée du même bleu que la première qu'elle avait essayée, arguant que si la guerrière était son Aegis, elle devrait l'accompagner à des cérémonies officielles.

Une fois le shopping terminé, Perséphone et Zofie se retrouvèrent devant la boutique d'Aphrodite.

– Est-ce que tu as une maison ? demanda Perséphone.

– Ma maison est à Terme, répondit Zofie.

C'était à plusieurs centaines de kilomètres au nord de Nouvelle Athènes.

– Est-ce que tu as un endroit où dormir ici, dans cette ville ?

Zofie fronça les sourcils, confuse.

– Je dois aller où vous allez, Perséphone.

La déesse changea de stratégie.

– Où aurais-tu dormi si je ne t'avais pas découverte ?

– Dehors.

– Zofie !

– Ce n'est rien, Milady. Je suis coriace.

– Je n'en doute pas, mais je ne peux pas te laisser dormir dehors, chat ou pas. Tu peux dormir sur mon canapé, pour l'instant.

Elles réétudieraient la situation une fois que Lexa serait rentrée à la maison. Sybil occupait la chambre de Lexa pour le moment, et il était peu probable que Perséphone dorme aux Enfers au cours des semaines à venir.

– Je ne peux pas dormir, dit Zofie.

– Comment ça ?

– Je n'ai pas besoin de dormir. Qui vous protégera si je ne suis pas réveillée ?

– Zofie, j'ai survécu tout ce temps sans être kidnappée. Je suis sûre que ça ira très bien.

Elle venait de prononcer ces mots lorsqu'elle sentit une magie inconnue l'envelopper ainsi que la sensation familière d'être aspirée dans le vide.

Quelqu'un la forçait à se téléporter.

– Zofie… !

L'Amazone écarquilla les yeux, et la dernière chose que vit Perséphone avant de disparaître fut Zofie tendant le bras vers elle, le regard déterminé.

Une seconde plus tard, Perséphone se retrouva bousculée par une foule en délire. L'air était lourd et chaud, empreint d'une odeur de tabac et transpiration.

– La voilà !

Apollon passa un bras autour de ses épaules et l'attira contre lui. Il était en nage et vêtu d'un polo et d'un jean.

– Putain, mais à quoi tu joues, Apollon ? demanda Perséphone en essayant de le repousser.

Le dieu la tint plus fort contre lui, l'escortant à travers la foule vers une petite scène. Il en profita pour tourner la tête vers elle et chuchoter dans son oreille.

– On avait un deal, Déesse.

Elle détestait sentir son souffle sur sa peau. Elle aurait dû s'attendre à ce qu'Apollon la kidnappe à tout moment. Elle avait oublié de spécifier cet aspect dans les conditions de leur marché, et elle le regrettait terriblement.

Elle se retrouva éblouie par d'énormes spots et le reste de la salle disparut dans l'obscurité, de sorte qu'elle ne parvint pas à savoir combien de personnes se trouvaient dans le public.

Apollon saisit un micro et cria dedans.

– Tout le monde, voici Perséphone Rosi ! Vous la connaissez sans doute comme la maîtresse d'Hadès, mais ce soir, elle est notre jury, notre juge et notre bourreau !

Le public hurla de plus belle.

Apollon replaça le micro sur son pied et tendit la main vers Perséphone. Elle l'évita, mais il posa sa main dans son dos pour l'accompagner vers une chaise, sur le côté de la scène.

– Arrête de me toucher, Apollon, siffla-t-elle.

– Arrête de faire comme si tu ne m'aimais pas, répondit-il.

– Ben, c'est le cas. T'aimer ne faisait pas partie du deal, rétorqua-t-elle.

Apollon lui lança un regard noir.

– Je n'ai rien contre mettre fin à notre contrat, Perséphone, si tu peux vivre avec la mort de ton amie sur la conscience.

Elle le fusilla du regard et Apollon sourit.

– Voilà qui est mieux. Maintenant, tu vas t'asseoir ici, afficher un sourire sur ton joli minois et juger cette compétition, compris ?

Apollon lui tapota la joue et elle eut envie de lui mettre un coup de pied entre les jambes, mais elle se contenta d'agripper les bords de la chaise. Le dieu se tourna à nouveau vers le public qui se mit à l'acclamer, ce qu'il encouragea en levant les deux bras en l'air.

– Mesdames et Messieurs, public de La Lyre, nous avons un challengeur parmi nous !

La foule se mit à huer, mais Perséphone fut soulagée de savoir enfin où elle était. La Lyre était une salle de concert de Nouvelle Athènes, où toutes sortes de musiciens donnaient des concerts. Elle se situait dans le Quartier des Arts, en périphérie de la ville.

– Un satyre qui prétend être meilleur musicien que moi !

Le public hua de plus belle.

– Vous savez ce que j'en dis ? Qu'il le prouve !

Il s'éloigna du micro, le visage scintillant sous les spots de la scène.

– Faites entrer le compétiteur !

Perséphone regarda la foule se fendre en deux. Deux armoires à glace tenaient un satyre par les bras ; il était jeune et blond, ses cheveux bouclés formaient comme un nid sur sa tête. Il avait la mâchoire crispée et il respirait fort, révélant sa peur. Son regard noir se fit assassin lorsqu'il regarda Apollon avec une haine que Perséphone n'eut aucun mal à percevoir.

– Satyre ! Ton hubris sera punie !

Le public applaudit et Apollon fit signe aux hommes de faire approcher le jeune homme. Ils le jetèrent sur la scène et il tomba à genoux. Apollon fit alors apparaître un instrument qui ressemblait à une sorte de flûte. Lorsque le satyre la vit, il écarquilla les yeux. À l'évidence, il y tenait énormément.

Apollon la lui jeta et il la rattrapa contre son torse.

– Joue ! ordonna le dieu. Montre-nous ton talent, Marsyas.

Le garçon sembla d'abord pétrifié d'entendre son nom dans la bouche du dieu, puis il se leva et prit un air déterminé.

Marsyas porta le bec de la flûte à ses lèvres et se mit à jouer. Perséphone eut d'abord du mal à entendre la musique car le public était trop bruyant. Elle se demanda même s'ils n'étaient pas envoûtés par un sort mais, peu à peu, tout le monde se tut. Perséphone étudia Apollon, notant sa façon de serrer les poings et de se tenir plus droit. À l'évidence, il ne s'attendait pas à ce que le satyre soit aussi doué.

Sa musique était sublime. Elle était douce et, quand elle augmenta en intensité et remplit toute la salle, elle pénétra dans les pores et se mêla au sang de chacun. Étrangement, elle semblait cibler les sentiments les plus lugubres, les souvenirs les plus douloureux et, lorsqu'il eut fini, Perséphone se rendit compte qu'elle pleurait.

Le public était silencieux, Perséphone n'arrivait pas à savoir s'il était sous le choc, ou si Apollon l'empêchait de réagir à la musique. Elle se mit donc à applaudir, lentement, et la foule se joignit à elle avant de siffler, de crier et de chanter le nom du satyre. Apollon rougit et regarda Perséphone d'un air menaçant avant de faire apparaître son propre instrument, une lyre.

Il en pinça les cordes et une jolie mélodie en émergea, dont chaque note semblait durer plus longtemps que la précédente. C'était un air étrange et céleste qui n'apaisait pas, mais qui exigeait l'attention. Perséphone avait l'impression de se tenir sur le bord de sa chaise, sans comprendre pourquoi. Avait-elle peur d'Apollon ? Ou attendait-elle que la musique devienne autre chose ?

Lorsqu'il eut fini, des applaudissements retentirent dans la salle.

Perséphone avait l'impression qu'une main invisible avait empoigné son cœur et venait de le libérer. Elle s'affaissa sur sa chaise et prit plusieurs grandes inspirations.

Apollon salua le public avant de se tourner vers elle.

– Et maintenant, accueillons notre superbe juge ! cria-t-il en souriant de toutes ses dents, tout en la fusillant du regard.

Il fit signe à Perséphone de le rejoindre et elle obéit, grimaçant lorsqu'il la prit par la taille.

– Perséphone, sublime déesse que tu es, dis-nous, qui est le vainqueur de la compétition de ce soir ? Marsyas…

Il marqua une pause pour permettre au public de huer le satyre maintenant qu'il était libéré du sort de sa musique.

– Ou moi, le dieu de la Musique.

Tout le monde l'applaudit et Apollon fourra le micro sous le nez de Perséphone. Elle sentait son cœur battre à tout rompre et des gouttes de sueur couvrirent son front. Elle détestait ces lumières, trop vives et trop chaudes.

Elle regarda tour à tour Apollon et Marsyas, qui semblait mort de trouille en attendant sa réponse.

Lorsqu'elle ouvrit la bouche, ses lèvres effleurèrent le métal froid du micro.

– Marsyas.

Soudain, ce fut le chaos.

Le public hurla en guise de protestation et des gens se précipitèrent sur scène. En même temps, les deux mastodontes qui avaient traîné le satyre sur scène revinrent et le saisirent à nouveau pour le pousser à genoux.

– Non, non, s'il vous plaît !

C'était la première fois que le satyre parlait, la suppliant du regard.

– Retirez ce que vous avez dit ! Lord Apollon, j'avais tort de critiquer votre talent. Vous êtes le meilleur !

Apollon n'entendait pas le jeune homme car il n'avait d'yeux que pour Perséphone.

– Tu oses me défier ? siffla-t-il, la mâchoire crispée si fort que les veines de son cou étaient saillantes.

– C'est sans équivoque, Apollon. Marsyas était meilleur que toi.

Bien sûr, le fait qu'elle n'avait jamais aimé la musique d'Apollon ne jouait pas en faveur du dieu.

Sa colère se transforma en amusement et un sourire machiavélique se dessina sur ses lèvres. Ce changement brutal glaça le sang de Perséphone.

– Jury, juge et bourreau, Perséphone.

Il se tourna vers le public.

– Vous avez entendu le verdict de Perséphone, cria-t-il dans le micro. Marsyas est le vainqueur.

La foule était furieuse, hurlant des obscénités et jetant toutes sortes d'objets sur la scène. Perséphone se cacha derrière Apollon.

– Attention ! gronda-t-il. Elle est protégée par Hadès.

Elle trouva bizarre qu'il dise cela. Elle était persuadée qu'il préférait qu'elle affronte la haine du public, mais ce dernier se calma après la mise en garde d'Apollon.

– Si Marsyas est le vainqueur, il reste coupable d'hubris. Comment va-t-on le punir ?

– Pendez-le ! cria quelqu'un.

– Étripez-le ! hurla un autre.

– Qu'on le fouette ! ajoutèrent plusieurs membres du public.

– Ainsi soit-il ! acquiesça Apollon en reposant le micro.

Il se tourna vers Marsyas qui se débattait entre les mains des ogres qui le retenaient.

– Apollon, tu n'es pas sérieux ? s'exclama Perséphone en tendant la main vers lui, mais il la poussa de côté.

– L'hubris est la ruine de l'humanité et doit être punie ! déclara-t-il. Je serai le bourreau.

– C'est un enfant ! rétorqua-t-elle. S'il est coupable d'hubris, tu l'es aussi. Est-ce que ton orgueil est trop blessé pour le laisser vivre ?

Apollon serra les poings.

– Sa mort est entre tes mains, Perséphone.

La déesse se jeta devant lui pour protéger Marsyas.

– Tu ne le toucheras pas. Tu ne lui feras pas de mal !

Elle était désespérée et craignait de perdre le contrôle. Elle sentait sa magie pulser dans ses veines et ses poils se hérisser sur tout son corps.

Apollon éclata de rire.

– Et tu comptes m'en empêcher comment ?

La magie d'Apollon l'entoura, l'étouffant avec son odeur de laurier, et elle lui lança un regard assassin.

– Maintenant… dit-il en se tournant vers Marsyas. Qu'on l'écorche !

Perséphone avait envie de vomir.

C'est impossible, je dois rêver.

Apollon fit apparaître une lame, dont les bords scintillèrent sous la lumière aveuglante des spots.

Perséphone fit de son mieux pour se libérer, mais plus elle résistait, plus la magie d'Apollon lui semblait lourde.

Elle écarquilla les yeux, terrifiée de voir Apollon s'agenouiller devant le satyre et presser la lame contre sa joue. Lorsqu'elle vit le sang couler sur son visage, elle perdit le contrôle.

– Stop ! hurla-t-elle aussi fort que possible.

Sa magie s'échappa de son corps, provoquant une sensation inhabituelle, comme si elle sortait de ses pores, de sa bouche et de ses yeux. Elle était brûlante, comme si elle déchirait sa peau et l'aveuglait comme une lumière des plus pures.

Lorsque la sensation disparut, elle fut choquée de trouver tout le monde paralysé : Apollon, ses sbires, le public, tout le monde excepté Marsyas.

Le satyre dévisageait Perséphone, son visage pâle était strié de sang.

– T… tu es une déesse.

Perséphone courut vers lui et essaya de le libérer des mains des gardes, mais ils le tenaient trop fort. Elle chercha frénétiquement une autre solution. Elle ne savait pas combien de temps sa magie tiendrait, elle ne savait même pas comment elle avait fait pour figer la salle entière.

Son regard se posa alors sur la lame qu'Apollon tenait à quelques centimètres du visage de Marsyas. Elle saisit le rasoir, qui glissa facilement des mains du dieu, puis elle gonfla ses poumons et se mit à couper les doigts du garde afin de libérer Marsyas.

– Cours, dit-elle.

– Il me retrouvera ! répondit-il en se frottant le bras.

– Je te promets qu'il ne s'en prendra plus à toi, dit-elle. File !

Le satyre obéit.

Elle attendit qu'il soit parti pour se tourner vers Apollon et lui mettre un coup de pied entre les jambes.

Soulagée par son geste, la salle revint à la vie.

– Putain ! hurla le garde en tenant sa main contre son torse tandis qu'Apollon s'écroulait par terre.

Perséphone se pencha sur lui.

– Ne me mets plus jamais dans cette position, gronda-t-elle d'une voix débordant de colère.

Apollon respirait lourdement et la fusillait du regard.

– On a peut-être un accord, mais je refuse qu'on se serve de moi. Va te faire foutre !

Elle sortit de la salle, un sourire aux lèvres.

Chapitre XXI

UNE TOUCHE DE TRAHISON

Lorsque Perséphone rentra chez elle, elle trouva Sybil, Zofie et Antoni dans son salon.

– Oh, dieux merci ! s'écria Sybil en se précipitant sur Perséphone pour la prendre dans ses bras. Est-ce que ça va ?

– Je vais bien, répondit Perséphone, qui ne s'était pas sentie aussi bien depuis longtemps.

– Tu étais où ? demanda Zofie.

– À La Lyre. Apollon a décidé qu'aujourd'hui était le jour où il profitait de notre contrat.

– Tu as un marché avec Apollon ? s'étonna Zofie en écarquillant les yeux.

Perséphone ne répondit pas car elle se sentait épuisée tout à coup, et elle s'affala dans le canapé.

– Est-ce que vous avez dit à Hadès que j'avais été kidnappée ?

Antoni se frotta la nuque en rougissant. Il n'eut pas besoin de répondre.

– Quelqu'un devrait lui dire que je vais bien, histoire qu'il ne réduise pas le monde entier en cendres, soupira Perséphone.

Antoni et Zofie se regardèrent.

– Je m'en occupe, dit Antoni. Je suis content que vous alliez bien, Perséphone.

Elle lui sourit, et Sybil attendit qu'il soit parti pour s'asseoir à côté d'elle.

– Qu'est-ce qu'Apollon t'a obligée à faire ?

Perséphone raconta à Sybil et Zofie ce qui s'était passé, sans mentionner le fait qu'elle avait réussi à figer la salle entière et qu'elle avait coupé les doigts de quelqu'un. En revanche, elle ne se priva pas de leur dire qu'elle avait mis un coup de pied dans les couilles du dieu. Sybil éclata de dire et Zofie essaya de cacher son amusement, sans doute par crainte que le dieu se venge.

– Je ne crois pas qu'il me forcera à rejuger une compétition de sitôt ni qu'il me kidnappera à nouveau dans la rue, dit Perséphone.

Il y eut un long silence.

– Des nouvelles de Lexa ? demanda-t-elle enfin à Sybil.

– Elle dormait quand je suis allée la voir, répondit l'Oracle en secouant la tête.

Un nouveau silence suivit et une étrange fatigue sembla s'emparer des trois femmes.

– Je vais me coucher, soupira Perséphone. À demain.

Elles se souhaitèrent bonne nuit et Perséphone regagna sa chambre. Elle s'arrêta en ouvrant la porte, envoûtée par l'odeur d'Hadès. Son cœur se mit à battre plus fort et une vague de chaleur parcourut ses veines. Elle se sentait bête, à la fois excitée et angoissée à l'idée de le voir et de lui parler.

– Ça fait longtemps que tu es là ? demanda-t-elle en refermant la porte.

– Non, répondit-il d'une voix rauque.

Elle devinait qu'il essayait de contenir ses sentiments, qu'elle sentait malgré tout tourbillonner autour d'elle : sa colère, sa peur et son désir.

Elle les prendrait tous, si cela lui permettait d'être à nouveau près de lui.

– Tu sais ce qui s'est passé ? demanda-t-elle.

– J'ai entendu, oui.

– Tu es en colère ? chuchota-t-elle.

Elle réalisa soudain qu'elle craignait sa réponse.

– Oui, admit-il. Mais pas contre toi.

Il avait gardé ses distances jusqu'à maintenant, mais elle le sentit tout à coup, elle sentit son énergie chercher à atteindre la sienne. Ses mains effleurèrent ses bras, ses épaules, puis son visage, et elle retint son souffle.

– Je ne te sentais plus, dit-il. Je ne te trouvais nulle part.

Perséphone posa ses mains sur les siennes.

– Je suis là, Hadès. Je vais bien.

Elle pensait qu'il l'embrasserait, mais il la lâcha et alluma la lumière, qui l'aveugla.

– Tu ne sauras jamais combien ça a été difficile pour moi.

– Aussi difficile que lorsque j'ai dû supporter Menthé et Leucé, j'imagine, répondit-elle alors que le regard d'Hadès noircissait. Sauf qu'Apollon n'a jamais été mon amant, ajouta-t-elle.

Hadès fronça les sourcils, elle le provoquait, mais elle avait besoin de voir ses sentiments, de savoir qu'il n'était pas indifférent.

– Tu n'es pas venue aux Enfers.

Perséphone croisa les bras.

– J'étais occupée, dit-elle.

Et j'étais en colère, effrayée.

– Tu manques aux âmes, Perséphone, dit-il enfin.

Elle le regarda, ne sachant où il voulait en venir. Lui manquait-elle, à lui ?

– Ne les punis pas parce que tu es en colère contre moi.

– Ne me fais pas la leçon, Hadès. Tu n'as pas idée de ce que j'ai enduré.

– Bien sûr que non. Ça impliquerait que tu me parles.

Elle lui lança un regard assassin.

– Tu veux dire comme tu me parles, toi ? Je ne suis pas la seule à avoir des problèmes de communication, Hadès.

– Je ne suis pas venu pour me disputer ni te faire la leçon. Je suis venu voir si tu allais bien.

– Mais pourquoi venir ? Antoni te l'aurait dit.

– Je n'avais pas le choix, répondit-il en fuyant son regard. Il fallait que je le voie de mes propres yeux.

Perséphone pouvait sentir ce qu'il ne disait pas, les émotions qui tourbillonnaient autour d'eux étaient lourdes de désespoir et de peur. Mais pourquoi ne le disait-il pas ?

– Hadès, je...

Elle fit un pas vers lui, mais elle ne savait pas ce qu'elle comptait lui dire. Peut-être pardon ? Pourtant ce mot ne semblait pas suffisant, et elle n'eut pas le temps d'en trouver de meilleur car Hadès lui coupa la parole.

– Je dois partir. Je suis en retard pour une réunion.

Il disparut et Perséphone vida tout l'air de ses poumons en s'adossant à la porte. Elle se sentait soudain infiniment lourde, et d'atroces pensées accaparèrent son esprit.

Il n'attendait qu'une chose, partir aussi vite que possible.

Une tristesse insupportable envahit sa poitrine. Elle prit une douche bouillante et resta sous le jet d'eau jusqu'à ce qu'il devienne glacial, puis elle se mit au lit.

Hadès lui manquait.

Son réconfort.

Sa conversation.

Ses caresses.

Ses taquineries.

Sa passion.

Tout lui manquait.

Elle poussa un grognement et roula sur le côté.

Étrangement, elle entendit la voix de Lexa dans sa tête.

« *Pourquoi tu ne lui as pas juste demandé de rester ?*

– *Il ne m'en a pas laissé l'occasion. Et puis, il était occupé.*

– *Tu as essayé de le retenir ?*

– *Non.* »

Ils se disputaient déjà, de toute façon. Qu'est-ce qui se serait passé s'il était resté ?

« *Vous vous seriez chaudement réconciliés sur l'oreiller* », remarqua la voix de Lexa.

Elle parvint à sourire malgré les larmes qui lui brûlaient les yeux. L'espace d'un instant, ses pensées s'emballèrent. Comment en était-elle arrivée là ? Elle avait coupé court à sa relation avec sa mère et avait mis fin à un contrat avec Hadès, pour en conclure un avec Apollon presque aussitôt. Sa meilleure amie était à l'hôpital, son avenir toujours aussi incertain, et Perséphone n'aimait plus son travail depuis l'ultimatum de Demetri.

« *Qu'est-ce que tu fous, Perséphone ?* chuchota-t-elle.

– *Tu fais de ton mieux* », lui répondit la voix de Lexa avant qu'elle ne sombre dans un sommeil profond.

* * *

Sans nouvelles d'Eliska au sujet de Lexa, Perséphone se rendit directement à son bureau. Antoni s'arrêta devant l'Acropole et la regarda dans le rétroviseur central.

– Est-ce que vous souhaitez que je vous escorte ?

Elle regarda par la vitre et ses paroles la remplirent d'appréhension, pas parce qu'il demandait à l'escorter mais parce qu'elle devait sortir de la voiture.

Elle avait fait de son mieux pour accepter la foule en délire, mais aujourd'hui, elle n'avait pas envie de faire semblant.

Elle était triste.

– Non, mais merci, Antoni, répondit-elle.

Et puis, Zofie était dans les parages, si la situation dérapait, elle interviendrait.

Perséphone sortit du véhicule et traversa la foule de fans et de journalistes.

– Perséphone ! Perséphone !

Elle garda la tête baissée et marcha vers la porte d'un pas déterminé.

– Perséphone, vous avez vu la une du *Divine* ?

– Vous savez qui est la femme qui était avec Hadès hier soir ?

Son pas se fit hésitant et elle s'arrêta, cherchant des yeux la personne qui lui avait posé la question. Son regard se posa sur le journal que tenait l'un des mortels. En première page du *Delphi Divine*, elle découvrit une photo d'Hadès et Leucé, main dans la main. Le titre lui donna la nausée.

HADÈS VU EN PUBLIC AVEC UNE FEMME MYSTÈRE

Elle marcha jusqu'au mortel et lui arracha le journal des mains. Soudain, tout lui parut lointain et un bourdonnement étouffa les cris.

« *Je suis en retard pour une réunion* », résonna la voix d'Hadès, dans sa tête.

En retard pour un rencard, se dit-elle amèrement.

Dieux, que je suis stupide !

Avait-il été si furieux envers elle qu'il avait cherché du réconfort auprès de Leucé ? Et en public, en plus. Il devait vraiment vouloir la torturer. Quelques mois auparavant, il ne se serait jamais laissé photographier, mais voilà que tout à coup, il était en première page du *Divine*.

Elle ne se sentait pas seulement trahie par Hadès.

Elle se sentait trompée par Leucé. Après tout ce qu'elle avait fait pour aider la nymphe, c'était ainsi qu'elle la remerciait ?

Perséphone fila dans le bâtiment, le journal froissé à la main. Hélène leva la tête lorsqu'elle sortit de l'ascenseur et, pour la première fois depuis qu'elle avait commencé au *New Athens News*, elle ne demanda pas à Perséphone si elle allait bien.

La déesse rangea ses affaires, y compris le journal. Elle ne savait pas pourquoi elle tenait à le garder, peut-être pour le balancer à la figure d'Hadès la prochaine fois qu'elle le verrait. Peut-être parce qu'elle aimait se torturer. Elle alluma son ordinateur et se fit un café, accablée par tant d'émotions qu'elle ne parvenait pas à se concentrer. Elle avait l'impression de subir une bouffée de chaleur après l'autre. Une minute, elle était en colère, et la suivante, elle parvenait à peine à contenir ses larmes.

Au bout d'un moment, elle essaya de rationaliser la situation.

Peut-être était-ce un gros malentendu ?

Elle savait parfaitement que le magazine people pouvait déformer la réalité. Une photo ne racontait qu'une partie de l'histoire.

Elle sortit le journal de son tiroir et étudia le cliché. Hadès et Leucé paraissaient déterminés et leurs visages étaient sérieux.

Parce qu'ils savent qu'ils ont été surpris, pensa-t-elle.

Quelle explication Hadès allait-il lui donner ? D'ailleurs, avait-elle envie de l'entendre ?

Son estomac était noué et sa gorge lui paraissait enflée. Elle allait vomir.

Elle se leva au moment où il y eut un coup d'éclat à l'accueil, et Perséphone tourna la tête à temps pour voir Hadès venir vers elle. Il semblait en colère, résolu, et il n'avait d'yeux que pour elle.

– Tu devrais partir, dit-elle aussitôt.

Il provoquait un scandale. Toute la salle avait cessé de travailler et les regardait.

– Il faut qu'on parle, dit-il.

Son odeur la frappa et sa présence l'accabla encore plus. Hadès était un cadre de la mort, bien habillé, beau et sombre.

– Non.

– Alors tu le crois ? L'article ?

– Je pensais que tu avais une réunion, dit-elle.

– C'était le cas.

– Et tu as oublié de mentionner que c'était avec Leucé ?

– Ce n'était pas avec Leucé, Perséphone.

– Je n'ai pas envie d'entendre ça maintenant. Il faut que tu partes, déclara-t-elle en sortant de derrière son bureau.

Elle marcha vers l'ascenseur, déterminée à l'escorter jusqu'à la sortie.

– Quand est-ce qu'on va en parler ? demanda-t-il.

– Pourquoi en parler ? Je t'ai demandé d'être honnête avec moi quand tu es avec Leucé. Tu ne l'as pas été.

Elle appuya sur le bouton pour appeler l'ascenseur.

– Je suis venu te voir dès que j'ai raccompagné Leucé chez elle, dit-il. Mais je m'en voulais de te réveiller. Quand je t'ai vue hier, tu avais l'air épuisée.

Elle se tourna vers lui, les larmes aux yeux.

– Je suis épuisée, Hadès. Je suis lassée de tes excuses et j'en ai marre, gronda-t-elle en désignant les portes de l'ascenseur qui s'ouvraient. Maintenant, va-t'en !

Hadès la fusilla du regard et, sans prévenir, lui saisit le poignet pour l'embarquer dans l'ascenseur. Sa magie surgit et elle devina qu'il empêchait quiconque d'entrer ou d'utiliser l'ascenseur.

– Lâche-moi, Hadès ! siffla-t-elle en se débattant, mais il la plaqua plus fort contre la paroi. Tu me fais honte. Pourquoi tu fais ça ?

– Parce que je savais que tu allais tirer les mauvaises conclusions.

Elle le transperça du regard, mais les yeux d'Hadès étaient tout aussi féroces.

– Je ne couche pas avec Leucé.

– Il y a d'autres façons de tromper, Hadès !

Elle posa ses mains contre son torse pour le repousser, mais il ne bougea pas. Il était comme une montagne solide, immuable et hautement frustrante.

– Eh bien, je n'en pratique aucune !

Elle fixa son torse et essaya de ne pas pleurer.

– Perséphone, dit-il, et elle ferma les yeux pour se protéger du ton désespéré de sa voix. Perséphone, s'il te plaît.

– Lâche-moi, Hadès.

Il resta silencieux un moment.

– Si tu ne veux pas m'écouter maintenant, est-ce que tu peux me laisser m'expliquer plus tard ?

– Je ne sais pas, chuchota-t-elle.

– S'il te plaît, Perséphone. Laisse-moi une chance de t'expliquer.

– Je te tiens au courant, susurra-t-elle d'une voix rauque.

– Perséphone…

Il leva la main pour effleurer sa joue, mais elle recula, refusant toujours de le regarder. Elle ne vit pas son expression désespérée avant qu'il ne disparaisse.

Les portes de l'ascenseur s'ouvrirent et Perséphone se retrouva nez à nez avec tous ses collègues.

– Qu'est-ce que vous regardez, putain ! cracha-t-elle.

– Perséphone… gronda Demetri, qui était au premier rang. Viens une minute, dit-il en désignant son bureau.

Elle lui obéit à contrecœur et lui emboîta le pas. Une fois la porte de son bureau fermée, son patron s'assit à côté d'elle plutôt que sur son fauteuil habituel.

– Tu n'es pas obligée de me dire ce qui se passe, dit-il, mais tu ne peux pas te comporter comme ça au travail.

– Me comporter comment ?

– L'ascenseur, les injures.

– L'ascenseur, ce n'est pas ma faute.

Elle préférait ne pas penser à ce que les gens avaient imaginé à propos de l'ascenseur. Il s'était passé la même chose dans la salle à manger, aux Enfers.

– Écoute, poursuivit Demetri en levant la main. J'ai vu le *Divine* ce matin. Je sais que tu as des soucis. Pourquoi tu ne prendrais pas ta journée ?

– Non, je vais bien. J'ai besoin de m'occuper, répondit-elle.

– Non, Perséphone. Tu as besoin de gérer tes problèmes. Sérieusement. Pars.

Perséphone lui obéit et sortit du bureau de Demetri dans une sorte de brouillard. Elle rassembla ses affaires et descendit au rez-de-chaussée, mais elle s'arrêta en voyant la foule qui l'attendait. Elle ne pouvait pas les affronter ou revoir ce qui faisait la une, donc elle remonta dans l'ascenseur pour se rendre au sous-sol.

Elle trouva Pirithoos dans son bureau, concentré sur quelque chose devant lui.

– Salut, dit-elle.

Pirithoos marqua un temps d'arrêt. Il ne s'attendait clairement pas à la voir à la porte de son bureau. Il se dépêcha de cacher ce sur quoi il travaillait, et Perséphone se mit sur la pointe des pieds, curieuse.

– Tu fais quoi ?

– Oh rien, répondit-il, l'air gêné. Je peux t'aider ?

Il paraissait nerveux, essuyant ses mains sur son bleu de travail, et elle lui sourit.

– J'ai besoin d'aide, oui. Tu peux me faire sortir d'ici ?

– B... bien sûr. Tu veux remonter dans le camion benne ?

– Ce n'est pas mon moyen d'évasion préféré, mais si c'est le seul…

Il sourit, paraissant plus à l'aise, et elle se demanda ce qui l'avait mis à cran.

– J'ai peut-être une autre solution.

Pirithoos prit son trousseau, éteignit la lumière et ferma à clé derrière eux avant de l'emmener jusqu'à une porte, tout au bout d'un couloir.

Elle donnait sur l'entrée d'un tunnel, et elle le regarda en fronçant les sourcils.

– Tu m'as fait monter dans un tombereau d'ordures alors que tu savais que ce tunnel existait ?

Il éclata de rire.

– Je n'avais pas la clé, avant.

– Ah ! Eh bien, dans ce cas…

– Allons-y, dit-il en lui faisant signe d'entrer.

Il referma la porte sur eux. Le tunnel était en béton, froid, éclairé par de petits néons qui diffusaient une lumière verdâtre.

– Il va jusqu'où ?

– Jusqu'au Bistro Olive & Owl, sur la place Monastiraki.

Les tunnels pédestres étaient répandus dans Nouvelle Athènes, mais Perséphone n'en avait jamais utilisé.

– Pourquoi il n'est pas ouvert au public ?

– Sans doute parce que les cadres de l'Acropole ne veulent pas partager.

Hmmm, ça tombe sous le sens.

– Tu pars tôt, aujourd'hui, remarqua Pirithoos.

– Ma santé mentale a besoin de repos, répondit Perséphone.

Elle n'avait pas envie de parler de la photo dans la presse ni du fait qu'Hadès était venu à son travail et avait fait un esclandre. Heureusement, Pirithoos n'insista pas.

– Je comprends, dit-il simplement en hochant la tête.

Ils marchèrent plusieurs minutes en silence.

– Tu travaillais sur quoi quand je suis arrivée ? demanda Perséphone.

– Une liste, répondit-il. Juste des… fournitures, dont j'ai besoin.

Elle envisagea de lui demander quel genre de fournitures, mais il ne semblait pas avoir envie d'en parler. D'ailleurs, il paraissait aussi préoccupé qu'elle.

Ils arrivèrent enfin au bout du tunnel, et Pirithoos déverrouilla la porte.

– Merci, Pirithoos, je te revaudrai ça.

Il secoua la tête.

– Tu ne sais pas encore qu'il ne faut rien devoir à personne ?

Ses propos la choquèrent, mais le mortel changea vite de sujet.

– Fais attention, Seph.

Il referma la porte et elle entendit le verrou se refermer de l'autre côté.

Perséphone traversa le restaurant et sortit sur la place Monastiraki, une cour pavée bordée par plusieurs pubs et cafés, ainsi que par une grande église. Les nuages s'étaient accumulés pendant qu'elle était sous terre et une brume épaisse flottait dans l'air, recouvrant tout d'une fine couche de pluie. Elle mit ses mains dans les poches de sa robe et partit en direction de son appartement.

Elle était à mi-chemin lorsqu'elle reçut un message d'Eliska lui disant que Lexa était réveillée. Elle fit demi-tour et partit en direction de l'hôpital.

Elle n'était pas certaine de ce qu'elle avait imaginé concernant ses retrouvailles avec Lexa, mais lorsqu'elle vit son amie, elle comprit immédiatement qu'elle s'était fait trop d'illusions.

Lexa avait l'air épuisée. Elle était pâle, avec de larges cernes sous les yeux. Ses lèvres étaient gercées, ses cheveux noirs étaient emmêlés et des mèches étaient collées à son visage.

Et surtout, il y avait ses yeux.

Contrairement à son corps, ils n'avaient rien retrouvé de leur éclat de vie, et quand elle croisa le regard de Perséphone, elle ne sembla pas la reconnaître. La déesse réussit à sourire malgré les pensées lugubres qui planaient sur son esprit.

Quelque chose ne va pas.

– Salut, Lex, chuchota Perséphone en s'approchant du lit.

Lexa fronça les sourcils et quand elle parla, sa voix était grave et rauque.

– Pourquoi je suis ici ?

Perséphone hésita et interrogea Eliska du regard.

– C'est ce qu'elle répète depuis qu'elle est réveillée, dit-elle. Le médecin pense que ça fait partie de la psychose.

– Pourquoi je suis ici ?

Eliska s'avança pour s'asseoir au bord du lit et prit la main de sa fille.

– Tu as eu un accident, mon bébé. Tu as été méchamment blessée.

Lexa regarda sa mère, mais c'était comme si elle ne la reconnaissait pas.

– Non, pourquoi je suis ici ? insista Lexa d'un ton agressif alors que son regard semblait se perdre dans le vide. Je ne suis pas censée être ici !

Perséphone se sentit pâlir. Elle savait ce dont parlait Lexa. Elle ne demandait pas pourquoi elle était à l'hôpital, elle demandait pourquoi elle était dans le monde des vivants.

Eliska regarda Perséphone, qui vit immédiatement son désespoir. C'était une chose d'avoir récupéré Lexa, mais c'en était une autre de supporter les dégâts engendrés par son traumatisme.

– Je vais chercher l'infirmière, dit Eliska. Ça te laissera un peu de temps toute seule avec elle.

– Je ne suis pas censée être ici, répéta Lexa tandis que sa mère sortait.

Perséphone s'assit au pied du lit.

– Lexa, dit-elle.

Il lui fallut un moment, mais elle finit par lever la tête pour regarder Perséphone dans les yeux.

– Tu ne te souviens pas.

Les yeux de Lexa se remplirent de larmes.

– J'étais heureuse, dit-elle.

– Oui, tu étais heureuse, acquiesça la déesse, et son cœur se gonfla d'espoir. Tu étais la personne la plus heureuse que je connaissais, et tu étais amoureuse !

Lexa fronça les sourcils et réfléchit, paraissant confuse.

– Non, dit-elle en secouant la tête. J'étais heureuse aux Enfers.

Perséphone était stupéfaite. Elle s'attendait à tout sauf à ça.

– Pourquoi je suis ici ? répétait Lexa encore et encore. Pourquoi je suis ici ? Pourquoi je suis ici ? Pourquoi je suis ici ?

Elle parlait de plus en plus fort et se mit à se balancer d'avant en arrière, secouant le lit.

– Lexa, calme-toi.

– Pourquoi je suis ici ? cria-t-elle, et Perséphone se leva.

– Lexa…

La porte s'ouvrit brusquement sur Eliska, accompagnée de deux infirmières qui entrèrent en courant pour calmer Lexa. Elle hurlait à présent, comme Perséphone ne l'avait jamais entendue faire. Elle marcha à reculons jusqu'à la porte, puis elle partit en courant.

Les cris de Lexa la suivirent jusqu'à l'ascenseur, et elle attendit que les portes se referment pour fondre en larmes.

– Tu es contente du résultat ?

Perséphone fit volte-face et se retrouva nez à nez avec Apollon.

Il était vêtu d'un costume gris et d'une chemise blanche, et ses boucles brunes étaient parfaitement coiffées. Il était aussi sublime qu'il était froid.

– Toi ! cracha Perséphone en avançant sur lui.

Apollon haussa un sourcil et ne bougea pas ; elle détesta qu'il n'ait pas peur d'elle.

– Tu as dit que tu allais la guérir !

– C'est ce que j'ai fait. Elle est réveillée.

– Je ne sais pas qui est cette femme, mais ce n'est pas Lexa !

Apollon haussa les sourcils, rendant Perséphone si furieuse que des lianes jaillirent de sa peau. Cette fois, elle ne sentit même pas la douleur.

Apollon parut dégoûté.

– Contrôle ta colère, tu salopes tout.

– Le deal est fini, Apollon.

– Je crains que non, répondit-il.

Il se tint plus droit en croisant les bras et parut soudain plus grand et plus imposant.

– Tu m'as demandé de la guérir, et je l'ai fait. Ce que tu n'as pas compris, c'est que son corps n'était pas la seule chose à être abîmée, son âme l'était aussi. Et ça, hélas, c'est le domaine de ton amant, pas le mien.

Perséphone avait l'impression qu'on lui annonçait que Lexa allait mourir pour la seconde fois. Elle ne savait pas grand-chose à propos des âmes et ne savait pas ce que cela signifiait d'avoir une âme brisée.

Mais elle pouvait le deviner.

Cela signifiait qu'elle ne retrouverait jamais la Lexa qu'elle connaissait avant l'accident.

Cela signifiait que plus rien ne serait comme avant.

Cela signifiait qu'elle avait accepté un deal avec Apollon pour rien.

Elle comprenait désormais que c'était ce qu'avait voulu dire Hadès.

« *Tes actions ont condamné Lexa à un sort qui est pire que la mort.* »

– Tu es vraiment atroce, dit enfin Perséphone.

Dès que les portes s'ouvrirent, elle tourna les talons et sortit de l'ascenseur. Apollon lui emboîta le pas.

– Le fait que tu n'aies pas perçu les failles de ton contrat ne fait pas de moi une mauvaise personne.

– Non, c'est le reste de tes actions qui fait de toi une mauvaise personne.

– Tu ne me connais même pas, rétorqua Apollon.

– Tes actions parlent d'elles-mêmes. J'ai vu tout ce que j'avais besoin de voir à La Lyre.

– Il y a deux facettes pour chaque histoire, chaton d'amour.

– Dans ce cas, je t'en prie, livre-moi ta version ! aboya-t-elle.

– Je n'ai pas besoin de me justifier auprès de toi.

– Alors, pourquoi tu parles encore ?

– Très bien, je me tais.

– Tant mieux.

Ils traversèrent le hall de l'hôpital en silence, et Apollon attendit qu'ils soient dehors pour reprendre la parole.

– Tu essaies de me distraire de mon objectif !

– Je croyais que tu ne parlais plus, râla-t-elle. Quel objectif ?

– Je suis venu pour te convoquer. À un rencard.

– D'abord, on ne convoque pas les gens pour un rencard, répondit-elle. Ensuite, toi et moi, on ne sort pas ensemble. Tu as demandé de la compagnie. C'est tout.

– Les amis ont des rencards, dit-il.

– On n'est pas amis.

– On l'est pour six mois. C'est ce que tu as accepté, bichette.

Perséphone le fusilla du regard.

– Arrête avec ces surnoms.

– Je ne t'ai pas donné de surnom.

– Chaton d'amour ? Bichette ?

Il sourit jusqu'aux oreilles.

– Ouais, j'essaie de trouver le bon.

– Je ne veux pas d'un surnom. Je veux qu'on m'appelle par mon prénom.

Hermès lui avait donné un surnom, et elle avait fini par trouver ça mignon.

– Dommage. Ça fait partie du deal, bébé.

– Non, pas du tout.

– Tu l'as raté : c'était écrit en tout petit.

Perséphone savait que le Charme disparaissait de ses yeux.

– Ce n'est pas une option, Apollon. Tu m'appelleras Perséphone, ou rien d'autre. Si je veux que tu m'appelles différemment, je te le dirai.

Apollon avait beaucoup à apprendre lorsqu'il s'agissait de respecter les choix de l'autre. Elle vit sa mâchoire se crisper et elle se demanda ce qu'il s'apprêtait à faire.

– Très bien, siffla-t-il. Mais tu viens avec moi ce soir. Aux Sept Muses. Sois là à dix heures.

– Ce soir, ça ne m'arrange pas vraiment, Apollon.

Il fallait qu'elle aille aux Enfers pour entendre l'explication d'Hadès au sujet de Leucé, et elle devait finaliser les préparatifs de la Fête du Solstice d'Été qui avait lieu le lendemain soir.

– Je ne t'ai pas demandé si ça t'arrangeait, répondit le dieu. Je t'ai dit de te préparer. On sort.

Chapitre XXII

LES SEPT MUSES

Perséphone était dans son dressing et elle cherchait une tenue.

– Qu'est-ce que je suis censée mettre pour aller aux Sept Muses, bon sang ? grommela-t-elle.

– Laisse-moi t'aider, dit Hermès en prenant sa place devant l'armoire pour étudier ses vêtements. Tu sais, Apollon sera furax si je me pointe avec toi, remarqua-t-il.

Perséphone l'avait invoqué dès qu'elle était rentrée chez elle. Lorsqu'elle avait dit son nom, il était apparu instantanément en aboyant :

– Qui je dois tuer, Sephy ?

– Ton frère.

– Oooh, on peut faire ça une autre fois ?

Elle lui avait donné une autre option : l'accompagner.

– Il n'a pas précisé que je devais être seule.

Apollon s'était empressé de faire remarquer à Perséphone les éléments qu'elle n'avait pas spécifiés en acceptant leur accord, elle pouvait donc faire la même chose. Elle n'avait aucune envie d'être seule avec le dieu de la Musique.

Hermès sortit la tête de la garde-robe de Perséphone.

– Est-ce qu'Hadès sait que tu sors ?

– Pourquoi tout le monde me demande ça ? râla Perséphone. Il n'est pas obligé d'être au courant de tout ce que je fais.

Hermès haussa un sourcil.

– Tout doux, ma belle. Je te le demande seulement au cas où il y ait un risque que tu le croises ce soir.

– Qu'est-ce que ça a à voir avec ma tenue ?

– Ça a tout à voir avec ta tenue, répondit Hermès avant de disparaître à nouveau dans le dressing.

Il en ressortit quelques minutes plus tard.

– Tu devrais mettre ça.

Il tenait une robe qui ressemblait à un collage de feuilles d'or placées stratégiquement et semblant n'être tenues par rien.

– D'où tu sors ça ? demanda-t-elle, sachant parfaitement qu'elle ne possédait rien de la sorte.

– Tu aimerais le savoir, hein ? répondit-il en souriant.

– Tu l'as volée ? l'accusa-t-elle.

Il s'était sans doute téléporté pendant qu'il était dans son dressing.

– Allez, mets-la, dit-il en la posant sur le lit.

– Je ne peux pas mettre ça, Hermès.

– Pourquoi pas ?

– Parce qu'on va croire que je ne porte… rien !

– Non, pas du tout. On va croire que tu portes des feuilles d'or agencées de façon stratégique.

Elle le fusilla du regard.

– Tu n'as pas compris que je sortais avec Apollon ?

– Tu n'as pas compris que je t'avais posé une question sur Hadès ?

– Tu vas le rendre furax.

– Arrête, tu as envie de le rendre furax. Ne me mens pas, Sephy. Je sais que tu as hâte de te rabibocher avec lui sur l'oreiller, répondit Hermès en lui mettant la robe dans les mains. Maintenant, change-toi.

Elle fila dans la salle de bains.

Elle devait admettre qu'une part d'elle-même avait envie de rendre Hadès jaloux, surtout après cette histoire avec Leucé.

Elle enfila la robe et fut un peu surprise qu'elle lui aille aussi bien. Lorsqu'elle retourna dans sa chambre, Hermès siffla.

– C'est LA robe !

– Qu'on soit d'accord ; tu veux que je mette cette robe pour le cas où je croiserais Hadès ce soir ?

Hermès haussa les épaules.

– C'est toujours une possibilité, mais même si tu ne le vois pas, il y aura des photos.

– Je ne peux pas mettre ça, dit Perséphone.

Elle tourna les talons pour aller se changer, mais Hermès lui barra la route.

– Écoute, il faut que tu montres à Hadès ce qu'il rate.

– Et si Apollon pense que je me suis faite belle pour lui ?

Hermès ricana et Perséphone le fusilla du regard.

– Ok, ok. Écoute, on peut dire ce qu'on veut d'Apollon, mais il sait que tu appartiens à Hadès. Peut-être qu'il flirtera avec toi, mais il ne tentera rien. Crois-moi, il sait parfaitement quand il court le risque de perdre ses couilles.

– Si c'était le cas, il n'aurait pas conclu de marché avec moi.

– Sephy, je connais Apollon depuis longtemps. Il est plein de choses, égoïste, égocentrique et désagréable, mais il souffre surtout de solitude.

– Peut-être que s'il n'était pas aussi égoïste, égocentrique et désagréable, il serait moins seul.

– Ce que je veux dire, c'est qu'il cherche un ami. Eh oui, c'est assez pathétique d'avoir à conclure un marché avec toi pour avoir une amie, mais au cas où tu ne l'aurais pas remarqué, Apollon ne sait rien des relations sincères. C'est pour ça qu'il est infâme avec ses amants.

– Il ne fait rien pour essayer de s'améliorer.

– Parce qu'il n'y est pas obligé. C'est un dieu.

– Ce n'est pas une excuse.

– Mais ça reste une excuse quand même.

– Tu n'es pas comme lui, dit-elle.

– Non, mais est-ce que tu as remarqué que je suis une minorité ? La plupart des Divins sont exactement comme Apollon. Il n'a pas de chance d'avoir attisé ta colère, c'est tout.

– À t'entendre, on croirait que j'ai fait quelque chose de mal.

– Tu te sens coupable ?

– Non, bien sûr que non. Il fallait qu'Apollon réponde de son comportement.

– Et ça a marché, pour toi ?

Non.

– Je ne dis pas que ce que tu as fait était bien ou mal. Je dis juste que ce n'est pas le meilleur moyen de faire changer Apollon.

– Alors tu proposes quoi ?

Hermès haussa les épaules.

– Ben, sois… son amie.

Perséphone avait envie de rire. Elle n'aimait pas Apollon. Il avait fait du mal à beaucoup de gens, notamment à Sybil. Il l'avait trompée en guérissant Lexa tout en sachant que son âme était brisée. Comment était-elle censée être amie avec quelqu'un comme lui ?

Hermès parut lire dans ses pensées.

– Les gens comme Apollon sont désespérés, Sephy.

– Apollon n'est pas une personne.

– Il n'empêche que, comme nous tous, il a des défauts humains, répondit Hermès avant de frapper dans ses mains. Maintenant, qu'est-ce que je mets, moi ?

Le dieu de la Ruse opta pour une tenue entièrement blanche : une chemise en soie, un jean et des chaussures cirées. Ils étaient sur le point de partir quand Zofie déboula dans la chambre.

– Vous croyez aller où, comme ça ? demanda-t-elle.

– Comment tu sais qu'on va quelque part ? répondit Perséphone.

Lorsqu'elle était rentrée, elle avait dit à l'Amazone qu'elle allait au lit.

– J'écoutais à la porte.

– Ok, il va falloir qu'on établisse des règles à ce sujet, dit Perséphone.

– Et on va être en retard, ajouta Hermès en prenant la main de Perséphone. Donc, si ça ne te gêne pas…

Zofie dégaina son épée.

– Lâche-la ou affronte mon courroux !

Hermès éclata de rire.

– Tu l'as trouvée où ?

Perséphone soupira.

– Zofie, range-moi ça.

– Je vais où vous allez, Lady Perséphone, répondit l'Amazone en fusillant Hermès du regard. Pour vous protéger.

Hermès riait toujours.

– Elle sait que je suis un dieu, non ?

Perséphone lui mit un coup de coude dans les côtes.

– Aide Zofie à trouver une robe. Elle vient avec nous.

* * *

Lorsqu'ils apparurent devant Les Sept Muses, les gens se mirent à crier leurs noms.

Perséphone fusilla Hermès du regard. Ils furent escortés à l'intérieur par deux centaures.

– Tu étais obligé de dire au monde entier qu'on était là ?

– Ben, sinon, comment est-ce qu'Hadès aurait pu voir la robe ? demanda-t-il en souriant.

Elle lui remit un coup de coude.

– Aïe ! Tu es violente ce soir, Sephy. J'essaie juste de t'aider.

Ils venaient à peine d'entrer dans le club quand Apollon leur barra la route, lançant un regard noir à Hermès.

– Qu'est-ce que tu fais là ?

– On m'a invité, répondit le dieu de la Ruse.

– Une Amazone ? demanda Apollon en étudiant Zofie.

Celle-ci lui lança un regard menaçant et Perséphone supposa qu'elle ne lui avait pas pardonné de l'avoir kidnappée.

– C'est mon Aegis, dit Perséphone. Elle s'appelle Zofie.

Il fronça les sourcils et Perséphone ricana.

– Tu n'as pas précisé que je ne pouvais pas venir avec des amis.

Il leva les yeux au ciel et soupira.

– Venez, j'ai réservé une table.

Apollon tourna les talons et ils le suivirent. Le dieu de la Musique avait choisi un pantalon en cuir noir et un tee-shirt à manches longues en résille qui mettait ses muscles en valeur. Il était bien bâti, avec un corps d'athlète, et Perséphone se surprit à le comparer à nouveau à Hadès, dont le corps semblait conçu pour détruire.

La table d'Apollon ressemblait plutôt à un lounge, avec des canapés blancs et des rideaux transparents qui offraient un peu d'intimité. L'air était chargé de fumée et de lasers, ce à quoi ils n'échappaient pas, même dans leur coin VIP.

Le dieu de la Musique se laissa tomber sur l'un des canapés, allongeant son bras sur le dossier, posant un pied sur un coussin.

Perséphone, Hermès et Zofie s'installèrent côte à côte sur le canapé d'en face. La déesse était mal à l'aise dans sa tenue osée et elle se tint bien droite, les mains sur les genoux.

– Alors, depuis quand vous vous connaissez, tous les trois ? demanda Apollon d'un ton frustré en les étudiant tour à tour.

– Oh, on est amis depuis toujours, répondit Hermès avant de boire le shot qui était sur la table. Miam, tu devrais goûter.

Il voulut offrir un verre à Zofie, mais elle le fusilla du regard.

– Tant pis, grommela-t-il avant de vider un autre verre.

– Il veut dire six mois, dit Perséphone. Je connais Hermès depuis six mois.

– Sept, corrigea le dieu de la Ruse. Je l'ai sauvée d'un fleuve et on m'a remercié en me projetant à travers les Enfers, expliqua-t-il avant de regarder Perséphone. C'est là que j'ai compris qu'Hadès était amoureux de toi, d'ailleurs.

Perséphone fuit son regard et un silence gêné s'installa entre eux, ou peut-être était-ce seulement Perséphone, car Hermès se mit à glousser à ses côtés.

– Tu te souviens de l'époque où tu servais les mortels, Apollon ? demanda-t-il.

Le dieu de la Musique ne sembla pas s'en amuser.

– Et qui a appris à Pandore à être curieuse, Hermès ?

Ce fut au tour du dieu de la Ruse de ne pas être content.

– Pourquoi tout le monde me parle toujours de ça ?

– En fait, on pourrait même dire que c'est toi qui es responsable de toute la cruauté de ce monde, ajouta Apollon en souriant.

Perséphone fut surprise de trouver son sourire… charmant.

– Qui a mis le mal dans une boîte, de toute façon ? demanda Perséphone. Ça paraît vraiment stupide.

Les deux frères se regardèrent.

– Notre père.

Perséphone leva les yeux au ciel.

Comme quoi, le pouvoir ne remplaçait pas l'intelligence.

Après quelques shots, Hermès traîna Perséphone et Zofie sur la piste de danse. La musique électronique vibrait dans ses veines et ils dansèrent tous les trois, côte à côte. Même Zofie commençait à se détendre et finit par se laisser bercer par les ondulations des danseurs.

Perséphone continua à se mouvoir, remuant ses hanches et ses fesses, imitant les gestes d'Hermès, jusqu'à ce qu'il soit distrait par un bel homme qui s'était glissé derrière lui.

Perséphone l'encouragea, puis elle se trouva nez à nez avec Apollon. Il ne dansait pas, il était planté au milieu de la foule et il la regardait.

– Alors, tu as peur d'être seule avec moi ? demanda-t-il.

– Je n'ai pas peur d'être seule avec toi. C'est juste que je n'en avais pas envie.

– Pourquoi ?

– Pourquoi ! s'offusqua-t-elle. Tu ne comprends pas ce que tu m'as fait endurer l'autre soir ? Tu as failli tuer un enfant !

– Il m'a insulté…

– On n'est pas dans l'ancien monde, Apollon. Les gens vont te critiquer et tu vas devoir l'accepter. Bon sang, je n'aime même pas ta musique.

Perséphone écarquilla les yeux. Est-ce qu'elle avait dit ça à voix haute ?

Apollon ferma la bouche et sa mâchoire se crispa.

– Tu veux un shot ? finit-il par demander.

– Tu vas l'empoisonner ?

Il dégaina à nouveau son sourire en coin.

Ils quittèrent la piste de danse pour se rendre au bar, où ils commandèrent une tournée.

Apollon but son shot cul sec et frappa son verre sur le comptoir avant de regarder Perséphone.

– Alors, comment est-ce que ton amant a accueilli l'annonce de notre marché ?

Perséphone regarda le verre vide.

– Mal. Je suppose que je ne peux pas lui en vouloir.

Elle avait promis beaucoup de choses à Hadès, et elle l'avait déçu.

– Je crois qu'il me déteste, admit-elle, si bas qu'elle pensait qu'Apollon ne l'avait pas entendue.

– Hadès ne te déteste pas, ricana-t-il. Il en est incapable.

– Tu n'as pas vu sa façon de me regarder.

– Tu veux dire tout anéanti ? Je peux le comprendre, Perséphone.

Elle le regarda en clignant des yeux.

– Il est juste vexé et frustré. On a tous des trucs auxquels on tient, des choses qui nous sont plus importantes que d'autres. Pour Hadès, c'est la confiance. Il accorde beaucoup de valeur au fait de mériter la confiance. Il a l'impression d'avoir échoué.

– Comment tu le sais ? demanda Perséphone en fronçant les sourcils.

– Les Olympiens ont une longue histoire commune. On se connaît d'une façon qui te ferait grimacer.

Perséphone frissonna.

– Hadès pense qu'il ne mérite pas qu'on lui fasse confiance. Il a besoin que tu croies en lui, que tu puises ta force en lui.

Perséphone fronça les sourcils. Elle savait qu'Hadès avait du mal à se sentir digne d'être vénéré par son peuple, mais elle n'avait jamais pensé qu'il aurait autant de mal à se sentir digne de son amour.

Que lui était-il arrivé au cours de ses nombreuses vies ?

– Qu'est-ce qu'il t'est arrivé ? demanda-t-elle à Apollon. Personne ne fait ce que tu fais sans avoir subi une sorte de… traumatisme.

Il fallut un long moment à Apollon pour répondre.

– C'était un prince spartiate. Hyacinthe. Il était sublime. Il était admiré et courtisé par de nombreux dieux, mais c'est moi qu'il avait choisi, dit Apollon avant de marquer une pause et de déglutir. C'est moi qu'il avait choisi. On chassait et on escaladait des montagnes ensemble. Je lui ai appris à se servir d'un arc et de la lyre. Un jour, je lui apprenais le jeu du palet.

Le palet était une des disciplines des Jeux panhelléniques, qui consistait à jeter un épais disque en métal.

– Hyacinthe aimait me défier et voulait que je joue contre lui. Il savait que j'étais incapable de lui refuser quoi que ce soit et de rater une occasion de gagner. J'ai joué le premier. Je n'ai pas mesuré ma force lorsque j'ai jeté le palet. Il a voulu l'attraper, mais je l'avais envoyé trop fort. Il a rebondi par terre et il l'a frappé à la tête.

Apollon soupira.

– J'ai essayé de le sauver. Je suis le putain de dieu de la Guérison, bon sang ! J'aurais dû le sauver, mais chaque fois que ma magie refermait sa plaie, elle se rouvrait. Je l'ai tenu dans mes bras jusqu'à ce qu'il meure.

La voix d'Apollon s'était mise à trembler.

– J'ai longtemps détesté Hadès, après ça. Je lui en ai voulu pour ce que les Moires m'avaient pris. Je lui en ai voulu de refuser de me laisser voir Hyacinthe. Je... j'ai fait des choses impardonnables, après la mort de Hyacinthe. C'est pour ça qu'Hadès me déteste, et honnêtement, je ne peux pas lui en vouloir.

– Apollon... chuchota Perséphone en posant délicatement sa main sur son bras. Je suis vraiment navrée.

– C'était il y a longtemps, répondit-il en haussant les épaules.

– Ça ne rend pas ça moins douloureux.

Si ça n'excusait pas les actions d'Apollon, elle le comprenait un peu mieux, à présent. Il avait vécu un drame et, depuis, il cherchait un moyen de redevenir lui-même.

– Une autre tournée ! cria-t-il au barman, qui obéit aussitôt. Santé ! lança le dieu en tendant un verre à Perséphone.

Après son dernier verre, tout devint un peu flou. Perséphone eut la tête qui tournait et elle se mit à bafouiller. Tout lui parut très drôle. Elle dansa avec Apollon jusqu'à en avoir mal aux pieds, jusqu'à ce que les lumières l'aveuglent, jusqu'à ce que sa peau se couvre de sueur. Soudain, ses sueurs devinrent froides et elle ne se sentit plus très bien, elle sortit de la piste de danse en titubant et percuta quelque chose de dur.

– Oh, salut Hermès.

Il fronça les sourcils.

– Est-ce que ça va ?

Elle répondit en vomissant par terre.

Elle eut ensuite un trou noir. Elle se réveilla sur le canapé d'Apollon, dans son carré VIP, surplombée par Hadès. Sa mine impassible lui fut atrocement insupportable.

– Pourquoi tu l'as appelé ? demanda-t-elle à Hermès. Il me déteste.

– Demande à Zofie, répondit Hermès.

Hadès s'agenouilla à côté d'elle.

– Tu peux marcher ? Je préférerais ne pas avoir à te porter.

Aïe. Est-ce qu'il allait enchaîner les coups comme ça ? Elle parvint à s'asseoir et Hadès voulut lui donner de l'eau, mais elle repoussa sa main.

– Si tu ne veux pas qu'on te voie avec moi, pourquoi tu ne te téléportes pas ?

– Si je me téléporte, tu risques de vomir. Et on me dit que tu as déjà fait ça une fois, ce soir.

Il n'avait pas l'air content.

Elle se mit debout et il lui fallut un moment pour que sa tête cesse de tourner. Elle vacilla contre Hadès qui s'empressa de la serrer contre lui.

Le sentir contre sa peau était une expérience sexuelle en elle-même. Tous ses muscles se crispèrent, jusque dans son bas-ventre, et une bouffée de chaleur parcourut son corps. Elle aurait pu gémir.

Elle se sentit ridicule et s'éloigna de lui.

– Allons-y.

Elle le précéda jusqu'à la sortie, où sa Lexus les attendait. Antoni lui offrit un sourire en coin en la voyant.

– Milady.

– Antoni, dit-elle en lui passant devant pour monter dans la voiture, où elle se glissa à quatre pattes sur la banquette arrière.

L'odeur d'Hadès la suivait, toujours son parfum d'épices, de cendres et de péché.

Elle n'avait jamais pensé à l'odeur du péché jusque-là, mais elle savait la reconnaître à présent, elle était voluptueuse et sexuelle, et elle remplit ses poumons, embrasa son sang.

Le trajet se déroula en silence, dans une ambiance chargée d'émotions contradictoires. Perséphone s'efforçait de construire un mur autour d'elle pour se protéger des sentiments lugubres d'Hadès. Elle les sentait serpenter dans sa direction, comme les filaments de sa magie.

Elle fut tellement soulagée d'arriver à Nevernight qu'elle ouvrit la portière avant même qu'Antoni n'ait ouvert la sienne. Mais en sortant, elle trébucha sur le rebord du trottoir et tomba, s'égratignant le genou sur le bitume.

– Milady ! s'écria Antoni.

Il voulut lui prendre le bras, mais elle repoussa sa main.

– Je vais bien, grommela-t-elle en s'asseyant sur le sol.

Son genou était ensanglanté et du gravier s'était collé à sa chair. Hadès se tenait à côté d'Antoni et les deux hommes la regardaient.

– Ce n'est rien. Je ne le sens même pas, dit-elle.

Elle essaya de se lever, mais sa tête était encore dans le brouillard et elle n'arrivait pas à parler sans bafouiller. Elle détestait être dans cet état.

Elle vida lentement tout l'air de ses poumons.

– Vous savez quoi, je pense rester ici quelques minutes.

Hadès ne dit rien, mais cette fois, il la souleva dans ses bras pour l'emmener dans la boîte de nuit. Celle-ci était vide et elle comprit qu'il était plus tard qu'elle ne le pensait. Elle s'attendait à ce qu'il se téléporte aux Enfers, mais il la porta en bas, dans la salle, puis il l'emmena jusqu'au bar. Il la déposa sur le bord du comptoir et lui tourna le dos.

– Qu'est-ce que tu fais ?

Il lui tendit un verre d'eau.

– Bois.

Elle obéit. Elle avait soif, cette fois.

Pendant qu'elle buvait, Hadès enleva sa veste et remplit un autre verre d'eau. Il nettoya la plaie pour enlever la poussière et les graviers, puis il couvrit son genou avec sa paume, et sa chaleur la guérit.

– Merci, chuchota-t-elle.

Hadès fit un pas en arrière et s'appuya contre le plan de travail en face du sien. Elle n'aimait pas la distance qui les séparait. C'était comme s'il tenait encore son cœur dans sa main et qu'il l'écartelait en s'éloignant.

– Tu essaies de me punir ? demanda-t-il.

– Quoi ?

– Tout ça, répondit-il en pointant son doigt sur elle. La robe, Apollon, l'alcool ?

Elle fronça les sourcils et baissa les yeux sur sa robe.

– Tu n'aimes pas ma tenue ?

Il la fusilla du regard et, sans qu'elle sache pourquoi, sa réaction la mit en colère. Elle descendit du plan de travail et remonta sa robe sur ses hanches.

– Qu'est-ce que tu fais ? demanda Hadès.

Son regard se mit à pétiller, mais elle n'arrivait pas à savoir s'il était amusé ou excité.

– J'enlève ma robe.

– Je vois ça. Pourquoi ?

– Parce que tu ne l'aimes pas.

– Je n'ai pas dit que je ne l'aimais pas, répondit-il.

Toutefois, il ne l'empêcha pas de l'enlever, et Perséphone se retrouva nue devant lui.

Hadès la reluqua des pieds à la tête.

Dieux.

Tout son corps se mit à picoter, comme si sa peau n'était qu'une toile de nerfs à vif. Elle mourait d'envie de donner du plaisir avec ses doigts – à elle-même ou à Hadès, peu importe.

– Pourquoi tu ne portais rien sous cette robe ?

– Je ne pouvais pas, tu n'as pas vu ?

Sa mâchoire se crispa.

– Je vais tuer Apollon, marmonna-t-il.

– Pourquoi ?

– Pour le fun, grogna-t-il.

– Tu es jaloux, gloussa la déesse.

– Ne me cherche pas, Perséphone !

– Ce n'est pas comme si Apollon le savait, répondit-elle tandis qu'Hadès buvait une gorgée de la bouteille de whiskey qu'il avait prise sur l'étagère. C'est Hermès qui a suggéré cette robe.

La bouteille se brisa sur le sol. Des éclats de verre et une flaque d'alcool recouvrirent le sol aux pieds d'Hadès.

– Putain de merde !

Perséphone se demanda s'il avait juré à cause de ce qu'elle venait de dire sur Hermès ou à cause du whiskey qu'il venait de gaspiller.

– Est-ce que ça va ? demanda-t-elle d'une voix calme.

– Tu m'excuseras d'être un peu à cran, mais on m'a imposé un vœu de chasteté.

Perséphone leva les yeux au ciel.

– Personne n'a dit que tu ne pouvais pas me baiser.

– Attention, déesse, grogna-t-il d'une voix grave et terrifiante.

C'était la voix qu'il employait lorsqu'il la punissait.

– Tu ne sais pas ce que tu dis.

– Je pense savoir ce que je dis, Hadès. Ce n'est pas comme si on n'avait jamais couché ensemble.

Il ne bougea pas et se contenta de pencher la tête sur le côté. Perséphone se crispa des pieds à la tête, consciente que ce qu'il s'apprêtait à demander allait la faire frissonner de plaisir.

– Est-ce que tu mouilles ?

Elle était trempée. Il le savait parfaitement et sa retenue l'agaçait. Ce fut à son tour de pencher la tête sur le côté.

– Pourquoi tu ne viens pas le découvrir ?

Elle attendit et vit qu'Hadès respirait plus vite. Il serra si fort le comptoir derrière lui que ses phalanges en devinrent blanches. Comme il ne bougeait pas, elle décida de parler d'Apollon, il ne méritait que ça.

– Pourquoi tu n'as pas laissé Apollon voir Hyacinthe après sa mort ?

– Tu sais vraiment tuer l'ambiance, chérie, je dois te l'accorder.

Le dieu se tourna à nouveau vers l'étagère et trouva une autre bouteille. Perséphone croisa les bras et sentit l'alcool s'estomper peu à peu dans son corps. Soudain, elle n'aima pas être nue et elle saisit la veste d'Hadès.

– Il dit qu'il t'a jugé responsable de la mort d'Hyacinthe.

– C'est vrai. Comme tu me penses responsable de l'accident de Lexa.

– Je n'ai jamais dit que je te croyais responsable.

– Tu m'en veux de ne pas avoir aidé. Apollon a fait la même chose.

Perséphone ferma la bouche et inspira par le nez.

– Je ne… je n'essaie pas de me disputer avec toi. Je veux juste connaître ta version.

Hadès y réfléchit en avalant une gorgée. Elle ne savait pas quel alcool il buvait, mais ce n'était pas du whiskey.

– Apollon n'a pas demandé à voir son amant, dit enfin Hadès. Il a demandé à mourir.

Perséphone écarquilla les yeux, elle ne s'attendait pas à ça.

– Bien sûr, c'était un souhait auquel je ne pouvais pas accéder.

– Je ne comprends pas. Apollon sait qu'il ne peut pas mourir. Il est immortel. Même si tu le blessais…

– Il voulait être jeté au Tartare pour être déchiqueté par les Titans. C'est le seul moyen de tuer un dieu.

Perséphone frissonna.

– Il était fou de rage, bien évidemment, et il s'est vengé de la seule façon qu'il a pu, en couchant avec Leucé.

Les morceaux du puzzle se rassemblaient peu à peu.

– Pourquoi tu ne me l'as pas dit ? demanda Perséphone.

– J'ai tendance à vouloir oublier cette partie de ma vie, Perséphone.

– Mais je… je n'aurais pas…

– Tu as déjà rompu une promesse que tu m'avais faite. Je ne pense pas que le récit de ma trahison t'aurait empêchée de demander l'aide d'Apollon.

Elle ne savait pas quoi dire, ses paroles étaient dures, mais justifiées. Elle grimaça et croisa un peu plus fort les bras. Peut-être Hadès vit-il sa réaction, ou peut-être qu'il avait décidé que la conversation était finie, mais il se décolla du bar pour s'éloigner.

– Tu dois être fatiguée. Je peux t'emmener aux Enfers, ou Antoni peut te ramener chez toi.

Elle l'étudia un moment.

– Qu'est-ce que tu veux, toi ?

Ce qu'elle voulait vraiment savoir, c'était *est-ce que tu me veux encore* ?

– Ce n'est pas à moi de décider.

Elle tourna la tête et ravala le nœud qui s'était logé dans sa gorge, mais la voix d'Hadès la ramena à lui.

– Mais, puisque tu me le demandes… je te veux toujours avec moi. Même quand je suis en colère.

– Alors je viens avec toi.

Il l'attira contre lui et passa un bras autour de sa taille. Elle s'agrippa à ses biceps, leurs ventres se plaquèrent l'un à l'autre et leurs regards se croisèrent pour ne plus se quitter. Elle avait envie de l'embraser. Il s'en serait fallu de peu, ils étaient déjà si proches. Mais elle hésita, elle se sentait encore répugnante après avoir vomi. Hadès ne se rapprocha pas non plus, ses traits révélaient tant de souffrance qu'elle n'osa pas bouger.

Elle avait encore toute une nuit à tenir, à dormir à ses côtés.

Ça allait être rude.

Chapitre XXIII

LA FÊTE DU SOLSTICE

Perséphone se réveilla seule.

Elle ignora l'horrible tiraillement qui meurtrissait sa poitrine et se leva pour se préparer. Elle s'habilla et rejoignit Hécate dans la salle de bal, où elle était en train de donner ses instructions aux nymphes et aux daemons, leur assignant leurs tâches respectives pour la préparation de la fête.

Hécate sourit à Perséphone quand elle arriva et plusieurs voix l'acclamèrent.

– Milady, vous êtes arrivée !

Il y avait tant d'excitation et d'énergie dans la salle que Perséphone ne put rester de mauvaise humeur.

– J'espère que tu ne m'as pas attendue trop longtemps, dit-elle.

– Je viens juste d'assigner leurs tâches à tout le monde, dit Hécate.

– Super. Qu'est-ce que je peux faire ?

Perséphone vit Hécate hésiter.

– Eh bien… tu vas superviser !

– J'aimerais vraiment aider, insista Perséphone en fronçant les sourcils tout en regardant autour d'elle. Je suis sûre que quelqu'un a besoin d'un coup de main pour quelque chose ?

Sa question fut d'abord accueillie par un silence gênant, puis Yuri répondit.

– Bien sûr, Milady. On serait ravis que tu nous aides pour les bouquets de fleurs !

– Merci, Yuri, répondit Perséphone en souriant. Ça me plairait beaucoup.

Elle avait besoin d'une distraction, n'importe quoi pour oublier les dernières semaines.

– Mettons-nous au travail ! s'exclama Hécate, et la foule se dispersa.

Perséphone travailla avec un petit groupe pour préparer les bouquets, les guirlandes et les couronnes, avec les fleurs que les âmes avaient cueillies dans les jardins des Enfers.

– Tu es plus silencieuse que d'habitude, dit Hécate en venant à ses côtés.

Elle coupait les feuilles des tiges pendant que Perséphone les positionnait dans un grand vase.

– Ah bon ?

Elle avait été si concentrée sur ce qu'elle faisait qu'elle n'avait pas fait attention à ce qui se passait autour d'elle.

– Pas juste aujourd'hui, dit Hécate. Ça fait des jours que tu n'es pas venue aux Enfers.

Perséphone s'immobilisa quelques secondes avant de se remettre au travail. Elle ne savait pas quoi dire, est-ce qu'elle était censée s'excuser ? Ses yeux se remplirent de larmes, alors, sans qu'elle s'en rende vraiment compte, Hécate la prit par la taille et l'emmena hors de la salle de bal, dans la bibliothèque d'Hadès.

– Qu'est-ce qui ne va pas, ma chère ? demanda Hécate.

Elle l'invita à s'asseoir avant de s'agenouiller devant elle.

– J'ai vraiment merdé.

– Je suis sûre que ce n'est rien qu'on ne puisse réparer.

– Moi je suis sûre du contraire, dit Perséphone. J'ai fait tellement d'erreurs, Hécate. J'ai foutu en l'air la vie de ma meilleure amie, j'ai conclu un contrat avec un dieu atroce et j'ai sacrifié ma relation avec Hadès.

– Ça fait beaucoup, admit Hécate, rendant Perséphone encore plus misérable. Mais je pense que ce n'est pas vrai.

– Bien sûr que si, c'est vrai, insista-t-elle en dévisageant la déesse d'un air confus.

– Est-ce que c'est toi qui as renversé Lexa avec une voiture ? demanda Hécate.

Perséphone secoua la tête.

– Alors tu n'as pas mis fin à la vie de ton amie, dit-elle. C'est le mortel qui conduisait qui est responsable.

– Mais elle n'est plus la même…

– Elle n'est plus la même. Même si elle avait guéri toute seule, sans la magie d'Apollon, elle n'aurait pas été la même. Est-ce que tu as conclu un marché avec un dieu ? Oui. Mais est-il atroce ? demanda Hécate en haussant les épaules. Si quelqu'un peut aider Apollon à avoir plus de compassion, c'est toi, Perséphone.

Elle n'en était pas certaine mais, après avoir appris le passé d'Apollon, elle avait décidé de faire quelque chose pour lui. Peut-être que si elle faisait preuve de gentillesse envers lui, il apprendrait à en faire de même avec les autres.

– Compassion ou pas, ça ne change pas ce qu'Hadès pense de moi. Il ne me fait pas confiance et il pense que je ne lui fais plus confiance non plus.

– Hadès te fait confiance, dit Hécate. Il t'a offert son cœur.

– Je suis sûre qu'il le regrette.

– Tu ne peux être sûre de rien à moins de lui poser la question, Perséphone. C'est injuste de supposer que tu connais les sentiments d'Hadès.

Perséphone y réfléchit un instant. Elle avait voulu lui poser de nombreuses questions, hier, mais sa peur et sa honte l'en avaient empêchée.

– Et j'ai le sentiment que notre ténébreux dirigeant n'a pas été très juste envers toi.

Perséphone n'était pas certaine que « juste » soit le bon terme.

– Il s'est montré honnête en me disant combien il était en colère contre moi.

– Et c'est sans doute pour ça que tu l'évites. J'en ferais de même à ta place. Personne n'aime Hadès quand il est en colère.

Perséphone gloussa timidement.

– Ce que je veux dire, c'est que vous avez tous deux beaucoup à apprendre de cette situation. Si vous voulez que votre couple fonctionne, vous devez être honnêtes. Peu importe que vos paroles soient blessantes, elles sont importantes.

Des paroles, Perséphone en avait beaucoup…

– Ne t'inquiète pas, ma chère, dit Hécate en se levant et en entraînant Perséphone avec elle. Tout va s'arranger.

Perséphone était sur le point de sortir de la bibliothèque lorsqu'elle s'arrêta.

– Hécate, est-ce que tu sais comment trouver une âme aux Enfers ?

– Non, répondit-elle en souriant, mais je sais qui peut le faire.

Les deux déesses retournèrent dans la salle de bal, où elles terminèrent la décoration florale. Ensuite, elles se rendirent en cuisine où Milan, un daemon, ainsi que ses assistants, qui avaient tous été chefs de leur vivant, s'affairaient à préparer le festin. Milan insista pour qu'elles goûtent un assortiment de confitures, de conserves et de fruits, raisins, figues, grenades, mûres, poires et dattes. Il y avait aussi de la charcuterie, plusieurs fromages, des toasts et des herbes fraîches.

– Lady Perséphone… est-ce que vous auriez la recette de ce pain sucré que vous aviez préparé ? demanda Milan.

Il lui fallut quelques secondes pour comprendre ce dont il parlait.

– Ah, vous voulez dire le gâteau !

– Quoi que ç'ait été, c'était délicieux, dit Hécate. Ça a failli déclencher une guerre en cuisine.

Perséphone éclata de rire. Elle avait fait le gâteau et l'avait laissé refroidir durant la nuit, puis elle l'avait complètement oublié.

– C'est très simple, Milan, je vais vous apprendre.

Le daemon sourit et Perséphone passa le reste de l'après-midi dans la cuisine, jusqu'à ce qu'Hécate vienne la chercher pour qu'elle se prépare.

Elles s'installèrent dans la chambre d'Hadès. Les nymphes d'Hécate, des lampades, coiffèrent Perséphone pour sculpter ses boucles, puis elles en tressèrent certaines de façon à relever une partie de ses cheveux. Son maquillage était plus sombre que d'habitude, un fard à paupières noir et brillant ainsi qu'un eye-liner épais donnaient l'impression que ses yeux étaient plus grands et plus ouverts tout en faisant ressortir ses iris verts. Une touche de rouge à lèvres bordeaux parachevait le tout.

Tout en se regardant se transformer dans le miroir, elle se souvint des soirées où Lexa et elle se préparaient pour sortir. Perséphone n'avait pas grandi avec des mortels, et lorsqu'elle était arrivée à l'Université de Nouvelle Athènes, elle ne savait rien du maquillage ni de la mode. Lexa lui avait tout appris, et elle était très douée pour ça.

Elle est très douée pour ça, se corrigea-t-elle. Elle *est* en vie.

Mais Perséphone avait l'impression que Lexa pourrait aussi bien être partie. La personne qui se trouvait dans cette chambre d'hôpital ressemblait peut-être à sa meilleure amie, mais elle ne se comportait pas comme elle.

Perséphone eut les larmes aux yeux, mais elle se retint de pleurer en regardant le plafond. Les lampades sentirent sa détresse et tapotèrent son visage et ses cheveux.

– Je vais bien, chuchota-t-elle. Je pense juste à quelque chose qui me rend triste.

– Peut-être que je peux te changer les idées, dit Hécate en entrant dans la chambre.

Perséphone se retourna sur son tabouret tandis que la déesse de la Sorcellerie venait vers elle, un grand carton blanc dans les mains. Elle l'ouvrit, et Perséphone découvrit une sublime robe noire avec des touches dorées. Les manches étaient longues et fendues et elles tombaient sur les épaules comme une cape.

– Oh, Hécate, c'est magnifique, dit Perséphone en se tournant devant le miroir pour se regarder.

La robe n'était pas la seule surprise d'Hécate. Elle se tenait derrière Perséphone et gesticulait, comme si elle plaçait quelque chose sur sa tête. En même temps, une couronne apparut entre ses mains. Elle était en acier dentelé et elle brillait de joyaux en obsidienne, de perles noires, et de diamants. Sur sa tête, la couronne ressemblait à un halo noir et contrastait avec ses cheveux dorés.

– Tu es sublime, dit Hécate.

– Merci, susurra Perséphone.

Elle ne se reconnaissait pas dans le miroir, sans savoir pourquoi, était-ce la couronne, la robe, le maquillage… ou autre chose ? Il s'était passé beaucoup de choses ces derniers mois, et elle sentait tout le poids de ces changements sur ses épaules, sur sa poitrine et dans son ventre.

– Est-ce qu'Hadès est arrivé ?

– Je suis sûre qu'il arrivera plus tard, répondit Hécate.

Perséphone croisa le regard de son amie dans le miroir. Elle voulait Hadès. Ils n'auraient même pas besoin de se parler, elle voulait simplement sa présence et son réconfort.

– Viens, les âmes ont une surprise pour toi.

Hécate tendit la main à Perséphone et elles sortirent de la chambre. Les lampades les suivirent avant de les doubler pour prendre leur place dehors.

Tout le palais était décoré. Les bouquets que Perséphone et les autres avaient préparés apportaient des éclats de vie à la pénombre et les tables de banquet regorgeaient de nourriture qui brillait à la lueur des bougies. Leurs effluves mirent l'eau à la bouche de Perséphone. Les portes vitrées de la salle de bal étaient ouvertes sur la cour, où un grand feu brûlait à côté d'un arbre de mai, construit par les âmes.

Lorsque Perséphone sortit, les âmes, les daemons et les nymphes l'acclamèrent, et Yuri se précipita vers elle pour prendre ses mains.

– Perséphone ! Viens, les enfants ont une surprise pour toi !

Suivie des autres âmes, Yuri l'emmena hors de la cour pavée jusqu'à la pelouse, où les lampades s'étaient rassemblées en cercle.

Perséphone fut surprise que son amie l'invite à s'asseoir sur un trône situé au milieu du cercle. Contrairement à celui d'Hadès, la chaise dorée était en métal et avait été sculptée pour dessiner des fleurs, autour des coussins blancs.

– Yuri, je ne suis pas…

– Tu n'as peut-être pas le titre de reine, mais les âmes te considèrent comme telle.

– Ça ne veut pas dire que je dois porter une couronne et m'asseoir sur un trône.

– Fais ça pour eux, Perséphone, la supplia Yuri. Ça fait partie de la surprise.

– D'accord, acquiesça Perséphone. Pour les âmes.

Elle s'assit, et Yuri frappa dans ses mains, tout excitée.

Au bout d'une minute, les enfants des Enfers sortirent de l'ombre pour entrer dans le cercle de lumière, vêtus de vêtements colorés. Ils commencèrent leur performance en frappant des pieds sur le sol tout en tapant dans les mains, parfaitement synchronisés. Le rythme accéléra peu à peu et, bientôt, leurs voix rejoignirent les percussions et ils se mirent à se déplacer pour créer des lignes et des formes différentes. Lorsque leur danse prit fin, Perséphone tapait dans ses mains et souriait si fort qu'elle avait mal aux joues.

Les enfants sourirent et la saluèrent sous les applaudissements du public.

Une flûte se mit alors à jouer et les enfants commencèrent à chanter pour accompagner la mélodie envoûtante. La chanson racontait la légende du Léthé, le fleuve de l'oubli, parlant d'une femme qui en avait bu l'eau et avait oublié l'amour de sa vie. À la fin du chant, Perséphone avait la gorge nouée. Elle se leva en applaudissant et les enfants se précipitèrent sur elle pour s'agripper à ses jambes.

– Merci ! leur dit-elle. Vous étiez tous merveilleux !

Après le spectacle des enfants, la fête commença vraiment, et les résidents se dispersèrent. Certains dansaient ou faisaient de la musique tandis que d'autres jouaient… courses, lancers de disques, compétitions de sauts… Un groupe entra dans la salle de bal pour manger et les enfants se rassemblèrent autour de l'arbre de mai.

– Perséphone !

Leucé venait vers elle. Elle prit la déesse dans ses bras, un verre de vin à la main.

– Leucé, je suis contente que tu sois venue.

La nymphe recula.

– Merci de m'avoir invitée. La fête est vraiment merveilleuse. Je n'avais jamais vu les Enfers aussi vivants. Bois, dit-elle en tendant son verre à Perséphone. Le vin a un goût de fraise et de soleil !

Leucé tourna les talons et disparut dans la foule.

– Eh bien, tu ne serais pas la reine des Enfers, toi ? dit Hermès en se matérialisant devant elle.

– Hermès ! s'exclama-t-elle en se jetant sur lui. Je suis trop contente que tu sois là !

Perséphone sourit au dieu de la Ruse. Il était vêtu comme un dieu ancien, avec une armure dorée et une jupe en cuir. Les lanières de ses sandales s'enroulaient sur ses mollets musclés et il portait une couronne de feuilles de laurier sur la tête. Ses ailes blanches étaient drapées sur lui comme une cape de plumes.

– Je n'aurais raté ça pour rien au monde, Sephy, dit-il en lui faisant un clin d'œil tout en lui montrant la bouteille de vin qu'il avait prise dans la salle de bal. Le vin est top. Où est ton amant ténébreux ? J'espère qu'il n'était pas trop en colère contre toi ?

Perséphone réalisa soudain que le dieu des Enfers n'avait toujours pas fait son apparition, et elle fronça les sourcils.

– Je ne sais pas où il est. Il est parti avant que je me réveille.

– Aïe. Alors, pas de réconciliation endiablée ?

Depuis quand était-ce devenu normal de parler de sexe avec Hermès ?

– Non.

– Désolé, Sephy, dit Hermès en lui resservant du vin. Bois, ma belle. Tu vas en avoir besoin.

Perséphone n'était pas d'humeur à boire. Heureusement, Hermès fut bientôt distrait.

– Némésis ! cria-t-il lorsqu'il aperçut la déesse du Châtiment et de la Vengeance Divine. On a des comptes à régler, toi et moi !

Perséphone essaya de ne pas rire, elle adorait entendre Hermès utiliser des expressions mortelles. Elle allait partir lorsqu'elle remarqua Apollon. Sans doute venait-il d'arriver, sinon elle aurait senti sa présence menaçante comme une énergie statique qui frémissait dans l'air.

Il était vêtu d'une tunique rouge attachée sur son épaule par des feuilles dorées. Elle n'avait jamais vu ses cornes, avant, mais il avait choisi de ne pas les cacher ce soir. Il en avait quatre en tout, deux par deux, elles étaient incurvées vers le bas, de chaque côté de son visage. Elles ressemblaient presque à un casque de guerre.

Elle lui sourit et marcha vers lui.

– Il me semblait que c'était moi qui étais censé t'invoquer, et pas l'inverse, dit-il.

– Je ne t'ai pas invoqué, répondit Perséphone, je t'ai invité. Tu n'étais pas obligé de venir.

Sa mâchoire se contracta et Perséphone s'empressa d'ajouter :

– Mais je suis contente que tu sois venu. Viens, je veux te présenter quelqu'un.

Elle emmena Apollon dans la cour, près de l'arbre de mai où les morts dansaient. Il lui fallut quelques instants, mais elle finit par trouver le jeune homme parmi les âmes. Hyacinthe, l'amour défunt d'Apollon. Il était musclé et très beau, avec d'épais cheveux blonds. Lorsqu'il souriait, ses dents scintillaient et son rire était comme un air de musique. Elle sut tout de suite qu'Apollon l'avait vu, parce qu'il se crispa à ses côtés.

– Va le voir, Apollon, dit-elle.

Il hésita et pâlit.

– Est-ce qu'il se souvient… ?

– Il t'aime toujours, dit-elle. Et il t'a pardonné.

Elle fut surprise qu'Apollon la regarde d'un air sérieux.

– Pourquoi ? demanda-t-il.

– Pourquoi quoi ?

– Pourquoi tu fais ça pour moi ? J'ai été horrible avec toi.

– Tout le monde mérite un peu de gentillesse, Apollon.

Surtout ceux qui font du mal aux autres, pensa-t-elle.

– Vas-y. Tu n'as pas beaucoup de temps, tu dois en profiter.

Il continuait de la dévisager, comme s'il n'arrivait pas à la cerner.

Il finit néanmoins par tourner les talons avant de prendre une grande inspiration. Il se redressa et marcha vers Hyacinthe. La jeune âme marqua un temps d'arrêt lorsqu'il vit le dieu de la Musique venir à lui, clairement surpris. Il posa son verre et se jeta au cou d'Apollon pour le serrer dans ses bras. Lorsque leurs bouches se rencontrèrent, la poitrine de Perséphone se serra, cela lui rappela combien Hadès lui manquait.

Elle secoua la tête et partit en direction des jardins. Elle espérait passer quelques minutes seule, mais elle tomba sur une silhouette noire qui la fit sursauter.

– Thanatos ! s'exclama-t-elle en essayant de ralentir les battements de son cœur. Tu m'as fait peur.

– Pardon, ce n'était pas mon intention.

Elle fronça les sourcils. Elle n'avait pas vu le dieu de la Mort depuis qu'elle lui avait crié dessus, à l'hôpital, et elle sentit que les choses avaient changé entre eux. Si leurs rapports avaient toujours été amicaux, ils étaient désormais tendus.

– Qu'est-ce que tu fais ici ?

– Je profite des festivités, répondit-il.

Il ne la regardait pas, ses yeux étaient rivés sur l'arbre de mai, illuminé par la lumière des nymphes.

– Pourquoi tu ne te joins pas à eux ? demanda-t-elle.

Thanatos lui sourit tristement.

– Je ne suis pas fait pour les fêtes, Milady.

– Appelle-moi Perséphone, s'il te plaît, dit-elle en fronçant les sourcils.

– Oui, pardon.

– Non, c'est moi qui suis désolée. Je n'ai aucune excuse pour la façon dont je t'ai traité. Je… je n'en reviens pas moi-même.

– Ce n'est rien, Perséphone. J'y suis habitué.

Elle grimaça.

– Ça m'attriste de le savoir. Je regrette qu'il en soit ainsi, tu mérites mieux, surtout de la part d'une amie.

– Merci, Perséphone, dit Thanatos en souriant et en la regardant enfin dans les yeux.

Ils restèrent ainsi un moment, à observer les résidents des Enfers faire la fête.

Au bout d'un moment, Perséphone entra à nouveau dans le palais, passant de pièce en pièce à la recherche d'Hadès. Plus le temps passait sans qu'il se montre, plus elle était frustrée. Comment pouvait-il ne pas venir à une fête dans son propre royaume ? Non seulement celle-ci était importante pour son peuple mais elle était importante pour Perséphone. Elle avait aidé à la préparer, et il savait que c'était ce soir. *Qu'est-ce qui peut l'accaparer à ce point ?*

La fête approcha de sa fin sans aucun signe d'Hadès. Incapable de dormir, elle l'attendit.

Et elle attendit encore.

Et encore.

Il était presque cinq heures du matin lorsqu'il revint. Sa présence était familière mais, contrairement aux autres fois où il avait tout de suite réveillé son désir, cette fois, Perséphone eut froid.

Lorsqu'il entra dans la pièce, elle se tourna vers lui et il l'étudia des pieds à la tête. Elle n'avait pas enlevé la couronne que Ian lui avait fabriquée ni la robe qu'Hécate avait cousue pour elle, mais Hadès ne fit aucun commentaire sur sa tenue.

– Je ne pensais pas que tu serais réveillée, dit-il.

– Tu étais où ?

– J'avais des choses à régler.

Perséphone serra les poings.

– Est-ce que c'était plus important que ton propre royaume ?

Hadès fronça les sourcils.

– Tu es en colère que je ne sois pas venu à ta fête.

Alors, il n'avait pas oublié.

– Oui, je suis en colère. Tu aurais dû être là.

– Les morts fêtent tout, Perséphone. Je ne raterai pas la prochaine fête.

– Si c'est comme ça que tu vois les choses, j'aurais préféré que tu ne viennes pas du tout.

Hadès sembla prit de court.

– Qu'est-ce que tu attends de moi ?

– Je me contrefiche qu'ils fassent tout le temps la fête. Ce qui compte pour eux devrait compter pour toi. Ce qui compte pour moi devrait compter pour toi.

– Perséphone…

– Non ! gronda-t-elle. Je comprends que tu ne puisses pas deviner ce que je ne te dis pas, mais j'attends de toi que tu t'intéresses aux choses dont je te parle, pour moi mais aussi pour ton peuple. Tu n'as pas posé une seule question à propos de la Fête du Solstice, pas même après que je t'ai demandé si on pouvait l'organiser dans la cour.

– Je suis désolé.

– Tu ne l'es pas, rétorqua-t-elle. Tu le dis seulement pour me calmer, et je déteste ça. C'est pour ça que tu veux une reine ? Pour que tu n'aies pas à être présent à ces événements ?

– Non, c'est toi que je voulais, dit-il d'un ton frustré. C'est pour ça que je voulais que tu sois ma reine. Il n'y a aucune autre raison.

Perséphone ne manqua pas de remarquer que tout ce qu'il venait de dire était au passé.

Elle le regarda en plissant les yeux.

– Écoute, Hadès. Si tu ne veux plus… de ça, j'ai besoin de le savoir.

Il recula la tête comme si elle l'avait giflé et il la dévisagea.

– Quoi ?

À l'évidence, Perséphone n'avait pas été suffisamment claire.

– Si tu ne veux plus de moi, si tu penses que tu ne peux pas me pardonner, on ne devrait plus être en couple. Au diable les Moires.

Hadès bougea pour la première fois depuis qu'il était arrivé et il marcha vers elle d'un pas déterminé.

– Je n'ai jamais dit que je ne te voulais plus. Je pensais avoir été clair, hier.

Elle leva les yeux au ciel.

– Alors, tu veux me baiser ? Ça ne veut pas dire que tu veux d'une vraie relation. Ça ne veut pas dire que tu me referas confiance un jour.

Hadès s'arrêta à quelques centimètres d'elle et plissa les yeux.

– Je tiens à être parfaitement clair. J'ai envie de te baiser, oui. Mais surtout, je t'aime, d'un amour profond et infini. Si tu me quittais aujourd'hui, je continuerais de t'aimer. Je t'aimerai pour toujours. C'est ça notre destin, Perséphone. Au diable les fils des Moires, et les couleurs… et au diable tes incertitudes.

Il s'était lentement penché tout en lui parlant, et son visage n'était plus qu'à quelques millimètres du sien.

– Je n'ai pas d'incertitudes, dit-elle. J'ai peur, espère d'idiot!

– De quoi? Qu'est-ce que j'ai fait?

– Je ne parle pas de toi! Dieux, Hadès. Je pensais que tu comprendrais mieux que quiconque!

Elle tourna la tête, incapable de le regarder dans les yeux, et Hadès lui accorda quelques secondes avant d'insister.

– Parle-moi, la supplia-t-il.

– Toute ma vie, j'ai voulu connaître l'amour, admit-elle d'une voix tremblante. J'ai voulu qu'on m'accepte, parce que ma mère m'a toujours fait croire que ça se méritait. Si je répondais à ses attentes, j'avais son acceptation. Sinon, elle me rejetait. Tu veux une reine, une déesse, une maîtresse. Je ne peux pas être ce que tu veux. Je ne peux pas… répondre à tes… attentes!

Perséphone se sentit étrangement libérée d'avoir dit tout ça à voix haute. Soudain, elle se sentit plus légère, comme si elle s'était débarrassée de l'énorme fardeau qui lui courbait l'échine depuis plusieurs semaines.

– Perséphone… chuchota Hadès en glissant un doigt sous son menton pour qu'elle le regarde. À quoi penses-tu lorsque tu penses à une reine?

Elle fronça les sourcils et secoua la tête.

– Je ne sais pas, admit-elle. Je sais seulement ce que je voudrais voir chez une reine.

– Alors, que voudrais-tu voir chez une reine?

– De la gentillesse… de la compassion… qu'elle soit présente.

Hadès caressa sa lèvre avec son pouce.

– Et tu ne penses pas être toutes ces choses?

Elle ne répondit rien, et Hadès poursuivit.

– Je ne te demande pas d'être une reine. Je te demande d'être toi-même. Je te demande de m'épouser. Le titre vient avec le mariage. Il ne change rien.

Perséphone déglutit.

– Est-ce que tu me redemandes de t'épouser ?

– Tu acceptes ?

Elle retint son souffle. Elle ne pouvait pas répondre. Hadès et elle s'étaient à peine parlé au cours des dernières semaines. Ils avaient beaucoup à faire pour se réconcilier. Des larmes coulèrent sur sa joue et Hadès les essuya.

– Ma chérie, tu n'es pas obligée de répondre maintenant. Nous avons le temps, l'éternité, en fait.

Leurs bouches se rencontrèrent alors dans un baiser torride, brutal et désespéré. Perséphone se sentit fiévreuse. Désinhibée par une poussée d'adrénaline, elle plongea sa main dans son pantalon pour empoigner sa queue. Hadès poussa un grognement et mordilla sa lèvre inférieure avant de rompre le baiser pour explorer sa mâchoire, sa gorge, puis ses seins.

Il fut choqué lorsqu'elle le repoussa. Ils se regardèrent quelques instants, à deux pas l'un de l'autre, à bout de souffle, chauds et sauvages. Puis Perséphone plaqua une main sur son torse et le poussa en arrière jusqu'à ce qu'il rencontre le bord du lit.

– Assieds-toi, ordonna-t-elle en enlevant sa couronne qu'elle posa à côté.

Hadès obéit et elle soutint son regard en s'agenouillant devant lui. Les yeux d'Hadès brillaient comme deux obsidiennes.

– Tu as l'air d'une putain de reine, dit-il.

Elle esquissa un sourire en coin.

– Je suis ta reine.

Elle prit sa verge dans sa main et le branla tout en caressant son gland avec son pouce.

– Perséphone, grogna-t-il.

Elle le prit dans sa bouche et il gémit en empoignant ses cheveux. Elle l'enfonça autant que possible dans sa gorge, puis dans sa joue, puis elle marqua une pause pour le lécher et le sucer, se délectant de son goût.

– Oui, siffla-t-il.

Elle le sentit durcir, s'épaissir et pulser sous sa langue, et lorsqu'il éjacula, elle but toute son essence, comme si c'était la chose la plus délicieuse qu'elle ait jamais goûtée. Hadès la força à se lever et il l'embrassa, prenant possession d'elle au point qu'elle se sentit paralysée. Il laissa sa robe par terre et la guida vers le lit en se déshabillant à son tour pour s'allonger sur elle.

Il était chaud et massif, et il s'emboîtait parfaitement en elle, comme s'ils étaient faits pour être collés l'un à l'autre. Il la surplombait et elle leva la main pour enrouler une de ses mèches soyeuses sur son doigt.

– Pourquoi veux-tu te marier ?

Hadès haussa les sourcils, amusé par sa question.

– Tu n'as pas toujours rêvé de te marier ?

– Non, répondit-elle.

Elle était parfaitement sincère. Elle n'avait jamais vraiment envisagé la possibilité de se marier. Sa mère s'était assurée qu'elle ne rencontre personne au cours de ses dix-huit premières années de vie et, lorsqu'elle avait enfin été libre, elle avait été trop concentrée sur la fac et l'obtention d'un travail pour penser à se mettre en couple.

– Tu n'as pas répondu à ma question. Pourquoi le mariage est-il si important pour toi ?

– Je ne sais pas, admit-il. C'est devenu important quand je t'ai rencontrée.

Perséphone soutint son regard et entoura sa taille de ses jambes. Elle sentit son gland tout près de son sexe, et Hadès plongea brusquement en elle en grognant. Elle retint son souffle et s'agrippa à ses bras. Hadès commença de façon douce et tendre, il baissa la tête pour l'embrasser et appuya son front contre le sien, respirant le souffle de Perséphone. Puis tout changea. Ses coups de bassin devinrent plus exigeants et brutaux et il nicha son visage dans le creux de son cou pour mordre sa peau.

– C'est tellement bon, siffla-t-il en la regardant dans les yeux. Prends-moi plus profond, chérie.

Perséphone n'était pas sûre que ce soit possible, elle le sentait déjà dans son bas-ventre. Il passa ses bras sous ses genoux et la souleva légèrement. Une vague de plaisir déferla aussitôt dans ses veines et elle griffa ses bras.

– Plus fort ! ordonna-t-elle.

Il s'enfonça en elle, amplifiant ses allers-retours, et elle se contracta sur sa verge, sentant son orgasme monter en elle.

– Jouis, chérie.

Perséphone se laissa aller et, lorsqu'elle revint sur terre, ce fut au tour d'Hadès, qui pencha la tête en arrière tandis que son corps était parcouru de spasmes.

Ils restèrent ensuite allongés l'un contre l'autre pour s'embrasser, se toucher, reprendre leur souffle.

– Dieux, tu m'as manqué, dit Perséphone en appuyant sa tête sur le torse d'Hadès.

Hadès gloussa et ils se regardèrent dans les yeux en silence.

– Tu allais me parler de Leucé, dit enfin Perséphone.

– Hmmm, oui, répondit-il avant de saisir les hanches de Perséphone pour l'étendre sur lui. J'avais une réunion avec Ilias, dans mon restaurant. Je ne savais pas que Leucé était là. Elle m'a couru après quand je partais et elle m'a pris la main. Une vieille habitude.

Perséphone lui lança un regard noir et Hadès pressa un doigt contre ses lèvres boudeuses.

– J'ai retiré ma main et j'ai continué de marcher. Elle voulait un autre travail.

– C'est tout ?

– Je le crains, oui.

– Je me sens stupide, dit-elle en s'affalant sur lui.

Hadès l'entoura de ses bras et la serra contre lui.

– On est tous jaloux, parfois. J'aime quand tu es jalouse… sauf quand j'en viens à croire que tu vas me quitter.

Elle se redressa pour le chevaucher.

– J'étais en colère, c'est vrai, mais… te quitter ne m'a jamais traversé l'esprit.

Quelques secondes passèrent en silence, et Hadès finit par s'asseoir également.

– Je t'aime. Même si les Moires démêlaient notre destin, je trouverais un moyen de revenir à toi, dit Hadès.

– Tu penses qu'elles t'entendent ? se moqua-t-elle en passant ses mains dans son dos.

– Si c'est le cas, elles peuvent prendre ça pour une menace.

Perséphone éclata de rire et ils refirent l'amour, jouissant à nouveau ensemble.

Plus tard, alors qu'elle s'endormait, elle ne put s'empêcher de s'interroger au sujet des Moires.

Allaient-elles mettre fin à son destin avec Hadès ?

* * *

L'absence d'Hadès tira Perséphone de son sommeil.

Elle s'assit dans le lit en tenant les draps contre sa poitrine. Le feu crépitait dans la cheminée et il faisait encore nuit aux Enfers.

Quelque chose ne va pas.

Elle sortit du lit et enfila son peignoir avant de sortir dans le jardin. Hadès avait l'habitude de s'y promener dans la nuit, pour s'asseoir sous la glycine et le ciel étoilé. Elle s'aventura jusqu'en bordure du jardin, là où celui-ci cédait la place à un champ de fleurs. De là, Perséphone pouvait voir les lumières d'Asphodèle et les flammes du Tartare.

Peut-être qu'il est là-bas, pensa-t-elle.

Elle traversa le champ, dont l'herbe haute était agitée par la brise à l'odeur de cendre. Le bruissement des tiges était presque assez fort pour étouffer le bruit des pas de Cerbère, Typhon et Orthos, mais Perséphone les entendit haleter et elle se tourna à temps pour voir les trois dobermans fendre l'herbe en courant.

– Oh, mes gros toutous, dit-elle en les tapotant sur la tête. Vous avez vu votre papa ?

Ils se mirent à couiner, ce qu'elle prit pour un oui.

– Vous pouvez m'emmener jusqu'à lui ?

Ils partirent en courant dans le champ, jusqu'à un bosquet envahi par les ronces. Elle n'était jamais venue ici et elle supposa qu'Hadès l'avait créé récemment. Son royaume changeait sans cesse pour qu'il soit plus difficile pour les âmes de s'en échapper.

Le bois était profond et sombre et semblait infini. Les troncs s'entrelaçaient pour former une arche au-dessus de sa tête et des lampades dormaient dans les branches dénudées, éclairant le passage comme les étoiles du ciel.

Les chiens gardèrent leur truffe au sol et ils surprirent Perséphone lorsqu'ils partirent en courant, quittant le chemin pour s'enfoncer dans la forêt.

Est-ce qu'Hadès irait vraiment dans les profondeurs du bois, en pleine nuit ?

Elle les suivit, toujours éclairée par les lampades, jusqu'à ce qu'elle les perde de vue et ne puisse plus les entendre.

Un gémissement guttural attira alors son attention. Le bruit provenait de derrière elle et se répétait, de plus en plus vite.

Perséphone s'en approcha, le cœur battant la chamade. L'air devint soudain lourd et palpable. Elle les vit bientôt dans une clairière, Hadès et Leucé, leurs membres entrelacés comme les branches au-dessus de leurs têtes, leur acte d'amour éclairé par les lampades.

TROISIÈME PARTIE

« *Le chemin du paradis commence en enfer* »
Dante Alighieri

Chapitre XXIV

UNE TOUCHE DE FOLIE

L'espace d'une horrible et terrifiante seconde, Perséphone ne put bouger.

Elle était figée, engourdie.

Ses jambes tremblaient et sa poitrine était oppressée d'une façon insupportable. Sa stupeur semblait être devenue un monstre qui essayait de s'extirper de son corps en la déchiquetant de l'intérieur avec ses griffes.

Ce fut alors qu'un son atroce quitta ses lèvres.

Les deux amants s'immobilisèrent et tournèrent la tête dans sa direction. Hadès s'éloigna de Leucé et la nymphe s'effondra sur le sol, surprise par son geste soudain.

– Perséphone…

Elle l'entendit à peine prononcer son nom, tant le bourdonnement dans ses oreilles était fort. Ses pouvoirs fermentaient en elle, faisaient bouillonner son sang, frémissant à la surface de sa peau.

Elle ne vit plus que du rouge.

Elle le détruirait. Elle la détruirait. Elle détruirait ce monde tout entier.

Perséphone hurla, déversant toute sa rage, et tout flétrit autour d'elle. Les arbres pourrirent sous ses yeux, les feuilles se recroquevillèrent et tombèrent au sol, l'herbe jaunit et sécha, jusqu'à ce que le sol ne soit plus qu'un désert stérile. Elle arracherait toute la vie du monde d'Hadès, comme il lui avait arraché son bonheur.

Leucé tomba et Hadès s'approcha de Perséphone. Mais en le voyant venir vers elle, ce fut comme si elle revivait le choc terrible de sa trahison.

– Perséphone !

– Je t'interdis de dire mon nom !

Elle ne reconnut pas sa voix devenue gutturale et bestiale.

Ses pouvoirs brûlaient dans sa main et elle les nourrit de son angoisse. Le sol sous ses pieds se mit à trembler.

– Perséphone, écoute-moi !

Elle l'avait écouté. Elle l'avait écouté, et elle l'avait cru.

« *Je t'aime, d'un amour profond et infini.* »

Elle ne l'écouterait plus.

Il fit un pas vers elle.

– Non ! hurla-t-elle, alors que le sol se fendait entre eux, ouvrant un abîme colossal.

Hadès écarquilla les yeux.

– Perséphone, s'il te plaît !

Il paraissait désespéré, mais c'était normal, après tout.

Elle détruisait son royaume.

Elle hurla à nouveau, d'un cri qui trahissait sa colère et sa soif de violence. Sa magie était comme des flammes qui couraient sur sa peau. Sans savoir ce qu'elle faisait, elle ressentit le besoin de joindre ses mains devant elle. Le pouvoir qui s'y rassembla fut immédiat et explosif. Hadès fut propulsé en arrière, dans le paysage désolé.

Il atterrit néanmoins sur ses pieds et se débarrassa aussitôt de son Charme, incarnant désormais la mort, lugubre et menaçante.

C'est ainsi qu'il devait être sur le champ de bataille, pensa-t-elle et, l'espace d'un instant, son cœur se mit à battre plus fort en craignant que sa magie ne la domine.

Des volutes noires émanèrent de ses robes noires et se précipitèrent vers elle. Il voulait la maîtriser, et cela ne fit que décupler sa colère. Elle vociféra à nouveau et sa magie s'arracha de sa peau, figeant la fumée noire, comme elle avait figé tout le monde à La Lyre.

Un silence assourdissant s'ensuivit et elle regarda Hadès dans les yeux avant de renvoyer ses volutes vers lui avec sa propre magie.

Hadès leva le bras et les nuages de fumée éclatèrent dans une explosion de cendres.

– Arrête ! ordonna-t-il. Perséphone, c'est de la folie !

De la folie ? Elle allait lui montrer ce qu'était la folie.

– Tu réduirais le monde en cendres pour moi ? lui demanda-t-elle, lui rappelant ses propres paroles, lui rappelant ce qu'il lui avait répondu quand elle lui avait parlé d'Apollon, lui rappelant sa ferveur quand il lui avait ordonné de ne plus jamais prononcer son nom dans leur chambre.

Leur chambre.

Ses pouvoirs se rassemblèrent à nouveau entre ses mains.

– Je vais le détruire pour toi.

Hadès écarquilla les yeux lorsqu'un craquement terrible résonna dans l'air. D'énormes racines fendirent le ciel et se précipitèrent vers le sol. Elle aspirait la vie du monde des vivants pour la traîner aux Enfers.

Les racines frappèrent le sol dans une explosion assourdissante, faisant trembler le sol, faisant s'écrouler les montagnes.

– Hécate !

La voix puissante d'Hadès résonna autour d'eux quand il invoqua la déesse de la Magie. Elle apparut aussitôt aux côtés du dieu des Morts. Ensemble, leurs pouvoirs luttèrent contre ceux de Perséphone et, alors que d'autres racines menaçaient de fendre les Enfers, elles furent figées dans les airs.

– Qu'est-ce qui s'est passé ? cria Hécate.

– Je ne sais pas. J'ai senti son angoisse et je suis venu dès que possible.

La réponse d'Hadès révolta Perséphone.

Il a senti mon angoisse ? Il l'a vue ! Pourquoi se comporte-t-il comme s'il ne m'avait pas trahie ?

Toujours aussi furieuse, Perséphone lutta autant que possible contre Hadès et Hécate. Réunie, leur magie était accablante. Plus elle la repoussait, plus elle s'épuisait, mais elle n'était pas seulement fatiguée physiquement.

Intérieurement, sa rage se changeait en désespoir.

Intérieurement, elle était brisée.

– Ma chère.

La voix d'Hécate lui sembla juste à côté d'elle, chuchotée à son oreille, alors qu'elle était de l'autre côté de l'abîme.

– Parle-moi.

Les yeux de Perséphone se remplirent de larmes et elle secoua la tête.

– Perséphone, dis-moi ce qui s'est passé.

Les larmes coulaient sur ses joues tandis qu'elle revivait la scène qui avait déclenché sa rage. Si elle l'avait pu, elle l'aurait réprimée pour le reste de sa vie mais, à la demande d'Hécate, elle vécut à nouveau l'horreur qu'elle avait ressentie en découvrant Hadès en train de prendre Leucé. Revoir l'expression de plaisir sur le visage de la nymphe lui donna envie de vomir.

Cette fois, au lieu de réveiller la colère qui nourrissait ses pouvoirs, le souvenir l'épuisa. Elle se sentit vide, chancelante, vaincue et malade. Les pouvoirs qui coulaient dans ses veines s'éteignirent et elle vacilla. Hécate la rattrapa au moment où elle vomit.

Lentement, la déesse l'aida à s'allonger par terre et Perséphone se reposa dans ses bras. Elle coiffa ses cheveux en arrière et lui parla d'une voix tendre et apaisante.

– Ce n'était pas réel, ma chère, mon amour, ma douce.

Perséphone sanglota et tourna la tête pour la nicher contre la poitrine d'Hécate.

– Je ne peux pas l'oublier. Je ne peux pas vivre avec ça.

– Chhut. Tu y arriveras, ma douce. Repose-toi.

Elle sombra dans les ténèbres.

* * *

Perséphone se réveilla dans la suite de la reine. Son visage lui parut enflé, et elle avait mal à la tête. Son corps fragile était abrité sous des couvertures moelleuses et une lumière vive pénétrait par les fenêtres. Il lui fallut un moment pour se rappeler comment elle était arrivée ici, mais les souvenirs lui revinrent bientôt, accaparant son esprit comme un cauchemar éveillé. Ses larmes gonflèrent et coulèrent lentement sur ses joues.

– Ne pleure pas, ma douce, dit Hécate.

Perséphone tourna la tête et trouva la déesse assise à côté du lit. Elle se frotta les yeux, essayant de ravaler ses larmes, mais elle sanglota de plus belle.

Hécate lui prit la main.

– Respire, ma chère. Ce que tu as vu n'était pas vrai.

Perséphone prit plusieurs inspirations en étudiant son amie.

– Qu'est-ce que tu veux dire ?

– Tu étais dans la Forêt du Désespoir, Perséphone. Ce que tu as vu est la manifestation de ta plus grande peur.

Perséphone se tut un moment, essayant de comprendre ce qu'Hécate lui disait, mais l'horreur déclenchée par ses souvenirs restait ancrée dans son esprit.

Hécate soupira.

– Je vois que le sortilège n'a pas encore complètement disparu.

– Le sortilège ?

– Je crois que c'est pour ça que tu as fini dans la forêt, dit-elle.

– Tu penses que quelqu'un m'a ensorcelée ? s'étonna Perséphone. Qui ?

La déesse lui sourit brièvement, sans joie.

– Hadès est à la chasse.

Elle frissonna, imaginant ce que cela signifiait, se souvenant de son visage assassin lorsqu'elle avait ôté la vie à sa forêt. Toutefois, elle espérait qu'il trouverait le responsable, car ce qu'elle avait vu et vécu la veille était une véritable torture.

Perséphone s'assit et s'adossa à la tête de lit, prise de vertiges.

– Pourquoi Hadès a-t-il un lieu si horrible aux Enfers ?

– En réalité, c'est une extension du Tartare, dit Hécate. Et tu n'étais pas censée y aller.

Perséphone repoussa les couvertures et essaya de se lever, mais elle était trop faible.

– J'aimerais sortir, dit-elle.

Hécate l'aida à se lever et elles sortirent sur le balcon. L'après-midi touchait à sa fin, et Perséphone fut soulagée de voir que les Enfers étaient aussi luxuriants et verdoyants que d'habitude.

Soudain, elle paniqua.

– Les âmes ! Est-ce que j'ai...

Elle avait utilisé un pouvoir si puissant, elle avait fait trembler la terre et fendu le ciel sans penser aux résidents qui pourraient être blessés.

– Tout va bien, Perséphone, la rassura Hécate. Hadès a tout remis en ordre.

Perséphone ferma les yeux et soupira longuement.

Dieux merci, pensa-t-elle.

Elles marchèrent dans le jardin et s'assirent sous la glycine violette.

– Tu as démontré un grand pouvoir dans la forêt, Perséphone.

Perséphone crut déceler dans la voix d'Hécate un mélange d'admiration et de peur.

– Est-ce que tu as… peur ? lui demanda-t-elle.

– Je n'ai pas peur de toi, dit-elle. J'ai peur pour toi.

Perséphone fronça les sourcils et Hécate soupira en regardant ses mains.

– J'ai cette peur depuis le premier jour où je t'ai rencontrée, que tu deviennes puissante… terriblement puissante.

Perséphone secoua la tête.

– Je… je ne comprends pas. Je ne suis pas…

– Tu as bloqué la magie d'Hadès. Tu as utilisé sa magie contre lui, Perséphone. C'est un dieu ancien, expert dans sa magie. Si les Olympiens l'apprennent…

– S'ils l'apprennent, alors… quoi ? insista-t-elle quand Hécate se tut.

– Je suppose que tout peut arriver, répondit-elle en secouant la tête. Ils pourraient vouloir que tu deviennes Olympienne, ou…

– Ou ?

– Ils pourraient te voir comme une menace.

Perséphone ne put s'empêcher d'éclater de rire, mais lorsqu'elle regarda à nouveau Hécate, elle comprit combien la déesse était sérieuse.

– C'est ridicule, Hécate. J'arrive à peine à contrôler mes pouvoirs, et apparemment, je n'arrive même pas à garder ma force.

– Tu es en train d'apprendre le contrôle, et la force vient avec l'entraînement. Crois-moi, Perséphone, tu vas devenir l'une des déesses les plus puissantes de notre époque.

Cette fois, Perséphone ne rit pas.

Elles restèrent silencieuses, puis Hécate se leva pour partir.

– Je dois y aller. J'ai promis à Yuri de prendre le thé avec elle. J'ai pensé que tu n'aurais pas envie de venir.

Perséphone sourit, la déesse avant raison. Elle n'avait pas envie de grand-chose. Elle était épuisée et restait perturbée par les événements de la veille.

Hécate se pencha pour embrasser Perséphone sur la tête avant de partir.

Une fois seule, Perséphone pensa à Hadès. Elle pensait avoir vécu sa plus grande peur quand elle avait failli perdre Lexa, sans jamais envisager que la trahison d'Hadès serait tout aussi atroce. Même si Hécate lui avait expliqué l'horrible mirage, l'insupportable douleur qu'elle avait ressentie en le voyant avec Leucé ne l'avait pas encore quittée.

Elle soupira et se leva pour marcher dans le jardin d'Hadès, mais elle s'arrêta lorsque le dieu apparut dans la direction opposée. Il était sous sa forme divine, son corps puissant était drapé dans de longues robes noires et ses longs cheveux étaient attachés en chignon. Ses cornes étaient comme des éclairs noirs et se dressaient vers le ciel. Il avait l'air épuisé, pâle et magnifique.

Perséphone retint sa respiration et eut l'impression qu'un océan les séparait.

– Tu vas bien ? demanda-t-il.

Cette question l'avait toujours fait fondre, mais cette fois-ci, elle l'enflamma. Ses sentiments pour lui étaient innombrables en cet instant, mais les plus frappants étaient son amour, son désir et sa compassion pour lui.

– Ça ira mieux bientôt, répondit-elle.

Hadès l'étudia un moment d'un regard inquisiteur.

– Est-ce que je peux me joindre à toi ?

– C'est ton royaume, répondit-elle.

Hadès fronça les sourcils, mais ne dit rien, il la rejoignit pour marcher à ses côtés. Ils ne se tinrent pas la main ni le bras mais, de temps en temps, leurs doigts s'effleuraient et la sensation était électrique. Perséphone eut l'impression que chaque millimètre de sa peau était à vif, c'était étrange. Après tout ce qui s'était passé au cours des derniers jours, son corps continuait de réagir comme il l'avait toujours fait en présence d'Hadès.

Elle se demandait si le dieu des Morts ressentait la même chose lorsqu'elle remarqua qu'il serrait les poings.

Elle prit cela pour une confirmation.

Ils marchèrent en silence jusqu'en bordure du jardin où Perséphone s'était arrêtée dans la nuit avant de s'aventurer jusqu'à la Forêt du Désespoir. Au bout de plusieurs minutes, Hadès se tourna vers elle.

– Perséphone. Je… je ne sais pas ce que tu as vu, mais il faut que tu saches… tu dois savoir, que ce n'était pas vrai.

Il paraissait abattu, désespéré qu'elle comprenne.

– Est-ce que tu veux que je te dise ce que j'ai vu ? chuchota-t-elle.

Sa colère s'était estompée et elle voulait qu'il comprenne, lui aussi.

– Je vous ai vus ensemble, toi et Leucé. Tu la tenais, tu lui faisais l'amour comme si tu étais assoiffé d'elle.

Elle se mit à trembler et elle planta ses ongles dans les paumes de ses mains.

– Tu prenais du plaisir avec elle. Savoir qu'elle a été ta maîtresse est une chose, mais… le voir a été… dévastateur.

Elle ferma les yeux pour ne plus revivre ce cauchemar et des larmes coulèrent sur ses joues.

– Et j'ai voulu détruire tout ce que tu aimais. J'ai voulu que tu me voies démanteler ton monde. J'ai voulu t'anéantir, toi.

– Perséphone… chuchota-t-il.

Elle sentit ses doigts sous son menton et elle leva les yeux vers lui.

– Il faut que tu saches que ce n'était pas vrai.

– Ce n'est pas l'impression que j'ai eue hier.

Il caressa ses joues pour essuyer ses larmes.

– Je t'enlèverais ce souvenir si je le pouvais.

– Tu le peux, dit-elle en se rapprochant. Embrasse-moi.

Hadès pressa ses lèvres contre les siennes et les titilla avec sa langue avant de s'y enfouir. La bouche d'Hadès avait un goût fumé et sucré et il explora celle de Perséphone avec une force bestiale. Elle promena ses mains sur son torse ferme, descendant sur son ventre pour empoigner sa verge à travers ses robes.

Un grognement surnaturel échappa à Hadès et il recula pour la regarder dans les yeux.

– Aide-moi à oublier ce que j'ai vu dans la forêt, dit-elle, à bout de souffle. Embrasse-moi. Aime-moi. Ruine-moi.

Leurs corps se percutèrent et ils se déshabillèrent à la hâte. Nus sous le ciel pâle des Enfers, leurs lèvres fusionnèrent à nouveau, leurs langues se goûtèrent, leurs souffles se mêlèrent. Hadès empoigna sa nuque d'une main tandis que l'autre plongeait dans les petites boucles de son entrejambe. Perséphone gémit lorsqu'il plongea ses doigts dans sa chair chaude et, l'espace d'un instant, elle se perdit dans le plaisir qu'il lui offrait, dans le désir qui frémissait dans son bas-ventre.

Quand Perséphone ne put plus tenir debout, Hadès s'agenouilla avec elle. Elle s'allongea sur ses robes tandis qu'il restait à genoux, admirant son corps nu, le regard plus brûlant que la lave du Tartare.

– Tu es sublime, dit-il. Si je le pouvais, je nous garderais à jamais figés dans cet instant pour te contempler, offerte à moi.

– Tu ne préfères pas passer à l'étape suivante et t'enfouir en moi ?

– Tu es pressée, chérie ? répondit-il en souriant.

– Toujours.

Il embrassa l'intérieur de son genou avant de déposer une série de baisers sur ses cuisses. Sa bouche survola son clitoris, qu'il taquina du bout de la langue avant d'écarter ses lèvres pour la pénétrer. Elle se cambra contre lui et Hadès plaqua ses genoux sur le sol pour l'ouvrir davantage. Son sexe se contracta autour de lui et elle était tellement excitée que c'en était presque douloureux.

Elle jouit en susurrant son prénom et plongea ses doigts dans ses cheveux pour les empoigner et remonter sa tête jusqu'à la sienne, désespérée de l'embrasser. Il s'empara de sa bouche, puis il l'embrassa dans le cou et sur les seins, titillant ses tétons avec sa langue jusqu'à les faire durcir.

– Il n'y a pas de plus grande torture que de sentir ton angoisse, dit-il. Je savais que j'étais responsable, d'une façon ou d'une autre, et je ne pouvais rien y faire.

Elle posa son pouce sur ses lèvres enflées.

– Tu peux faire quelque chose, maintenant.

Elle tendit le bras pour saisir sa verge dure et elle la ramena en elle. Leurs retrouvailles n'avaient jamais été aussi violentes. Les coups de bassin d'Hadès étaient rapides et brutaux, et si sa queue la déchirait, Perséphone se délecta de sentir sa chair se remplir et s'étirer. Elle plaqua la tête en arrière, contre le sol, et se cambra contre lui en grognant d'une voix gutturale.

Hadès se pencha pour l'embrasser et capturer son cri. Perséphone ne savait pas où mettre ses mains et elle agrippa ses robes, l'herbe, ses bras.

– Putain !

Peut-être avait-il juré parce qu'elle l'avait griffé, elle ne savait pas. Peu importait, il saisit ses poignets et les bloqua au-dessus de sa tête. Son regard était sauvage et voilé par son désir, et il accéléra ses coups de bassin en pourchassant son propre orgasme, pénétrant Perséphone plus fort que jamais.

Hadès s'écroula sur elle, nichant sa tête dans le creux de son épaule. Ils étaient trempés de sueur et leurs souffles étaient rauques. Au bout d'un moment, Hadès s'appuya sur ses coudes et dégagea les cheveux de Perséphone de son visage.

– Tu vas bien ?

– Oui, chuchota-t-elle.

– Est-ce que… je t'ai fait mal ?

Elle sourit, car elle ne s'était jamais sentie aussi bien.

– Non.

Elle effleura son visage, ses sourcils, son nez, ses lèvres enflées.

– Je t'aime susurra-t-elle.

Un minuscule sourire se dessina sur ses lèvres.

– Je n'étais pas certain d'entendre à nouveau ces mots.

Son aveu lui brisa le cœur et ses yeux se remplirent de larmes.

– Je n'ai jamais cessé de t'aimer.

– Chhhut, ma chérie, dit-il en la regardant tendrement. Je n'ai jamais cessé d'y croire.

Pourtant, elle avait cessé d'y croire, elle, et cette pensée faillit l'anéantir.

Hadès la prit dans ses bras et l'emmena dans son lit, où il l'embrassa et la tira de ses pensées lugubres. Il écarta ses cuisses avec son genou et il était sur le point de la consumer à nouveau quand quelqu'un frappa à la porte.

Perséphone se figea et, à sa grande surprise, Hadès leur dit d'entrer.

– Hadès !

Le dieu roula sur le côté et s'assit dans le lit, torse nu, les jambes couvertes par le drap. Perséphone s'assit à côté de lui et tint la couverture contre sa poitrine. Hermès entra dans la chambre.

– Salut, Sephy, dit-il avec un sourire gêné.

– *Hermès*, gronda Hadès.

– Ah ouais. On a trouvé la nymphe Leucé.

– Fais-la entrer, ordonna-t-il.

Perséphone interrogea Hadès du regard, Leucé apparut au milieu de la pièce. Cela faisait longtemps que Perséphone ne l'avait pas vue, et elle lui apparut épuisée et morte de peur. Elle avait les yeux grands ouverts et elle tremblait de tout son corps. Lorsqu'elle vit Hadès et Perséphone, un horrible sanglot retentit dans sa gorge.

– S'il te plaît…

– Silence ! ordonna Hadès, et ce fut comme si Leucé n'était plus capable d'émettre le moindre son. Tu vas dire la vérité à Perséphone. Est-ce toi qui l'as envoyée dans la Forêt du Désespoir ?

La nymphe hocha la tête en pleurant.

Le vin, comprit Perséphone.

« *Bois ! Le vin a un goût de fraise et de soleil.* »

La première réaction de Perséphone fut de se sentir trahie, mais quelque chose était… bizarre.

– Pourquoi ?

– Pour vous séparer, répondit-elle.

Il n'y avait pas la moindre trace de jalousie ou de méchanceté dans la voix de Leucé, et Perséphone trouva cela étrange. Si la nymphe avait vraiment voulu cela, pourquoi était-elle… pleine de remords ? Perséphone se rapprocha du pied du lit.

– Pourquoi ? insista-t-elle.

Leucé écarquilla les yeux et elle secoua la tête, refusant de parler.

– Tu vas répondre, dit Hadès.

Perséphone ne pensait pas que Leucé pouvait pleurer plus fort, mais cette fois, elle en vint à tomber à genoux.

– Elle me tuera, sanglota la nymphe.

– Qui ?

– Ta mère, expliqua Hadès.

La révélation n'aurait pas dû la choquer, mais elle était abasourdie.

– Est-ce que c'est vrai ? demanda-t-elle à Leucé.

– J'ai menti quand j'ai dit que je ne me rappelais pas qui m'avait réveillée, admit-elle. Mais j'avais peur. Déméter n'a pas cessé de me rappeler qu'elle me referait prisonnière si je ne lui obéissais pas. Je suis tellement désolée, Perséphone, sanglota-t-elle en cachant son visage dans ses mains. Tu as été si gentille avec moi, et je t'ai trahie.

Perséphone se couvrit du drap et se leva, ignorant le fait qu'Hadès se retrouvait nu, et s'agenouilla devant Leucé.

– Je ne t'en veux pas de craindre ma mère, dit-elle alors que la nymphe la regardait dans les yeux. J'ai eu peur d'elle pendant très longtemps, moi aussi. Je ne la laisserai pas te faire de mal, Leucé.

La nymphe s'effondra contre Perséphone et la déesse la tint un moment, jusqu'à ce qu'elle parvienne à se calmer.

– Hermès, dit Perséphone, tu peux emmener Leucé dans ma suite ? Elle mérite un peu de repos.

– Oui, Milady, chanta Hermès en esquissant une révérence on ne peut plus théâtrale.

Lorsqu'ils furent partis, Perséphone se tourna vers Hadès, qui arborait une expression étrange.

– Quoi ?

Il secoua la tête, souriant de plus belle.

– Je t'admire, c'est tout.

Sa remarque détourna momentanément son attention.

– Je suppose qu'on devrait invoquer ma mère aux Enfers, dit-elle enfin.

Hadès haussa les sourcils. À l'évidence, il ne s'attendait pas à ce qu'elle dise ça.

– Tu veux l'appeler maintenant ? demanda-t-il. Peut-être qu'on devrait faire l'amour pour qu'elle n'ait aucune raison de penser que ses manigances ont marché.

– Hadès ! gronda Perséphone, même si elle souriait autant que lui.

Chapitre XXV

RASSEMBLER LES PIÈCES

Quelques heures plus tard, Hadès, Perséphone et Leucé étaient réunis dans la salle du trône. Hadès était dans sa forme divine, tout comme Perséphone. Ils étaient assis côte à côte, Hadès sur son siège en obsidienne, Perséphone sur son trône en or et en ivoire. Leucé se tenait à côté de Perséphone et tremblait de la tête aux pieds.

– Elle va se venger, dit la nymphe. J'en suis sûre.

– Oh, je n'en doute pas, répondit Perséphone en la regardant. C'est ma mère, après tout.

– Hermès est revenu, dit Hadès.

Il l'avait envoyé pour ramener la déesse de la Moisson aux Enfers, une mission qu'Hermès n'avait pas été ravi d'accepter.

« *Tu as juste envie qu'elle me défigure*, avait-il répondu. *Elle va me sauter dessus, quand je vais lui dire que tu exiges qu'elle vienne aux Enfers.*

– Alors ne lui dis pas que l'ordre vient d'Hadès, avait dit Perséphone. *Dis-lui que c'est moi qui l'ordonne.* »

Hermès avait souri, tout comme Perséphone souriait maintenant.

Étrangement, elle se sentait plus puissante que jamais. Peut-être était-ce à cause de ce qu'Hadès lui avait dit deux jours plus tôt, qu'il l'aimait pour qui elle était et que ses qualités étaient précisément celles qu'il cherchait chez une reine.

Cela signifiait qu'elle pouvait être elle-même sans concession. Et la première étape était de confronter sa mère.

Hermès escorta Déméter dans la salle du trône et, si celle-ci s'efforçait d'arborer une expression sévère et indifférente, Perséphone nota son dédain lorsqu'elle vit Hadès et Perséphone assis côte à côte, comme un couple royal.

Sa bouche se pinça et elle les dévisagea d'un regard noir.

– De quoi s'agit-il ? demanda-t-elle d'un ton agacé, s'arrêtant au milieu de la salle.

– Mon amie me dit que tu l'as menacée, répondit Perséphone.

Si Déméter comptait sauter les préambules, Perséphone en ferait de même.

Déméter fusilla la nymphe du regard avant de s'adresser à sa fille.

– Tu crois la pute d'Hadès plutôt que moi ?

– Tu te montres méchante, rétorqua Perséphone. Excuse-toi.

– Je ne ferai rien de la so…

– J'ai dit excuse-toi, ordonna Perséphone, et Déméter s'effondra avec tant de force que le marbre se craquela sous ses genoux.

Perséphone n'avait pas prévu d'être aussi violente, mais le résultat eut l'effet escompté.

Déméter écarquilla les yeux de surprise. Elle ne s'était pas attendue à être mise à terre par sa propre fille, et sa stupeur laissa la place à sa colère qui remplit toute la salle.

– Alors, gronda-t-elle d'une voix tremblante. C'est ainsi que ça va se passer ?

Perséphone ne répondit rien. C'était Déméter elle-même qui avait provoqué cette situation.

– Tu pourrais mettre fin à ton humiliation, proposa Perséphone. Il te suffit de… t'excuser.

Ses paroles sonnèrent comme une déclaration de guerre.

– Jamais, siffla Déméter.

Une onde de choc se propagea dans la salle, déclenchée par les pouvoirs de Déméter qui essaya de se relever. La déferlante prit Perséphone par surprise, et sa propre magie surgit pour écraser celle de sa mère. Elle jeta un œil à Hadès, elle sentait ses pouvoirs autour d'elle, effleurant les siens, à l'affût.

Perséphone se leva et descendit les quelques marches qui la séparaient de sa mère. Le sol continua de se craqueler autour de Déméter, qui finit par abandonner.

– Je vois que tu as appris à te contrôler, ma fille, grogna-t-elle en dévisageant sa fille.

Perséphone aurait dû se sentir fière, mais lorsqu'elle regarda sa mère, elle ne ressentit que de la rancœur, comme si du poison coulait dans ses veines et plongeait tout ce qu'il entourait dans la pénombre.

– La seule chose que tu as eu à faire, depuis toujours, c'est t'excuser, gronda-t-elle d'une voix féroce en réalisant qu'elle ne parlait plus seulement de Leucé. On aurait pu rester en bons termes.

– Pas tant que tu es avec lui, cracha Déméter.

Perséphone étudia sa mère un moment.

– J'ai pitié de toi. Tu préfères être seule qu'accepter quelque chose qui te fait peur.

Déméter fusilla sa fille du regard.

– Tu renonces à tout pour lui.

– Non, mère, Hadès n'est qu'une des nombreuses bonnes choses que j'ai acquises en quittant ta prison.

Elle libéra Déméter de sa magie, mais la déesse tremblait et ne fit rien pour se relever.

– Regarde-moi bien, mère, car tu ne me reverras plus jamais.

Perséphone s'attendait à trouver de la colère dans le regard de sa mère, mais au lieu de ça, ses yeux brillaient de fierté et un sourire étrange étira ses lèvres.

– Ma fleur… tu me ressembles plus que tu ne l'imagines.

Perséphone serra les poings, et Déméter disparut.

Il y eut un court silence, puis Leucé courut vers Perséphone pour la prendre dans ses bras.

– Merci, Perséphone.

Lorsque la nymphe recula, Perséphone lui sourit et parvint à maintenir son calme apparent. Toutefois, intérieurement, elle tremblait de tout son être. Elle ne connaissait que trop bien le regard qu'avait eu sa mère avant de partir.

La guerre était proche.

* * *

Perséphone était rongée d'angoisse en se rendant à l'hôpital. Cela faisait plusieurs jours qu'elle n'avait pas rendu visite à Lexa, surtout parce que son amie était toujours sujette à ses délires, ou plutôt, à ce que les médecins appelaient des délires. Perséphone connaissait la vérité sur sa psychose, son âme n'arrivait pas à comprendre ce qu'elle faisait dans le monde des vivants.

Perséphone se sentait tellement coupable qu'elle en avait la nausée.

Elle avait été égoïste. Elle le savait maintenant, mais elle l'avait compris trop tard.

Perséphone se dirigea vers le quatrième étage, où Lexa avait été emmenée après avoir été débranchée de l'assistance respiratoire, et elle tomba sur Eliska qui sortait de la chambre.

– Oh, Perséphone, je suis contente que tu sois là. J'allais me chercher un café, tu veux quelque chose ?

– Non, merci, Madame Sideris.

Eliska regarda par-dessus son épaule, en direction de la chambre.

– C'est une bonne journée pour elle, dit-elle. Vas-y, je reviens tout de suite.

Perséphone entra. La télévision était allumée et les rideaux fermés. Lexa était assise dans son lit, mais elle semblait toute molle, comme si elle n'avait plus de muscles. Son dos était voûté et sa tête était penchée sur le côté. Elle paraissait presque endormie, mais ses yeux étaient ouverts et rivés sur le mur.

– Salut, chuchota Perséphone en s'asseyant près du lit. Comment tu vas ?

Lexa continua de regarder le mur sans réagir.

Cela dura plusieurs dizaines de secondes.

– Lexa ?

Perséphone effleura sa main et son amie sursauta. Maintenant qu'elle la regardait, Perséphone vit qu'elle avait l'air… perturbée. Cette femme avait le corps et le visage de son amie, mais son regard était celui d'une inconnue.

Ses yeux étaient vides, ternes, sans vie, tout en étant remplis de tourmente.

Perséphone était perdue devant cette inconnue.

– On est au Tartare ? demanda-t-elle d'une voix rauque, comme si elle était enrouée de ne plus parler.

– Quoi ? répondit Perséphone en fronçant les sourcils.

– C'est ma punition ?

Perséphone ne comprenait pas ; comment pouvait-elle penser qu'elle irait au Tartare après la mort ?

– Lexa, tu es dans le monde des vivants. Tu es… tu es revenue.

Lexa ferma les yeux, et quand elle les rouvrit, Perséphone eut l'impression d'être face à sa meilleure amie pour la première fois depuis qu'elle s'était réveillée.

– Tu passes tout ton temps aux Enfers, mais tu ne connais rien de la mort, dit Lexa avant de marquer une pause. J'étais… en paix.

Elle vida tout l'air de ses poumons, comme si son aveu était un soulagement, puis elle poursuivit.

– Mon corps s'accroche au bien-être de la mort, il cherche cette simplicité. Au lieu de ça, je suis forcée d'exister dans un monde stressant et compliqué. Je n'arrive pas à suivre. Je n'ai pas envie de suivre.

Lexa regarda Perséphone dans les yeux.

– La mort n'aurait rien changé entre nous, Seph, chuchota Lexa. Mais être ici ? Ça change tout.

* * *

Perséphone quitta l'hôpital avec les paroles de Lexa qui pesaient sur sa conscience. Ses propos l'avaient effrayée et ses pensées devinrent chaotiques quand elle essaya d'en comprendre le sens. Pourquoi son retour à la vie changeait-il quoi que ce soit à l'existence de Lexa ?

Perséphone avait le pressentiment qu'elle connaissait la réponse, même si elle avait trop peur de l'admettre. En vérité, Lexa ne voulait pas être en vie et Perséphone l'avait forcée à revenir. À présent, elle avait une autre question : comment les âmes qui avaient fait l'expérience d'une telle sérénité pouvaient-elles vivre dans un monde qui n'en offrait pas du tout ?

Perséphone se servait un verre de vin quand quelqu'un frappa à sa porte. Elle craignait d'ouvrir quand elle était seule chez elle. Elle ne bougea pas, supposant que la personne partirait.

Mais ce ne fut pas le cas.

La personne frappa plus vite et plus fort et Perséphone s'approcha de la porte, le cœur affolé. Elle jeta un œil par la fenêtre et sursauta.

– Apollon ! cria-t-elle.

Le dieu avait collé son visage à la vitre.

– Pourquoi tu frappes ? demanda-t-elle en ouvrant la porte.

– Je m'entraîne à respecter ton intimité, répondit-il. Ce n'est pas ce que font les mortels ?

Elle avait envie de rire, mais il lui avait fait trop peur.

– Je crois que je préférais quand tu apparaissais où tu voulais et quand ça te chantait.

Il la surprit en esquissant un sourire.

– Fais gaffe à ce que tu souhaites, Seph.

Elle faillit le corriger de l'avoir appelée ainsi, mais elle y renonça. C'était mieux que Bichette.

– Qu'est-ce que tu fais là ?

– Je suis venu t'apporter ça, dit-il en sortant quelque chose de derrière son dos.

C'était une petite lyre en or.

– C'est magnifique, s'exclama Perséphone en le regardant dans ses yeux violets. Mais pourquoi ?

– Pour te remercier.

– Je crois que c'est la première fois que tu me dis merci, répondit Perséphone en souriant.

– C'est la première fois que j'ai une raison de le faire, se moqua-t-il en désignant l'instrument. Je peux t'apprendre à jouer… si tu veux.

– Avec plaisir.

Soudain, Apollon redevint sérieux, sa mâchoire se contracta et son regard s'assombrit.

– Je suis vraiment désolé pour Lexa, Perséphone. Si ça peut te rassurer, sache que… je ne savais pas que son âme était brisée quand je l'ai guérie.

Perséphone baissa la tête tristement. Elle ne l'avait pas su non plus, elle n'avait pas su ce que cela impliquerait pour Lexa et ceux qui l'aimaient.

– Merci, dit-elle en le regardant à nouveau. Tu veux un verre de vin ?

– Non, s'empressa-t-il de répondre avant de se mettre à rire. J'aimerais préserver mes couilles, mais merci.

Perséphone n'aurait pas été étonnée qu'Hadès se manifeste. Toutefois, Apollon ne semblait pas décidé à partir.

– Il y a autre chose… dit-il, et Perséphone attendit. J'aimerais te libérer de ton contrat, admit-il enfin.

– Quoi ? s'étonna Perséphone en écarquillant les yeux.

– J'essaie de changer, répondit le dieu en souriant timidement.

– Je vois ça… Mais je préfère honorer mes contrats. Et, si mes calculs sont bons, il reste cinq mois et quatre jours à notre marché.

Elle appréciait qu'Apollon essaie de changer, et elle savait que cela prendrait du temps. Elle souhaitait passer les prochains mois à l'observer et à le guider. Elle était convaincue qu'il pouvait changer, avec elle. Mais avec d'autres… elle n'en était pas si sûre.

Apollon haussa un sourcil.

– Un café demain, à quatorze heures ?

– C'est une invitation ou une requête ?

– Les deux.

– Très bien, mais c'est moi qui choisis le lieu.

Perséphone crut percevoir une petite hésitation dans le regard d'Apollon : son instinct lui disait de la contredire et de reprendre le contrôle, mais les traits de son visage finirent par se détendre.

– Très bien. À demain, alors.

Et il prit congé.

Chapitre XXVI

UNE TOUCHE DE SÉRÉNITÉ

Deux semaines plus tard, Lexa fut autorisée à sortir de l'hôpital. Leur appartement parut soudain minuscule avec six occupants qui s'affairaient tous autour de Lexa. Eliska et Adam firent les courses et leurs placards furent vite pleins à craquer, Jaison emménagea avec Lexa dans sa chambre et endossa immédiatement le rôle d'infirmier. Sybil, Perséphone et Zofie restèrent en retrait, observant la situation, ne sachant trop quoi faire.

Perséphone ne savait pas ce qui était pire, que Lexa semble complètement détachée de la situation ou que ses parents et Jaison ignorent combien elle était différente. Elle passait de longues heures à dormir et, lorsqu'elle ne dormait pas, elle fixait le mur. Lorsqu'on lui posait des questions directes, elle regardait la personne, hébétée, et parfois, elle ne répondait même pas.

– Elle n'est plus la même, dit Perséphone un soir qu'elle avait proposé à Lexa de les rejoindre dans le salon pour regarder *Les Titans après la nuit*.

Ce n'était pas l'émission préférée de Perséphone, mais elle se souvenait combien son amie l'avait aimée et avait adoré commenter les détails sordides de la série.

Lexa ne l'avait même pas regardée en répondant « non ».

Quand Perséphone fit ce commentaire dans la cuisine, elle se parlait surtout à elle-même, comme une tentative de faire le deuil. Lexa n'était pas morte, mais ils l'avaient perdue quand même.

– Elle a été percutée par une voiture, putain, aboya Jaison. Elle ne va pas rebondir du jour au lendemain !

Perséphone cligna des yeux, choquée par sa colère.

– Je sais, je ne dis pas que…

– Peut-être que si tu n'étais pas obnubilée par tes propres problèmes, tu le verrais.

Il retourna dans la chambre de Lexa sans un mot de plus.

– Il est juste triste, dit Sybil. Il sait qu'elle n'est plus la même.

– Ce mortel t'a froissée, déclara Zofie. Tu veux que je le tue ?

Perséphone l'avait enfin convaincue de la tutoyer.

– Quoi ? Non, Zofie. On ne peut pas tuer tous les gens qui nous vexent.

– Là d'où je viens, on peut, répondit l'Aegis en haussant les épaules.

– Fais-moi penser à planquer tes armes, dit Perséphone.

La tension resta la même toute la semaine. Perséphone était soulagée de pouvoir s'échapper aux Enfers, mais elle prit soin de voir Lexa tous les jours. Cela devint une nouvelle routine. Elle se réveillait, passait voir Lexa, allait au travail, passait voir Lexa et repartait aux Enfers.

Cela dura plusieurs semaines, jusqu'à ce qu'un matin, en revenant des Enfers, Perséphone entre dans la cuisine et s'arrête net.

Lexa préparait le café.

Elle était en pyjama, les cheveux coiffés en chignon fouillis. Elle leva la tête vers Perséphone et lui sourit. Elle paraissait… normale.

– Bonjour ! chanta-t-elle.

– B... bonjour, répondit Perséphone, surprise.

– J'ai pensé que tu aimerais un café.

– Oui, acquiesça Perséphone en riant nerveusement. J'adore le café.

Lexa éclata de rire et remplit une tasse avant de la tendre à Perséphone.

– Je sais.

Perséphone prit le mug entre ses mains. Pendant quelques secondes, elle n'osa pas bouger, restant plantée dans la cuisine à étudier bêtement son amie.

Elle finit par se racler la gorge.

– Je... je ferais mieux de me préparer pour le travail, dit-elle à contrecœur.

Elle craignait de partir et de se rendre compte que tout ça n'était qu'un rêve.

Lexa lui sourit à nouveau.

– Tu as de la chance. J'aimerais bien retravailler.

– Tu pourras, bientôt.

Perséphone alla dans sa chambre et but une gorgée de café, elle la recracha aussitôt. La boisson était forte, amère et étrangement épaisse.

Rien à voir avec le café que préparait Lexa avant l'accident.

Elle fait des efforts, pensa Perséphone. *C'est tout ce qui compte.*

Elle aurait bu des millions de tasses de ce café si cela avait impliqué que Lexa guérisse.

Perséphone se prépara pour le travail à contrecœur, attristée que sa perception ait changé à ce point. Avant, elle avait hâte de passer ses journées au *New Athens News*. Maintenant, elle les redoutait, et ça n'avait rien à voir avec la foule qui continuait de l'attendre tous les matins. C'était à cause de son patron, qui insistait pour lui assigner des tâches sans importance, l'empêchant de creuser les sujets qui l'intéressaient réellement. Elle décida que s'il recommençait aujourd'hui, elle lui en parlerait.

– Salut, Perséphone ! s'exclama Hélène quand elle sortit de l'ascenseur.

– Bonjour, Hélène, répondit la déesse en souriant.

Hélène était désormais la seule personne qu'elle appréciait au boulot.

Elle traversa la salle de travail et elle n'était même pas arrivée à son poste que Demetri sortit de son bureau en lui tendant une pile de papiers.

– Les notices nécrologiques, dit-il.

Perséphone ne les prit pas, il les lâcha sur son bureau.

– Tu te moques de moi, Demetri ? Je suis journaliste d'investigation.

– Et, aujourd'hui, tu corriges les notices nécrologiques.

Il tourna les talons et rentra dans son bureau, mais elle l'y suivit.

– Depuis que Kal a laissé tomber l'exclusivité, tu n'arrêtes pas de m'attribuer des tâches sans intérêt.

Depuis que tu m'as parlé de ta potion d'amour, avait-elle envie de dire.

– C'est ça, la contrepartie ? demanda-t-elle.

– Tu as écrit un article qui a eu un impact négatif sur la réputation de cette entreprise et sur la tienne. Tu t'attendais à quoi ?

– Ça s'appelle du journalisme, Demetri, et je m'attendais à ce que tu me soutiennes.

– Écoute, Perséphone, au risque de te surprendre, si je dois choisir entre assurer mes arrières ou les tiens, je choisis les miens.

Perséphone hocha la tête.

– Tu vas le regretter, Demetri.

– Tu me menaces ?

– Non, répondit-elle. Je te donne un aperçu du futur.

– Rends-nous service, Perséphone. Arrête d'envoyer ton dieu pour régler tes problèmes.

– Tu crois que c'est Hadès qui va te ruiner ? demanda Perséphone en marchant vers son patron d'un pas déterminé.

Demetri se crispa, déstabilisé par l'expression de Perséphone.

– Non. Ton destin est entre mes mains, c'est moi qui le détruirai, déclara-t-elle.

Sa promesse faite, elle tourna les talons et sortit de son bureau.

* * *

Le lendemain matin, Lexa était dans la cuisine, une autre tasse de café à la main. Elle avait concocté la même boisson épaisse et brûlée que la veille, mais Perséphone s'en fichait totalement. Elle accepta la tasse et s'installa au bar.

– Est-ce que ça va ? demanda Lexa.

Perséphone fut tellement surprise par sa question qu'elle s'immobilisa, sa tasse au bord des lèvres.

– Pardon... quoi ?

– Est-ce que ça va ?

Perséphone posa la tasse.

– C'est moi qui devrais te poser cette question, soupira-t-elle. Je suppose que... je n'ai pas très envie d'aller au boulot.

Elle expliqua à Lexa ce qui s'était passé la veille.

– Quand j'ai commencé mon stage j'étais... folle de joie. J'étais prête à découvrir la vérité et à donner une voix à tous ceux qui n'osaient pas parler. Au lieu de ça, je me retrouve à faire des photocopies, à corriger des notices nécrologiques, à inventer des prédictions...

– Je pense qu'il est temps que tu montes ton propre journal, dit Lexa.

– Mais… comment ? répondit Perséphone en secouant la tête.

– Je ne sais pas, admit Lexa en haussant les épaules. Mais ça ne peut pas être si dur, si ? Tu as juste à faire ce que tu fais déjà, offrir une voix aux opprimés.

Perséphone y réfléchit en tapotant le comptoir avec ses ongles. Elle avait déjà plaisanté à ce sujet, par le passé, mais cette fois, ce n'était pas drôle. Cela sonnait comme une véritable possibilité. Elle repensa à toutes les raisons pour lesquelles le journalisme l'avait attirée : elle avait voulu découvrir la vérité, rendre justice, parler au nom des opprimés… Des choses qu'elle pouvait tout à fait faire sans Demetri et Kal.

– Merci, Lex. Tu es géniale. J'espère que tu le sais.

Lexa sourit et étudia le plan de travail en silence.

– Peut-être que… on pourrait sortir, un de ces quatre. Comme… avant. Ça te changera les idées.

Perséphone lui sourit en retour.

– Ça me ferait super plaisir.

Pour la première fois depuis longtemps, Perséphone eut le sentiment qu'elle guérirait peut-être de la culpabilité qui la rongeait au sujet de Lexa.

– Je suis désolée, Lex, dit-elle.

Elle ne s'était jamais excusée pour ce qu'elle avait fait, pour le marché qu'elle avait conclu avec Apollon.

– Je sais, répondit Lexa. Je te pardonne.

* * *

Lorsque Perséphone rentra du travail, elle trouva Sybil dans sa chambre, occupée à se préparer. Elle avait bouclé ses cheveux, s'était maquillée, et elle avait mis une jolie robe à fleurs.

– J'espère que ça ne te dérange pas, dit Sybil. J'avais besoin d'un endroit où me préparer, et Lexa est sous la douche.

– Non, pas du tout, dit Perséphone. Je passais juste la voir. Elle va comment ?

– Mieux, acquiesça Sybil.

– Est-ce que tu… sors ?

– … j'ai un rencard, dit l'Oracle en rougissant.

Perséphone sourit jusqu'aux oreilles, tout excitée.

– Avec qui ?

– Aro, chuchota Sybil.

Avant que Sybil ne devienne Oracle, elle avait été inséparable avec les jumeaux, Aro et Xerxès. Perséphone fut soulagée de savoir qu'ils avaient renoué contact.

– Ça a commencé quand ?

Sybil haussa les épaules.

– On a toujours été amis et quand Apollon m'a virée… on s'est remis à parler.

– Oh, ma belle, je suis trop contente pour toi ! dit Perséphone, tout sourire.

– Merci, Seph.

Perséphone s'en voulut de ne pas souhaiter une bonne soirée à Lexa, mais elle lui envoya un sms pour lui dire qu'elle serait de retour le lendemain matin, puis elle se téléporta aux Enfers, apparaissant dans la bibliothèque. Elle avait prévu de se blottir au coin du feu pour lire, mais elle trouva Hadès qui l'attendait.

– C'est quoi cette tenue ? glousssa Perséphone.

Il portait un tee-shirt et un pantalon de jogging noirs, ainsi que des sortes de bottes de pluie. Elle ne l'avait vu dans une tenue aussi décontractée qu'une seule fois, quand il était venu chez elle pour préparer des biscuits.

– J'ai une surprise pour toi.

– C'est réussi, ce jogging est clairement une surprise.

– Allez, viens, dit-il avec un sourire en coin.

Il lui tendit la main et leurs doigts s'entrelacèrent. Il l'emmena dehors, devant son palais, où deux énormes chevaux noirs les attendaient. Ils étaient majestueux, leurs robes brillaient et leurs crinières avaient été tressées.

– Oh ! s'exclama Perséphone en couvrant sa bouche. Ils sont magnifiques !

Les chevaux hennirent et frappèrent le sol.

– Ils te disent merci, gloussa Hadès. Tu veux monter ?

– Oui, répondit-elle aussitôt. Mais… je n'ai jamais…

– Je vais t'apprendre.

Hadès l'invita à s'approcher.

– Voici Alastor, dit-il.

– Alastor, chuchota-t-elle en caressant son museau. Tu es sublime.

L'autre cheval hennit.

– Attention, Aithon va être jaloux.

Perséphone éclata de rire.

– Oh, mais vous êtes tous les deux sublimes.

– Attention, c'est moi qui vais être jaloux ! ajouta le dieu.

Hadès tendit les rênes à Perséphone et l'invita à mettre un pied à l'étrier en lui disant de s'asseoir sur la selle aussi délicatement que possible. Il poursuivit ses instructions : *Enfonce ton poids, penche-toi en arrière, gaine tes jambes.*

– Mes chevaux t'écouteront : si tu leur dis d'arrêter, ils le feront. Dis-leur de ralentir, et ils s'exécuteront.

– Tu leur as appris ?

– Oui, répondit-il en montant sur Aithon. Ne t'inquiète pas, Alastor sait qui il porte. Il prendra soin de toi.

Ils se mirent en route à la vitesse d'un escargot, mais ça ne dérangeait pas Perséphone. S'ils se promenaient souvent, c'était pour aller dans les jardins ou dans son bosquet, et elle était contente de découvrir les Enfers de cette façon. Alastor et Aithon se mirent à trotter côte à côte et Hadès l'emmena dans une région qu'elle ne connaissait pas, à travers un champ de lupins pourpres et roses, encerclé de montagnes noires.

– À quelle fréquence tu… changes les Enfers ?

Hadès esquissa un petit sourire en coin.

– Je me demandais quand tu allais me poser cette question.

– Alors ?

– Quand l'envie m'en prend, dit-il.

Elle éclata de rire.

Ils arrivèrent au bout du champ de lupins et poursuivirent le long d'un sentier étroit qui serpentait entre les montagnes et au bout duquel s'étendait une forêt émeraude. Hadès longea la falaise rocheuse et un clapotis attira l'attention de Perséphone. C'est alors qu'Hadès s'arrêta et descendit de sa monture.

Il vint à elle et la prit par la taille pour l'aider à descendre.

– Tu es ravissante aujourd'hui, dit-il. Est-ce que je te l'ai dit ?

Elle sourit jusqu'aux oreilles.

– Pas encore. Redis-le-moi.

Il sourit et l'embrassa.

– Tu es ravissante, ma chérie.

Il lui prit la main et la guida à travers les arbres, jusqu'à une cascade qui dévalait le long de la roche et se déversait dans un lac scintillant, dont l'eau azur était claire comme du cristal.

– Hadès, chuchota-t-elle, c'est merveilleux.

Elle tourna la tête vers lui, et son regard de braise devint encore plus torride et intense. Elle frissonna.

Sans un mot, leurs corps fusionnèrent à l'orée des bois.

Hadès explora son corps en prenant son temps, l'embrassant langoureusement, la caressant d'un air rêveur. Il la pénétra et s'arrêta pour s'emparer de sa bouche. Le baiser était brutal tout en étant léger et tendre. Lorsque Perséphone ouvrit les yeux, elle découvrit qu'il l'étudiait, immobile et enfoui en elle.

Elle leva la main pour caresser tendrement sa joue.

– Épouse-moi, dit-il.

– Oui, répondit-elle en souriant.

Il entama alors ses va-et-vient et le plaisir s'accumula peu à peu en elle. Le souffle de Perséphone devint de plus en plus rapide. Elle s'agrippa à ses épaules et planta ses ongles dans sa peau, perdue dans toutes les sensations qu'il procurait à son corps.

Elle adorait ça. Elle aimait Hadès de tout son être.

Son orgasme fut aussi violent que silencieux.

– Ma chérie, chuchota-t-il en embrassant sa joue pour essuyer ses larmes, pourquoi pleures-tu ?

– Je ne sais pas, admit-elle en secouant la tête.

Tout lui paraissait trop intense, chaque émotion la transperçait comme une lame. Son amour pour Hadès était presque insupportable et son bonheur presque aussi atroce.

Hadès la souleva pour la porter dans le lac, et ils se douchèrent sous la cascade avant de se remettre en route pour le palais.

Intérieurement, Perséphone peinait encore à comprendre ses sentiments, ils étaient si puissants et accablants… Elle était tellement amoureuse que c'en était douloureux.

C'était comme un amour nouveau qu'elle découvrait en étant fiancée à Hadès, en devenant sa future femme.

À cette pensée, une vague de chaleur lui réchauffa la poitrine, mais cela ne dura pas, car Thanatos les attendait. Elle regarda Hadès du coin de l'œil et vit que ses traits s'étaient tendus. Sa bouche était pincée et son regard était froid.

Quelque chose ne va pas.

Elle essaya de ne pas penser au pire, mais c'était impossible, étant donné les événements des dernières semaines.

Hadès descendit de cheval et aida Perséphone à en faire de même.

– Thanatos, dit Hadès.

– Milord… répondit-il en hochant la tête avant de regarder Perséphone dans les yeux. Milady.

Le dieu de la Mort ouvrit la bouche pour parler, mais aucun mot n'en sortit. Il essaya à nouveau.

– Je ne sais pas comment te dire ça.

Perséphone aurait pu jurer que son cœur avait ralenti. Soudain, elle eut du mal à respirer et, contrairement aux fois précédentes, Thanatos n'essaya pas de l'apaiser avec sa magie.

– C'est Lexa, dit-il.

Perséphone pleurait déjà. Hadès la tint contre lui, comme s'il s'attendait à ce qu'elle s'effondre.

– Elle est partie.

Chapitre XXVII

PRISE DE POUVOIR

Un étrange bourdonnement résonnait dans les oreilles de Perséphone, et elle se sentit soudain distante du monde qui l'entourait, comme si elle observait les événements en étant dans une bulle de verre. Elle ne sentait plus rien, un contraste terrible avec l'intensité de ses émotions, quelques minutes plus tôt. Elle ne percevait même pas la caresse d'Hadès sur sa peau.

– Perséphone… dit Hadès.

Sa voix lui paraissait lointaine et elle ne pouvait pas le regarder car ses yeux refusaient de se fixer.

– Perséphone, insista-t-il.

Il finit par prendre son visage dans ses mains pour la forcer à le regarder. Lorsqu'elle parvint enfin à plonger dans ses yeux noirs, elle fondit en larmes.

– Ma chérie, chuchota-t-il en la serrant contre lui et en lui caressant le dos. On n'a pas beaucoup de temps.

Elle l'entendait à peine, mais elle sentit sa magie la bercer, l'envelopper, puis ils se téléportèrent sur les berges du Styx. Elle quitta les bras d'Hadès. Son visage était trempé et elle avait pleuré si violemment qu'elle avait mal à la tête.

– Hadès, qu'est-ce qu'on…

Elle ne termina pas sa question, car elle vit la barque de Charon traverser l'étendue d'eau noire. Le daimôn brillait dans le paysage sans vie et derrière lui, les genoux ramenés contre la poitrine, se trouvait Lexa.

Elle semblait pâle mais sans peur, et Perséphone se couvrit la bouche pour étouffer ses sanglots.

Charon accosta sa barque et aida Lexa à se lever. Lorsqu'elle fut sur le ponton, elle prit si fort Perséphone dans ses bras que la déesse crut que ses os allaient se briser.

Elles pleurèrent toutes les deux dans les bras l'une de l'autre.

– Je suis désolée, Seph, murmura Lexa.

Perséphone recula pour la regarder dans les yeux. Il était étrange de voir ses iris bleus aux Enfers. Dans la lumière grise du ciel d'Hadès, ils semblaient scintillants et… pleins de vie.

– Je ne comprends pas, dit Perséphone. Je croyais que… tu allais mieux.

– J'ai essayé… j'ai essayé de toutes mes forces, avoua Lexa, le regard rempli de souffrance.

Perséphone déglutit, essayant de ravaler le nœud dans sa gorge quand, soudain, une horrible pensée lui vint à l'esprit. Elle se tourna vers Hadès, paniquée, morte de peur.

– Où va-t-elle ?

Hadès semblait aussi bouleversé que Lexa.

– Seph… chuchota son amie pour attirer son attention, ça va aller.

C'était faux.

Perséphone venait de comprendre ce qui s'était passé.

Lexa avait elle-même mis fin à ses jours. Elle s'était suicidée. Elle allait devoir boire l'eau du Léthé, ce qui impliquait qu'elle oublierait tout, y compris leur amitié.

– Pourquoi ? demanda la déesse d'une voix rauque.

Lexa secoua la tête, comme si elle ne savait pas l'expliquer.

« *Tes actions ont condamné Lexa à un sort qui est pire que la mort.* »

– C'est ma faute, gémit Perséphone.

Elle avait négocié avec Apollon pour guérir Lexa, elle avait forcé son âme brisée à occuper un corps dont elle ne voulait pas, à mener une vie qui était terminée. En faisant cela, elle avait mis sa meilleure amie sur la voie d'une nouvelle fin dévastatrice.

– Perséphone, dit Lexa en secouant la tête, c'était mon choix. Je suis désolée que ça se soit passé comme ça, mais mon existence dans le monde des vivants était révolue. J'ai accompli ce que je devais faire.

– C'est-à-dire ?

– T'aider à t'émanciper, répondit-elle en souriant.

En entendant ces mots, Perséphone pleura de plus belle et elles se reprirent dans les bras.

Elles ne se lâchèrent que lorsque Thanatos arriva, mettant fin à leur réunion.

– Tu es prête ? demanda-t-il.

Sa magie était apaisante et réconfortante et, pour la première fois depuis longtemps, Perséphone lui en fut reconnaissante.

– Je… où je vais ? demanda Lexa, qui semblait douter pour la première fois depuis son arrivée.

Thanatos se tourna vers Hadès, qui se chargea des explications.

– Tu vas boire l'eau du Léthé, dit-il. Puis Thanatos t'emmènera aux Champs Élysées pour que tu guérisses.

Perséphone avait longtemps tenté d'imaginer un monde dans lequel Lexa n'existait pas, et elle réalisa soudain qu'elle y était : c'était le début de ce monde.

– Je te rendrai visite tous les jours, promit-elle en l'attirant dans ses bras. Jusqu'à ce qu'on soit à nouveau meilleures amies.

– Je sais, dit Lexa d'une voix tremblante.

Perséphone ferma les yeux et essaya de graver dans sa mémoire la sensation de son étreinte, sa chaleur, ses mains plantées dans son dos.

– Je t'aime, chuchota la déesse.

– Je t'aime aussi.

Thanatos prit la main de Lexa, Perséphone les regarda s'éloigner sur le chemin pavé qui menait au Léthé. Au bout d'un moment, elle rentra au palais avec Hadès. Il l'encouragea à se reposer et elle réussit, s'enfonçant dans le lit moelleux d'Hadès.

Lorsqu'elle se réveilla, elle ne se souvenait pas de s'être endormie. Elle se leva, épuisée, et partit en quête d'Hadès. Elle le trouva debout devant la cheminée de son bureau. Il avait les mains dans le dos et les flammes se reflétaient sur son visage, lui donnant un air sérieux et sévère. Il semblait perdu dans ses pensées et se crispa quand elle entra dans la pièce.

Perséphone fut accablée de culpabilité ; il s'était préparé à affronter sa colère, ses accusations.

– Tu vas bien ? demanda-t-elle.

– Oui. Et toi ?

– Oui, dit-elle.

Et c'était vrai. Elle allait mieux, malgré le fait que Lexa était morte, malgré le fait qu'elle savait que sa meilleure amie avait bu dans le Léthé.

Perséphone se rapprocha de lui.

– Hadès, dit-elle, attendant qu'il se tourne vers elle. Merci, pour aujourd'hui.

Il esquissa un minuscule sourire et se concentra à nouveau sur le feu.

– Ce n'était rien, dit-il.

Elle tendit le bras pour saisir le sien et il la regarda enfin dans les yeux.

– C'était tout, corrigea-t-elle.

Il se tourna complètement vers elle et leurs bouches fusionnèrent. Ils s'embrassèrent longtemps et Hadès la guida bientôt vers le sol, où il la pénétra en un coup de bassin lent mais déterminé.

– Tu avais raison, chuchota Perséphone en repensant à la mort de Lexa.

Elle retint brusquement son souffle et plongea ses mains dans ses cheveux.

– Je ne souhaitais pas avoir raison.

– J'aurais dû t'écouter, dit-elle avant de gémir lorsqu'une vague de plaisir déferla dans ses veines.

– Chhhut, susurra Hadès. Ne parle plus de ce que tu aurais dû faire. Les choses sont ainsi ; tout ce qu'on peut faire, à présent, c'est avancer.

Lorsque son orgasme ébranla son corps, Hadès la tint plus fort contre lui.

– Ma reine.

– Hadès, gémit-elle.

Ils se délectèrent de se sentir l'un l'autre, tissant un lien plus fort et plus profond encore, jusqu'à s'effondrer en un amas de membres entremêlés, couverts de sueur et de sexe.

Hadès finit par se lever en portant Perséphone pour la rapprocher du feu. Elle était allongée par terre, sur le dos, et Hadès était sur le côté, tourné vers elle.

– Je vais démissionner du *New Athens News*, dit-elle.

– Ah ? s'étonna-t-il en haussant un sourcil.

– Je veux lancer une communauté en ligne et un blog. Je vais l'appeler *Le Porte-Parole* ; ce sera un lieu où tout le monde pourra sortir du silence.

– Tu as l'air d'y avoir beaucoup réfléchi.

Elle sourit. En fait, elle ne faisait que suivre les conseils d'Hécate et de Lexa. Elle créait sa propre vie et elle en prenait le contrôle.

– En effet.

Il glissa ses doigts sous son menton.

– Comment je peux t'aider ?

– En m'offrant ton soutien, dit-elle.

– Tu l'as.

– Et j'aimerais engager Leucé comme assistante.

– Je suis sûr qu'elle sera ravie.

– Et… j'ai besoin de ta permission, ajouta-t-elle timidement.

– Ah bon ?

– Je veux que mon premier article raconte notre histoire. Je veux dire au monde comment je suis tombée amoureuse de toi. Je veux être la première à annoncer nos fiançailles.

C'est ce que Kal et Demetri avaient essayé de lui imposer, mais elle voyait désormais son récit comme un pas de plus vers son émancipation. Vers sa prise de pouvoir.

– Hmmm… grommela Hadès en faisant mine d'y réfléchir.

Elle savait qu'il faisait semblant, car son regard était enjoué et admiratif.

– J'accepte, mais à une condition.

– Laquelle ?

– Moi aussi, je veux dire au monde comment je suis tombé amoureux de toi.

Il l'embrassa lentement, d'abord titillant sa langue avec la sienne avant de la plonger dans sa gorge.

Ils s'envolèrent tous les deux, se perdant à nouveau dans la chaleur de l'autre.

* * *

Les obsèques de Lexa eurent lieu trois jours après sa mort.

Perséphone n'avait pas pu lui rendre visite depuis son arrivée aux Enfers, et voir le corps de son amie, pâle, sans vie et entouré de couronnes de fleurs lui mit les larmes aux yeux.

Hadès l'accompagna et, dans un geste protecteur, la tint contre lui et ne la lâcha jamais. C'était une des premières fois qu'ils se montraient en public et, en plus d'attirer la foule, sa présence suscita beaucoup d'émotions. Perséphone les sentait toutes : la curiosité, la colère et la tristesse la narguaient et la titillaient. À l'évidence, les mortels se demandaient comment Hadès avait pu laisser mourir Lexa et comment Perséphone pouvait rester à ses côtés. Elle s'était posé la même question à une époque et cela la faisait énormément souffrir d'y repenser.

Hadès baissa les yeux sur elle et effleura sa joue.

– Tu ne pourras jamais leur faire comprendre, dit-il, devinant ses pensées.

– Je ne veux pas qu'ils pensent du mal de toi, répondit-elle en fronçant les sourcils.

Il lui sourit tristement.

– Je déteste que ça t'affecte autant. Est-ce que ça t'aide, de savoir que la seule opinion à laquelle j'accorde de l'importance est la tienne ?

– Non.

Après l'enterrement de Lexa, ils passèrent quelques jours à empaqueter ses affaires que ses parents vinrent chercher, laissant Sybil, Zofie et Perséphone dans sa chambre vide. Au bout d'un moment, Sybil rompit le silence :

– Je pense qu'on devrait déménager, dit-elle.

– Oui, admit Zofie. Cette maison sent… la mort.

Elles regardèrent toutes deux l'Amazone.

– Perséphone ? Tu en penses quoi ? demanda Sybil.

Elle ouvrit la bouche et la referma.

– Je… je me suis fiancée.

Sybil et Zofie hurlèrent de joie et Perséphone éclata de rire.

Le week-end suivant, Perséphone embaucha Leucé pour l'aider avec sa nouvelle entreprise. Elles se retrouvèrent au Coffee House, où elles travaillèrent en buvant des latte vanille.

– J'ai appelé tous les médias de ta liste, dit Leucé. Ils ont tous accepté de publier ton article. Le *Divine* a même dit qu'il serait à la une.

– Super, dit Perséphone en souriant.

Elle avait demandé à Leucé de démarcher plusieurs journaux et magazines pour annoncer le lancement de son média ainsi que ses fiançailles avec Hadès. C'était une opération stratégique qui garantirait automatiquement un lectorat à son blog, dans lequel elle comptait raconter comment elle avait rencontré le dieu des Morts et comment elle était tombée amoureuse de lui.

Et puis, ça rendrait sa mère folle de rage, un bonus ! Perséphone savait que Déméter suivait les infos, puisqu'elle avait grondé sa fille chaque fois qu'elle avait écrit sur les dieux.

– Plusieurs ont demandé des interviews, poursuivit Leucé. J'ai dit que tu ne serais pas disponible avant quinze jours environ. Je les ai enregistrés dans un fichier Excel. Ça m'a pris des heures ! Comment tu utilises ce… clavier… aussi facilement ?

– Ça viendra, Leucé, répondit Perséphone en riant.

Sybil les rejoignit plus tard. Perséphone lui avait demandé de créer un site internet à la fois simple et percutant, et le résultat était épatant. « Le Porte-Parole » était écrit en majuscules en haut de la page, dans une belle couleur pourpre.

Sybil lui expliqua également comment le site évoluerait au fur et à mesure qu'elle y ajouterait du contenu : il y aurait des onglets bien-être, arts, culture, et beaucoup d'autres encore.

Perséphone était tout excitée de découvrir son site. Maintenant, elle n'avait plus qu'à se concentrer sur son premier article.

Elle trouva étrange de repenser à ses débuts avec Hadès, parce que, à l'époque, elle était dans un état d'esprit radicalement différent. Elle avait été ravagée par les doutes et les interrogations, mais en même temps, elle rêvait d'aventure. Rien ne l'avait préparée à se retrouver liée par un contrat avec le dieu des Morts. Un marché qui s'était vite transformé en amour.

Il m'a aidée à comprendre que le pouvoir naît de la confiance en soi, de la foi en sa propre valeur. Je suis une déesse.

À présent, elle en était convaincue au plus profond de son être.

* * *

Le lundi matin, Perséphone était au Coffee House, assise entre Leucé et Sybil. Elle appuya sur « publier » pour lancer son article, et elle sourit en lisant le titre en gras qui apparut sur la page d'accueil de son site.

COMMENT JE SUIS TOMBÉE AMOUREUSE DU DIEU DES MORTS. RÉCIT

Ses amies hurlèrent de joie et prirent Perséphone dans leurs bras.

– C'est juste le début, dit-elle.

Elle se sentait fière, puissante et libre.

Perséphone laissa une liste de tâches à Leucé. Sybil et elle rassemblèrent leurs affaires pour partir à leurs bureaux respectifs. Cela faisait longtemps que Perséphone n'avait pas été aussi excitée d'aller à l'Acropole, et c'était seulement parce qu'elle comptait ne plus jamais y retourner.

– Bonjour, Hélène !

La jeune femme fut tellement surprise par sa bonne humeur qu'elle en bégaya.

– B… bonjour Perséphone !

La déesse marcha tout droit vers le bureau de Demetri.

Il leva la tête vers elle, mais sa tablette se reflétait dans ses lunettes et elle ne put voir son expression.

Ils restèrent tous deux silencieux quelques secondes.

– Tu démissionnes, dit-il au moment où elle déclarait : « Je démissionne. »

Demetri lui sourit, ce à quoi Perséphone ne s'attendait pas.

– Je ne peux pas dire que je sois surpris. J'ai vu ton article. Tu as recruté absolument tous les médias, dit-il avec un sourire ironique. Enfin, tous, sauf le *New Athens News*.

Il recula sur son fauteuil.

– Félicitations, ajouta-t-il d'un ton sincère.

– Merci.

– *Le Porte-Parole*, dit-il. C'est parfait. Tu vas continuer à écrire sur les dieux ?

– S'il y a une injustice, je la dénoncerai, dit-elle.

Elle avait promis de ruiner Kal et de démanteler le *New Athens News*, et les dieux étaient tenus de garder leurs promesses.

– Dans ce cas, je te souhaite le meilleur pour la suite, dit-il en hochant la tête.

Perséphone sortit du bureau de Demetri et commença à ranger ses affaires dans un carton. Elle trouva le processus étrange, elle venait à peine de faire de ce lieu sa seconde maison, et voilà qu'elle en partait.

– Où tu vas ? demanda Hélène au moment où Perséphone s'approchait de l'ascenseur.

– Je démissionne, Hélène, dit-elle en lui souriant.

– Emmène-moi avec toi !

Perséphone écarquilla les yeux.

– Hélène…

– Je travaillerai gratos, dit-elle. S'il te plaît, Perséphone. Je ne veux pas rester ici sans toi.

Les portes de l'ascenseur s'ouvrirent et Perséphone hocha la tête.

– Alors, viens.

Hélène hurla de joie, saisit son sac à main et rejoignit Perséphone dans l'ascenseur. Lorsqu'elles arrivèrent au rez-de-chaussée, Perséphone tendit son carton à Hélène.

– Tu peux m'attendre ? Je dois dire au revoir à quelqu'un.

– Bien sûr, dit la jeune femme.

Perséphone descendit au sous-sol, mais elle trouva le bureau de Pirithoos vide. Elle s'attarda à étudier le bazar qui le recouvrait lorsque parmi les factures et les outils, elle remarqua un carnet de notes. Elle se rappela alors le jour où elle l'avait surpris en venant lui demander de l'aider à s'échapper, ainsi que sa façon de cacher son carnet. Or voilà qu'il était ouvert, couvert d'une écriture en pattes de mouche.

Peut-être ne l'aurait-elle pas lu si elle n'avait pas aperçu son prénom écrit sur la page.

Sa curiosité l'emporta et elle se mit à lire.

Date : 07/02

Elle portait une chemise blanche et une jupe à rayures noires et blanches. Cheveux attachés. La chemise était déboutonnée et j'ai pu voir la courbe de ses seins quand elle respirait.

Le sang de Perséphone se glaça.

Qu'est-ce que c'est que ce truc ?

Elle tourna la page et découvrit une description de sa tenue du lendemain, une robe cintrée, rose et des escarpins blancs. *Ses jambes étaient sculptées. J'ai imaginé que je soulevais sa jupe, que j'écartais ses cuisses, et que je la baisais. Elle me laisserait faire.*

Plus bas, il avait écrit : *Il y a eu un autre article sur elle et Hadès, aujourd'hui. Chaque putain de jour, quelqu'un me rappelle qu'elle est avec lui. Elle ne l'aimera pas longtemps. C'est un dieu, et ils détruisent tout ce qu'ils aiment. Je vais m'en assurer.*

Elle trouva alors une liste.

Rouleau de Chatterton, corde, somnifères, capotes.

Un goût amer remplit la gorge de Perséphone. Le jour où elle avait interrompu Pirithoos, quand il avait été aussi nerveux, il rédigeait cette liste.

– Qu'est-ce que tu fais ?

Perséphone retira rapidement sa main du journal et tourna la tête vers la porte. Pirithoos bloquait la sortie et son regard était si glacial que Perséphone frissonna.

Elle ouvrit la bouche, mais ne trouva pas ses mots. Son cœur battait la chamade et une fine couche de sueur recouvrit son front.

– Pirithoos, chuchota-t-elle. Je suis venue te dire au revoir.

– Ah bon ? Parce qu'on dirait que tu fouinais.

– Non, chuchota-t-elle en secouant la tête.

Il y eut un bref silence, puis Perséphone saisit l'objet le plus lourd qui était à sa portée, une lampe torche posée sur le bureau. Elle la lui jeta à la tête, mais il l'esquiva, et lorsqu'elle essaya de s'enfuir, il lui saisit le poignet, plantant ses ongles dans sa peau.

– Lâche-moi ! hurla-t-elle.

Sa magie surgit et des lianes jaillirent autour d'eux.

Perséphone eut à peine le temps de voir la surprise sur le visage de Pirithoos.

– Dors ! dit-il.

Perséphone sombra aussitôt dans les ténèbres.

* * *

Lorsqu'elle se réveilla, Perséphone eut l'impression d'avoir été droguée. Elle voyait flou, elle avait mal à la tête et à la nuque, et on avait fourré un linge dans sa bouche, bloqué par du gros scotch. Ses mains étaient liées dans son dos et elle était assise sur une chaise en bois dont le dossier pressait douloureusement contre ses bras.

Perséphone essaya de se débattre, bougeant les poignets et les jambes, mais les cordes semblèrent se resserrer davantage. Elle s'attendait à ce que sa magie surgisse sous l'effet de sa panique, mais celle-ci restait à distance, aussi vaseuse que ses pensées, et cela l'angoissa encore plus. Elle essaya de balancer la chaise d'avant en arrière pour se libérer.

C'est alors qu'elle vit les murs qui l'entouraient et elle se figea. Il y avait des photos et des articles de presse partout. Les photos avaient été prises quand elle marchait dans la rue, faisait ses courses, mangeait avec ses amies. Il y avait des photos prises chez elle, en pyjama, endormie dans son lit. Les images étaient comme un journal de bord de sa vie quotidienne. Elle eut la nausée et paniqua de plus belle.

– Tu es réveillée.

Pirithoos entra dans son champ de vision.

Perséphone hurla en pleurant, mais ses cris étaient étouffés.

– Arrête ! Arrête ! Arrête ! ordonna-t-il.

Il se pencha et arracha le scotch de sa bouche pour retirer le bâillon.

– Ce n'est rien, mon amour. Je ne te ferai pas de mal.

– Ne m'appelle pas comme ça ! rétorqua-t-elle.

– Tu verras, répondit-il, la mâchoire crispée. Tu vas m'aimer.

– Va te faire foutre ! cracha-t-elle.

Il tendit brusquement le bras et empoigna ses cheveux pour pencher sa tête en arrière. Lorsqu'elle le regarda dans les yeux, elle remarqua que ses iris étaient devenus dorés.

– Tu es… un demi-dieu ?

Un sourire diabolique s'étira sur sa bouche.

– Fils de Zeus.

– Tu m'étonnes que tu sois tordu !

Il tira plus fort sur ses cheveux et Perséphone cria en se cambrant pour atténuer la douleur. Elle chercha à nouveau sa magie, mais si celle-ci paraissait s'être rapprochée, elle restait hors de portée.

Qu'est-ce qu'il m'a fait ? pensa-t-elle. Elle avait le tournis et la nausée.

– Espèce d'ingrate, siffla-t-il. Je t'ai protégée.

– Tu me fais mal.

– Tu crois que c'est de la souffrance, ça ? demanda-t-il en la lâchant. Souffrir, c'est regarder la femme que tu aimes tomber amoureuse de quelqu'un d'autre.

Perséphone se concentra sur sa magie, qui gonflait lentement en elle.

– Pirithoos, tu ne me connais pas. Comment tu peux m'aimer ? demanda-t-elle.

– Je t'aime ! Je ne te l'ai pas assez montré ? Les cœurs, les mots, les fleurs ?

– Ce n'est pas de l'amour, ça. Si tu m'aimais, tu ne m'aurais pas amenée ici.

– Je t'ai amenée ici parce que je t'aime, tu ne comprends pas ? Il y a des gens qui veulent nous séparer.

– Comme Hadès ? Il te déchiquettera.

– Ne prononce pas son nom !

– Hadès me trouvera.

Pirithoos se pencha sur elle d'un air menaçant et elle serra fort les paupières. Comme il ne la touchait pas, elle rouvrit les yeux et vit qu'il la fusillait du regard.

– Pourquoi lui ?

Perséphone chercha une réponse, une réponse qui l'apaiserait, qui le ferait renoncer.

– Parce que les Moires l'ont ordonné, répondit-elle.

Il pâlit et elle pensa avoir réussi, mais son soulagement ne dura qu'une seconde, car il grinça des dents et grimaça.

– Tu mens ! siffla-t-il en s'agenouillant devant elle. Pourquoi lui ? C'est pour le sexe ?

Perséphone se crispa et serra les jambes. Pirithoos posa les mains sur la chaise, de part et d'autre de ses cuisses.

– Dis-moi comment il te satisfait, je ferai mieux.

– Ne me touche pas, putain ! cria Perséphone.

Elle essaya de déplacer la chaise, mais elle n'arrivait pas à s'appuyer sur le sol. Pirithoos planta ses doigts dans la chair de ses cuisses, essayant de les lui écarter. Elle chercha à nouveau sa magie, elle était proche, tellement proche.

– Non !

– Tu vas m'aimer. Promis. Tu ne penseras même plus à lui quand j'aurai fini.

Non, elle regretterait seulement de ne pas être morte.

– J'ai dit non ! hurla-t-elle.

Sa magie jaillit enfin, brisant l'étrange brouillard qui avait enveloppé son esprit. Des ronces surgirent du sol, tout autour d'elle, formant une cage pour la protéger des avances de Pirithoos, le blessant au passage.

– Tu ne m'empêcheras pas de te prendre ! cria-t-il.

Il essaya d'abord d'arracher les branches à mains nues. Il n'y parvint pas et sortit pour revenir avec un couteau, avec lequel il coupa la barrière d'épines.

Perséphone hurla et les ronces continuèrent de grossir jusqu'à ce qu'elles explosent dans une détonation d'épines et d'échardes.

Pirithoos fut projeté en arrière. Il percuta le mur et s'écroula sur le sol, empalé sur une énorme pointe.

Il était mort.

Perséphone resta silencieuse quelques secondes, respirant lentement. Puis, soudain, un sentiment épouvantable la frappa, un mélange de choc et d'horreur.

Elle avait tué quelqu'un.

Elle se remit à hurler.

– À l'aide ! À l'aide, s'il vous plaît ! sanglota-t-elle. Hadès !

Elle essayait de se libérer quand elle aperçut quelque chose au-dessus de sa tête.

– Les Furies, chuchota-t-elle, à bout de souffle.

Les déesses flottaient et leurs corps pâles semblaient luire dans le noir.

– Épouse d'Hadès, résonnèrent leurs voix, tu es en sécurité, maintenant.

L'air se remplit de fumée et, tout à coup, Hadès apparut dans sa forme divine. Immense et imposant, son regard féroce et furieux plongea dans le sien et il se figea. Personne d'autre qu'eux n'aurait pu comprendre l'étrange paralysie qui saisit Hadès lorsqu'il la vit, mais Perséphone la sentait et savait que sous ses robes noires, tout son corps était rigide et prêt pour le combat. Il sembla hésiter et elle comprit qu'il était tiraillé entre s'occuper d'elle ou de Pirithoos.

Il finit par se tourner vers le mortel qui l'avait kidnappée.

Soudain, elle entendit un râle, il avait ramené le demi-dieu à la vie.

Pirithoos inspira difficilement ; il ne dit rien, mais il écarquilla les yeux en voyant Hadès.

– Je t'ai ramené à la vie, dit le dieu des Morts. Afin de te dire que je prendrai plaisir à te torturer pour le restant de ta vie éternelle.

Pirithoos ne semblait pas assez lucide pour enregistrer ce que disait Hadès, mais le dieu poursuivit quand même.

– D'ailleurs, je vais te maintenir en vie afin que tu rumines en souffrant.

Il claqua des doigts et une fosse s'ouvrit sous les pieds de Pirithoos, dont les cris aigus résonnèrent tandis qu'il tombait aux Enfers.

Hadès se tourna alors vers Perséphone et, d'un geste de la main, la détacha. Elle tomba en avant et il la prit dans ses bras avant de se tourner vers les Furies.

– Alecto, Mégère, Tisiphone, occupez-vous de Pirithoos.

Elles inclinèrent la tête et disparurent.

Hadès se téléporta immédiatement aux Enfers, dans sa chambre, où Perséphone s'effondra. Il la tint longtemps contre lui, l'apaisant de mots doux qu'il chuchota dans son oreille jusqu'à ce que ses larmes cessent de couler, jusqu'à ce qu'elle n'ait plus l'impression d'exploser de l'intérieur.

– Un bain, dit-elle enfin. Je veux me débarrasser de lui.

La bouche d'Hadès se pinça et Perséphone eut l'impression de voir son cerveau à l'œuvre, décidant déjà de la torture qu'il allait infliger à Pirithoos. En dépit de ça, il répondit d'une voix parfaitement calme.

– Bien sûr.

Il l'escorta jusqu'aux bains, où elle se déshabilla avant d'entrer dans l'eau. La vapeur chaude s'élevait autour d'elle et elle respira le parfum de vanille et de lavande. Elle se frotta la peau jusqu'à ce que celle-ci soit rouge et irritée, puis elle sortit du bassin pour s'emmitoufler dans un peignoir blanc et moelleux.

Hadès ne s'était pas joint à elle. Il avait gardé ses distances et s'était contenté de la regarder, alors Perséphone s'approcha de lui. Elle s'assit sur ses genoux et passa les bras autour de son cou. Elle avait besoin de réconfort, de sa proximité.

– Comment tu as su qu'on m'avait kidnappée ? demanda-t-elle en se blottissant contre lui.

– Ta collègue, Hélène, s'est inquiétée quand tu n'es pas revenue du sous-sol. Elle est allée te chercher et elle a trouvé le journal, répondit-il en la serrant plus fort. Elle n'a pas su qui prévenir. Par chance, elle l'a dit à un vigile, et Zofie l'a entendue. C'est là qu'elle a réalisé qu'elle avait vu Pirithoos partir avec toi dans un camion benne. Quand elle me l'a dit, j'ai envoyé les Furies. Tu étais déjà partie depuis si longtemps…

Sa voix devint rauque et il déglutit.

– Je ne savais pas ce que j'allais trouver, termina-t-il.

– C'était un demi-dieu, dit-elle. Il avait des pouvoirs.

– Les demi-dieux sont dangereux, acquiesça Hadès. Surtout parce qu'on ne sait pas quel pouvoir ils ont hérité de leur parent divin. Qu'est-ce que Pirithoos a utilisé contre toi ?

– Il m'a endormie, dit-elle. Et quand je me suis réveillée, je n'arrivais pas à utiliser ma magie, à me concentrer. Ma tête était... j'étais dans le brouillard.

– La contrainte, dit Hadès en forçant les sourcils. Ça peut avoir cet effet.

Ils restèrent pensifs quelques instants.

– Dis-moi ce qui s'est passé ? demanda-t-il d'un ton qui informa Perséphone qu'il n'était pas prêt, que si elle lui racontait son rapt, cela libérerait la violence en lui.

– Je te le dirai si tu me promets quelque chose.

Il haussa un sourcil et Perséphone étudia sa bouche.

– Quand tu le tortureras, je veux me joindre à toi.

– Ça, c'est une promesse que je n'aurai pas de mal à tenir.

Chapitre XXVIII

UNE TOUCHE DE RUINE

Lors de sa première visite aux Champs Élysées, Thanatos accompagna Perséphone.

– Tu ne pourras pas lui parler, aujourd'hui, lui dit-il. Elle doit d'abord prendre ses marques, sinon elle risque d'être perturbée.

Perséphone devina ce que cela impliquait. Lexa serait à nouveau forcée de boire dans le Léthé, et c'était la dernière chose qu'elle souhaitait.

– Quand sera-t-elle prête ? demanda-t-elle.

– C'est dur à dire.

Elle comprit ce que le dieu ne lui disait pas. *Cela dépend de combien son âme a besoin de guérir*.

Elle fut peinée d'y penser, mais elle s'interdit de regretter le passé. Tout ce qu'elle pouvait faire, à présent, c'était apprendre de ses erreurs.

Ils s'arrêtèrent au sommet d'une colline des Champs Élysées, d'où le ciel d'Hadès était si clair qu'il en était presque aveuglant. Thanatos pointa du doigt une silhouette, au loin, une femme dont les cheveux noirs semblaient luire comme une flamme sur sa robe blanche.

Lexa.

Perséphone regarda sa meilleure amie traverser le pré, les bras tendus, effleurant les brins d'herbe, et les larmes lui montèrent aux yeux. Même si elle ne voyait pas son visage, Perséphone sentit que Lexa était en paix, ici.

Les semaines passèrent, et Perséphone se rendit aux Champs Élysées tous les jours pour observer Lexa de loin, jusqu'à ce qu'un jour, Thanatos vienne la voir.

– Il est temps, dit-il.

Perséphone avait cru qu'elle serait prête et qu'elle sauterait sur l'occasion de retrouver Lexa. Mais quand Thanatos lui en donna la permission, elle se sentit nerveuse et fut accablée de doutes.

– Et si elle ne m'aime pas ?

– Lexa est la même âme que tu as connue dans le monde des vivants. Elle est aimante, attentionnée et gentille. Elle est prête à avoir une amie.

Perséphone hocha la tête et inspira profondément, se préparant à approcher Lexa de la même façon qu'elle se serait préparée à parler en public. Rongée d'angoisse, son estomac se noua et sa poitrine se contracta.

Elle marcha jusqu'à Lexa, qui était assise sous un arbre regorgeant de tant de grenades qu'il semblait en feu. Son amie était vêtue d'une longue robe blanche et ses cheveux noirs tombaient sur ses épaules. Elle avait appuyé sa tête contre le tronc et ses yeux étaient fermés, comme si elle dormait.

Elle paraissait reposée et Perséphone eut presque peur de la déranger. Elle eut peur de ne pas reconnaître la personne qui se cachait derrière ces paupières.

– Bonjour, chuchota-t-elle.

Perséphone n'utilisa pas son prénom, car Thanatos lui avait dit qu'elle ne s'en souvenait pas.

Lexa ouvrit ses yeux bleus étincelants que Perséphone connaissait si bien, et la déesse crut que sa poitrine allait exploser lorsque son amie lui sourit.

– Bonjour.

– Je peux m'asseoir avec toi un moment ?

– Oui, répondit Lexa en se déplaçant pour que la déesse puisse s'appuyer contre le tronc. Tu n'es pas morte ? ajouta-t-elle.

La remarque amusa Perséphone et elle secoua la tête.

– Non, en effet.

– Alors, qu'est-ce que tu fais ici ?

– Je suis la fiancée d'Hadès. Je viens souvent aux Champs Élysées.

– J'ai remarqué, oui, gloussa Lexa.

– Ah bon ? s'étonna Perséphone.

– Je remarque toujours Thanatos, admit-elle en rougissant.

Soudain, Perséphone se demanda si les âmes pouvaient avoir le béguin.

– Si tu es la fiancée de Lord Hadès, alors tu seras reine.

– Je suppose que oui.

– Tu auras une couronne et un trône.

Perséphone éclata de rire. C'était tout à fait le style de Lexa de dire ce genre de chose.

– J'ai déjà deux couronnes, répondit-elle.

– Oh, il faut que tu les apportes ! J'ai toujours voulu essayer une couronne.

– Depuis quand ? demanda Perséphone en fronçant les sourcils.

– Depuis... que je suis arrivée ici. Il y aura un mariage ?

– Je suppose, oui, soupira Perséphone. Mais je dois admettre que je n'ai pas beaucoup réfléchi aux préparatifs.

Entre la mort de Lexa et son enlèvement, les dernières semaines avaient été pour le moins chaotiques.

– Tu feras une mariée sublime, dit Lexa. Une reine sublime.

– Merci, répondit la déesse en rougissant.

Elles parlèrent jusque tard dans l'après-midi et Perséphone serait restée plus longtemps, mais Hécate vint la chercher.

– Je dois y aller, dit Perséphone en se levant. Je dois me préparer.

– Te préparer pour quoi ?

– Il y a un gala dans le monde des vivants, ce soir, expliqua-t-elle en souriant. Tu adorerais ça. Il y aura des dieux et des déesses, de belles robes et de la musique.

Elle aurait adoré ça parce que c'était elle qui avait préparé cet événement, avant son accident. Un dîner pour le Projet Alcyon. Il avait lieu à L'Olympien, un des hôtels d'Héra que Lexa avait toujours admiré pour son architecture, mais aussi parce que c'est là que séjournaient la plupart des dieux lorsqu'ils se rendaient à Nouvelle Athènes.

– Il faudra que tu viennes me raconter, répondit Lexa.

– Bien sûr, promit Perséphone en souriant. Je reviendrai demain.

Perséphone retourna au palais, et Hécate et les lampades l'aidèrent à se préparer.

Hécate lui avait choisi une robe rouge aux épaules dénudées. Le bustier était en dentelle et la jupe était faite de dizaines de couches de tulle. Perséphone adorait la coupe, elle avait l'impression d'être une reine. Les lampades sculptèrent ses boucles et lui firent un maquillage naturel.

– On va laisser ta beauté parler d'elle-même, dit Hécate en regardant le reflet de Perséphone tout en lui tendant des bijoux en or et des escarpins dorés.

– Merci, Hécate, dit Perséphone en souriant.

– De rien, ma chère.

Hécate partit au moment où Hadès apparut, restant près de la porte pour l'admirer de loin. Il était vêtu d'un trois-pièces noir, sa couleur emblématique. Ses cheveux étaient plaqués en arrière et sa barbe était rasée de près. Il était beau et royal, et il était tout à elle.

Elle frémit, rien que d'y penser.

– Tu es ravissante, dit-il.

– Merci, répondit-elle en souriant. Toi aussi. Enfin… tu es très beau.

Il rit et lui tendit la main.

– On y va ?

Il l'attira contre lui, passant son bras autour de sa taille avant de se téléporter sur terre, devant Nevernight, où Antoni les attendait.

Perséphone s'installa à l'arrière de la limousine et gloussa.

– Qu'est-ce qui est si drôle ?

– Tu sais qu'on aurait pu se téléporter directement à l'Olympien… ?

– Je croyais que tu voulais mener une vie de mortelle quand tu es dans le monde des vivants, répondit Hadès.

– Peut-être que j'ai simplement hâte de commencer notre soirée ensemble, dit-elle en battant des cils.

La tension devint lourde et sexuelle et le regard d'Hadès s'embrasa.

– Pourquoi attendre ?

Perséphone fut la première à bouger, empoignant sa jupe en tulle pour le chevaucher.

– Qui a choisi cette robe ? demanda le dieu en poussant de côté la montagne de tulle.

– Tu ne l'aimes pas ? répondit-elle en faisant la moue.

– Je préfère avoir un accès direct à ton corps.

– Tu es en train de me demander de m'habiller pour le sexe ?

– Ce sera notre petit secret, ricana-t-il.

Ils s'embrassèrent et Perséphone caressa le torse d'Hadès avant de défaire sa braguette pour libérer sa verge, qu'elle branla tout en explorant sa bouche avec sa langue.

Il poussa un grognement et elle rompit le baiser pour embrasser sa mâchoire, puis sa gorge.

– J'ai envie de toi, grogna-t-il. Maintenant.

Il était dur comme fer et Perséphone retint son souffle, anticipant tout ce qu'elle allait ressentir lorsqu'il serait en elle. Elle se souleva et guida son gland entre ses lèvres avant de se rasseoir sur lui.

Ils gémirent et ondulèrent l'un contre l'autre.

– Tu m'as ruiné, dit Hadès. Je pense sans cesse à ça.

– Au sexe ? ricana Perséphone en le tenant contre elle, se délectant de sentir son souffle contre sa peau lorsqu'il parlait.

– À toi, répondit-il en passant ses mains sous sa jupe pour saisir ses hanches. À être en toi, à te sentir sur ma queue, à la façon dont tu te contractes sur ma verge juste avant de jouir.

– Tu viens de décrire ce qu'est le sexe, Hadès.

– J'ai décrit le sexe avec toi, dit-il. C'est différent.

Elle se lova contre lui et leurs bouches fusionnèrent à nouveau. Un plaisir électrique parcourut ses veines et elle s'accrocha à Hadès comme si elle risquait de s'effondrer, se soulevant et se rasseyant sur lui.

– Putain, putain, putain, gronda Hadès.

Il souleva son bassin pour rencontrer le sien et accélérer la cadence. Elle poussa un cri guttural et empoigna ses cheveux.

– Jouis pour moi, chuchota Perséphone.

– Ma chérie, susurra Hadès en resserrant son étreinte, éjaculant brusquement en elle, déversant son essence chaude.

Perséphone se laissa tomber contre lui, à bout de souffle, couverte de sueur. Ses jambes tremblaient et elle avait l'impression de flotter.

– Putain, grogna-t-il. Je suis pire qu'un adolescent.

– Tu sais ce que c'est d'être ado, au moins ? se moqua-t-elle.

– Non, admit-il. Mais j'imagine qu'on est toujours excité et qu'on n'est jamais vraiment rassasié.

– Peut-être que je peux t'aider, dit-elle en se soulevant.

Elle allait se mettre à genoux pour le prendre dans sa bouche, mais il l'arrêta.

– Non, chérie.

– Mais…

– J'adorerais que tu me suces, mais pour l'instant, on doit aller à ce fichu dîner.

– On y est obligés ? demanda-t-elle.

– Oui, répondit-il. Crois-moi, tu n'as pas envie de rater ça.

Elle n'en était pas certaine, mais elle soutint son regard en se relevant pour s'asseoir à ses côtés en ajustant sa jupe. Elle observa Hadès qui tentait de se rhabiller, et elle se retint de rire. Il tourna alors la tête vers elle et parla d'une voix gutturale et menaçante.

– *Déesse…*

C'était une mise en garde, et le sang de Perséphone s'embrasa aussitôt. Elle sourit et regarda par la vitre, tirée de sa rêverie coquine en découvrant une foule amassée devant la voiture. La foule de mortels semblait s'étendre sur des kilomètres, collés autant que possible à la limousine.

Elle aurait dû s'y attendre, puisqu'elle était allée au Gala olympien, mais elle avait été invitée en tant que journaliste, à l'époque. Cette fois, elle était la fiancée d'Hadès.

Elle inspira longuement, saisie d'angoisse. Elle n'était pas sûre de s'habituer un jour à être célèbre.

La voiture s'arrêta et, quand la portière s'ouvrit, elle fut immédiatement aveuglée par les flashs des appareils photos. Hadès sortit sous un tonnerre de cris d'adoration. Les mortels l'acclamaient, le suppliaient de les emmener aux Enfers, le suppliaient de leur montrer sa forme divine.

Il ignora leurs cris et se tourna pour lui offrir sa main.

– Chérie ?

Ce simple mot suffit à l'apaiser. Elle glissa sa main dans sa paume et lorsqu'il referma sa main, Perséphone trouva l'assurance dont elle avait besoin. Une fois debout à ses côtés, ce fut le chaos, et les flashs ne cessèrent plus, elle était totalement aveuglée.

Main dans la main, ils remontèrent le tapis rouge qui menait à l'entrée de L'Olympien, un hôtel sublime avec un mur doré et miroitant. Perséphone fut surprise que Zofie les rejoigne, vêtue de la robe bleue que Perséphone l'avait forcée à acheter pour ce genre d'occasion.

– Zofie ! dit Perséphone en prenant l'Aegis dans ses bras, mais celle-ci se crispa.

– Perséphone, tu vas bien ?

– Oui, je suis juste contente de te voir.

L'Amazone sourit.

On invita Hadès et Perséphone à poser ici et là pour des photos. Le dieu accepta, attirant Perséphone contre lui, son bras dans son dos. À un moment donné, la déesse eut même l'impression de sentir ses lèvres sur ses cheveux.

Ils furent guidés dans une immense salle de réception dont le plafond était fait de fleurs en verre soufflé. Perséphone passa de longues minutes à l'admirer, la tête en arrière. Elle fut interrompue par des gens qui venaient la saluer. Certains étaient des inconnus, d'autres des criminels haut gradés qui étaient membres de L'Iniquité, et certains étaient ses amis.

– Sybil !

Elle n'avait pas vu son ancienne coloc depuis qu'elles avaient déménagé, une semaine auparavant. Elle serra fort l'Oracle dans ses bras et admira sa longue robe scintillante couleur champagne.

– Tu es sublime !

– Merci, toi aussi ! répondit Sybil. Comment tu vas ?

– Bien. Super bien, admit Perséphone, tout sourire. Comment va Aro ?

L'Oracle rougit.

– Bien. On… on va bien.

Perséphone poussa un petit cri quand Hermès apparut et la prit dans ses bras. Il la reposa, et elle se retrouva face à Apollon, qui ricana.

– Alors, Sephy, dit Hermès en jouant des sourcils. On me dit qu'Hadès t'a passé la bague au doigt ?

– Enfin… pas littéralement, non, répondit-elle en riant.

Le dieu de la Ruse poussa un cri aigu.

– Tu déconnes ? Tu ne peux pas être fiancée sans avoir une bague, Sephy !

– Ce n'est pas vrai du tout, Hermès.

– Tu parles ! Je n'aurais pas dit oui avant d'avoir vu le caillou.

Elle leva les yeux au ciel.

– Félicitations, Seph, dit Apollon.

Perséphone sourit jusqu'aux oreilles.

On les emmena bientôt dans la salle de banquet, et elle s'assit à une table à l'avant, entre Hadès et Sybil. Elle avait beau être excitée et ravie de passer une soirée avec ses amis, elle ne put s'empêcher de penser à Lexa. Elle voyait son amie partout dans les détails de l'événement. La liste des vins, la musique, la décoration… Tout était théâtral et glamour, exactement comme elle l'aimait.

L'absence de son amie était impossible à ignorer, et terriblement douloureuse.

Ils étaient au milieu du repas lorsque Katerina, la directrice de la Fondation Cyprès, se leva pour accueillir les invités. Elle présenta brièvement le Projet Alcyon, puis se tourna vers Sybil qui prit le relais.

– Je suis nouvelle à la Fondation Cyprès, dit-elle, mais j'occupe un poste très spécial, puisque c'est celui qu'occupait mon amie, Lexa Sideris. Lexa était une personne magnifique, un esprit solaire et une lumière pour nous tous. Elle incarnait parfaitement les valeurs de la Fondation Cyprès, et c'est pour cela que nous avons choisi, à la Fondation, de l'immortaliser. Nous vous présentons donc… le Jardin du souvenir Lexa Sideris.

Perséphone retint son souffle et Hadès lui prit la main sous la table.

Derrière Sybil, l'écran afficha les croquis d'un jardin merveilleux.

– Le Jardin du souvenir Lexa Sideris sera un jardin thérapeutique pour les résidents d'Alcyon, expliqua Sybil.

Elle présenta le jardin plus en détail, expliquant la signification de chacune des parties, comme le fait que les belladones étaient un hommage à son amour d'Hécate ou que la sublime sculpture en verre, au cœur du jardin, représentait l'âme de Lexa, une flamme lumineuse qui éclairerait le chemin de tous.

Le cœur de Perséphone était comblé de bonheur et de fierté.

– Tu vas bien ? chuchota Hadès dans son oreille.

– Oui, répondit-elle avant de déglutir. Parfaitement bien.

Après le dîner, les invités se rassemblèrent dans la salle de bal et Hadès invita Perséphone à danser. Il posa une main dans le creux de ses reins, l'autre sur la sienne, et il la guida sur la piste avec une assurance pleine de grâce, comme un parfait gentleman. Perséphone trouva quelque chose de sensuel à la façon dont leurs corps s'emboîtaient l'un contre l'autre.

Son bas-ventre se réchauffa et elle n'arriva plus à le quitter des yeux.

– Quand as-tu décidé de faire ce jardin ? demanda-t-elle.

– Le soir où Lexa est décédée.

Perséphone secoua la tête en se mordant la lèvre.

– À quoi tu penses ? demanda Hadès.

– À mon amour pour toi.

Hadès sourit jusqu'aux oreilles, un sourire magnifique dont elle ressentit les effets jusque dans sa poitrine.

La musique devint plus moderne et électronique, et Hadès prit congé, encourageant Perséphone à danser avec Sybil, grimaçant lorsqu'Hermès et Apollon se joignirent à elles. Elle resta un moment avec eux, à rire et à plaisanter. Cela faisait longtemps qu'elle ne s'était pas sentie aussi heureuse. Elle finit néanmoins par partir en quête d'Hadès et elle se retrouva sur un balcon qui surplombait tout Nouvelle Athènes. De là, elle pouvait voir tous les lieux qui avaient changé sa vie au cours des quatre dernières années, l'université, l'Acropole, Nevernight.

Elle était là depuis quelques minutes quand Hadès la rejoignit.

– Te voilà, dit-il en passant ses bras autour de sa taille pour l'attirer contre lui. Qu'est-ce que tu fais ici ?

– Je respire.

Il rit et des frissons parcoururent son corps. Il l'embrassa sur la joue et la serra plus fort contre lui.

– J'ai quelque chose pour toi, dit Hadès, et Perséphone se tourna vers lui.

– C'est quoi ? demanda-t-elle en souriant.

Elle ne s'était jamais sentie aussi bien.

Hadès l'étudia un moment, et elle se demanda s'il pensait la même chose qu'elle. C'est alors qu'il mit la main dans sa poche et posa un genou à terre, devant elle.

– Hadès…

Elle voulut protester. Ils avaient déjà fait ça, ils étaient déjà fiancés. Elle n'avait pas besoin d'une bague ou d'une demande formelle.

– Juste… laisse-moi faire, insista-t-il avec un sourire qui la fit fondre. S'il te plaît.

Hadès ouvrit un écrin noir, révélant une bague en or. Elle était à la fois ridicule et sublime, incrustée de diamants et de fleurs dorées, assortie à la couronne que Ian lui avait fabriquée.

Elle la regarda, bouche bée, avant de lever les yeux sur Hadès.

– Perséphone. Je t'aurais choisie des milliers de fois, Moires ou non, dit-il en riant. S'il te plaît… sois ma femme, règne à mes côtés, laisse-moi t'aimer pour toujours.

Perséphone sourit jusqu'aux oreilles et ses yeux se remplirent de larmes.

– Bien sûr, chuchota-t-elle. Pour toujours.

Hadès sourit de plus belle. C'était un de ses sourires préférés, elle imaginait qu'il ne le lui offrait qu'à elle, et à elle seule. Il glissa la bague à son doigt et se releva pour s'emparer de sa bouche dans un baiser qui la transperça jusqu'au fond de l'âme.

– Tu n'aurais pas entendu Hermès, par hasard ? Il était outré que je n'aie pas de bague, dit-elle en reculant le visage.

– Il se peut qu'il ait parlé suffisamment fort pour que j'entende, gloussa Hadès. Mais si tu veux tout savoir, ça fait un moment que j'ai cette bague.

– Depuis quand ?

– Tellement longtemps que j'ai honte, admit-il. Depuis le soir du Gala olympien.

Perséphone déglutit, essayant de ravaler le nœud qui s'était formé dans sa gorge.

Comment avait-elle pu être aussi chanceuse ?

– Je t'aime, dit-il en appuyant son front contre le sien.

– Je t'aime aussi.

Ils s'embrassèrent et quand Hadès recula, de petites étincelles blanches tourbillonnaient autour d'eux. Il fallut un moment à Perséphone pour comprendre que c'était de la neige.

C'était magnifique, mais aussi sinistre pour un mois d'août.

Perséphone regarda Hadès, découvrant que la joie avait quitté son visage. Il paraissait inquiet, désormais. Il avait les sourcils froncés et la mine sévère.

– Hadès, pourquoi il neige ? chuchota Perséphone.

Il la regarda dans les yeux, le regard infiniment noir, et répondit d'une voix solennelle.

– C'est le début d'une guerre.

BONUS

CHAPITRE I

LE PRÉ DU JUGEMENT

Hadès quitta son Charme et se dirigea vers Perséphone. Elle se tenait au bout du ponton du Styx, entourée par des âmes d'Asphodèle qui tenaient des colliers de fleurs, des dattes et des chocolats, des offrandes sans doute. Thanatos était là aussi, ses grandes ailes noires repliées dans son dos comme une cape.

Perséphone les avait réunies pour former ce qu'elle appelait un « comité d'accueil » pour les nouveaux arrivants aux Enfers. Elle tenait à ce projet, donc il l'avait laissée faire, et s'il était là aujourd'hui, c'était parce qu'elle le lui avait demandé. Il avait accepté, même s'il était persuadé qu'il n'avait pas sa place sur les berges du Styx et que les nouvelles âmes ne seraient pas ravies de le voir.

En effet, les âmes qui venaient tout juste de mourir étaient, en général, désespérées d'être mortes. Si elles avaient vu Hadès, cela les aurait laissées espérer qu'il pouvait les renvoyer dans le monde des vivants, sans parler du fait que certaines âmes ne méritaient pas un cadeau d'accueil… Toutefois, lorsqu'il avait dit tout cela à Perséphone, elle s'était contentée de hausser les épaules.

– Vois ça comme une autre forme de punition, avait-elle dit. Tu les fais espérer, pour leur arracher cet espoir quand ils seront face aux Juges.

Sa réponse l'avait fait sourire.

– C'est plutôt pervers, ma chérie. Qui t'a appris de telles choses ?

– Hécate, avait-elle répondu d'un ton moqueur.

Néanmoins, son raisonnement l'avait convaincu, il était donc là.

Il sut tout de suite que Perséphone avait senti sa présence car elle se tint plus droite. Elle se tourna aussitôt et sa beauté lui transperça le cœur, l'emplissant de sensations qu'il n'aurait jamais pensées possibles. Elle portait des robes bleu marine qui faisaient ressortir ses cheveux blonds, la faisant rayonner comme le soleil froid du printemps. Ses cornes lui donnaient l'air plus grande et plus fine qu'elle ne l'était déjà. Elle sourit, et il eut envie de s'agenouiller devant elle pour la vénérer.

– Tu es venu.

Il lui sourit, ignorant la noirceur qui remplit sa poitrine en entendant l'étonnement dans sa voix. Il l'avait déçue par le passé.

– Je ne raterais pas une occasion d'être à tes côtés.

– Elles arrivent ! s'exclama Yuri, tout excitée.

Perséphone se tourna vers le Styx, où la barque couleur rouille fendait les vaguelettes. Une lanterne pâle se balançait à la proue et Hadès vit Charon, vêtu de ses robes blanches, couronné d'or, ramant à contre-courant.

Perséphone tourna la tête vers Hadès et lui tendit la main, clairement ravie. Elle lui offrait une invitation, consciente que ce genre de chose le mettait mal à l'aise. Si elle l'aidait à comprendre que son peuple accordait beaucoup de valeur au temps passé avec lui et aux célébrations, une part de lui-même craignait de voir dans le regard des nouveaux arrivants le dieu qu'il avait été par le passé. Un dieu qui se fichait de leur existence et se contentait de les condamner à une éternité de néant.

Il prit la main de Perséphone et elle l'entraîna au-devant du petit groupe.

– Je ne sais pas quoi leur dire, admit-il en s'arrêtant à côté d'elle.

Elle le regarda d'un air ironique et il s'expliqua.

– Je ne suis pas… doué avec les mortels.

– Tu étais super avec Lexa, remarqua-t-elle.

Hadès nota qu'elle avait détourné les yeux en prononçant le prénom de sa meilleure amie, sans doute pour masquer sa peine. Lexa était encore aux Champs Élysées et, malgré les visites quotidiennes de Perséphone et ses efforts pour reconstruire leur lien, les choses n'étaient pas les mêmes, et Perséphone souffrait d'avoir perdu cette amitié.

– Fais comme si ces âmes étaient toutes Lexa, dit-elle. Comment tu leur dirais bonjour ?

Il repensa à la première fois qu'il avait vu Lexa. Elle lui avait souri, l'avait pris dans ses bras et avait menacé de le détester s'il ne rendait pas Perséphone heureuse. On la décrivait comme un rayon de lumière autour desquels les gens se rassemblaient, et c'était également vrai de son âme. Elle était lumineuse, pure, gentille et bonne. Savoir qu'elle était sincère avait aidé Hadès à être à l'aise avec elle.

Il n'avait pas rencontré beaucoup de mortels sincères.

Charon était suffisamment près, à présent, pour qu'Hadès voie son sourire.

– Eh bien, quel accueil et quelle bénédiction ! dit-il en accostant. Le Lord et la Lady des Enfers se sont joints à nous !

Hadès se sentit fier d'entendre Perséphone désignée comme Lady des Enfers. Elle avait d'abord rechigné parce qu'elle n'aimait pas les titres. Puis elle avait fini par admettre qu'elle avait eu peur. Qu'elle pensait que plus on lui offrait, plus elle avait à perdre si quelque chose les séparait à nouveau.

Hadès se souvint de la colère qu'il avait ressentie lorsqu'elle lui avait fait part de ses doutes, mais quand il s'en était ouvert à Hécate, la déesse de la Sorcellerie lui avait rappelé que Perséphone avait parfaitement le droit d'avoir des incertitudes.

– C'est son traumatisme qui s'exprime, Hadès. Sa mère lui a appris que les gens qui l'aiment vont l'abandonner.

Hadès contracta sa mâchoire. Il avait hâte que Perséphone soit sa femme car, alors, tout ce que Déméter ferait contre elle serait considéré comme un acte de guerre contre lui, et la déesse de la Moisson n'était qu'une idiote si elle pensait qu'Hadès ne mordrait pas.

– Bienvenue ! chantonna Perséphone, le ramenant à l'instant présent.

Des âmes de tous les âges descendirent de la barque et s'agglutinèrent sur le ponton. Certaines avaient peur, d'autres étaient passives, et d'autres encore étaient émerveillées. Cependant, les expressions du visage ne sont pas toujours révélatrices des sentiments d'une personne, et Hadès se surprit à scruter ce qui se cachait dessous. Il découvrit de la terreur, de l'espoir, de l'innocence. C'est cette dernière qui le frappa. Une aura si pure et si pacifique que sa poitrine se concentra douloureusement.

Hadès ne put s'empêcher d'étudier la foule, cherchant la source de ce sentiment, lorsqu'il décela une âme qu'il reconnut.

Il réagissait rarement de façon spontanée, sans réfléchir, mais il était intrinsèquement attiré par cet esprit et il avança vers le groupe, ignorant la façon dont les autres se recroquevillaient sur son passage. Il y avait parmi eux une âme qui n'avait pas peur de lui, une âme qui le reconnut aussitôt et cria son nom, bousculant les autres pour venir à lui.

– Hadès !

Un enfant d'environ cinq ans, aux cheveux blonds et bouclés, avec de grands yeux et les joues striées de larmes, courut dans ses bras.

– Elias !

Hadès le souleva dans ses bras et Elias enfouit son visage dans le creux de son cou.

– Ma maman me manque, chuchota-t-il.

– Je sais, répondit Hadès. Tout ira bien, mon petit.

Il tint longtemps l'enfant dans ses bras avant de se rendre compte que les autres âmes, anciennes comme nouvelles, le dévisageaient, tout comme Thanatos, Charon et Perséphone.

– N'ayez pas l'air surpris, dit Hadès. Tout le monde n'a pas peur de moi.

Le regard de Perséphone s'adoucit au fur et à mesure que sa surprise se dissipait. Elle se racla la gorge et se tourna vers les âmes.

– Nous sommes ravis que vous soyez ici. Je suis Perséphone, déesse du Printemps, et voici votre roi, dit-elle en se tournant vers Hadès. Nous sommes venus pour vous escorter au Pré du Jugement.

Les âmes se remirent aussitôt de leur surprise après avoir vu Hadès prendre un enfant dans ses bras, et elles se remirent à trembler.

– N'ayez crainte, dit Perséphone. Le chemin est plaisant et sublime. Vous allez voir. Thanatos, tu prends les devants ?

Le dieu de la Mort sourit à Perséphone et Hadès sentit sa magie apaiser les âmes.

– Bien sûr, Milady.

Si la magie de Thanatos était un réconfort pour les âmes, elle servait aussi à les rendre obéissantes, les empêchant de s'enfuir et d'essayer d'échapper au jugement. C'était une des raisons pour lesquelles Hadès avait insisté pour que Perséphone l'inclue dans son comité d'accueil.

Thanatos partit en tête et le groupe longea le chemin pavé qui menait aux Juges. Hadès sentit soudain le regard de Perséphone sur lui.

– Alors comme ça, tu ne sais pas parler aux mortels ? demanda-t-elle en haussant un sourcil.

Hadès lui sourit.

– Elias et moi nous nous connaissons.

– Je vois ça. Raconte-moi.

Il attendit pour répondre, non pas parce qu'il ne le voulait pas, mais parce qu'il voulait s'assurer qu'Elias dormait. L'enfant venait de traverser une épreuve difficile, et entendre Hadès raconter cette histoire risquait de le forcer à revivre sa douleur en plus de lui rappeler combien sa mère lui manquait.

– Elias et moi nous nous sommes rencontrés à l'hôpital Épione des Enfants. Je fais un don à l'établissement tous les ans pour soutenir la recherche sur le cancer. J'ai demandé à visiter le service pour mieux comprendre l'impact qu'avaient mes versements, savoir si cela les aidait, savoir ce dont ils avaient besoin, et ainsi de suite. Elias avait une tumeur cérébrale et il était l'un des enfants qui suivaient un essai clinique.

– Il a l'air de beaucoup t'aimer, chuchota Perséphone.

– Je…

Hadès se racla la gorge.

– J'ai passé beaucoup de temps à jouer avec lui. À la bataille.

Il regarda Perséphone et ne parvint pas à déchiffrer son expression. *Peut-être qu'elle ne sait pas ce que c'est*, pensa-t-il.

– C'est un jeu de cartes où…

– Je sais ce qu'est la bataille, Hadès, dit-elle. Tu as oublié que je vis avec les mortels ?

– Bien sûr, gloussa-t-il.

Il marqua une pause et regarda les cheveux dorés d'Elias, qui ronflait paisiblement.

– Il m'a battu à chaque fois.

Ils marchèrent en silence, contrairement aux autres âmes qui papotaient, les anciennes décrivant aux nouvelles les Enfers, leurs maisons, leurs marchés et leurs fêtes.

– On a de la chance d'avoir un roi aussi attentionné, dit l'une d'entre elles.

– Et bientôt, nous aurons une reine, ajouta une autre. Lord Hadès et Lady Perséphone vont se marier !

Hadès fut à la fois surpris et heureux d'entendre leur excitation. Il savait parfaitement qu'il y avait dans son royaume des âmes et des monstres qui ne souhaitaient pas son bonheur. Et qui voulaient le voir souffrir de la même façon qu'il les avait fait souffrir. C'était une des raisons pour lesquelles il avait eu aussi peur lorsque Perséphone s'était perdue en se promenant et s'était endormie. Il n'avait plus senti sa présence et il avait été convaincu que quelqu'un avait pris sa revanche. C'était d'ailleurs pour cela qu'il transformait sans cesse les Enfers, changeant les sentiers et les forêts, les prés et les montagnes, pour qu'il soit plus difficile pour les âmes de se souvenir des différents chemins.

Cela pouvait sembler parano, mais tous ceux qui lui voulaient du mal n'étaient pas condamnés à passer l'éternité au Tartare.

Elias remua dans les bras d'Hadès et il baissa la tête. L'enfant était encore ensommeillé et sa joue était rouge là où il l'avait appuyée contre l'épaule d'Hadès.

– On est où ? demanda-t-il.

– On va voir des amis, répondit Hadès, craignant que le mot Juge ne lui fasse peur.

Ils venaient d'atteindre le sommet d'une colline, et les âmes s'arrêtèrent.

– C'est magnifique, chuchotèrent quelques voix émerveillées.

Le Pré du Jugement était pavé d'or, et les trois juges, Éaque, Minos et Rhadamanthe, des géants, étaient assis sur des trônes dorés. Le Styx formait une barrière entre les âmes et les Juges, et un pont permettait à une seule âme à la fois de traverser.

Éaque était à gauche, recouvert d'une cape et d'une capuche rouges qui ne laissaient paraître que sa bouche. Minos était à droite ; c'était le plus jeune des frères et il n'avait pas de barbe. Ses cheveux étaient longs et bruns, et sa demi-queue-de-cheval lui dégageait le visage. Rhadamanthe était au milieu et sa longue barbe blanche descendait jusqu'à ses cuisses. Il était vêtu de marron, et ses grandes mains couvertes de taches de vieillesse étaient appuyées sur les accoudoirs de son trône.

– C'est ici que nous vous laissons, hélas, dit Thanatos. Mais pas pour longtemps. Vous saurez bientôt où vous séjournerez aux Enfers.

Les nouvelles âmes s'alignèrent en file indienne derrière Thanatos tandis que les autres furent téléportées à Asphodèle, où elles préparèrent un festin.

Perséphone et Hadès restèrent en retrait, observant les sentences des Juges. L'estomac d'Hadès se noua et il érigea une barrière autour d'Elias pour qu'il n'entende pas les condamnations les plus sévères. Deux des âmes – un assassin et un délinquant sexuel – furent assignées au Tartare et explosèrent en sanglots avant de disparaître. Même Perséphone frissonna et se rapprocha de lui, cherchant du réconfort.

Il ne resta bientôt plus qu'eux. Hadès ne traversa pas le Styx pour aller auprès des Juges, restant aux côtés de Perséphone, Elias dans ses bras.

– Milord.

Les trois juges prirent leur temps pour s'adresser à lui, ils ne parlaient jamais en même temps.

– Milady, dirent-ils en saluant Perséphone.

– Je vois que tu as conduit Elias jusqu'à nous, dit Rhadamanthe.

– Une escorte personnelle, ajouta Minos.

– C'est mon ami, répondit Hadès. J'aimerais l'accompagner à sa nouvelle maison.

Hadès tenait à respecter les Juges et il ne présuma pas d'où ils enverraient Elias. Il était possible qu'étant donné le traumatisme qu'il avait subi, il irait aux Champs Élysées pour guérir avant de se rendre à Asphodèle. Il devrait donc boire dans le Léthé.

Hadès ne savait quoi penser, car s'il préférait que l'enfant vive aux Enfers sans souffrir de ne pas voir sa mère, il ne souhaitait pas non plus qu'il oublie leur amitié.

Il y eut un long silence avant que les Juges ne rendent leur sentence.

– Il résidera à Asphodèle, dit enfin Rhadamanthe.

Hadès soupira, soulagé.

– Merci à vous, Juges.

Hadès rassembla sa magie et se téléporta, ainsi que Perséphone et Elias, à Asphodèle.

Lorsqu'ils apparurent au milieu de la ruelle bondée, les âmes les acclamèrent, accueillant Elias dans sa nouvelle résidence. Hadès essaya de le poser, mais l'enfant s'accrochait à lui, refusant de mettre les pieds par terre.

– Ne m'abandonne pas, dit-il.

Hadès se redressa et regarda Elias dans les yeux.

– Je ne t'abandonnerai jamais, mon petit. Tu es ici chez toi, dans mon royaume. Tu pourras me voir quand tu le voudras.

Les petites mains du garçon saisirent ses robes et il appuya sa tête contre le torse d'Hadès. Le dieu sentit le regard de

Perséphone sur lui et il y vit sa tendresse et son amour. Il haussa légèrement les sourcils et tint le garçon contre lui.

– Lady Perséphone !

Les enfants des Enfers s'agglutinaient autour d'elle, s'accrochant à ses robes.

– Joue avec nous !

Elle éclata de rire, ce rire carillonnant qu'Hadès aimait tant.

– Très bien, je viens, mais je veux que vous me promettiez d'être sages avec vos gardiens, dit-elle. Promis ?

– Promis ! crièrent les enfants en chœur.

Perséphone regarda Hadès, puis Elias.

– Tu veux venir avec nous ?

Le garçon secoua la tête et Hadès ne fut pas surpris. C'était son premier jour aux Enfers, il avait peur, il était triste et sa mère lui manquait.

– On sera là quand tu auras fini, dit Hadès.

Perséphone sourit et Hadès la regarda rassembler les enfants.

– À quoi jouons-nous ? demanda-t-elle en partant en direction des prés émeraude d'Asphodèle.

– À chat !

– À cache-cache !

– À la marelle !

Hadès se rendit compte qu'il souriait. Lorsqu'il avait défié Perséphone de créer la vie aux Enfers, il n'avait pas imaginé qu'elle se sentirait aussi vite chez elle dans son royaume et avec son peuple. Elle les avait défendus et s'était battue pour eux et, en retour, ils la vénéraient. Quand ils s'étaient séparés, son royaume n'avait plus été le même. Sa poitrine se contracta en y repensant et sa gorge se noua. Son absence avait été un nuage de mélancolie qu'il ne voulait plus jamais revoir.

Il observa Perséphone jusqu'à la perdre de vue, puis il se tourna avec le garçon dans ses bras et marcha vers les maisons en obsidienne.

– On va où ? demanda Elias.

– J'ai une personne spéciale à te présenter. Un de mes amis.

Le garçon ne dit rien et Hadès marcha en silence jusqu'à une maison située en bordure d'Asphodèle. C'était l'une des plus récentes et elle n'avait été construite que quelques mois auparavant.

Hadès n'eut pas besoin de frapper à la porte, car l'âme qui y vivait était déjà dehors. L'homme âgé était vêtu d'une salopette en jean et d'une chemise à carreaux, et son visage était couvert de ridules.

– Elias ?

Il parlait avec un cheveu sur la langue car il lui manquait des dents. En entendant son prénom, le petit garçon releva la tête et gigota dans les bras d'Hadès.

– Papi ?

Hadès le reposa et Elias courut vers son grand-père, qui boita vers lui aussi vite que possible. Ils se prirent dans les bras et la poitrine d'Hadès se serra douloureusement en observant leurs retrouvailles. Un orage de frustration et de jalousie grondait en lui. Toutefois, tandis que la tempête se mettait à grossir en lui, il se rappela les paroles d'Hécate : « *De bonnes choses viennent de la mort.* » En voyant Elias et son grand-père, il fut forcé de reconnaître que la déesse avait dit vrai.

Il tournait les talons, souhaitant prendre ses distances car ces retrouvailles réveillaient trop d'émotions lugubres en lui, lorsqu'Elias l'interpella.

– Attends !

Il s'arrêta. Elias courait vers lui. Il se jeta contre ses jambes et enfouit son visage dans ses robes.

– Ne pars pas, dit l'enfant.

Hadès s'accroupit devant lui et posa ses mains sur ses épaules.

– Je ne serai jamais loin, dit-il. Et je viendrai souvent.

– Tu me le promets ?

– Je te le promets, répondit Hadès en souriant. On jouera à la bataille aussi souvent que tu le voudras.

C'était la première fois que le garçon souriait depuis son arrivée aux Enfers. Hadès se redressa et agita ses boucles en regardant son grand-père dans les yeux.

– Merci, dit le vieil homme d'une voix tremblante. Merci, Milord.

Hadès hocha la tête et disparut.

CHAPITRE II

UNE CULPABILITÉ ATROCE

Hadès se téléporta dans une partie du Tartare qui ressemblait à un laboratoire médical.

C'était un ajout récent qui comprenait plusieurs chambres de privation sensorielle et d'autres moyens de torture moderne. Le lieu était conçu pour se confondre avec les montagnes qui étaient encerclées par le fleuve Phlégéton. Il y avait peu de méthodes de torture qu'Hadès refusait d'essayer : il puisait son inspiration dans l'Antiquité, l'époque médiévale et le monde moderne. Peu importe, du moment que c'était efficace.

Il était là car il avait besoin de libérer la colère qu'il avait en lui.

Il s'en voulait d'être parti d'Asphodèle car il avait dit à Perséphone qu'il l'attendrait, mais il n'avait pas pu rester plus longtemps. Accueillir Elias aux Enfers l'avait surpris de multiples façons, éveillant en lui des sentiments de colère, de jalousie et… de peur.

C'étaient des émotions lugubres qui tourbillonnaient dans sa poitrine et mettaient de l'huile sur sa rage bouillonnante.

Il avait merdé.

Il n'avait pas communiqué à Perséphone une information essentielle pour leur couple et qui était intrinsèquement liée à leur futur.

Il ne pourrait jamais lui donner d'enfant.

Les Moires avaient détricoté cette partie de son destin, un sacrifice qu'il avait fait sans réfléchir, car avoir une famille ne lui semblait pas imaginable.

Jusqu'à ce qu'il rencontre Perséphone.

Son cœur et ses poumons semblèrent rétrécir tant il se démenait contre sa culpabilité.

Elle mérite de le savoir.

Combien de fois devrait-elle lui dire ça avant qu'il l'écoute enfin ? Pire encore, avant qu'elle décide qu'il n'en valait pas la peine ?

Hadès inspira et se concentra sur son besoin de torturer, longeant le couloir blanc, passant devant plusieurs portes blanches. Chacune était une cellule, chacune contenait une âme qui avait été condamnée à une existence sans couleur, sans bruit, sans odeur. C'était une torture psychologique qui avait pour résultat de laisser les victimes incapables de dormir, de parler, et sujettes à une souffrance atroce.

Hadès ouvrit une porte sur la gauche où il avait enfermé Pirithoos, l'homme qui avait été obsédé par Perséphone au point de la kidnapper. Cela avait été encore un moment où sa maîtresse avait disparu et où il n'avait plus perçu sa trace. Lorsqu'il avait appris sa disparition, il avait tout de suite lancé les Furies à sa recherche. En la retrouvant, il avait été soulagé de voir qu'elle avait pu se protéger. Mais quand il avait entendu les intentions de Pirithoos, il était devenu enragé.

Hadès avait ramené Pirithoos à la vie afin qu'il souffre en étant condamné à résider dans la pièce blanche. Hadès lui rendait souvent visite pour prendre sa revanche, surtout depuis qu'il était allé chez lui et avait découvert que le pervers avait suivi Perséphone jusque chez elle, l'avait prise en photo et avait écrit des horreurs sur elle. Hadès avait été tellement hors de lui qu'il avait perdu le contrôle de son Charme.

Lorsqu'il était rentré aux Enfers, ce soir-là, il était tout de suite allé au Tartare et avait frappé Pirithoos jusqu'à ce que son visage ne soit plus qu'une masse informe et ensanglantée.

Le demi-dieu était mort à nouveau, cette nuit-là, et Hadès l'avait ramené à la vie sans soigner son visage tuméfié, le laissant s'étouffer avec son propre sang. Il prenait plaisir à rendre à Pirithoos son apparence, afin de pouvoir le détruire à nouveau. Le processus l'apaisait.

Quand Hadès entra dans la pièce, il trouva le demi-dieu assis sur la chaise en métal blanc. Ses bras pendaient sur les côtés, ses yeux étaient fermés et son menton reposait sur sa poitrine.

Il était mort à nouveau.

– Réveille-toi, dit Hadès, et l'homme obéit.

Il croisa le regard d'Hadès et se mit à sangloter.

– S'il te plaît…

En temps normal, Hadès l'aurait condamné au silence, mais il voulait entendre l'homme le supplier d'être clément avec lui, car cela l'enrageait de plus belle et cela lui permettait de le punir encore plus sévèrement.

– Pourquoi serais-je indulgent ? demanda Hadès. Tu es un prédateur. Tu as voulu violer ma maîtresse.

– Je n'allais pas le faire, c'était juste des mots ! Je le jure ! Je le jure !

– Tu ne pensais pas ce que tu disais ? demanda Hadès avant de citer Pirithoos, car cela le mettait dans une colère noire. « *Tu vas m'aimer. Promis. Tu ne penseras même plus à lui quand j'aurai fini.* »

– C'était juste des paroles !

– Et tes actions ? demanda-t-il. Tu l'as touchée, tu l'as forcée à écarter les jambes.

– Tu ne peux pas me punir pour toujours pour une seule erreur !

Hadès éclata d'un rire lugubre et invoqua une masse, qui apparut aussitôt dans ses mains. Il fit tourner le manche entre ses doigts.

– J'accepte ton défi, mortel.

Et il fendit l'air avec la masse.

* * *

Hadès se téléporta dans son bureau et alla directement vers le bar pour se servir un whiskey. Il portait le verre à sa bouche quand il entendit la voix de Perséphone.

– Tu étais où ? demanda-t-elle. Tu as dit que tu m'attendrais ?

Il s'arrêta et se tourna vers elle, immédiatement frappée par sa beauté. Elle s'était changée en rentrant et portait désormais des robes blanches. Leur tissu était fin, si bien qu'il aperçut les pointes de ses seins ainsi que les courbes de ses hanches.

Elle l'étudiait en fronçant les sourcils et il sut qu'elle avait vu le sang sur sa peau car elle chercha son regard.

– Tu étais au Tartare.

– En effet, admit-il.

– Pourquoi ?

Elle était méfiante, parce qu'elle savait ce que cela impliquait. Cela signifiait que quelque chose avait déclenché sa colère. Il n'était pas fier de son besoin de torture quand il ne pouvait contrôler sa colère, mais Perséphone l'avait enduré, après Pirithoos, et elle avait même demandé à participer.

Elle n'avait pas idée de ce dans quoi elle se lançait.

– Tu veux des enfants ? demanda Hadès.

Perséphone se figea, bouche bée. Elle ne comprenait pas d'où venait cette question, mais Hadès avait l'impression qu'il n'avait pas le luxe d'attendre pour en parler.

– Je… je ne sais pas. J'aime les enfants, mais je…

– Je ne peux pas… te donner d'enfant, avoua-t-il avant de vider son whiskey.

Il regarda le verre et le jeta contre le mur, où il se brisa. Il se passa la main dans les cheveux et défit sa queue-de-cheval.

– Je ne peux pas en avoir. J'aurais dû te le dire plus tôt, mais je suis un putain de lâche et j'ai pensé… je pensais que ça changerait.

Il ne la regarda pas en lui parlant, il avait peur de voir son visage, peur de ce qu'il y découvrirait.

– Je t'ai demandé de m'épouser sans te le dire, et j'en suis désolé. Si tu veux changer d'avis, je comprendrai.

Il attendit qu'elle le rejette. Elle laissa durer le silence qui pénétra dans ses pores puis dans son sang, étouffant ses organes. Il finit par céder et se tourna vers elle.

– Tu as fini de souffrir ? demanda-t-elle.

Il fronça les sourcils, ne comprenant pas ce qu'elle disait.

– J'aurais aimé que tu me le dises plus tôt, dit-elle en s'approchant de lui. Ça t'aurait évité d'agoniser à ce sujet.

Il écarquilla les yeux.

– Je ne sais pas si je veux des enfants, dit-elle. Peut-être que oui, et si c'est le cas un jour, on abordera le sujet ensemble. Pour l'instant, ce que je sais, c'est que je te veux, toi. J'ai accepté de t'épouser parce que je t'aime, et pour aucune autre raison.

Hadès secoua la tête. Perséphone n'était plus qu'à quelques centimètres de lui et il étudia les taches de rousseur sur son nez et ses joues. Il pouvait sentir sa magie, la goûter sur sa langue, un parfum sucré comme du miel et de la vanille. Il en eut l'eau à la bouche.

– Tu pourrais changer d'avis. Et si tu m'en voulais de…

– Hadès, dit-elle avant de presser ses doigts sur ses lèvres pour le faire taire. Tu parles comme si c'était moi qui souffrais de ce problème, alors que c'est toi.

Elle marqua une pause pour l'étudier et il décela de la peine dans son regard.

– Je crois que c'est toi qui veux être père, dit-elle enfin.

Ses yeux le piquaient et il fut envahi de frustration et de tristesse. Il prit la main de Perséphone et l'embrassa.

– J'ai conclu un marché, admit-il à voix basse. Et j'ai perdu le droit d'être père.

Perséphone fronça les sourcils.

– Une âme pour une âme, répondit-il. Ça n'implique pas que l'âme doive exister. J'ai choisi de sauver un enfant mortel, et les Moires ont exigé le mien.

Le souvenir jaillit au-devant de son esprit et il revit le bébé dans les bras de sa mère anéantie. Lorsqu'il avait lu son âme, il avait vu une femme effondrée sous le poids de sa tristesse. Ce n'était pas le premier enfant qu'elle perdait. Quand elle avait supplié Hadès de lui rendre la vie, il n'avait pas pu refuser.

– Et tu as accepté ? s'étonna-t-elle, parlant d'une voix qui se teintait de colère.

– Je n'ai eu aucune raison de refuser, dit-il. Tu n'existais pas, à l'époque.

– Il y a forcément quelque chose qu'on peut faire.

Hadès lui sourit tristement. L'instinct de Perséphone la poussait toujours à vouloir résoudre les problèmes, mais celui-ci ne pouvait être résolu.

– Les Moires sont plus grandes que les dieux, Perséphone. Elles contrôlent le destin des mortels comme des dieux.

– Alors on négociera !

– Non ! gronda-t-il.

Elle écarquilla les yeux, choquée, et il se força à prendre une voix plus calme, caressant sa joue avec son pouce.

– Non, Perséphone. Tu avais raison. On abordera le sujet ensemble, quand tu seras prête.

Il l'embrassa, effleurant ses lèvres avec les siennes. Elle était chaude, douce et réconfortante, et son corps réagit immédiatement. Il sentit sa verge durcir entre eux, pressant contre le ventre de Perséphone. Il poussa un grognement et se retint de l'allonger par terre pour la prendre. Il rompit le baiser et la regarda dans ses yeux émeraude.

– Tu prends un bain avec moi ? demanda-t-il.

Ses vêtements et sa peau étaient tachés de sang et le poids de sa journée lui courbait l'échine. Il avait besoin de s'en laver et de se perdre en elle.

Elle hocha la tête et Hadès se détendit, l'attirant contre lui pour se téléporter dans les bains. Il l'emmena dans un bassin plus petit, circulaire, dont l'eau était noire et dont les murs carrelés luisaient à la lumière des bougies.

Il l'embrassa à nouveau et remonta ses mains sur ses épaules. Il fit glisser ses manches sur ses bras pour exposer ses seins doux et lourds. Il les palpa et pinça ses tétons jusqu'à les faire durcir entre ses doigts.

Perséphone posa ses mains sur son torse et le repoussa. Il rompit le baiser. Il s'attendait à ce qu'elle lui dise non, mais ses yeux étaient brûlants et noirs de désir.

– Ma reine ?

– Tes vêtements. Enlève-les.

Il obéit pendant que Perséphone laissait tomber ses robes à ses pieds. Elle soutint son regard en passant devant lui, saisissant un gant sur l'étagère. Elle entra dans l'eau telle une sirène, l'attirant, le séduisant par sa grâce alors qu'elle nageait au milieu de la piscine. Hadès entra dans l'eau chaude qui sentait la lavande, comme les cheveux de Perséphone, et il avançait vers elle quand, d'un geste de la main, elle l'arrêta :

– Stop.

L'eau ne lui arrivait qu'aux chevilles et il resta immobile, nu pour Perséphone, dont les yeux pétillaient en le reluquant

Sa verge durcit de plus belle et ses testicules se contractèrent. Il avait besoin d'être en elle.

– Tu vas m'obliger à te courir après ? demanda-t-il en serrant les poings.

Elle ricana et Hadès regarda l'eau clapoter autour de ses seins. Il avait envie de prendre chaque téton dans sa bouche et de l'entendre gémir son nom. Il savait que ça l'exciterait, il l'assiérait sur le rebord, trempée et luisante, puis il écarterait ses cuisses et il la titillerait avec sa langue jusqu'à ce qu'elle jouisse contre sa bouche.

– Non, mais j'aimerais faire ta toilette, répondit Perséphone d'une voix grave et suave.

Il haussa un sourcil. Si elle avait su ce qu'il pensait, elle ne l'aurait pas taquiné ainsi. Pourtant, il décida d'accepter.

– Seulement si tu es méticuleuse.

Il aima voir son regard noircir quand elle s'approcha de lui. Elle était excitée, et il savait que s'il la touchait, s'il plongeait ses doigts en elle, il la trouverait gonflée et trempée.

Putain.

Elle commença par son torse, frottant le gant sur son cou, ses clavicules, ses épaules. Elle caressait ses os et ses muscles avec son autre main et déposait des baisers sur sa peau. Lorsqu'elle arriva à sa taille, puis à sa verge, il poussa un grognement et passa un bras dans son dos pour la ramener contre lui.

– Tu mets ma retenue à rude épreuve, ma reine, dit-il, effleurant ses lèvres en parlant.

– Qui a dit que tu devais te retenir ?

Elle s'empara de sa bouche et il poussa un grognement tout en reculant pour s'asseoir sur les marches du bassin. Il attira Perséphone sur lui, ses cuisses de part et d'autre des siennes, son sexe pressé contre sa verge. Il remonta ses mains le long de sa taille pour empoigner ses seins et les masser, les palper, les embrasser et les sucer jusqu'à ce qu'elle commence à frotter son bassin contre lui.

Elle se souleva, plaça son gland entre ses lèvres, et poussa un grognement en s'empalant sur sa queue. Elle lui allait comme un gant : elle était chaude et trempée, et il voulait aller plus profond en elle. Elle se pencha en arrière, lui offrant une vue imprenable sur ses seins tandis qu'elle se soulevait et se rabaissait sur lui, se contractant autour de lui, le pressant jusqu'à ce qu'il éjacule en elle. Elle s'effondra alors contre son torse et il la tint contre lui en s'appuyant contre les marches du bassin. Elles étaient tranchantes et inconfortables, mais il s'en fichait. Il aurait pu rester ici pour toujours, en elle, la tenant dans ses bras, rempli d'amour pour elle.

Elle finit par parler sans lever la tête de là où elle l'avait nichée, dans le creux de son cou.

– Je crois qu'en te voyant avec Elias, je suis tombée encore plus amoureuse de toi.

Il rit.

– Je t'ai choquée, je n'en doute pas.

– En effet, dit-elle, et il la sentit sourire. Tu venais de me demander comment t'adresser aux âmes, et la seconde d'après, tu en prenais une dans tes bras. Et maintenant, je ne peux pas t'imaginer ne pas être père un jour. Je ne peux pas m'empêcher de penser… de vouloir… porter tes enfants, même si je ne suis pas encore prête.

Hadès déglutit, imaginant Perséphone dans un rôle de mère. C'était facile à faire, car elle était déjà si attentionnée et pleine de compassion.

– Peut-être les Moires tisseront-elles un nouveau chemin ? dit-il en se raclant la gorge.

Perséphone releva la tête pour le regarder. Les joues rougies, elle était tellement belle que c'en était douloureux.

– C'est déjà arrivé ?

– Oui, répondit-il en l'étudiant, se délectant de son visage si aimant. Tu n'as pas toujours été mêlée à mon destin.

Elle écarquilla les yeux et il devina qu'elle avait des questions, mais il n'avait pas envie de parler. Il avait laissé suffisamment de temps à sa verge pour reprendre des forces, et elle durcissait désormais contre la jambe de Perséphone, désespérée de remettre le couvert. Il poussa un grognement lorsque Perséphone l'empoigna et le branla lentement en souriant.

– Tu as envie de moi, Milord ? chuchota-t-elle en le parodiant.

– Je suis affamé, ma reine.

Il effleura son nez avec le sien, puis il se leva et se téléporta dans sa chambre.

NOTE DE L'AUTEURE

Tout d'abord, MERCI à tous mes merveilleux lecteurs. Je vous suis chaque jour infiniment reconnaissante, à chacun d'entre vous.

Lorsque j'ai écrit *A Touch of Darkness*, je l'ai fait avec mon cœur. *A Touch of Ruin* n'est en rien différent. Rédiger la suite a été aussi difficile que d'écrire le premier tome, mais je savais déjà ce dont je souhaitais parler dans ce deuxième tome, comme les mythes concernant Apollon et ses amants.

J'ai étudié plusieurs mythes, mais j'ai décidé de me concentrer sur Apollon & Daphné, Apollon & Cassandre et Apollon & Hyacinthe. Bien évidemment, ce sont les plus connus, et deux d'entre eux illustrent parfaitement la façon horrible dont Apollon a traité ses amants. Il a courtisé Daphné sans relâche jusqu'à ce qu'elle supplie d'être transformée en arbre, et il a maudit Cassandre lorsqu'elle a refusé de coucher avec lui. Ce problème est encore présent dans le monde moderne, et j'ai tenu à y confronter Perséphone.

Un autre mythe dont je voulais me servir était celui d'Apollon et Marsyas. (Un autre mythe connu et qui y ressemble est celui d'Apollon et Pan.) Marsyas était un satyre qui avait défié Apollon à une compétition musicale. Plusieurs versions de ce mythe existent et c'est tantôt Apollon, tantôt Marsyas qui l'emporte – mais l'histoire se termine toujours avec la mort du satyre. J'ai pensé que c'était important, car cela montre l'instabilité d'Apollon ; le fait qu'il continue à vivre comme dans l'Antiquité et que cela tranche avec l'époque moderne.

Maintenant, venons-en au mythe de Pirithoos.

Je sais que dans la mythologie, Pirithoos et Thésée sont potes. (Ne vous en faites pas, Thésée arrive… !) Ils décident tous les deux d'épouser des filles de Zeus, et Thésée enlève Hélène de Troie (oui, Hélène l'assistante est Hélène de Troie). Et, donc, Pirithoos décide qu'il veut Perséphone. Ensemble, ils filent aux Enfers pour essayer de la kidnapper. Épuisés, ils s'assoient pour se reposer, et ils ne peuvent plus se relever. Plus tard, Héraclès vient sauver Thésée, mais Pirithoos restera. Je voulais inclure ce mythe dans l'histoire car, pour moi, Pirithoos est un type pervers et obsédé ; c'est donc ce que j'ai fait de lui dans le monde moderne.

Peut-être que je regarde trop de séries policières. Ah ah !

Je souhaite enfin aborder la partie la plus dure du livre, Lexa.

Lorsque je commence à construire un personnage, je dresse toujours une liste des « pires choses qui peuvent lui arriver ».

Eh bien, la première, pour Perséphone, était de perdre Lexa. Toutefois, je ne pouvais pas imaginer que Perséphone comprenne ce qu'était le deuil mortel à moins qu'elle ne perde quelqu'un qui lui était proche. Il fallait aussi qu'elle perde Lexa de la pire manière qui soit (qu'elle puisse récupérer Lexa, la voir souffrir et la voir retourner en Enfers sans que celle-ci se souvienne d'elle) afin qu'elle comprenne pourquoi Hadès ne peut pas sauver tout le monde.

C'est un aspect important de l'apprentissage de Perséphone, car jusqu'à ce stade, elle croit Hadès sur parole. À la fin de ce second tome, même si c'est horrible, elle peut parler d'expérience.

Finalement, j'ai pu mettre en lumière ce qui a été à l'origine de toute cette aventure : le club d'Hadès, L'Iniquité. Dès le début, j'avais rédigé ces notes :

Les dieux dans la société moderne.

Hadès règne sur les bas-fonds, des maisons de jeu, la mafia… et, si je n'ai fait qu'effleurer la surface du monde que dirige Hadès chez les vivants, je sais que cela va être important dans *A Touch of Malice*.

Love,
Scarlett